年詠史

同 我
澤
東
有
誼

江浩——著

內容簡介

　　這是一部古今中外從未有過的恢宏史詩，從1921年中國共產黨建黨起到今天，跨度超過一百年，中華民族在這百年中經歷了種種磨難，這段慘痛的歷史不論在古代或世界任何民族，都會有人以文學藝術的形式記錄下來，很遺憾，在中共密不透風的嚴厲控制高壓下，至今竟然沒有人嘗試做這項工作，我在退休後立志把這段痛史用詩詞紀錄下來，讓後人知道在神州大地的百姓曾經有過一段長達百年的，比歷朝歷代都要黑暗得多的地獄般的生活。

　　這部史詩把中共自建黨以來所發生的大事和重要人物都用舊體詩詞記錄下來，共計三百多首，七律一百七十餘首，另有一些古風和絕句，詞約六十餘闋，基本照發生的時間順序排列，盡可能將中共治下的方方面面記錄下來，每首詩詞後面都有一些注解，另外對那些歷史事件也做了些簡單的介紹，方便不熟悉那段歷史的讀者能有一點了解，至於筆者所發的一些感慨和看法，祇是一家之言。

　　有幾首涉及外國如前蘇聯、美國或越南柬埔寨，但那是因為那裡所發生的事與中國有莫大的關係。

　　我一向盡量避免使用中共的洗腦文字，如什麼「解放」、「抗美援朝」、「舊社會」、「建國」等等，如實在避免不了我會加上引號，如「改革開放」。

　　斯文掃地，這項艱巨的工作竟然要由一個在外國出生，長期生活在國外的半文盲來完成，莫非天意？

自序

我與毛澤東有同門之誼——一個高棉半文盲的自白

我叫江浩，是出生於柬埔寨金邊市的華人，從法律層面而言，我不是中國人，也沒當過一天中國人，我的祖籍是廣東揭陽，我的母語是潮州話和高棉話，普通話是到了十一歲以後才學的，至於粵語則是七十年代申請到香港之後才學會的。

曾祖父於大清時在汕頭和廣州兩地經商，後來遭朝廷緝捕逃到柬埔寨，據說是和反賊孫文有勾結，不過他應該只是個小角色，父親也語焉不詳。清廷退位後祖父回鄉在汕頭繼續經商，在二十年代末那場世界性的經濟危機中破產，父親十幾歲時又隻身去柬埔寨投靠曾祖在那里的朋友，看來江家的反骨還是世代遺傳的，另外還有濃得化不開的愛國賊基因，要不就難以解釋為什麼我的兩個姐姐在六零年大饑荒之時，瞞著父母試圖要偷跑回中國，我在十一歲就死活要離開父母，告別大魚大肉去啃窩頭和醬疙瘩，祇是為了要留在北京讀書以便日後報效祖國。一年後的六三年，父親委託堂伯父專程到北京接我回家，他以為我吃了一年苦頭就會回金邊，不料被我拒絕了，那時我已經參加了少先隊並佩有兩道槓了。

串聯時第一次去黃花崗烈士陵園憑弔，後來移居到香港，多次去廣州，每次都會到那里緬懷那些烈士，這些長眠在這裡的人可能和曾祖父認識或有過交往，曾祖父逃過一劫，這個世界上才會有我這個人，倖存者的後人難道不應該到這里對他們表示敬意和懷念嗎？這大概就是我這個高棉人在註冊網名時不假思索就用了「黃花崗」的緣故吧。

七十年代末從香港到廣州旅遊攝於黃花崗烈士陵園

　　我是持柬埔寨護照隨父母到中國旅遊的，被姐姐蠱惑留在北京讀書，在中國期間沒拿過任何形式的身分證，連戶口本也沒領過，祇領過學生證和工作證，後來持單程通行證去香港，那時香港是英國殖民地，我算是英國屬土的居民，再後來歸化法國，因為還保存了一些柬埔寨的身分證明文件，在問話時也能說兩句，移民局的官員絲毫沒有懷疑我們不是柬埔寨難民，畢竟高棉話不是英文，世界上能說上幾句的人還真不多，現在我的護照和身分證也都註明我的原籍是柬埔寨，出生地是金邊（當我出生時，柬埔寨還沒獨立，是法國的海外屬土，說我生來就是法國人也沒錯）。

　　柬埔寨很早就被中共所滲透，我上小學一年級時是在一家親國民黨的「文光小學」讀書，校長陳光年先生，高大魁梧，應該是個國軍退役軍官，我們每天在上課之前要對著國父孫中山的畫像三鞠躬，唱「三民主義，吾黨所宗」。到了第二年，柬國政府屈服在中共的壓力之下，關閉了學校，驅逐了陳校長及一些教師（應該是台灣人，那時太小，不能分

辦）。我對這件事情記得那麼清楚是因為我很怕陳校長，他高大健壯，我從來沒見他笑過，我又聽不懂他說什麼（那時只聽得懂潮州話和些許高棉話），有一天看見他突然到了我家，和父親不知在說什麼，這是從未有過的事，他從未來過我的家！那時我祇覺得大禍臨頭，父親把我叫了過去，陳校長出乎意料地彎下身子摸了摸我的頭，眼中似乎還有淚光，弄得我莫名其妙，直到開學換了學校才知道他被趕回台灣了。

二年級上「端華學校」，這是金邊市以中柬兩種文字授課的最大學校，分小學、初中和高中，回想起來，端華應該是中共資助的。老師應該都是回大陸受過培訓，那時正在大躍進時期，那些老師滿口胡言，在他們的口中，中國就是個天堂，糧食多得吃不完，唱的歌也是：「年年我們要唱歌，比不上今年的歌兒多，全國一齊大躍進……」我還記得一個老師說中國養的豬和人象一樣大，除了鼻子短些和沒有象牙，她還問我們說，這麼大的一隻豬，我們學校全體學生能吃得完嗎？大家都覺得吃不完。北京的馬路光滑得和鏡子一樣，真的能當鏡子！我們也相信了，年幼無知嘛。在端華，有哪個學生去看臺灣電影（當時國共都有電影上映）或香港電影，被同學看到去舉報，是要記個大過的，畢劍福的遭遇我們這些柬埔寨華人早就領教過了，恐怖吧？我就是在他們的欺騙之下回中國讀書的。

這些教師後來幾乎都跑到叢林參加紅色高棉，在紅色高棉奪取政權後大部分被殺，這也許就是為虎作倀的現世報吧。

東南亞土著世代篤信佛教，百姓皆純樸善良，毫無機心，就如上古之初民一般，「安貧樂道」這四個字他們當之無愧，記得小時候有幾次和母親想乘坐三輛車都遭到拒載——那些車夫只要覺得今天已經賺夠了錢，他們就寧願三五成群聚在樹蔭下閒聊，你就是再多付些車費他們也不會為那點錢工作。不知為何一染上「毛」病，就脫胎換骨成為殺人狂魔，我至今猶百思不得其解。

1979年中共藉口越南在邊境挑釁侵略越南，是想解紅色高棉之圍。說越南在柬國用兵之際還要挑釁中國，就像納粹德國聲稱波蘭進攻德國一樣荒唐。

1975年4月17日，紅色高棉攻佔金邊，開始其血腥統治。在國內大肆屠殺百姓之餘，於75年5月1日入侵越南富國島和壽春島，燒殺姦掠無所不為。1977年4月和9月，紅色高棉兩次入侵越南安江省，打死打傷兩萬多名越南平民，並拒絕與越南談判。1978年4月18日，入侵越南知尊縣，製造了舉世震驚的Ba Chuc（百春）大屠殺，Ba Chuc鎮共有居民3177人，「男的一槍打死，女的先姦後殺」，無論男女老少幾乎全被殺光，只有兩個人成功藏起來僥倖生還。

1978年12月25日，忍無可忍的越南軍隊向紅色高棉發動全面進攻，勢如破竹，祇用了兩周時間便攻克金邊。中國駐柬埔寨大使館全體外交人員誓與紅色高棉同生死、共存亡，一起撤往西北部山區，1月30日，正在美國尋求美國牽制蘇聯的鄧小平公開表示：「中國人民堅定不移站在柬埔寨人民一邊反對侵略者！」

在全面肅清紅色高棉殘餘勢力後，1989年越南自柬埔寨全部撤軍，柬埔寨政府和人民把越南軍隊解放金邊的1月7日，定為正式節日「Victory Over The Genocide Day」（大屠殺逾越節）。

在紅色高棉統治的三年八個月的時間裡，整個柬埔寨成為一個大屠場，死亡人數在二百萬左右。全國人口減少了超過四分之一，43萬華裔被殺30萬，2萬泰裔死了8000，2萬越僑基本上被斬盡殺絕，在死亡人數和國民人口的相對值上創造了世界紀錄。78年喬森潘在聯合國大會上曾說：「五百萬柬埔寨人民將……」一個西方記者問道：「柬埔寨不是有七百多萬人口嗎？」喬森潘冷笑道：「我不理解你們西方人為什麼對反革命分子的命運那麼關心？」在法國，我認識了一位死裡逃生的華人，據他說，越南軍隊來了以後，從紅色高棉幹部家中找到死亡名單，華人全部都得分批殺光，這個華人撫著心口道：「下個禮拜！下個禮拜就輪到我家了！」越南人把他們一家從鬼門關拉了回來。

就在紅色高棉大肆屠殺華人的時候，波爾布特在北京接受偉大詩人的接見，當時波爾布特向毛請示：「我們要搞社會改造，不可避免會觸及華人，您的意見如何？」偉大的詩人毛主席大手一揮：「那是你們的內

政！」看看偉大的詩人的心胸多寬廣，氣魄多偉大？紅色高棉從金錢到武器，無不仰賴中共，祇需毛詩人表態維護華僑利益，數十萬華人便不至喞冤黃泉。

家父一向關心政治（他讀過幾年私塾，在金邊的華人中也算是個讀書人）。我的兩個姐姐早在1960年就去北京讀書，當她們表示要去中國時，父母親都表示反對，但是後來得到消息，端華學校的師生正在為他們籌錢做路費買機票（在此之前端華已經有學生以這種方式私自逃到大陸去了），父母親很是開通，覺得拴得住人也拴不住心，讓她們去吃兩年苦頭還不乖乖回來？我後來聽母親說，在機場送行時，有兩個女人在母親身邊故意大聲說：「這兩個女孩子真可憐，這麼小就被送到唐山受苦，她們的母親一定是個狠心的後娘！這麼作孽，以後會遭報應的！」母親後來跟我說起這段往事時眼睛還噙著淚水——可憐天下父母心。

兩年後，1962年的4月中旬，父母親參加了由使館組辦的華僑回國觀光團，帶上我和一個弟弟、一個妹妹一起赴京參加五一勞動節慶典，他們的本意原是想把兩個姐姐帶回來，但是他們低估了中共的洗腦術，在北京的近二十天中，大姐一有機會就來蠱惑我，說得天花亂墜，我那時才十一歲，懂得什麼？祇覺得在金邊聽到的中國人都在挨餓不是事實，華僑大廈的飯菜和北海頤和園的菜餚都很好吃（觀光團外出觀光，午餐都在外面吃，當然都是名廚做的菜），加上什麼北海天壇頤和園長城十大建築⋯⋯那麼多好玩的地方，就被姐姐忽悠得哭著喊著要留在北京讀書，父母親拗不過，跟我約定了，等他們去南京上海蘇杭等地遊玩過，到了廣州給我打電話，如果我要跟他們回家再到廣州相聚，當時僑辦的負責人也拍著胸口說到時候會安排專人送我到廣州。父母親這趟回國之旅真是賠了夫人又折兵，把我也給搭了進去。

63年秋天，父親托堂伯父專程來北京，想把我接回去，應該是父母親事先交待過，伯父幾次都趁姐姐不在場時勸我回家，那時我已經參加了少先隊，當上了中隊長，要為共產主義奮鬥終生了，再說大小也是個官了，怎能變節？加上母親唯恐我們受苦，祇要金邊有華人來北京，父母親都會

托他們帶上一些能保存較長時間的食物如臘腸臘肉、豬肉鬆牛肉乾、曬乾的大蝦米魷魚乾瑤柱之類的食物，家裡又時不時寄錢來，有錢寄來就有僑匯卷，可以去光顧友誼商店，每逢周末還可以下館子，北京展覽館裡的莫斯科餐廳和離華僑補校不遠的新疆餐廳，就是我們這些歸僑學生常去之處，不過我自己去得最頻繁的是「阜外食堂」，出了補校門口走不到兩三百米就到了，我最愛吃的菜是辣子肉丁和溜肝尖，好像總是吃不厭。

六三年父親委托堂伯父到北京接我回家未果，留影給母親看

　　生活既然不甚艱苦，加上姐姐日以繼夜對我洗腦，要求我要向中國人民看齊，學習他們的艱苦樸素，媽媽給我帶來的一些好的布料或是有格子條紋的衣服都不許穿，她自己甚至在新衣服上打上補丁！自從我們到北京，母親每隔一年就會到北京住上一個月，每次除了錢和食物還有衣服布料，但都被江姐（小說《紅岩》裡的女主角，她的同學稱她為江姐，她極為開心）收起來不給我，我到了十六七歲才開始懂得反抗——那是媽媽給

我的，你憑什麼拿走？從那時起我才穿上好布料縫製的衣服，至於在那之前的衣服布料，直到現在我都不知道被她弄到哪裡去了。她自己一直穿得破破爛爛，衣服上都是補丁，考上北大之後，她的同學知道有個僑生（那時是件稀罕事），眾人猜了幾天都猜不出竟是她這個看起來像個農村來的女青年，她甚至不肯用潤膚膏，說勞動人民都不會用潤膚膏，祇有資產階級才會用，每年冬天她的手都會裂開甚至往外滲血！好像這樣才能算是脫胎換骨成為革命隊伍中的一員。我第一年買了盒友誼潤膚膏，她覺得太奢侈，去買了一盒幾分錢的蛤蜊油給我用，友誼讓她給沒收了。

　　她在得知堂伯父要來北京後就天天和我談心，警告我不能當逃兵，更不能當叛徒，她甚至聲色俱厲地問我：「你要是成了逃兵叛徒，對得起毛主席嗎？對得起周總理嗎？」不知情的人聽了這話會以為是毛主席和周總理把我養大的，堂伯父此行的任務失敗了。

申請到香港獲批准後與朋友遊十三陵的留影

　　後來我申請去香港與父母團聚，沒有告訴她，不久之後父親來信詢問申請赴港之事進行得如何，被她看到了，從那天起我就成了她不共戴天之仇人，幾個月沒看我一眼，沒有回答過我一句話，直到我離開北京她都對我不理不睬。我一直認為世界上祇有她這麼一隻怪物，直到看了李南央

《我有這麼一個母親》這本書，才知道這種稀有怪物也能成雙的。

在朗諾政變後不久，柬埔寨開始屠殺越南人，金邊軍人政府把越南人視為潛伏的越共，越共當然有，但是絕大部分應該都是被冤殺的。湄公河上漂著很多屍體，父親很擔心他們殺得手順會殺華人，畢竟中共已經公開支持西哈努克和紅色高棉了，從這個意義上說，柬國的華人已經是敵國的人，被集體屠殺的可能性是存在的，父親在一夜之間就做了決定，全家分三批跑到港澳，把房子和工廠交給舅舅請他變賣，帶上家裡那點錢就全家跑到澳門，起碼一家人離得近些，也不用再擔驚受怕。記得在家裡有好幾大盒照片，我小時候光著屁股趴著的、坐著的，繫著紅兜兜的（像小人書所畫的哪吒穿的那種，高棉天氣熱，又怕孩子凍著拉肚子，我們小時候都光著屁股繫上那麼一塊花布縫制的兜兜包住肚臍眼），還有很多家庭生活照，都沒帶出來，祇保存了幾張。

我曾數次聽到母親晚年在感嘆，說父親一輩子都優柔寡斷，做生意沒有魄力，很多時候錯失了賺錢的良機，但是不知道他為什麼在那時捨得破釜沉舟拋棄一輩子的基業？那個時候是沒有幾個華人覺察到有迫在眉睫的危險的，很多人在遲些想走已經走不了了，朗諾政府感覺到如果任由華人外流會導致經濟崩潰，因此在我們一家逃離之後不久，政府就加強了管制，華人想要溜之大吉已經太晚了！母親得出結論：那是江家的列祖列宗在天之靈的庇佑！

舅舅一直不肯把房子和工廠變賣，他托人和父親說，政府對華人的態度沒有變化，畢竟柬國的經濟幾乎全掌握在華人手中，反華會造成經濟崩潰，所以他認為華人的安全有保障，如果把房子和工廠賣了，幾年後和平降臨（他認定戰爭很快會結束），我們再回去又得從新置業，一動不如一靜。

舅舅對朗諾政府的判斷倒沒錯，他萬萬想不到的是紅色高棉取得了勝利，舅舅一家的性命也全搭上了，人為財死，很多人就是捨不得家業全家被殺，父親的英明決斷救了我們一家的性命。

舅舅家在金邊以西，（過了波成東機場不遠）大約三十公里的一個叫

「安厝盧」的小鎮上，緊挨著4號公路，4號公路是美國人照著美國高速公路標準修的，據說在戰時可以供飛機起降，由於修得太直太好，開車時常不知不覺越開越快，每年出交通事故都得死不少人，4號公路的另一頭是西哈努克港。舅舅是做木材生意的，向政府投標買下一片片原始森林砍伐後出售，很有點錢，而且他很敬重母親這個姐姐，母親愛吃榴槤，每年到了榴槤飄香的季節，他都會裝滿一牛車母親愛吃那個品種的榴槤，僱個高棉農民拉到金邊送給母親吃，一牛車的榴槤我們一家人怎麼吃得完？況且這種水菓吃多了會上火，母親便會叫那些工人每人拿幾個回家，家裡的房子雖然大，分四層，但是每層每個角落都能聞到濃鬱的榴槤香氣，經月不散，睡夢中都能感到那些香氣結結實實把你圍住，現在沒這福氣了。記得舅舅每次來金邊，總是笑咪咪的把我們叫過去，從口袋裡拿出一疊鈔票，叫我們自己拿幾張，我後來聽二姐姐說，我總是抽一元面額的，她是找五元十元面額的（太大面額的錢她倒是不好意思拿），我從小就這麼笨，難怪一輩子都發不了財。紅色高棉奪得政權後，舅舅一家數十口祖孫三代幾乎悉數被殺，祇有一個表姐因為嫁得遠沒被波及，逃出了生天，現在住在美國加州。

79年2月12日，為了迫使越南從柬埔寨撤軍，挽救紅色高棉，中共對越南發動了「自衛反擊戰」，不惜出動數十萬大軍，犧牲數萬士兵的生命企圖挽救這個有史以來最嗜血，最殘暴的盟友。

那時我剛到香港不久，對自由世界的訊息如飢似渴，每天看幾份報紙，對紅色高棉的種種血腥罪行都有所了解，但是當中共發動對越南的侵略戰爭時，無論左中右輿論都一致叫好，祇有倪匡先生在他的明報專欄中明確反對這場不義之戰。民族主義當真能那麼蠱惑人心嗎？

在中共篡政前，東南亞華人大體上與當地土著相安無事。毛詩人登大寶後，想效仿老大哥豢養幾個衛星國過把老大癮，於是明裡高喊「和平共處五項原則」，「互不干涉內政」等等漂亮口號，暗中卻出錢出力出武器，甚至在中國設立了培訓基地，在東南亞各國搜羅了一群徒子徒孫，要求他們去搞武裝叛亂，「槍桿子裡面出政權。」妄圖克隆出幾個中共式的

政權,當地許多華人受到蠱惑,不可避免地捲入其中,從而導致在後來的反華排華中受到不同程度的傷害和殺戮。

像印尼、緬甸等國,在共黨妄圖奪取政權失敗後,華人所受的苦難就不必說了,但是柬共成功了,華人卻遭到最殘酷的殺戮,要不是越南軍隊解放了柬埔寨,柬埔寨華人恐無噍類。在柬共開展「武裝鬥爭」之際,很多「愛國」左傾華人跑入叢林與柬共一起戰鬥,但是後來悉數被偉大的毛詩人的好學生波爾布特殺得乾乾淨淨,無一漏網。香港田園出版社出版的「我與中共和柬共」,是由回國求學,後被派往柬埔寨搞顛覆活動的柬埔寨華人周德高口述,由朱學淵先生執筆撰寫的一書中有詡實的描述。

印尼、緬甸、泰國、馬來西亞無不如此,在印共緬共失敗後,華人都遭到池魚之殃,不少人的財產甚至生命都替毛交了學費。

柬埔寨元首西哈努克親王在中國流亡的日子裡,和美麗的莫尼克公主天天遊山玩水,夜夜笙歌,電視上的新聞簡報幾乎天天都有那個不知亡國恨而樂不思蜀的國王的報導,當時正值文革如火如荼之際,廣大群眾和幹部對「封資修」深惡痛絕,對此大為不解,大為抱怨。我曾經看到過周恩來對此事的內部講話,大意是:西哈努克親王在柬埔寨國內有一定的威望,如果放他回去參加武裝鬥爭,一定會削弱甚至奪走柬共的領導地位,我們花點錢養他,這樣柬共就可以坐大,在柬埔寨未來的政治格局中起到主導作用云云。我看到後大為震驚,深感周用心之險惡,所謂口蜜腹劍大概就是如此吧!

親王有幾個子女被柬共殺害,他本人回國後也被囚禁起來,要不是越南進攻柬埔寨,需要放他出來去聯合國爭取支持,親王與王后也難逃一死。

在我的記憶中柬埔寨人極老實善良,給人的印象甚至覺得他們比較笨,如果跟越南人相對比就更加明顯了,越南人個個都極精明,金邊有很多越南僑民,我們這些孩子從小都在一起嬉戲,直到現在我還記得一些簡單的越南話。

　　我被蠱惑留在北京後，分配到西城區阜外西口的華僑補習學校讀書。校長張國基先生，湖南益陽人，1915年考入湖南第一師範學校，當時湖南師範學校是一年制，他畢業後留校當講師，毛澤東在17年入校，張校長曾當過毛的老師，後來經毛介紹加入中共，1927年蔣介石清黨時張校長逃到印尼開了間中文學校辦教育，算是脫黨吧，在中共篡政後回到北京，五十年代末開始擔任北京華僑補習學校校長，毛對他還挺念舊情，他享受的待遇相當高，有汽車、司機和祕書，每年除夕夜都受邀到中南海與毛澤東吃團年飯敘舊，我問過張校長，都有誰能陪同毛主席吃團年飯？據他說有徐特立、謝覺哉、董必武、林伯渠等幾個被毛稱為老師的人，加上他湊上六個，連江青、劉少奇、周恩來和朱德都沒有資格坐在那裡。我又問他，到了中南海和毛主席握手嗎？在得到肯定的答覆後，那幾年的除夕夜我都在校門口等他的汽車回來跟他握手，算是間接沾過點皇恩龍氣。張校長很喜歡我，一看到我就會抱起來親兩下，我在華僑補校的學生中年齡算是最小的，學習成績卻應該是最好的，小時候也屬於那類比較討人喜歡的孩子。這麼算起來，張校長當過毛的老師，又教過我，也是我的老師（在補校讀書期間，張校長代過幾次課，還有數次坐在後排聽那些老師講課），我和毛澤東倒可算是有同門之誼。

　　北京華僑補校的老師應該都是尖子，要教一群來自世界各地，有很多甚至聽不懂普通話（我是其中之一），年齡大小不同、水平參差不齊的僑生著實不易。我在語文班補習了兩年中文，後考上北大附中，隨即文革爆發，滿打滿算只在中國正式讀了四年中文，比小學博士還略有不如。

62年我剛到北京時和華僑補習學校的小姐姐們在長城拍攝的

　　文革爆發後不久，我校的紅衛兵把校圖書館砸了，搶掠一空，等到我得到消息趕去，祗撿到一本唐詩三百首，一本稼軒全集，一本南唐二主詞集，那時除了雄文四卷和「歐陽海之歌」、「金光大道」之外沒有別的書可看，鎮日無所事事，夏天幾乎每天都去頤和園划船游泳，冬天去溜冰，有空便去學校附近的菓園菜地偷水果，掰玉米解饞（那時黃莊周邊都是菜地菓園，現在應該高樓林立了）。每天晚上就看那幾本書當安眠藥，那三本詩詞便陪伴了我好幾年，使我養成了對舊體詩詞由衷的喜好，直到今天，我還能一字不漏地背誦不下幾百首唐詩宋詞。

　　感謝神送了三本優秀的傳統詩詞給我當安眠藥，要是像那些老毛粉所引以為自豪的會背老三篇，那真的會讓祖宗蒙羞的。

　　七十年代初分配到北京朝陽區某廠工作，學徒剛滿師不久就申請到香港，當中英談判塵埃落定後倉皇跑到法國，一生從未與文字打過交道，我早就下定決心決不在中共的治下生活，對他們所謂五十年不變的保證我一句都不信。九十年代初在巴黎認識了一位移民到法國的詩人，和他交往過

一段時間，向他學習了一些有關舊體詩詞格律的知識。有一天他對我說：「讀書人應該有個齋號，我給你取一個。」說罷提筆濡墨寫下「癖詩廬」三個大字送給我作為齋號。我誠惶誠恐道：「我連初中都沒讀完，算什麼讀書人？至於作詩，我想都不敢想。」先生大笑道：「你就是個讀書人！李白杜甫連小學都沒上過呢。」並鼓勵說：「你要是肯寫詩，就是個詩人，你可以做到的！」

中蘇在珍寶島發生衝突後，全中國都在備戰，我們去進行軍事訓練，出發前和幾個同事的合影

韓愈曾感嘆道：「世有伯樂，然後有千里馬。千里馬常有，而伯樂不常有。故雖有名馬，只辱於奴隸人之手，駢死於槽櫪之間，不以千里稱也。」如果沒有吾師的傳道，授業解惑和鼓勵，我這輩子是沒有勇氣去寫一首詩的。

退休後閒來無事，想起吾師鼓勵我的話，也為了打發時間，但是又擔心自己對先生的教導理解有誤，找了本王力先生的「詩詞格律」學習詩詞創作，迄今八年了，寫下近兩千首詩詞，除了三百餘首詠史詩，其它都是時事詩，也寫了一些旅遊詩和遊戲之作，雖不敢比唐宋前賢，但是自信於格律尚無大錯，也沒有無病呻吟之作。我祇能算是個半文盲，才淺學疏，難免有疏漏謬誤之處，望方家不吝賜教補充。

因大陸收回香港，逃往法國之前和朋友在太平山頂留影

　　拙詩遵循傳統舊體詩格律，用平水韻，詞則是依龍榆生先生的詞律，皆用定格。吾師當年曾半開玩笑說：「江浩，你以後作詩填詞得嚴格依照格律，千萬不可失律出韻，東坡李白可，他們才大，人家都知道他們精於此道，祇是不屑去修改，你們這些初學者則不可，別給我丟人！」吾師之話我至今牢記在心，如發現格律有誤則一定想方設法改正。

　　六零年兩個姐姐（左一左二，老大和老三）赴北京前拍的全家福，右二那個男孩是我，兩年後也掉進那個坑裡去了，後來聽二姐說，老大當年也極力攛唆她一起走，她沒上當，比我和三姐精多了。不過她又補充說：沒魚沒肉吃的地方我才不會去呢，在她看來，吃魚吃肉比愛國重要。

　　二姐顯然缺乏江家的愛國激情，居然聲稱沒有肉吃就不愛國，這與偉大的詩人毛主席在延安大義凜然宣布，要是不讓他去藍蘋那個「天生一個仙人洞」旅遊他就不革命有異曲同工之妙。

六零年兩個姐姐赴大陸之前的全家福

　　這張金邊的照片是在越南軍隊解放金邊時不知道由何人拍攝的，建築物都被糟蹋得破爛不堪，面目全非，大街上都是垃圾，一個親戚給我發來這張照片，正中那座圓頂建築是中央市場，華人稱為新市，與之對應還有一個市場叫老市，距我家比較遠，我那時年紀小，沒去過。新市是法國人設計建造的，整座建築一層層都開了數不清的窗口，自然採光，我小時候常跟媽媽一起去買菜，從我家走過去也就十來分鐘，右邊白色車子後面緊挨著拐角圓弧形建築，天台上有水泥柱子的那幢房子就是我曾經的家，我那時睡在三樓，母親在天台上用大瓦缸種了矮種番石榴，石榴和矮種木瓜，還種了一些香料如金不換，薄荷葉，蔥和辣椒，在一個遮陰的角落我還養了一大缸金魚，另外還用闊口玻璃瓶養了十幾瓶鬥魚，那些小東西得一條一條分開養，要不就會打個你死我活，這些鬥魚有些是買的，有些是自己去撈的。還養了很多蟋蟀，東埔寨的蟋蟀個頭很大，也很勇猛，比我

後來在北京圓明園遺址的亂石堆中逮到的蟋蟀體型要大好幾倍，當時要是
有人獻幾隻給宣德皇，當個大官易如反掌。那些蟋蟀都是到了晚上拿手電
筒去離家不遠的地方逮的，那時金邊像個大村子，離我們家不遠的小河溝
和稻田就能逮到鬥魚，我家的後門是塊空地，有一片小樹林，我多次見到
有孔雀在那里徜徉。

弧形建築右側第一幢房子就是我曾經的家

　　那條街原來的街名叫篤加蘭街，後改名為戴高樂大道，另外金邊還有
一條大街的街名叫毛澤東大道，剛來法國時曾有個溫州人要冒充高棉難
民，要我給他個地址，我說就毛澤東大道好了，容易記。他瞪了我一眼
說：開什麼國際玩笑？便不再理我了，好人難當哪。戴將軍和毛詩人不知
道花了多少冤枉錢才把名字立在那兩條街的街口，親王的錢來得真容易。
　　那座圓弧形拐角的建築物是家西藥房，小時候曾被母親派遣去買過幾
次藥，都是鄰居，那些夥計和我都很熟，有時還會塞兩顆治咳嗽的薄荷糖
讓我解饞。幾年前巴黎的妹妹到金邊舊地重遊，還特地看了看，房子已經
不知道是何人所有了，妹妹跟那戶人家說，這原來是我家，可否讓我進去
看一下？那戶高棉人也同意了，物是人非，恍如隔世。

　　大概在我離開金邊後兩年，父親又在金邊最大的烏亞西市場附近的莫尼旺大道買了塊地蓋了一幢房子搬到那裡住，那時聯繫都靠寫信，所以記得地址，那個地方我沒去過，聽妹妹說比舊宅還大，不過那也是屬於別人的了。紅色高棉滅亡後有些在法國的華人還真的回去辦理手續領回房子，父母離開時工廠和住宅的房契地契都交給舅舅，現在舅舅一家都被殺，房契地契也都沒了，有的親友認為父親還保留著自己的護照，高棉政府應該能查得出來，父親沒去嘗試──錢財身外物，一家大小都能毫髮無損已經是菩薩保佑了，親眼看到那麼多親友忙了一輩子，到頭來一場空，連一家大小的命都沒了，他看淡了，當初父親肯毅然決然離開金邊，大概已經做好了捨棄財產的準備，祇要一家大小平安就好，父親辦到了。

　　我家右邊的鄰居姓黃，有兩兄弟和我年齡相仿，哥哥名叫子龍，弟弟名叫子強，他們的模樣我現在還記得，小時候常在一起玩，後來聽母親說，兄弟倆都被送到巴黎讀書，75年赤柬進入金邊，一些腦子被洗壞的高棉留學生包了架飛機要回去建設祖國，兄弟倆也在其中，一下飛機就悉數押到附近的樹林槍殺，無一倖免，兄弟倆的父母在赤柬進城後不久就被殺，全家被滅門！

　　我從小就被蠱惑被欺騙，以為中共為國為民，社會主義是金光大道，離開父母自願去接受洗腦，當時可以說是雖九死而不悔，幸虧很早（大概是是在67年左右）就醒悟過來了，從此不再對這個邪惡集團抱有任何幻想，剛開始誤入歧途，後來卻如鳳凰般的浴火重生，現在他們不論如何花言巧語，再也沒有可能騙得了我，塞翁失馬，焉知非福？

　　隔壁的黃先生倒是很早就知道中共不可信，把兩個兒子送到自由民主的法國，卻不料他們卻在法蘭西喝了左傾思潮的毒酒，大陸文革時，法國的學生也跟著興風作浪，鬧得很兇，黃家兄弟不可避免會受到影響，父母安排他們走進一座華麗的殿堂，他們卻掉進殿堂的糞坑裡，種下玫瑰，卻收穫了罌粟，人生選擇的道路真是無法預測會把你帶到何方，塞翁得馬，又焉知非禍？

　　潑水節的歡樂少女，應該是在五十年代中拍攝的，到了六二年我離開

金邊時，街上的摩托車都是大排量的本田了，輪子和車子都要大上兩號。那時金邊沒有計程車，載客全是這種三輪車，可以坐兩個大人，再坐上兩個孩子車夫也照載不誤，頂上的篷隱藏著一卷捲起的油布，下雨天可以拉下來為乘客擋雨，這種三輪車是我當年常坐的交通工具，很多車夫在下雨時也不披雨衣，就那麼淋著雨，我們這些孩子每逢雨季開始那頭幾場雨都會穿著褲衩，甚至光著屁股在雨中追逐玩耍，稱為洗雨水澡。

金都大戲院位於我家到端華學校的必經之路，幾乎天天都經過，這家戲院放映一些日本電影和印度電影，西哈努克親王導演甚至參加演出的電影也在這里放映，親王就是高棉的陳後主和隋煬帝，人很聰明，喜歡搞藝術，能當導演，會填詞作曲，可以不用稿子滔滔不絕講上兩三個小時，比他能侃的全世界大概只有一個卡斯特羅了，包子這種拿著稿子還打嗑巴的蠢貨跟我們的親王完全沒有可比性，他當然也喜歡美女，更是個專業的亡國之君，可是他在高棉還是很得人心的，他每年都要去一些鄉村訪貧問苦，後面跟著兩輛卡車，裝滿了格子浴巾（幾乎每個高棉農民都會在脖子上繫上一條，隨時可以沖涼）拖鞋、汗衫褲衩、萬金油和白花油等東西，每到一處，就會滔滔不絕表示你們的王如何愛你們這些百姓，在他的努力下，又有那個壽頭要拿出多少錢送給柬埔寨，再列舉一些大國援助的項目，日子會越來越好的，他甚不用像列寧那麼騙人說：「麵包會有的，牛奶會有的……」。在他的治下，高棉還真的越來越好，柬埔寨本來就是個魚米之鄉，稻米一年三造，祇要在有水的地方連我們這些孩子都能用手摸到魚，很多農村種稻子甚至不用插秧，祇需犁了地，撒下稻種就等著收割了，我們潮州人均耕地面積很少，潮州老農是出名的農業專家，被很多地方請去指導種田，中國也挑選了一些老農去柬埔寨指導耕種，我回鄉時聽到一個曾經的專家搖頭苦笑說，幫助他們提高了產量，明年他們就會少種一季，幫不幫都一樣。很多樹上一年四季都結著菓子，根本就餓不著人。加上那些年由於越南戰爭之故，柬埔寨的戰略地位舉足輕重，對越戰能產生很大的影響，中美蘇都爭相送錢給西哈努克，親王也毫不客氣照單全收，那真是一段美好的時光，金邊被稱為小巴黎，柏油馬路筆直寬闊，兩

邊種滿了花卉，那時真的不記得金邊有乞丐，以致我六二年經香港去大陸，在踏入羅湖看到那一群群鶉衣百結的饑民時感到詫異莫名，不明白他們為什麼要在身上掛些破布在大街上遊蕩。那時在香港住了幾天，住在九龍的二伯父帶著我們去到處參觀購物，那時我覺得香港很落後，很多住宅都破舊不堪，坐車經過一些徙置區，整幢大廈外掛滿晾曬的衣服，花花綠綠的褲衩漫天飛舞，煞是壯觀，市容遠遠比不上金邊。二伯父是資深的國民黨員，在香港的黑社會中有些地位，父親把我們留在大陸讓二伯父埋怨了他許多年。後來我和在北大荒吃了幾年苦頭的三姐申請到了香港，一次陪同爸爸和二伯父在茶樓飲早茶，聽到伯父不無得意地對父親道：「怎麼樣？我說的沒錯吧？」又看了看三姐和我搖頭嘆道：「浪費了十幾年青春哪，書都沒讀幾本，真不知道你們那時中了什麼邪？」

我見過親王兩次，一次是他在金邊獨立碑前的群眾集會上的演講，家裡的一個工人讓我騎在他的肩膀上看熱鬧，那時看不到什麼安保，也沒有拉上警戒線，更沒有群眾演員，要來就來，想走就走，祇有十來個憲兵在那裡維持秩序。另一次在北京，我是夾道歡迎群眾中的一個，親王和莫尼克公主沒看我一眼，他們甚至沒想到歡迎群眾中有一個竟是他的臣民。

親王每次演講完畢，那些不值錢的禮物個個有份，百姓視之為菩薩，比起習近平只會去揭鍋蓋，高下立判。如果不是中共把親王和紅色高棉撮合在一起，波爾布特沒機會成功。

是為序。

目錄

肆、江胡篇

伍、習近平篇

百年詠史前言

七律

生公説法亦何痴 (1)　　　赤縣冥頑逾舊時 (2)
去國杜鵑空泣血 (3)　　　溺波精衛苦啣枝 (4)
七年直秉董狐筆 (5)　　　八紀曲成芻狗詩 (6)
深禱蒼天伸巨手　　　　擘開夢眼辨妍蚩

註（1）生公，法號竺道生，晉人，曾到蘇州虎丘山對著一堆石頭説佛法，頑石皆點頭。

註（2）中國的代稱。現在的百姓大多被徹底洗腦，比起大清民國尚不如。

註（3）蜀國杜宇，號望帝，失國而死其魄化為杜鵑鳥，日夜悲啼，淚盡繼以血。

註（4）精衛為炎帝幼女，溺死於東海，化為鳥，銜木石填海不止。

註（5）董狐為春秋晉國史官，孔子譽為古之良史。文天祥・正氣歌：「時窮節乃見，一一垂丹青，在齊太史簡，在晉董狐筆。

註（6）芻狗，古時用草編成的祭祀物，用完即棄。老子：聖人不仁，以百姓為芻狗。百年詠史就是試圖把中國百姓的苦難記錄下來。

　　華夏為詩的國度，中華民族歷朝歷代都有詩人將統治者的暴虐和百姓所承受的苦難用詩歌紀錄下來，自詩經始，就有「伐檀」、「碩鼠」、「節南山」、「雨無正」等詩歌揭露統治者對人民的殘酷剝削，諷刺君王任用奸佞小人和官員的貪瀆。到了漢代，又有「東門行」、「婦病行」、「孤兒行」、「十五從軍征」反映貧苦百姓飢寒交迫的悲慘生活。

　　唐代詩聖杜甫更是以他悲天憫人的如椽大筆寫下傳誦千古的「兵車行」和「三吏三別」為百姓蒙受的苦難大放悲聲，千載之後猶能讓讀者泫然淚下。甚至在異族統治下的元代，詩人還可以發出「興，百姓苦；亡，百姓苦。」的悲嘆。

　　清代為維護和鞏固滿人的統治，大興文字獄，從漢文人的作品中摘取

隻言片語，斷章取義，羅織罪名構成冤獄，文人被冤殺無數。饒是如此，也還有詩人勇敢地站出來喊出民間的疾苦：「不論鹽鐵不籌河，獨倚東南涕淚多。國賦三升民一斗，屠牛那不勝栽禾。」

自共產主義幽靈遊蕩到神州，迄今已近百年，國人所受摧殘已臻極限，但在統治者的淫威脅迫和堅持不懈的洗腦下，文壇竟是一片歌舞升平，就算發生了極為慘烈的天災人禍，也有無恥文人跳出來「含淚勸告請願災民」：「主席喚，總理呼。黨疼國愛，親歷死也足」「祇盼墳前有屏幕，看奧運，同歡呼」「縱做鬼，也幸福」。

我從小生活在那個邪惡集團統治下的人間地獄，親歷和目睹了善良的中國人民所承受的種種苦難，一直想把這段不堪回首的痛史紀錄下來，以儆醒國人，只恨自己無八斗之才，又一直忙於生計，無暇詠唱。退休後不忖淺陋，動筆寫了詠史詩詞三百餘首，將中共自建黨至今所發生的大事件和人物都寫成詩詞。

古今中外皆有詠史詩，古希臘行吟盲詩人荷馬創作的兩部長篇史詩《奧德賽》和《伊利亞特》在西方家喻戶曉，膾炙人口。中國歷朝歷代的詩人都有詠史詩，但那都是擷取歷史某事件賦詩。將中共自建黨至今近百年所發生的重大事件和重要人物，和在中共統治下受到種種苦難的老百姓的方方面面都寫成詩詞，從時間跨度，連貫性和數量而言，拙詩自信尚無前人。

希望能寫到這個邪惡政權終結的一天，以告慰華夏億萬冤魂。

臺灣和港澳及海外的朋友對毛共的罪行可能不太清楚，希望能從拙詩對這段痛史有初步的了解。

拙詩依傳統格律，用平水韻，詞依龍榆生先生的詞律，皆用定格。

拙詩中言辭激烈之處，望讀者勿以為忤，拙作當無誇大失實之處，對這個罪惡滔天的邪惡集團，世界上任何文字都不足以表達對他們的憤恨。

（部分說明摘自維基百科、谷歌和百度）

壹、中共打天下篡權篇

七津　百年詠史（1）建黨

國亡青史不容亡　　　細説端詳費辯章 (1)
病漢投醫師北狄 (2)　　幽靈借勢蕩南疆 (3)
嘉興花艇聚巢獻 (4)　　赤縣波瀾啓禍殃
荼毒堯民將八紀 (5)　　空悲舜壤化氈鄉 (6)

註（1）辯章，辨別明白。
註（2）病漢喻中華，北狄爲蘇俄。
註（3）馬克思在共產黨宣言中把共產主義喻爲幽靈。
註（4）中共一大在嘉興一花艇召開，巢獻指黃巢與張獻忠。
註（5）古之一紀爲十二年，現在也有將百年稱爲一紀。
註（6）舜壤爲中華大地，氈鄉爲胡人所居之地。宋・張孝祥・六州歌頭・長淮
　　　　望斷詞：「隔水氈鄉，落日牛羊下，區脱縱橫。」

　　從1920年開始，有關共同組建團體以改革中國社會的思想成爲普遍的共識。1921年6月第三國際派遣馬林等人前往上海協調召開全國代表大會，組建中國共產黨。1921年7月23日，來自中國北京、漢口、廣州、長沙、濟南等地和日本的13名共產主義小組代表與2名第三國際代表全部抵達上海法租界召開代表大會。7月30日，上海會場遭到警方搜查，會議地點轉往浙江嘉興的嘉興南湖一艘遊湖船上進行。第一次全國代表大會宣布建立中國共產黨以及其宗旨和原則等決議，並且制定有關工作機構和工作計畫的臨時性綱領。在第一次全國代表大會上還選舉陳獨秀、張國燾、李達三人組成的中國共產黨中央局爲領導機構，分別由陳獨秀擔任書記一職，而張國燾和李達分別負責組織與宣傳工作。

七絕三首　百年詠史（2）陳獨秀

　　　　獨導蘇俄入漢關　　秀才誤國禍千般
　　　　罪名早列閻王簿　　人死焉能免諷訕　　（嵌獨秀罪人）
　　其二
　　　　空谷揚聲呼德賽　　渠成水急導蘇俄
　　　　先生卻似汪精衛　　報國情真誤入魔

　　獨秀先生在鼓吹新文化，呼籲迎入德賽二先生一事功不可沒，但是在大陸，德賽二先生至今仍祇是用來妝點門面，反倒是他從俄國請來的幽靈肆虐神州近百年，兀自徘徊不去，其功過孰大？

　　在中共高層中，獨秀先生是最早幡然醒悟的，他曾為維護中國的利益多次與第三國際發生齟齬，這與毛澤東、王明那些唯命是從的奴才還是有本質的區別的，陳有獨立的人格，一生未放棄對民主的追求，但大錯卻是由他鑄成，千秋功罪，留待後人評說吧。

　　其三
　　　　八大胡同棲別枝　　秀才闊綽動京師
　　　　原來貴黨開山祖　　竟是章臺急色兒

　　在網上看到一張泛黃的收據，內容是這樣的：
　　收據　　代收者蓮語堂主
　　今收到北京大學文科學長陳獨秀教授嫖資貳佰伍拾元整　　北京上林仙館（陝西巷）。字寫得龍飛鳳舞，今天很多「著名書法家」的字根本就不可望其項背，人家可才是個妓院的賬房先生。

　　八大胡同只是那時對花街柳巷的統稱，具體說來八大胡同包括：百順胡同，石頭胡同，韓家潭，萬佛寺灣，大外廊館，小外廊館，王寡婦斜街，胭脂胡同，陝西巷，朱茅胡同。

在清朝末年北京民間曾流傳一首七律介紹八大胡同：

八大胡同自古名，陝西百順石頭城，韓家潭畔弦歌雜，王廣斜街燈火明，
萬佛寺前車輻輳，二條營外路縱橫，貂裘豪客知多少，簇簇胭脂坡上行。

清末民間就算是嫖娼廣告詩也是格律精嚴，可以秒殺現在絕大部分詩人。

二百五十大洋在民初足可以在北京買座四合院，陳教授嫖娼出手之闊
綽令今天的富豪如劉強東們瞠目結舌——他們祇想把小姑娘灌醉了吃免費
餐。可見那時的民風尚古，雖是共匪的開山鼻祖也還守規矩。

陳教授在八大胡同醉生夢死，樂不思北大，竟能在嫖娼的過程中抓傷
婊子的下體，為爭風喫醋與人大打出手，以致被炒了魷魚，在窮途潦倒之
際投靠維金斯基拿其盧布，改變了中國近代史現代史和未來史，把國人推
入無邊血海，「萬惡淫為首」，古人誠不我欺！

不過陳教授倒也在八大胡同得到創作的源泉，寫出了〈乳賦〉這樣的
絕唱，我不相信教授對著黃臉婆那兩坨布袋肉能寫出這篇錦繡文字來，不
知他在八大胡同摸了多少坨奶才有此奇文面世，有心人可以搜索一下那時
的嫖資，除二百五十大洋，就可以算出個大概，但是那二百五十大洋也祇
是教授賒帳後的一次結算，天才知道教授總共賒了幾回賬，付了幾回現，
打了多少賞？

那個年代真是令人心往神馳，妓院名為「上林仙館」，帳房先生的雅
號是「蓮語堂主」，他隨手寫下幾行嫖娼流水賬也可以羞煞當今許多「書
法家」！

據胡亂編造出「金陵春夢」唐人先生所述，民初嫖娼也得依照一套古
已有之的繁文縟節，不是看上那位林妹妹就可以直搗黃龍的，得三番五次
請客打茶圍，鴇母和窰姐認為你有誠意，出手闊綽才肯與你同赴巫山雲雨
一番，那時的紅牌妓女很多都通曉琴棋書畫，能與文人墨客談詩論文行酒
令，不像今天祇要「人靚波大水多活兒好」就可以竄紅。

換句話說，以前嫖娼講情調，追求的是「小紅低唱我吹簫」，現在講
效率，一上來就要「小紅吹簫我低唱」，人心之不古一至於此！

要是能使時光倒流回到民初，我就算砸鍋賣鐵也得破例去嫖一回娼

的。

七津　百年詠史（3）國共合作

聯俄容共亂章法　失察中山誤引狼 (1)
合作方能侵肺腑　結援焉有好心腸
挖牆闖隙尋瑕釁　代李夭桃移禍殃
養虎成仇遭反噬　十年內戰益東洋

註（1）對國民黨的聯俄、容共，梁啓超在1927年5月5日家書中如是說：「近年
　　　　來的國民黨本是共產黨跑入去借屍還魂的，民國十二、三年間，國民黨
　　　　已經到了日落西山的境遇……適值俄人在波蘭、土耳其連次失敗，決定
　　　　『西守東進』方針，傾全力以謀中國，看著這垂死的國民黨，大可利
　　　　用，於是拿八十萬塊錢和一大票軍火作釣餌，那不擇手段的孫文，日暮
　　　　途窮，竟甘心引狼入室。」

　　吳佩孚有詩「江南盡說赤氛惡，塞北遙知黑水流。」概括了當時實力
派軍閥對共產黨勢力興起和外敵威脅的憂思。

　　無須為賢者諱，中山先生的聯俄容共確實是為共產主義在中國的泛濫
提供了極大的便利。

　　上世紀二十年代，對共產邪惡主義看得最透的中國人當屬蔣介石。一
九二三年八月十六日，蔣介石率領「孫逸仙博士代表團」前往蘇聯考察。
去前，蔣介石嚮往蘇聯俄共、迷戀共產主義。考察三個月後，蔣發生了根
本轉變。

　　蔣在《蘇俄在中國》一書裡寫道：「在我未往蘇聯之前，乃是十分相
信俄共對我們國民革命的援助，是出於平等待我的至誠，而絕無私心惡意
的。但是我一到蘇俄考察的結果，使我的理想和信心完全消失。我斷定了
本黨聯俄容共的政策，雖可對抗西方殖民於一時，決不能達到國家獨立自
由的目的；更感覺蘇俄所謂『世界革命』的策略與目的，比西方殖民地主

義，對於東方民族獨立運動，更危險。」

蔣介石說，蘇俄共產革命不外兩個方法：一個是階級鬥爭，一個是奪取民眾和武裝暴動。他們革命的性質，既然是以階級為本位，他們的革命方法，當然就是階級鬥爭，他們把整個社會，劃分做許多對立的階級，他們以為階級鬥爭，是社會進化的原動力，所以階級的意識，如不明顯，他們要使之明顯，階級的衝突，如不激烈，他們要使之激烈。他們以為祇有無產階級打倒其他階級，革命才能成功，這便是他們革命的方法。此外他們還要奪取民眾和武裝暴動。他們以為要發展革命勢力，非有偉大的民眾擁護不可，而要得到民眾擁護，非民眾服從共產黨指揮不可，所以他們常奸淫擄掠殺人放火，使得社會混亂，民不聊生，然後可用威迫利誘的方法，奪取民眾，來做他們的奴隸，民眾而可曰奪取，是其已不當民眾為人類了。徒唱高調，以最遠的將來的利益引誘民眾，使之效力，又以政治力量強迫民眾，聽其指揮。

蔣介石的感悟在今天看來可謂句句驚心，對中共近百年的暴行預見得毫釐不爽。就是因為他對「蘇聯的政治制度，乃是專制和恐怖的組織」的認識，才使得他與一切聽命於蘇維埃的中共展開殊死的搏鬥。

從中共建政以來所發動的歷次殺人運動如鎮反、肅反、反右、四清、文革、嚴打、六四、鎮壓法輪功等等等等……可以證實蔣公在近百年前對共黨的真知灼見。

七津　百年詠史（4）北伐清黨

> 北伐兵鋒勢破竹　　雄藩悲兔意悽愴 (1)
> 前方將士冒飛矢　　故里親朋投沸湯
> 貧痞掠財施酷虐　　王師聞訊氣低昂 (2)
> 蔣公斷腕行清黨　　靖亂征程得一匡 (3)

註（1）雄藩指各派系軍閥。

註（2）形容升降起伏，高低不定。文選·張衡·子思賦：「振余袂而就車兮，
　　　修劍揭以低昂」。
註（3）一匡，改正、扶正之謂。

　　國民革命軍北伐，又稱國民政府北伐、國民黨北伐、大革命、第一次
國內革命戰爭，是1926年至1928年間，中國國民黨領導的國民革命軍向北
洋軍閥發動統一中國之內戰，是國民革命運動中最主要的部分。因為國民
革命軍由南向北推進，戰場橫貫中國北方與南方，故又簡稱「北伐」或
「北伐戰爭」。

　　1926年7月9日，國民政府成立國民革命軍，由蔣中正擔任總司令，起
兵廣東，連克長沙、武漢、南京、上海等地；進至華中，國民政府內部因
對蘇聯與中國共產黨態度不同而分裂，北伐陷於停頓。寧漢復合後，國民
革命軍繼續北上，加入西北馮玉祥、山西閻錫山後，1928年6月攻克北
京。奉系軍閥、安國軍總司令、中華民國軍政府海陸軍大元帥張作霖從北
京撤往中國東北，隨後因皇姑屯事件被炸死，其子張學良宣布東北易幟，
至此國民政府完成北伐。

　　北伐軍在前方浴血奮戰，毛共卻在後方搞農運，組織一幫農村的地痞
流氓分田地，殺富戶，無所不為，許多北伐將士的家屬都慘遭不測，連時
任中共總書記李立三的父親都被虐殺，可見紅色恐怖之烈。馬日事變後陳
獨秀於六月致電共產國際，承認湖南農運過激釀成馬日事變。他在電文中
說：「當時北伐軍官家屬土地和財產被沒收，親戚被逮捕，平白遭受拘捕
與懲罰，米的運輸受阻，向商人勒捐，農民搶米糧，吃大戶，士兵寄回家
中的少數金錢均被農民沒收與瓜分。」

七津　百年詠史（5）十年內戰

　　　　燎原烽火點南昌　　　　烏合朱毛上井岡
　　　　豈慮廈傾師北狄 (1)　　　亟摧城壞待東洋
　　　　八方兵燹民如煮　　　　五次屠蛟績不彰 (2)

41

　　　半壁膏腴遍伏莽 (3)　　　共和國運直堪傷

註（1）蘇維埃政權也是乘沙皇俄國在一次大戰中打得筋疲力盡發動武裝暴動建
　　　立的。
註（2）國府五次圍剿都未能徹底消滅共黨。
註（3）伏莽，本為軍隊藏匿在草叢中，後世用以指隱伏的盜賊。舊唐書·高祖本
　　　紀·史臣曰：「由是攫金有恥，伏莽知非。」

　　　1925年，主張聯俄容共的國民黨領袖孫中山去世後，共產黨人在國民
黨內的勢力迅速擴大，導致國共兩黨的合作關係出現裂痕。國民黨建立國
民政府發動北伐期間，兩黨矛盾激化，導致國民革命軍總司令蔣中正於
1927年4月12日在南京宣布清黨；同年7月，汪精衛領導的武漢國民政府宣
布分共，國共兩黨正式決裂。1927年8月1日，共產黨發動南昌暴動，開始
武裝奪權，並先後建立中國工農紅軍及數處革命根據地，與定都南京的中
華民國（國民政府）分庭抗禮。1928年12月，國民政府完成北伐、形式上
統一中國後，自1930年起先後5次圍攻共產黨在南方之根據地。1934年，
在第五次圍剿戰爭中，國軍攻佔當時中共中央所在的中央蘇區，中國工農
紅軍被迫逃竄到陝北。

七津　百年詠史（6）中華蘇維埃

　　　俄奴建政號維埃　　　　分裂中華風氣開 (1)
　　　血雨灑空施斧鉞 (2)　　　靦顏賣國孕胚胎
　　　列寧頭像印鈔票　　　　李德足登封將臺 (3)
　　　無恥之尤臻化境　　　　溥儀精衛不成材

註（1）中華蘇維埃共和國成立於1931年11月7日，由中國共產黨在共產國際的支
　　　援下，在中國大陸所建立的第一個全國性割據的馬克思列寧主義的共產
　　　主義政權，與當時的中華民國國民政府相對立。中共搞兩個中國比滿州
　　　國還早好幾年！

中共一向汙蔑對手分裂中國，搞兩個中國，其實他們才是分裂中國和搞兩個中國的始作俑者！不但如此，還起了個俄國名字，請個洋人來指揮軍隊，接受俄國人的命令行事，連鈔票都印上俄國祖宗的頭像，其無恥前無古人，相信也是後無來者。

註（2）刑戮，殺戮。

註（3）李德，原名奧托‧布勞恩，又名華夫，曾用名李特羅夫。德國人，曾為中國共產黨軍事顧問，執掌中央蘇區軍事指揮大權。

毛曾親赴莫斯科為斯大林祝壽，開中華千古帝王之先河。石敬塘似未去向契丹皇帝祝壽，滿洲國也沒有把天皇的玉照印在鈔票上，汪精衛更沒有請個日本浪人來統帥他的軍隊，更沒有人把扶桑、東瀛做為國號，看來中共的無恥確是前無古人。被中共罵了數十年的滿洲國皇帝和汪精衛的節操與中共相比較，高出不知多少。

七津　百年詠史（7）武裝保衛蘇聯

中東鐵路起干戈 (1)	積弱神州泛百痾
拒虎防狼難決勝 (2)	含羞忍辱枉求和 (3)
學良智短局全墨	中正鞭長頭半皤
堪恨猖狂心喪犬	武裝暴動助蘇俄 (4)

註（1）張學良為收回中東路主權，從1929年7月開始驅逐中東鐵路蘇聯職員，查封哈爾濱市內的蘇聯商業機構。1929年7月18日蘇聯政府宣布對中國斷交。蘇軍在中蘇邊境黑龍江吉林段準備武裝介入，戰爭爆發。

註（2）當時東北駐有日本關東軍，在後虎視眈眈。

註（3）東北軍戰敗，1929年12月20日，張學良被迫在伯力（哈巴羅夫斯克）簽訂了《中蘇伯力會議議定書》，議定書恢復了蘇聯在1929年7月10日以前在中東鐵路的一切權益，會後蘇軍撤出中國東北，但繼續占領中國領土黑瞎子島等地。

註（4）1929年中東路事件爆發後，共產國際遠東局明確要求中共中央要提出武裝保衛蘇聯的口號，並組織大規模的反對國民黨和擁護蘇聯的群眾示威。對此，中共領導人瞿秋白、李立三、向忠發、周恩來做出了積極的響應。他們召開政治局會議，決定在8月1日「反帝日」舉行示威，而且爭取發動上海工人總罷工。

　　在中東路爆發戰爭時，中共的表現是他們穢史中最不堪的一幕，世界上從無一個政黨或組織在外敵侵略時公然發動暴動來幫助敵人，稱他們為狗倒是對狗的汙辱，狗還不嫌家貧呢，豈有盜賊入室狗倒去撕咬主人之事？

　　曾經在央視上看過一個以中東路戰爭為主題的節目，幾個主持人一唱一和，對國民政府一味冷嘲熱諷，對蘇聯紅軍的赫赫戰功贊嘆不置，真不知是何等肝腸？好好的糧食，竟然餵了一群狗！

七津　百年詠史（8）蘇區肅反AB團 (1)

賊巢驀地卷腥風	狂舞屠刀笑獻忠
失魄曾山心惴惴 (2)	知機龔楚走匆匆 (3)
全軍將校網羅盡 (4)	二字洋文營帳空
國府十年圍剿苦	不如併火一番功 (5)

註（1）第一次國共合作時期，共產黨幫助國民黨在江西建立黨組織。因此在國民黨江西省黨部中共產黨員和國民黨左派占有優勢。1926年11月8日，北伐軍攻克南昌。蔣介石發現江西的國民黨省、市黨部，完全由共產黨員「把持黨務」。於是蔣介石指示國民黨中央特派員段錫朋組織AB團。與共產黨爭奪江西省國民黨的領導權。有說「AB」是英文的縮寫，意思是反布爾什維克。1927年4月2日，發生了針對江西省國民黨黨部的四二暴動，AB團隨後垮台。但其影響並未結束。此後數年，共產黨在其黨群機關中開展一系列的反AB團運動。

註（2）曾山是曾慶紅之父，1926年10月加入中國共產黨。在富田事變中時任蘇維埃主席的曾山狼狽逃脫，僅以身免。

註（3）龔楚是紅軍高級將領，曾任代總參謀長，因目睹中共高官林野夫婦無辜被冤殺，遂尋機向國民政府投誠。

註（4）共產黨在蘇區濫殺無辜導致紅二十軍兵變，事敗後紅二十軍被調至江西南部平頭寨，被彭德懷和林彪率部包圍繳械，包括軍長肖大鵬、政委曾炳春在內的700餘名副排長以上領導被全部處決，僅謝象晃和劉守英兩人逃脫。紅二十軍番號被取消，殘部併入紅七軍。在富田事變之後，各地的反AB團運動被掀起新高潮，審訊的手法也變本加厲，「捆著雙手吊起，人身懸空，用牛尾竹掃子去打，如仍堅持不供的，則用香火或洋油燒身，甚至有用洋釘將手釘在桌上，用篾片插入指甲內。」一時間整個江西蘇區人人自危，許多地區的中共機關中百分之八、九十的人員都成了「AB團分子」。共有7萬多人先後被殺。

註（5）中共在蘇區肅反所殺的將領士卒遠遠高於被國府擊殺者。

　　毛在蘇區借AB團之名殺戮異己，其手段之酷，罕有其匹。晁蓋上梁山奪位，也只是殺了王倫一個，若是讓毛操刀，恐怕連朱貴店裡的小嘍囉也難逃一死。

　　國共兩黨確是一枚硬幣的兩面，都是靠蘇俄的援助壯大的，但既是兩面，便應有不同之處。蘇俄直接派維金斯基等人拿盧布招了一幫人成立了中共，從這點看，中共是蘇俄的親生骨肉，克隆了蘇共的全部基因，而國民黨只能算是收養的，其親疏可知。

　　國民黨與中共最大的不同之處是並不接受蘇俄那套馬列階級鬥爭邪說，蔣介石在國民黨內也非一言九鼎，要不然也不會數次下野了，說蔣獨裁，那還真是冤枉他了，雖說是「挾泰山以超北海，是不能也，非不為也。」但蔣在大陸確實獨裁不起來。

　　蔣曾受孫中山先生所遣到蘇聯考察了三個月，共產主義對社會的戕害必然給他留下極深的震撼，他一生堅決反共並非無因。

　　殺共產黨人並無不妥，一個受外國邪惡勢力豢養的集團要以暴力手段推翻合法政府，其中很多人手上還沾滿了無辜百姓的鮮血，把這些人處以極刑是任何負責任的正常政府的正常舉措。說國民黨「寧可殺錯三千，不可放過一個。」那是共黨的煽惑，他們說的任何話我都不信，在文革開始

時，揪出「六十一人叛徒集團」後我的心裡便打了問號，不是說國民黨「寧可殺錯三千，不可放過一個嗎？」怎麼我黨那麼多高級幹部寫了份悔過書便能安然無恙地出獄，繼續他們推翻政府的偉業？你若是參加個「馬列主義研討小組」被中共定性為反黨組織，你寫一百份悔過書試試，看看他們能否放你一馬？

人無完人，蔣介石當然也非十全十美，若是謙謙君子，在古今中外的政壇上都不可能立足，關鍵得看他當政時為國家為民族做了些什麼，蔣統一了軍閥混戰的中國，蔣堅持了八年抗戰，蔣接受了美援但堅決不讓美國人染指中國的武裝力量，為史迪威故在山窮水盡之時尚不惜與美國政府翻臉，最後還是羅斯福政府做了讓步。蔣在退守臺灣後仍堅持一個中國，為此不惜主動退出聯合國，要不然兩個中國在聯合國都有合法席位當成為事實，要知道中共在進入聯合國之時並無以驅逐中華民國做先決條件。蔣對失敗的政敵都頗為寬厚，連張學良都能頤養天年。蔣在退守臺灣後能進行和風細雨的土地改革，使臺灣經濟步上健康之路，蔣的個人操守也幾近無懈可擊，不烟不酒，清茶淡飯，不像紅朝那幫公僕般去共產共妻。蔣沒有什麼資產留給子孫，連蔣緯國晚年都得住公家的屋子，民進黨上臺後把他驅趕出去，不得不棲身朋友家。當然，年輕時他也荒唐過一陣子，「人非聖賢，孰能無過」？便是聖人孔夫子，見了大美女南子，不也色迷迷地弄得子路大為不快嗎？

蔣服膺曾文正公所倡：「不為聖賢，便為禽獸」，他後半生確確實實做到了。我從小便被告知蔣是大壞蛋，是蔣匪，但是現在，我認為蔣公父子都是二十世紀的中華偉人，他與毛都可以蓋棺論定了，一為聖賢，一為禽獸，歷史必將如此判決。

七津　百年詠史（9）長征

　　流竄求存播禍種 (1)　　　　經年跋跋踞秦川
　　從無涓滴潤桑梓　　　　　　惟挾眥睚爭柄權

萬里蜿蜒遺白骨 (2)　　　千秋功罪問黃泉 (3)
婁山關畔陽如血 (4)　　　已兆神州墜九淵

註（1）毛到達陝北後曾宣告：「長征是歷史記錄上的第一次，長征是宣言書，長征是宣傳隊，長征是播種機。」

註（2）毛率領的中央紅軍在出發時尚有近十萬之眾，祇剩八千餘人抵達陝北，加上沿途欺騙強徵之兵，死亡人數當在十萬以上。

註（3）毛在〈念奴嬌〉崑崙一詞中有言：「千秋功罪，誰人曾與評說？」毛為篡位，不惜認賊作父，發動武裝叛亂，為禍中華大地二十餘年，國共兩軍與無辜百姓死亡人數當在數百萬以上。篡位後，在神州大地掀起一波又一波的殺人運動，連同「大躍進」導致的大飢荒，死亡人數不下數千萬，超過一個歐洲大國的總人口，功耶罪耶？請問那數千萬冤魂。

註（4）毛在〈憶秦娥〉婁山關一詞中寫道：「蒼山如海，殘陽如血」。後來他被捧為「最紅最紅的紅太陽」，這個紅太陽便是無數生靈血染成！

　　國民政府第五次圍剿吸取了以往失敗的教訓，穩打穩扎，步步為營，逼迫共黨不得不離開根據地取道西南逃竄到陝北，後來卻被他們宣傳為「北上抗日」，顛倒黑白是他們的強項，但是在資訊發達的今天，已經有越來越多的人識破了他們的謊言。

古風　百年詠史（10）西安事變

虎狼東師入瀋陽，廿萬貔貅齊棄槍 (1) 綏遠熱河次第失 (2) 長城難作舊封疆，
少帥韜略冠環宇，慣著戎裝取紅妝，吞吐煙霞芙蓉榻，逐臭妖姬歌舞場，
萬里家園棄敝屣，小六願老溫柔鄉，喪師失地潰千里，萬夫戟指張學良，
把兄念舊懷惻隱，罷黜調防費周章，赤匪西北困一隅，安內畢功今可望，
朱毛已是入窮巷，戴罪立功勉張郎，將軍祇擅戰床笫，臨陣怯敵懦如羊，
直羅鎮上全師歿 (3) 勞山榆林受重創 (4) 又施故技通款曲，養寇自保瞞中央 (5)
經年相持停戰事，互通有無務私商，兵匪一家訂盟約，勞師糜餉事堪傷，
中正擔憂腹心患，隻身犯險斥張楊，外懼倭寇內畏賊，玩忽職守罪何當，

攘外必須先安內，中華之禍在蕭牆，張楊怵惕汗如雨，私與赤匪細參詳，
陰謀敗露禍旦夕，不若下手先為強，劫持蔣公據關隴，富貴不失西北王，
赤匪奸計行將售，趁熱下藥灌迷湯：將軍義舉耀千古，當決速決恐夜長，
鄙黨願為牛馬走 (6) 穿針引線做紅娘，軍火盧布源源至，自立門戶又何妨 (7)
變生肘腋行兵諫，坦蕩蔣公猝不防，電波紛沓傳盜藪，匪首彈冠喜欲狂 (8)
乘亂取事時機至，調兵遣將蜂蟻忙，龍困淺灘遭蝦辱，舉國鼎沸情激昂，
總裁一身繫天下，怙亂張楊太荒唐，戰雲漸次臨西北，百萬王師討跳梁，
俄帝深謀權利弊，中蘇安危依齒唇，希魔眈眈作虎視，未可貪小益東鄰，
密電申斥黃皮狗，須保中正萬金身 (9) 亟化干戈作玉帛，攜手御倭莫逡巡，
張楊豚犬安足惜，棄如雞肋等輕塵，交與國府憑處置，聊表爾等心意真，
與虎謀皮重合作，赤匪絕處又逢春，八年發展秦得鹿，神州至此苦沉淪，
最堪恨關東馬賊遺孽種，漢卿不是漢家臣 (10)

　　　凡二韻，起句至討跳梁為陽韻，餘為真韻。

註（1）張學良晚年承認關東軍進攻北大營時是他下令不作抵抗。當時馬君武有
　　　哀瀋陽二首：「趙四風流朱五狂，翩翩胡蝶最當行，溫柔鄉是英雄塚，
　　　那管東師入瀋陽。」
　　　　「告急軍書夜半來，開場弦管正相催，瀋陽已陷休回顧，更抱佳人舞一
　　　回。」倒沒冤枉他。
　　　吳佩孚曾在九一八之後贈詩張學良：「棋枰未定輸全局，宇宙猶存待罪
　　　身，醇酒婦人終短氣，千秋誰諒信陵君？」這個混賬東西卻一錯再錯，
　　　在中共的誘騙下發動西安事變，把中國人民推入血海。
註（2）1933年元月，日軍守備隊在山海關車站附近製造了一起投擲手榴彈事
　　　件，以此為借口進攻東北軍何柱國部，東北軍一觸即潰，日軍只出動128
　　　名騎兵即攻陷熱河首府承德，面積達60萬平方公里的熱河在十天之內淪
　　　陷，日軍祗傷亡數十人。
註（3）1935年11月20日，東北軍先頭部隊第一〇九師占領直羅鎮，是夜，紅一
　　　方面軍對其包圍。次日，紅一方面軍對第一〇九師發起進攻。紅一方面
　　　軍一部擊敗了後續趕來的國軍，由於東北軍長期背井離鄉，已經鬥志全

無。一〇九師被全殲，師長牛元峰陣亡。

註（4）1935年10月，東北軍一一〇師在勞山中伏，被殲兩個團，師長何立中陣亡。同年10月底，東北軍一〇七師六一九團在榆林橋鎮被殲，團長高福源被俘，經思想改造後釋放。

註（5）張學良向紅軍進攻受挫後，為保存實力與共黨私下接洽停戰。在俄國解密的前蘇聯檔案中揭示，張學良那時已祕密加入共產黨，代號「李宜」。

註（6）牛馬走，當作牛馬的僕人。漢・司馬遷・報任安書：「太史公牛馬走司馬遷再拜言」。

註（7）周恩來向張學良許諾，若與紅軍聯手抗蔣，蘇聯將從金錢和軍火上加予援助，可在西北自立門戶，無須仰蔣的鼻息。

註（8）中共元老張國燾在回憶中提及毛在得知蔣被扣押後，興奮得手舞足蹈，狂呼要開大會公審蔣介石，並處予極刑。

註（9）斯大林在給中共的密電中嚴厲警告中共：祇有蔣才有足夠的威望領導中國抵抗日本，並且在《真理報》發表文章稱張楊是日本間諜，意圖破壞中國抗日。

註（10）東北軍中主張抓蔣逼其抗戰最為激烈的三劍客孫銘久、應德田、苗劍秋和張學良的弟弟張學銘，後來無一例外當了漢奸。張學良若非被蔣公軟禁，恐怕也會去抱日本人的粗腿。日本投降前夕，苗劍秋受到周恩來的安排幫助，逃往日本，共黨篡政後，他們都沒有受到懲罰，應德田得以頤養天年，孫銘久還當上政協委員，其中緣由耐人尋味。說發動西安事變是為了抗日，靠這幫漢奸去抗日？騙誰呢？

西安事變是近代史上一個極其重要的轉捩點，中共死裡逃生，從中獲得最大的好處，並且在之後的八年抗戰中執行毛所倡的「一分抗日，二分應付，七分發展」。在八年國難期間大肆擴張地盤，招兵買馬，並在隨後憑借蘇聯的支援席捲大陸。

張學良這個紈袴子弟被中共狠狠涮了一把，從此祇和趙四小姐相依為命了此一生。

蔣的國民政府和中國人民是最大的輸家。

外一首　七絕

　　　瀕死幸逢紈綺張　　　幾年抗戰任雌黃

　　　為酬少帥再生德　　　不惜平倭到瀋陽

　　中共教育部發文件稱：抗戰應從九一八算起，歷史就是任由他們打扮的妓女。

七津　百年詠史（11）延安

　　　秦中自古帝王州 (1)　　　湘賊於今踞上頭 (2)

　　　十載經營陷水火 (3)　　　七分發展鱉貔貅 (4)

　　　荷戈御寇笑看蔣 (5)　　　煮豆整風欣仗劉 (6)

　　　千萬佳人投盜藪 (7)　　　延河無語淚長流

註（1）杜甫句。

註（2）共產黨高層多為湖南人。

註（3）自1928年北伐結束到1937年抗戰爆發的十年間，中國的經濟發展迅速，被史家稱為黃金十年。

註（4）在1937年召開的洛川會議上，毛提出「一分抗日，二分敷衍，七分發展，十分宣傳」的方針，藉抗日之機發展壯大。

註（5）毛曾對要求抗日的幹部大潑冷水：「現在談愛國，那是愛誰的國？蔣介石的國吧」，「少數人的國，讓他們少數人去愛吧」，「一個不是人民選出來的政府，有什麼臉面代表這個國家？愛這樣的國家，是對祖國的背叛。」並說：「對國民政府方面催促的開赴前線的命令，要以各種借口給予推拖，只有在日軍大大殺傷國軍之後，我們才能坐收抗日成果，去奪取國民黨的政權。我們中國共產黨人一定要趁國民黨與日本人拼命撕殺的天賜良機，一定要趁日本占領中國的大好時機全力壯大……」

註（6）劉少奇在歷次的黨內鬥爭中都堅定地站在毛澤東一邊，在延安整風中鬥倒張國燾、王明等人，劉少奇功不可沒，「毛主席萬歲！」和「毛澤東思想」都是劉少奇第一個提出來的。

註（7）佳人意為好人。文選·劉徹·秋風辭：「蘭有秀兮菊有芳，懷佳人兮不能忘。」

外一首　七絕

　　老牛嫩草兩相歡　　　　入彀紅顏成大餐

　　抗戰何如炕戰好　　　　滿城春色到延安

　　中共一貫吹噓自己是抗戰的「中流砥柱」，拿得出手的卻只有李向陽，王小二和張嘎，抗戰是假的，炕戰才是真的，那些投奔延安的女學生無一漏網，通通上了頭領們的炕，那些頭領在延安幾乎都是忙著換妻，習老大他爹也是忙得不亦樂乎。

　　坐了天下倒不用換了，全國的女人都任憑他們支配交配，還用換嗎？

七律　百年詠史（12）延安整風

　　無援中正苦籌謀　　　　倭寇如潮漫九州

　　赴死蟲沙化息壤 (1)　　　舞回魑魅鬥同舟 (2)

　　燃萁鼎鑊經年沸 (3)　　　朝聖門徒承宿囚 (4)

　　不補長城反折棟　　　　風雲人物屬毛劉 (5)

註（1）蟲沙，出征戰死疆場的將士。息壤，山海經，海內經：「鯀竊帝之息壤以湮洪水。」郭璞註：「息壤者，言土自長無限，故可以塞洪水也。」

註（2）王實味所言：「歌囀玉堂春，舞回金蓮步」當是寫實，不幸因此喪命。

註（3）整風整的都是自己人，達三年之久，冤死者無數。

註（4）唐代的一種酷刑。《舊唐書‧酷吏傳上‧索元禮》：「或累日節食，連宵緩問，晝夜搖撼，使不得眠，號曰『宿囚』。」《新唐書‧刑法誌》：「閉絕食飲，晝夜使不得眠，號曰『宿囚』。」共產黨對同志便往往使用此法，可憐那些千里迢迢奔赴延安的愛國青年，甫到聖地，便墮地獄，不知他們有幾個有幸赴抗日戰場？

註（5）劉在延安整風中立場堅定，表現出色，奠定了他的「接班人」地位。

　　1921年，中國共產黨在蘇聯共產黨的資金援助下成立，當時各國共產黨都是共產國際的分支機構，並沒有獨立自主權，一方面為中共提供了部

分活動經費和指導（包括周恩來、顧順章所建立中央特科，鄧小平到莫斯科中山大學學習，劉伯承到伏龍芝軍事學院學習等等），因此出現了中國工農紅軍由毛澤東等中國本土幹部領導而中共中央為共產國際派來的人員掌控，在實際工作中要求中共的鬥爭運用蘇聯模式並服務於蘇聯，對中共的鬥爭產生不利影響。

1941年6月22日，納粹德國進攻蘇聯，蘇德戰爭爆發，蘇聯無暇經營中共事務，毛澤東利用這個時機，打擊中共內部以王明為首的國際派，強調馬克思主義中國化，樹立毛澤東思想，擺脫共產國際的影響，轉變成不受蘇聯控制的「無產階級政黨」。

薄一波：「那時母親也與我一起到了延安，我把她安置在深溝的一個窯洞居住。有一天，她說，『這裡不好住，每天晚上鬼哭狼嚎，不知怎麼回事。』我於是向深溝裡走去，一查看至少有六七個窯洞關著約上百人，有許多人神經失常。看管人告訴我：他們都是被『搶救』的知識分子，是來延安學習而遭到『搶救』的。」

全國人民在與日寇作殊死戰，毛卻把共產黨高層悉數召到延安整風達三年之久，白天開鬥爭大會，入夜在窯洞里品竹調弦，婆娑起舞。毛借機整肅異己，許多愛國青年甫到「聖地」，便遭殘酷鬥爭。

古風　百年詠史（13）西路軍 (1)

帷幄失算落平陽 (2) 無辜將士慘遭殃，揮師西進蹈死路，催命符咒出中央，
毛賊同舟施辣手，二萬雜牌赴大荒，過河卒子焚舟楫，濁浪嗚咽權送喪，
萬里奔襲穿戈壁，思傍毛子到新疆 (3) 被驅不若豬與犬，馬家騎兵似虎狼 (4)
迅如雷霆倏忽至，斷頭未及見刀光，孤兵遠征無補給，彈藥耗盡持空槍，
半夜瑟縮熄篝火，野菜野草填飢腸，旌麾西指未旬月，除卻倀鬼半帶傷，
朝令夕改無所適，進退失據徒悲愴，十成悍卒四成死，尚餘萬二戴琅璫 (5)
女兵淪落成營妓，河西殘骸遍走廊，逶迤千里暴白骨，潛郎數番易紅妝 (6)
蛟龍爭鬥殃水族，魄散化為六月霜，黃沙漠漠阻歸路，冥府登臺苦望鄉 (7)

含冤蒙垢數十載，偷生同袍不忍忘 (8) 若使遊魂得昭雪，須待閻君拘魔王，嗚乎，同室亦能操戈成敵國，魑魅魍魎當道神州日日皆國殤。（陽韻）

註（1）西路軍，指1936年10月由四方面軍主力約6000人，刀棍隊7000人，非戰鬥人員9000人，遵照中央和軍委的命令，西渡黃河作戰，在河西走廊，西路軍孤軍奮戰，伏屍千里，由於中央朝令夕改，兵力懸殊、糧絕彈盡，穿著單衣草鞋的西路軍在無後勤補給、無彈藥補充，無任何救援，與強敵作戰，終全軍覆沒。

註（2）毛與張國燾率領的紅軍合流後，張的部隊數倍於毛，但未能下決心置毛於死地，待毛得到第三國際認可爲領袖，張大勢已去。

註（3）西征的公開的主要目的是爲了控制陝甘寧河西走廊連接蘇聯的陸地生命線，打通蘇聯軍援的西北通道，其實是毛借刀殺人，並嫁禍於張國燾。

註（4）馬步芳、馬步青的回民騎兵是抗擊西路軍的主力。

註（5）西路軍被俘達一萬二千人之眾，徐向前，李先念等倖幸逃脫一路乞討回陝北。

註（6）潛邸，帝王未登基時的住所。毛在延安除了換妻之外，還嘗了不少鮮。

註（7）陰間有望鄉臺，到此的鬼魂可登臺最後眺望一次家鄉。

註（8）毛死後，西路軍倖存的將領李先念、徐向前才敢要求翻案。洗刷了毛對西路軍所謂「違背中央命令」的不實之辭。

古風　百年詠史（14）藍蘋‧山東饅頭

壯歲揭竿行殺戮，蠱惑人心號大同，拋妻棄子聚盜藪，賀家妹妹充後宮 (1)
國府五番圍剿急，兵殘將敗嘆途窮，輾轉萬里長征路，茅舍山間頻挽弓 (2)
席地幕天行野合，管他林暗草驚風，百戰嬌娥成蒲柳，千秋逐鹿悲沙蟲，
窰洞難覓仙人洞，辜負腰間一世雄 (3) 江西黃花別昨日 (4) 南洋美女逝飛鴻 (5)
丁玲有幸聆抱負 (6) 洋馬洋餐初啓蒙 (7) 歷盡千帆皆不是，青青江岸陷芳叢，
十里洋場廝混久，花雕廿四早開封 (8) 蓬萊仙子自薦枕，破罈無復女兒紅，
春申優伶善狐媚，閱人無數勤練功 (9) 諸城饅頭特別大 (10) 果然滿足毛澤東，
哈哈哈哈哈　果然滿足毛澤東（東韻）

註（1）賀子珍兄妹皆落草為寇。

註（2）賀在「長征」途中曾不止一次流產。

註（3）毛青年時代好友蕭瑜在《我與毛澤東行乞記》一書中曾對毛的不擇好惡，夾到碗裡就是菜，和連續作戰的強悍戰鬥力讚嘆不置，稱其有鐵雞巴云云。

註（4）賀子珍被毛送往莫斯科。

註（5）南洋華僑吳莉莉回國參加抗戰，為毛任翻譯，曾遭賀子珍毆打，後來離開延安。

註（6）丁玲到匪區後，似與毛也有一腿，毛曾與她一起把當地看得上眼的女人都數了一遍，還是湊不夠三宮六院七十二嬪妃。
毛還曾賦詩贈丁玲，連賀子珍和江青都未曾得到此殊榮，想是她的功夫了得。

註（7）美國左派記者史沫特萊，被延安軍民稱為大洋馬，也曾與賀子珍發生打鬥，毛為吃西餐而冷落了家常菜，當是衝突的導火索。

註（8）江青時年24歲，已經和多個男人有同居史與婚姻關係。

註（9）江青的確閱人無數，先是與中共地下黨黃敬姘居，黃49年後曾任天津市長和一機部部長，是俞正聲之父。後來又與上海灘明星唐納有過短暫的婚姻，唐納後來跑到巴黎開餐館，逃過一劫，我認識的幾個巴黎老華人都與他有交往。畫家劉海粟在江入獄後曾透露過他為江青畫過裸照，對江的迷人之處沒口稱讚，老劉極可能也嘗過山東饅頭。

註（10）江青為山東諸城人，山東饅頭以大著稱。

以下為劉海粟所回憶的江青，大家自己作判斷。

劉海粟大聲地噢了一聲，虛著眼睛搖頭，很感慨地說：「人世間有很多事情說不清楚啊！誰也不會知道，一個同你做過模特兒，同你……被你冷落不要了，這樣的女人，後來竟然成了皇后娘娘！這要是換作在古代的時候，連頭也要給殺掉了，還要弄你個滿門抄斬！株連九族！我這個侄兒劉獅當年很風流啊，他同趙丹他們常有來往，後來由他出面把藍蘋約來給我畫過兩張油畫。前面一張是清晨欲醒還睡的姿態，後來一張是像安格爾那樣的躺姿。噢——尤其前面一張我花了很多工夫，畫得好極了！一大清早，太陽光線還不是很強，淡淡地從窗簾外面透進來，噢——美極了！每

天早晨只有那麼一歇歇工夫就過去了。那個時候藍蘋好像很忙，來的也是斷斷續續，所以這張畫我畫了很久才畫完。藍蘋這個人單說外表並不出眾，但是她身上的……都非常好。還有一點，這個人倒是有一些藝術天分的，你同她說什麼，她都能理解。你曉得嗎？在毛之前還有一個唐納，藍蘋躲到哪裡他就追到哪裡，還為她自殺！這件事情當時在上海鬧得很厲害，很多人都不理解。我理解。為什麼呢？因為有一種女人面相一般，但是身軀非常優秀。藍蘋就是這種女人，她好的東西都是遮在衣裙裡了，一般人不知道，所以不理解。只有真的見過了，你才會著迷！」劉海粟長長地籲了一口氣，接著說：「趙丹也是吃了這方面的虧啊，因為他同藍蘋同居過，所以被整來整去，最後給整死掉了。（老劉有誤，趙丹被整得半死而已，江似還念舊情，未下殺手）我還算幸運，文化大革命一開始就來了一群小孩子，紅小兵，把我的素描、油畫，統統拿到院子裡燒，中間就有藍蘋的那兩張人體油畫。再後來，來了一批『四人幫』的特務，住在我家裡搜，不停地審問，我猜想他們是沖著那兩張畫來的。這個時候幸虧已經燒掉了，要不然就不得了啦！」

七津　百年詠史（15）八年抗戰

傾巢日寇犯江東	三月亡華來勢洶
國府力疲猶苦戰	友軍壁坐意從容 (1)
秣陵屍骨壅煙渚	巴蜀流民聚蟻蜂 (2)
偏是邊區風景好 (3)	暮春蔽野毒芙蓉 (4)

註（1）指從不抗日，祇坐壁上觀，專尋瑕襲擊國軍的八路軍和新四軍。

註（2）千萬不願作亡國奴的百姓輾轉千里，歷盡艱辛到四川避難。

註（3）中共盤踞之處稱陝甘寧邊區。

註（4）即鴉片，斯大林派往延安的軍事特派員兼聯絡員弗拉基米洛夫在《延安日記》一書中紀錄了中共在邊區大面積種植罌粟，提煉鴉片，運到國統區銷售籌集軍費的情況，以及中共領導人與日本占領軍司令部在抗日戰

爭期間如何祕密保持直接聯系。郭蘭英在〈南泥灣〉歌中唱道:「陝北的好江南,鮮花開滿山」,描述了王震的三五九旅在南泥灣開荒一事,但那時急需的是糧食,爲何會種出「鮮花開滿山」來?〈南泥灣〉一歌無意中洩露了天機。

七絕　外一首　後方緊吃

佳餚盈席奮爭先　　　罌粟欣逢大有年
商女救亡飢唱曲　　　賀鬍醉設慶功筵

看到一張照片,賀龍和一群八路官員席地而坐,大快朵頤,地上最少也有三十個菜,這就是艱苦抗戰的延安?可惜不知道他們在慶祝什麼,是罌粟大豐收,換來大筆鈔票?還是在慶祝消滅了一支在抗戰的國軍?

七津　百年詠史（16）趙侗將軍 (1)

將軍勇武追青兕 (2)　　　紓難傾家舉義旗
三戶臥薪謀北略　　　　孤兵礪劍斬東夷
美芹欣得蔣公意 (3)　　　赤膽翻教慶父疑 (4)
弗死疆場死暗箭 (5)　　　西風易水不勝悲

註（1）趙侗（1912-1939年）原名趙連秀,遼寧人,滿族,抗日將領,國民政府少將。

註（2）獨角犀,《楚辭‧招魂》:「君王親發兮憚青兕。」　此處喻抗金名將辛棄疾,史載辛棄疾率兵突入敵營擒叛徒,叛徒跪地求饒曰:「我識君真相,乃青兕也,力能殺人,幸勿殺我。」

註（3）《美芹十論》是抗金名將辛棄疾的抗金軍事論著。

註（4）「左傳‧閔公元年」:慶父不死,魯難未已。

註（5）1939年秋,趙侗將軍率300餘人,配長短槍和2部電台,深入敵後,在河北行唐縣、阜平縣和靈壽縣交界的陳莊遭中共賀龍部120師伏擊,所部無一生還,年僅27歲,20歲的妹妹趙理智一同被害。

據聶榮臻自己所寫的《聶榮臻回憶錄》記載：「趙侗這人很狂妄，一直想要脫離游擊隊，同國民黨的關係拉得很緊。國民黨政府收編了趙侗，給他下委任狀，並配電台、密碼和新式武器，派他回華北破壞共產黨建立的敵後根據地，在石家莊以北遭遇賀龍的120師部隊，戰鬥中120師全殲了趙侗的隊伍。」

真是欲加之罪，何患無辭？共產黨的八路軍、新四軍不也是接受國民政府所改編所領導的嗎？國民政府軍到敵後抗日犯了何天條？非要置之死地而後快？

外一首　七絕

　　沙場拼死願偕亡　　　碧血萇弘鑄國光
　　倭寇推崇祭烈士　　　無名萬古亦流芳

抗日戰爭中，國軍某部官兵面對數倍的日軍拼死血戰，雙方殺得昏天黑地。最後祇剩數人。剩餘士兵寧死不屈，全部陣亡。戰鬥結束後，日軍由於佩服中國軍人英勇頑強的精神，專門為他們建立墓碑，表示敬意！歲月流逝，70多年之後。他們的英勇不屈的事迹，早已被強國人刻意遺忘，他們的墳墓也早被中共搗毀。

要有什麼樣不屈的精神，才能令受到武士道精神薰陶的日軍肅然起敬？現在的強國人跟他們相比較，尚不如禽獸！

七津　百年詠史（17）皖南事變 (1)

　　黃橋鏖戰笑東夷 (2)　　　巨測友軍安可期
　　飭令北巡攘日寇　　　　　旄麾南指覺王師
　　中樞忍痛正綱紀　　　　　毛賊借刀芟別枝 (3)
　　抱屈恩來書憤懣 (4)　　　奇冤千古寸心知

註（1）抗戰爆發後，毛澤東堅持要求部下「不受國民黨的限制，超越國民黨所能允許的範圍，不要別人委任，不靠上級發餉，獨立自主地放手地擴大軍隊，堅決地建立根據地」，國共軍隊衝突不斷，最終導致1940年10月4日的黃橋事件。為避免雙方接觸繼續衝突，從維護抗戰大局出發，1940年10月19日，何應欽、白崇禧以國民政府軍事委員會名義，強令新四軍、八路軍必須在一個月內全部撤到舊黃河河道以北之冀察兩省和晉東北及冀魯交界地區；中國共產黨對此予以嚴詞拒絕，僅答應將皖南新四軍撤到長江以北，但一直拖延時間。國民政府第三戰區最初允許皖南新四軍採取東進、再從蘇南北渡長江的路線。但1940年11月29日，蘇北劉少奇指揮八路軍新四軍發動進攻韓德勤餘部的曹甸戰役，國民政府方面大為惱怒，轉而拒絕皖南新四軍東進從蘇南渡江的方案（怕皖南新四軍與蘇北新四軍會合後再打韓德勤），重新命令皖南新四軍必須直接北上，從安徽銅陵、繁昌間北渡長江，並延長最後期限至1940年12月31日。但中共方面認為國民黨規定的直接北渡方案是陰謀，皖南新四軍最終堅持走東進再由蘇南北渡的路線。1941年1月4日，在超過國民政府規定的最後期限4天後，新四軍軍部及所屬支隊9000多人由雲嶺出發向南移動，違抗國民政府直接北上渡江的命令，南下企圖繞過國民革命軍防區再東進由蘇南渡江；6日，行至皖南涇縣茂林時，與國軍第40師發生衝突，雙方互稱對方先開槍，隨後第三戰區國軍將新四軍包圍。激戰七晝夜，新四軍除約2000人突圍外，大部被俘或陣亡；葉挺與國軍談判時被扣押，項英、周子昆被其副官劉厚總殺害。

註（2）蘇北是副總司令兼第八十九軍軍長、江蘇省政府主席韓德勤所屬部隊的防區。粟裕率新四軍進入蘇北發展後，和韓德勤發生過多次摩擦，雖然規模不是很大，但中共認為韓德勤部嚴重阻礙新四軍發展擴張。

1940年5月8日，陳毅向中共中央報告：「解決蘇北問題，應先向省韓（指韓德勤）下手。」1940年7月，粟裕指揮新四軍出其不意的渡過長江，一舉消滅了黃橋國軍。後來新四軍假裝採取了退讓姿態，獲得了輿論支持，也達到其誘敵深入的目的。

九月三十日，韓德勤集中其大部兵力，由海安、泰州等地分三路反擊黃橋新四軍。1940年10月4日，韓德勤所屬部隊在反擊黃橋途中，不幸遭粟裕指揮的新四軍伏擊，國軍傷亡慘重。10月3日至10月6日，新四軍經過多次戰鬥，共殲滅國軍主力12個團，保安第十六旅全部，保安第三旅、保

安第五旅各一個團，共計一萬一千餘人，國軍第八十九軍軍長李守維、獨立第六旅旅長翁達及旅、團長數人陣亡，俘虜國軍三十三師師長孫啟人，九十九旅旅長苗瑞林、一一七師參謀長等師、旅、團軍官30餘名，下級軍官600名。新四軍乘勝追擊，侵佔海安、東臺等地。十月十日，新四軍蘇北部隊前鋒與南下八路軍先頭部隊匯合於東台縣之白駒鎮。

1941年1月，新四軍撤出黃橋，日軍隨後占領黃橋。黃橋戰役是新四軍在抗戰期間進行的規模最大，消滅抗戰國軍最多的一次戰役，對中共新四軍的發展壯大起到重大作用。

以上資料來自百度，似乎是中共官方權威史料——請各位看官仔細品讀，很有意思的。

看見了沒？新四軍黃橋戰役的第一「戰果」是消滅了大量抗戰國軍（剛剛參加了臺兒莊戰役），第二「戰果」是把黃橋拱手送給了日軍。

註（3）葉挺、項英和周恩來淵源甚深，項英在以往的黨內鬥爭中多次站在毛的對立面。延安方面電令新四軍南下並無通報國府，在衝突發生後葉、項曾發十餘電往延安求毛緩頰，卻被置之不理。項被副官劉厚總所殺，不排除是奉毛之命，中共高級將領的副官、警衛都由毛掌控的保衛局所遣，在必要時除掉他們易如反掌。紅軍叛將龔楚對此知之甚詳，在叛逃之前千方百計甩脫警衛，在其回憶錄中有詳述。

註（4）周恩來在事變後悲憤欲絕，書「千古奇冤，江南一葉，同室操戈，相煎何急！」十六大字刊於《新華日報》，此十六字對蔣對毛均可，對毛似更貼切，他心中究竟想表達什麼，祇有他自己知道。

七津　百年詠史（18）國府制憲 (1)

八年慘勝邀天幸 (2)	制憲國民提日程
建鄴恂恂集廣議 (3)	延安矗矗指要盟 (4)
摩拳魑魅期餐血 (5)	右袒瞽盲揚噪聲 (6)
御寇硝煙猶未散	紅旗獵獵舉刀兵

註（1）制憲國民大會是中華民國為了完成制定《中華民國憲法》而召開的會

議，會議舉行時間地點為1946年的南京國民大會堂。該會議代表由民選和遴選方式產生，其主要參與政黨為中國國民黨、青年黨和民社黨。因中國共產黨和民盟（除民社黨外）拒絕參加制憲國大，並拒絕承認其制定的中華民國憲法，使得這次大會的地位和對這次大會的評價在後來的政治格局下爭議較大。

註（2）以當時中日兩國的國力對比，軍隊的裝備訓練，將領的軍事素養而言，中國毫無勝算，能獨立苦撐四年之久實屬奇蹟，若非日寇偷襲珍珠港自蹈死路，亡國實難避免。

註（3）指南京國民政府。

註（4）強迫訂立的盟約。《左傳·襄公九年》：「要盟無質，神弗臨也。」《公羊傳·莊公十三年》：「要盟可犯，而桓公不欺；曹子可讎，而桓公不怨。」要讀平聲。

註（5）中共在抗戰勝利後率先出關，從蘇軍手中獲得大批軍火，信心百倍要逐鹿天下。

註（6）《史記·呂太后本紀》記載：呂雉死後，太尉周勃為了誅殺諸呂，就在軍中說：「為呂氏右袒（露出右臂），為劉氏左袒（露出左臂）。」軍中都左袒表示擁護劉氏。後用「左袒」指袒護一方。「右袒聵盲」指的是那些左傾「知識分子」，他們袒護了邪惡的一方。在國府治下，他們又是遊行示威，又是絕食抗議，說是不吃「嗟來之食」，要自由，要民主，反飢餓，反迫害，似乎滿腹委屈，到了毛的「大民主」時代，一個個噤若寒蟬，祇曉得捧臀呵卵，毛叫他們夾尾巴，他們立刻把自己當成狗，說是小資產階級思想如何如妨礙改造世界觀，不能動不動就翹尾巴云云。饒是如此，還是叫毛整得上吊的上吊，服藥的服藥，投水的投水，幾乎個個家破人亡，善惡咸有報，誠哉斯言。

47年4月18日，國民政府依據政協決議正式宣布改組。政協決議規定的40名國府委員裡，國民黨佔17名，比決議的20名少了3名，民社黨、青年黨、無黨派各4名，這樣國府委員會委員人數僅29名，尚餘11席留待共產黨和民盟，此時內戰已全面爆發，原屬中共的席位空缺。改組政府完成後，一黨訓政結束。

47年11月，全國舉行普選，選舉行憲後第一屆國民代表大會。本次直選和立法委員直選使中國第一次出現4.6億人民直接授權產生的代議機構，從而使中國成為世界上最大的民主國家。

國民黨認為，這是中國千年來第一次實現了憲政民主，是劃時代的一頁。

共產黨認為，這是國民黨一黨獨裁的卑鄙伎倆。

胡適認為，國民黨結束訓政，其歷史意義是國民黨從蘇俄式的政黨轉化為英美西歐式的政黨，一個握有政權的政黨主動讓出一部分權力，請別的黨派來參加，這是中國近代史僅有的事，無論黨內黨外，都應該仔細想想這種轉變的意義。

國防部長白崇禧認為，行憲給了中共在國統區結社遊行示威的便利，嚴重干擾了戡亂的進行。

我認為，我黨只信奉「槍桿子裡面出政權」，沒有誠意也沒有信心自己能在民主制度下得到百姓的擁護。到中蘇論戰時，他們曾以此為例大大地嘲笑意共法共，這點他們倒是正確的，走議會選舉的道路，他們沒有可能上台。什麼共產黨執政是中國人民的選擇云云，不過是在自欺欺人。要不是中共發動內戰推翻國民政府，中國現在早就是第一強國了。

此次制憲不但是中華民國於全國唯一一次舉行的總統大選，也是迄今為止中國大陸唯一一次的多候選人總統民主選舉。

註（7）形容風聲或風吹動旗幟等的聲音。

古風　百年詠史（19）長春圍城

羅剎魔頭伸黑爪，青天白日驟沉西 (2) 王師逡巡遁窮寇，友邦調停失先機 (3)
馬不停蹄呼歇爾，重起刀兵黃鬚兒 (4) 阿蒙不復居吳下 (5) 仁恕重瞳空噬臍 (6)
孤城壁壘若金湯，得勢八路如虎狼，俄日滿朝縻麾節 (7) 坦克大炮換鳥槍，
皇軍欲雪八年恥，摩拳擦掌倍猖狂，郭外谷物收割盡，唯餘衰草映斜陽，
百戰滇軍不懼死 (8) 難忍如雷響飢腸，孫吳到此應束手，外無救兵內無糧，
錦州已是淪敵手，孤軍突圍路渺茫，數十萬人困一隅，嗷嗷望眼盼中央，
空投杯水難救火 (9) 充腹佳肴唯秕糠，軍人合當裹馬革，無辜百姓遭池殃，
毛魔已下如山令，不許一人逃落荒，螻蟻尚知惜性命，由他爭食亂蕭牆，

軍中斷炊已旬月，百姓何處謀稻粱，野狗食人人食狗，老娘哭兒兒哭娘，

昨宵依偎度長夜，今朝手腳已冰涼，共軍封死逃生路，鐵網壕塹作封疆，

老鼠鳥雀難飛渡，新京漸成修羅場，忍看父老軍前死，果是人民好兒郎 (10)

大盜不用操刀幾戰，兵不血刃炫榮光 (11) 秋月泠泠照白骨，游魂野鬼終還鄉，

時過境遷數十載，盛世無從覓亂墳，名將屠民似割草，如斯慘劇沒無聞，

長平餓殍無婦孺 (12) 林彪酷逾武安君 (13) 天道循環終有報，塞外大漠葬元勳 (14)

聞道神州終化阿鼻獄 (15) 又何堪數十寒暑做牛做馬挨批挨鬥血殷殷？

慈航普度三十萬，真不愧是菩薩心腸救苦救難仁義之師解放軍 （16）

　　凡三韻，起句至仁恕重瞳空噬臍為齊韻，至遊魂野鬼終還鄉為陽韻，餘為文韻。

註（1）長春之役由1948年5月至10月結束，歷時五個月。經日本人十四年經營，長春人口已從滿洲國成立前的15萬人，膨脹到70萬人（包括日本人14萬），長春圍困戰前，城市居民估計在40萬到60萬之間。圍困戰後，居民銳減到17萬人。取個中間數，共有五十萬百姓被困，共軍團團圍住不許他們外逃，減少那三十三萬人何在？全—餓—死—了！

註（2）日本投降後，杜魯門政府反對中國打內戰，中斷了對國府的美援軍援，而斯大林，則把大批美式蘇式日式軍火支持中共燃起戰火，國府的命運在那一刻已經決定了。

註（3）1945年大戰結束後，中國面臨一次實現國內和平、施行憲政的歷史機遇，同時也籠罩著國共內戰的陰影。馬歇爾來華就是為了調解國共軍民沖突，避免中國爆發全面內戰。但這次調停最終失敗，馬歇爾最終離開中國。

　　當時林彪的部隊被國軍打得潰不成軍，殘部被驅往中蘇邊境，馬歇爾被中共玩弄於股掌之上，馬不停蹄地調停，叫國共雙方歇爾歇爾，國軍還真的歇了下來，讓中共有了數個月的時間喘息整編，等到蘇日滿韓蒙中聯軍集結成軍，大勢去矣！

註（4）曹操四子曹彰，極好鬥，曹操稱其為黃鬚兒。此處指中共，中共確是黃鬚綠眼老毛子的乾兒子。

註（5）戰火重燃，共軍已非吳下阿蒙。

註（6）史載舜與項羽、李後主均為重瞳，重瞳者似多有仁恕之心。蔣公接受調停停戰，鑄成大錯。雖然，如斯大林下決心支持中共，國府終難免失敗。

註（7）林彪的部隊是多國聯軍，關東軍是其骨幹。

註（8）守城的除了中央軍外，60軍是雲南部隊，曾多次與日寇血戰。

註（9）守軍的軍火食品全靠空投，國府的空軍實難擔此重任。

註（10）成千上萬的饑民聚集在封鎖線旁，苦苦哀求共軍放條生路，卻不獲離開，致大批饑民倒斃在封鎖線旁。

註（11）中共曾自誇兵不血刃「解放」長春，但對數十萬平民喪命隻字不提。傅作義被圍，北平「和平解放」，不排除長春之鑒不遠，傅怕重蹈覆轍所致。徐珂・清稗類鈔：竊鈎者誅，竊國者侯，大盜不操戈矛……

註（12）戰國長平之戰，也是趙軍被秦軍圍困而潰敗，史載坑殺趙卒四十萬，未聞秦軍殺趙民。戰爭本是軍人之事，卻執意要百姓陪葬，非天良喪盡者不能為之。

註（13）秦名將白起，封武安君，長平之役由其指揮。

註（14）1971年9月3日，長春圍城主帥林彪一家葬身蒙古大漠。

註（15）佛教宇宙觀中地獄最苦的一種，為胡語音義合譯，意為無間，墮落到此的眾生受苦無間斷。為八大地獄中的第八獄。

註（16）保守計，有三十萬百姓被圍城共軍蓄意謀殺。這些長春的居民，大多數與偽滿、日本人和國府有著千絲萬縷說不清道不明的關係，若不早死，在毛時代不死也得脫幾層皮！倒是林彪使他們早日脫離無邊苦海。

　　內戰內行本是毛澤東批蔣介石的話，用於中共自己卻非常貼切。人所共知，東北是日本經營多年的戰略要地，既有重工業和兵工廠基礎，又有黑土地豐富的自然資源，必然成為國共主戰場。起初，國軍占有絕對優勢，來自山東河北的中共雜牌部隊，哪裡是裝備精良士氣高昂的國民黨遠征軍對手？在緬甸打敗了製造南京大屠殺的日本師團的遠征軍回師東北，連戰連捷，中共黨衛軍退到中蘇邊境，隨時準備躲入蘇聯境內。

　　轉機出現在政府方面主動停火之後。力主和談的美國特使馬歇爾，說服蔣介石叫停國軍進攻，中共遂得喘息機會。但凡共產黨，絕非善類，出於相同的意識形態，蘇軍乘機幫助中共翻盤，除了接手大量蘇、日武器裝

備，還將幾十萬日軍俘虜朝籍關東軍和地方武裝直接編入四野，致使中共黨衛軍力量迅速膨脹。當林彪進攻錦州時，外圍有蘇軍炮火支持。從某種意義上說，是斯大林拿下東北主戰場。

長春「和平解放」，最為喪盡天良：中共黨衛軍圍困數月之久，不准糧食進城、不准百姓出城，以餓死數十萬民眾的血腥代價「解放」長春，所謂不戰而屈人之兵。豈止勝之不武，簡直罪惡滔天！

七津　百年詠史（20）三年內戰 (1)

祥雲眩目閃東瀛 (2)	俄帝急驅羅剎兵 (3)
軍火傾囊授假子 (4)	邪靈逐戶脅貧氓 (5)
白山黑水旌麾亂 (6)	喬木廢池胡馬驚 (7)
多難共和成覆卵	蒼天何故棄蒼生

註（1）抗戰勝利後，中共在蘇俄的大力扶持下發動的戰爭，又稱第二次國共戰爭。從1946年打到1949年，國府敗退臺灣。毛在1955年曾說道：「中國革命的勝利是以東北和新疆作爲殖民地換來的，是我們割讓蒙古換來的。」可謂一語中的。毛不惜出賣國家民族的主權和利益，獲得斯大林的回報。相反，蔣在戰後在與蘇聯的談判中態度強硬，致使斯大林下決心幫助中共顛覆中華民國。

註（2）指美國在廣島和長崎投下的兩顆原子彈。

註（3）納粹德國投降後，蘇聯從西線急調一百五十萬軍隊和坦克大炮到遠東，遵照與美英在雅爾塔會議所作的承諾，在歐洲戰爭結束的三個月內對日作戰。1945年8月8日，蘇聯撕毀與日本的《日蘇互不侵犯條約》向日本宣戰，迅速擊敗虛有其表的關東軍，奪回在日俄戰爭中失去的南庫頁島並占領日本的北方四島。挾戰勝餘威，強迫中華民國承認「蒙古人民共和國」（即外蒙古）獨立的合法性，非法占領了應歸屬回中華民國的滿洲地區，掠奪財物搶運至蘇俄境內，以及大量日本投資而應給予中方的工業設備，導致許多反日統治的當地人反而更加痛恨蘇軍，後在扶植勢力代理人的政策主導下，允許中共將中國東北作爲根據地，並裝備了大量蘇軍繳獲的日軍武器，大幅增強了在日後內戰中的實力。

註（4）蘇軍將可裝備上百萬軍隊的日本軍火，包括坦克、飛機、大炮悉數交與中共。大批關東軍的技術兵種士兵也大批加入「民主聯軍」。

　　不過這只是一部分，被蘇軍俘虜關押在蘇聯境內的日本關東軍還有近五十萬部隊，當林彪部隊最危急的時候，已經被國軍撐的快逃進蘇聯國境，蘇聯在聯合國和美國一起通過一項決議，讓國民黨部隊立即停戰，國共雙方搞談判（蘇聯的意思也就是不允許國民黨在自己的家門口胡搞）。談判當然只是蘇聯一時的緩兵之計，等國軍發現上當了再次發起進攻，發覺打不動了，林彪的部隊好像個個吃了蟻力神、大力丸之類的仙藥，戰鬥力不但大增，武器也煥然一新。

　　戰鬥力增強主要是蘇聯把關集中營里勞動的日本關東軍改編了二十萬加入林彪的野戰軍，並威脅這些日本朋友如果在戰場上逃跑，就把剩下的四十萬皇軍集體死啦死啦地幹活！武器用的全是蘇聯紅軍的裝備，衹有軍裝是共軍裝，於是國軍悲劇，共軍反攻。東北野戰軍中究竟有多少改編的日軍，現在要搞清楚可能已經非常困難，畢竟已經過去了快七十年。不過在日本有個四野戰友聯誼會，這個聯誼會每年都在搞活動，一大幫當年在中國戰鬥過的日本皇軍聚在一起回憶當年在中國那段激情燃燒的歲月，打國軍打的太爽了，皇軍當年沒做到居然跟著街坊軍做到了。

　　有個四野聯誼會的日本軍官兵頭義清說：第四野戰軍裡，曾經有差不多十多萬日本人，四野一般一個連編有一個日軍步兵班，這些日軍訓練有素，提高了四野的整體戰鬥力，為解放全中國的勝利做出了貢獻……當聽說北京有個38軍戰友會時，兵頭義清透露日本也有個38軍戰友會，大概一萬多人，僅東京地區就有幾百人。

　　在東北，中共的技術兵種幾乎都是外國人，因為培訓起來需要時間，而從山東帶過來的十萬土八路幾乎都是文盲，給他們掃盲都需要大量時間，不要說讓他們去開飛機駕駛坦克，操作野戰火炮。剛好日本關東軍的素質就相當高，於是改編了一大批，其中還有幾萬中共最早的鐵道兵。但消滅東北國軍的主力，還有大批蘇聯紅軍的參與。

　　在東北，幾十萬國軍主力的覆滅，蘇軍出了大力。遼沈戰役，作戰計

劃早在半年前在莫斯科就制定了出來，6月，以科瓦廖夫為首的二十一人蘇聯專家小組啟程到達中國東北。表面看廖是鐵路運輸部門負責人，實際上他是蘇聯任命的東北最高軍政長官，也是遼瀋戰役的戰場總指揮，受命指揮所有中蘇部隊。

註（5）解放軍中校張正隆在其所著《血紅雪白》一書中引述當地老人的回憶稱，中共在其治下的每個村莊動員青年參軍，方法如下，一眾青年坐在炕上聽幹部的動員講話，另有專人添加柴火燒炕，誰要是熱得受不了抬起屁股，便被拉出來說是歡迎他自願參軍，這種方法也虧他們想得出來。

註（6）長白山和黑龍江，指東北地區。東北戰敗，四野百萬大軍入關，國府大勢已去。

註（7）宋詞人姜夔在「揚州慢」中吟道：「自胡馬窺江去後，廢池喬木，猶厭言兵。」國軍八年苦戰，疲憊已極，很多人選擇了退伍不願打內戰。

據解放軍中校張正隆在其所著《血紅雪白》一書中揭露，日本剛一宣布投降，毛在一天之內連發十八封電報調兵遣將，搶佔要津，並指示部隊晝夜兼程輕裝趕赴東北，且欺騙美國人用軍用飛機把一批將領運往必爭之地。張翻遍檔案，毛在八年抗戰之中無一封電報去指揮抗戰，如不信，翻翻毛選便知。說蔣發動內戰，能騙得了誰？一分抗戰二分應付七分發展便是準備與國府爭天下。有人或以抗戰後蔣的軍事力量在毛之上為據，認為毛處在弱勢不會挑起戰爭，請重溫「南昌起義」、「秋收起義」、「百色起義」等等，那時他們的軍事力量何等微不足道，尚敢燃起戰火，何況抗戰後有一百多萬軍隊，兩百多萬民兵，四五千萬人口的根據地，又打通了與蘇聯的通道，軍火盧布源源不絕，杜魯門政府又被其玩弄於股掌之中，毛怎會不動手一搏？

林彪到東北後大肆招降納叛，關東軍、偽滿軍皆招集在麾下，據日本政府統計，四野的日本軍人在二十萬以上，炮兵、坦克兵，飛行員和醫護人員等專業兵種無一不備，林的部隊便如脫胎換骨一般。戰後在日本的日本四野戰友協會人數曾達五萬之眾，到二零一零年，尚有日本八路送錦旗與共軍，上繡煌煌金字：「革命年代，並肩戰鬥，日中友好，代代相

傳。」

七津　百年詠史（21）江山易鼎

鐵流如火掠江東 (1)	後晉兵威勢正隆 (2)
苦戰八年疲銳卒	括囊半壁馭群雄
獻圖別駕潛帷幕 (3)	易主將軍期建功 (4)
赤縣哀哀蒙此難 (5)	青天白日沒蒼穹

註（1）江東，是中國歷史上的一個地理概念，字面上指長江以東地區，又稱江
　　　　左。長江在自九江往南京一段（皖江）爲西南往東北走向，古有中原進
　　　　入南方吳地的主要渡口，於是將大江以東的地區稱爲「江東」。

註（2）指石敬瑭（892-942年）是五代時期後晉的開國皇帝（936-942年在
　　　　位）。廟號高祖，諡號聖文章武明德孝皇帝 。他曾向遼太宗耶律德自稱
　　　　兒皇帝。毛與石敬瑭一般，都是借助外族登大位。毛曾親赴莫斯科爲斯
　　　　大林祝壽。五十年代初的大陸宣傳畫，毛都比斯大林矮上一截，上面恬
　　　　不知恥地印上「親愛的父親斯大林」或「慈父斯大林」。

註（3）三國的張松官益州別駕。此處指郭汝瑰、劉斐等共諜，他們在國府中身
　　　　居高位，國軍製定的作戰計劃尚未送達前線指揮官處，已在毛的案頭。
　　　　國軍高級將領杜聿明早對之有所懷疑，後來杜聿明兵敗被俘，經長期改
　　　　造后獲釋，與郭同在政協任職，對郭一直無法釋懷，臨終時執郭之手苦
　　　　苦追問，郭答道：「事情都過去那麼久了……」

註（4）指四姓家奴吳化文，吳化文（1904-1962年），字紹周，山東人，此賊原
　　　　係馮玉祥舊部，後投靠蔣介石，再投靠日本人，日本投降后又擁兵投
　　　　蔣。在濟南戰役中投共，所部被改編爲共軍35軍。進攻南京時他的部隊
　　　　率先占領總統府，冥冥中似已昭示——中華民國是被漢奸推翻的！

註（5）詩經《小雅》：哀哀父母，生我劬勞。

　　　蘇聯解體後，解密史料證明：中國內戰中林彪部隊裡有日本關東軍34
萬，朝鮮籍日軍15萬，僞滿洲國軍17萬，這些都是蘇聯紅軍打敗俘獲的，
後交給解放軍打內戰。當時蘇聯陸海空三軍是全面參戰，遼瀋戰役其實是
由蘇聯將領科瓦廖夫親自指揮，因爲林彪指揮不了蘇日滿聯軍的陸海空大

軍團立體作戰！這很好的說明了為什麼根據地在延安，內戰卻從東北開打的原因。赫魯曉夫在回憶錄裡寫道：「如果沒有蘇聯援助，『新中國』不可能成立！」

　　上世紀五十年代一張畫像風行一時，畫像中有兩個人，一個是斯大林，另一個是毛澤東，此畫之所以「令人驚奇」，不但因為毛澤東身軀相比斯大林如此之小，毛澤東身高比斯大林矮如此之多，而且在於畫中的一行字：斯大林是我們偉大的導師和敬愛的父親，「我們」當然包括毛，什麼叫做認賊作父？這就是！

外二首　七絕
　　　　　竊國分封分外忙　　無暇顧及巧梳妝
　　　　　登基僭主自加冕　　恰似當年正德皇
其二
　　　　　移鼎黃俄別不同　　煌煌金印納囊中
　　　　　江山卻是自家物　　毛澤東封毛澤東

　　在網上看到一張49年中央人民政府任命通知書，其文字如下：
　　茲經中央人民政府委員會第一次會議通過任命毛澤東為中央人民政府人民革命軍事委員會主席　　特此通知
　　　　　　主席　毛澤東（簽名）一九四九年十月一日

貳、毛時代篇

七津　百年詠史（22）土改

西來邪教竊神州 (1)	富户鄉紳盡白頭
地契浮財入賊手 (2)	愚氓貧痞丈田疇 (3)
沐風櫛雨付流水 (4)	舐痔吮癰踞上游 (5)
捐棄四維如敝屣 (6)	禹封舜壤苦蒙羞 (7)

註（1）指馬克思列寧主義。

註（2）稍微富裕一些的農民家財、牲畜、土地暴力搶掠一空。

註（3）共產黨的土地改革所依靠的是農村中那些遊手好閒的二流子，農村中的地主富農和那些貧窮的農民很多都是沾親帶故，一些農民礙於情面都持消極態度。

　　有當年參加土改的幹部回憶道：打土豪分田地這個革命傳統不能丟，打就要打到肉體，鎮反和土改就要見血，《湖南農民運動考察報告》就是政策依據和執行方案，敵人罵我們是痞子運動，我們就按這個咒罵來組織農會和建立階級隊伍，就是要有一些下得了毒手的勇敢分子來打開階級鬥爭的局面，再小再窮的村子也要劃出地主富農，不殺地主怎麼調動得起貧雇農的力量？不造成三代人的仇恨還叫什麼大鎮反？不流血怎麼叫階級鬥爭？怎麼叫無產階級專政？缺乏階級仇恨就是缺乏黨性，就是不接受毛澤東思想，就是根本立場問題。——類似這樣的「黨性教育」語言，在上述十大政治運動中充滿了整個精神空間，塞滿了全部社會生活領域。

註（4）中國的農業一向是靠天吃飯，收益極低，很多富裕農民都是一輩子、甚至幾代人胝肩繭足、克勤克儉才掙下一份家業。

註（5）那些土地運動中發跡的積極分子都是一些人渣，大陸電影《芙蓉鎮》中的王秋赦是其典型。

註（6）禮義廉恥，國之四維。

註（7）宋‧陳亮，《水調歌頭》「堯之都，舜之壤，禹之封，於中應有，一個半個恥臣戎。萬里腥羶如許，千古英靈安在？磅礴幾時通。」指中華大地。

　　1949年中共建政以後，在全國發動的第一場運動就是土地改革運動。1950年1月，中共中央發出指示，準備進行土地改革。1950年6月30日，中國公佈《中華人民共和國土地改革法》，宣稱土改的目的和任務是「廢除地主階級剝削的土地所有制，實行農民的土地所有制，藉以解放農村生產力，發展農業生產，為新中國的工業化開闢道路。」

　　但是，一場本來可以和平進行的土改成了一場流血的土改。中國共產黨先為農民設定了階級敵人的數量。在1948年，中共規定「將土改中的打擊面規定在新解放區農民總戶數的8%、農民總人口10%」。按這個比例算，土改中就要打出3000多萬個階級敵人。後來中共確定把打擊面縮小到3%，不包括富農。以當年3億農民參加土改計算，至少也要鬥爭出900萬個階級敵人。

　　前廣東省副省長楊立在《帶刺的紅玫瑰——古大存沉冤錄》一書中透露，1953年春季，廣東省西部地區的土改中有1156人自殺。當時廣東省流行的口號是：「村村流血，戶戶鬥爭。」據估計，殺人達幾十萬。而這些被殺的人，沒有一個屬於「罪大惡極，不殺不能平民憤」的人。

　　據有關專家保守估計，當年的土改殺死了200萬「地主分子」。一位美國學者甚至估計有多達450萬人在土改中死亡。早在（20世紀）20年代的時候，毛澤東就寫了《湖南農民運動考察報告》，他就認為通過暴力的群眾運動是中共起家的一個好辦法。所以後來毛澤東在中共居於主導地位之後，他就積極地推廣在湖南農村掀起的這種暴力的農民運動，這種流血的農民運動。他對這一點很欣賞。基於這一點，毛澤東個人對於中共的這種土改有非常大的影響。中共通過這種發動群眾，奪回土地的辦法，它主要是為了通過這種形式把農民吸引過來，武裝起來，讓農民手上也沾血，也跟地主對立起來。

　　毛的土改政策就是利誘和脅迫億萬農民都要遞上投名狀！這是神州大

地道德淪喪的肇始。

七絕　百年詠史（23）翻身農民

　　狀遞投名心意真　　　自家炕上自翻身
　　飢荒餓殍三千萬　　　皆是分田作孽人

　　毛為了讓農民死心塌地為他打天下，也為了斷了農民的退路，命令那些土改工作組裏脅農民鬥地主富農，並借農民的手殺了大批所謂罪大惡極的土豪劣紳。

　　一些農民為了分到鄉親的土地財產，也鬼迷心竅去幫共匪作惡，在農村，地主富農和貧下中農中很多都有血緣關係，就算沒有，也是抬頭不見低頭見的幾十年鄰里，不知道他們如何下得了手。

　　土地分到手沒幾年，毛略施小計，連哄帶騙地把他們還沒捂熱的「土改果實」一股腦併入人民公社，連鋤犁耕牛甚至鍋碗瓢盆都公有化，吃碗飯都得看幹部的臉色，在大飢荒中活活餓死了幾千萬。

　　報應來得何速？

七津　百年詠史（24）古寧頭之沒 (1)

　　欲取臺灣苦畫籌　　　金門馬祖扼咽喉
　　哀兵孤守彈丸島 (2)　　　悍將搜羅渡海舟 (3)
　　嗜血紅旗方掃尾 (4)　　　捕螳黃雀上灘頭 (5)
　　赤潮消退空書咄 (6)　　　天佑中華保綠洲

註（1）金門戰役（中華民國國軍方面稱古寧頭戰役、古寧頭大捷或金門保衛戰，共軍方面稱金門戰鬥、金門登陸戰），是第二次國共內戰期間的一場戰役。

　　共軍於1949年7月上旬入閩，由第三野戰軍（三野）第十兵團負責。

第十兵團司令為葉飛,先後發動福州戰役、平潭島戰役、漳州戰役、廈門戰役和金門戰役等。

　　1949年10月1日,毛澤東在北京宣布成立中華人民共和國。10月15日,共軍渡海發動廈門戰役,先佯攻鼓浪嶼,成功吸引國軍注意力,造成國軍判斷失誤。之後,共軍分數路成功登陸廈門,擊敗守島國軍。10月17日,國軍福州綏靖公署代主任湯恩伯棄守廈門。共軍第十兵團占領廈門後,繼而占領金門以北之石井、蓮河、大小嶝、澳頭等地。共軍葉飛將屬下第32軍船隻分發給第28軍,決定集中船隻進攻大金門,但鑒於船隻數量不足,日期一再延後。10月24日晚,終於決定下令渡海,進攻大金門,結果登島部隊在島上血戰三晝夜,全軍覆沒。

註(2)防守金門的第五軍編制下僅剩第二○○師,原本編入的第一六六師(師長葉會西)因部隊在廈門戰役被擊潰,殘部雖徹入小金門但已無戰力可言,第五軍兵力總數也不滿4,000人。第五軍歸建後軍部和第二○○師擔任小金門防務。

註(3)國軍撤退時帶走或毀壞大量船隻,共軍本來是打算從山東徵集船隻水手,但是由於葉飛輕敵,倉促發動戰役,致使第一波攻擊部隊不足,未能一鼓作氣拿下金門。

註(4)葉飛在戰前稱此役為掃尾之戰。

註(5)10月26日,胡璉率部經海路抵達金門。

註(6)晉書·卷七十七《殷浩列傳》殷中軍被廢,在信安,終日恒書空作字。揚州吏民尋義逐之,竊視,唯作「咄咄怪事」四字而已。

　　自內戰以降,共軍戰必勝,攻必取,如風捲殘雲般席卷大陸。金門戰役打響前,悍將葉飛並不把守軍看在眼裡,聲稱是掃尾之戰。以九千百勝虎狼之師,擊一萬屢敗驚弓之卒,本無懸念,豈料潮汐無信,第一波部隊登陸後適逢退潮,舟船皆滯留灘頭動彈不得,後續部隊只得隔岸觀火,徒呼嗚嗚。當守軍漸呈不支時,胡璉率部自海路及時趕到,遂扭轉戰局。晉殷浩北伐失敗,在家常對空書「咄咄怪事」,古寧頭之役後,葉飛當有此嘆。不久,韓戰爆發,美國如夢方醒,遣第七艦隊介入臺海,臺灣終於轉危為安。

　　此戰役規模不大,但卻影響深遠,歷史上只有淝水之戰差堪比擬。

　　中共空軍上將劉亞洲（李先念女婿）在《金門戰役檢討——紀念我親愛的爸爸、華東野戰軍二十一軍老戰士劉建德》中披露：中共給參戰船工餵食鴉片。現節錄如下：「民船不可靠。民心不可用。五十年前對金門作戰和今天對台灣作戰，都是在民情陌生地區用兵，我們面臨兩個敵人。當時，福建剛解放，百姓對我軍恐懼。船工俱懷二心。我在金門『古寧頭大戰紀念館』看到二十八軍一份被繳獲的文件上這樣寫道：『攻打金門，四大要領。船工退縮，嚴格督促。』粟裕要求山東派船工南下，道理正在於此。二十八軍登島作戰部隊奮戰至最後一滴血，全部損失，卻也把蔣軍打得鬼哭狼嚎，高魁元戰後曾憤憤地說：『山東盡老八路！』二十八軍是渤海軍區老底子，主要戰鬥員均是山東人。福建船工多用重金買來。每船三兩黃金，每人三兩黃金，再加鴉片。即便如此，那些船工要麼藏匿不出，要麼故意搗蛋。戰役最激烈時，兵團從廈門重金募得一艘火輪，擬增援金門，但船主竟瘋也似地把船開上沙灘擱淺。上了船的船工也怕死得要命。盡管給他們先吸了毒，仍如鼠。接近金門海灘時，槍炮如煮，他們都嚇得龜縮船底艙不敢出。許多船都是由不諳水性的解放軍駕駛，致使有失。我軍上島之後，金門老百姓毫不支持我軍，反與我為敵。我軍在古寧頭村與蔣軍鏖戰時，國民黨飛機來轟炸，村民們都聚在附近山頭看熱鬧。村史載：每當飛機投中目標，村民都大聲歡呼。」

七律　百年詠史（25）朝鮮戰爭 (1)

民主聯軍叩國門 (2)	金家殘卒散猢猻 (3)
毛皇助紂傾全力 (4)	倀鬼餘靈輔正恩 (5)
高麗如無蛋炒飯 (6)	中原經已子傳孫 (7)
從來天意高難問 (8)	由此聊堪慰怨魂

註（1）朝鮮戰爭（1950年6月25日–1953年7月27日簽署停戰協定）是朝鮮半島上的朝鮮民主主義人民共和國（朝鮮）與大韓民國（韓國）之間的戰爭。許多國家以參戰以及提供援助的方式支持南北雙方，不同程度地捲入了

此戰。參戰的國家包括以美國爲首的聯合國部隊各國、中華人民共和國，提供援助的國家包括聯合國成員國、蘇聯及其盟國。朝鮮戰爭起源於第二次世界大戰之後朝鮮的分治，以及冷戰初期所形成的緊張國際形勢。它是冷戰開始後的第一場大規模「熱戰」。

註（2）戰爭爆發後，美國政府於1950年6月24日深夜收到美國駐韓大使館的報告。6月25日，聯合國安全理事會通過第82號決議，「認定北朝鮮部隊對大韓民國施行武裝攻擊」，「構成對和平之破壞」，「要求立即停止敵對行動」，「促請北朝鮮當局即將軍隊撤至北緯三十八度」。蘇聯駐聯合國大使馬立克詭稱中華人民共和國不能加入聯合國，因而缺席棄權，使聯合國通過決議。6月25日晚，美國總統杜魯門授權在朝鮮半島北緯38度以南地區出動美國海軍、空軍部隊攻擊朝鮮人民軍，沃爾頓·沃克將軍奉令率美軍第八軍團阻擊北朝鮮軍。

註（3）麥克阿瑟指揮美軍在仁川登陸，切斷北朝鮮軍後路，使之潰不成軍。

註（4）1949年，金日成奔走於莫斯科和北京間要求合夥發動戰爭「解放」南韓，在金日成再三要求下，中國人民解放軍四野林彪部將中國籍朝鮮族的三個精銳師在1949和1950年初調入朝鮮，編入朝鮮人民軍，供金日成調遣，是金日成進攻韓國的主力部隊。當聯合國軍隊在仁川登陸，掃蕩殘餘的北朝鮮軍隊之際，毛不顧中共高層中大多數人的反對，悍然派彭德懷率兵入朝，不宣而戰，偷襲聯合國軍，並掩耳盜鈴地稱爲「志願軍」，有回憶錄記下毛的話：「稱志願軍好，有迴旋餘地。」

註（5）中國犧牲了近百萬人挽救了金家小朝廷，使之傳了三代。

註（6）毛太子毛岸英入朝鍍金，在彭德懷的志願軍司令部當俄文翻譯（不知爲何在朝鮮作戰需要俄文翻譯？）司令部遠離前線，設於山洞之中，本來是萬全之地，但天意難測，金日成差人送了一籃雞蛋給彭德懷，太子嘴饞，在山洞外一小木屋用雞蛋炒飯，被美軍機發現炊煙投彈，太子命喪當場。

註（7）依毛在文革中安排老婆、侄子進入高層準備接班之事看，太子不死，定登大位，至今日也當是太孫繼位之時。

註（8）宋·張元幹·賀新郎「夢繞神州路。悵秋風、連營畫角，故宮離黍。底事昆侖傾砥柱。九地黃流亂注。聚萬落、千村狐兔。天意從來高難問，況人情、老易悲如許。更南浦，送君去。

涼生岸柳催殘暑。耿斜河、疏星淡月，斷雲微度。萬裡江山知何處。回首對床夜語。雁不到、書成誰與。目盡青天懷今古，肯兒曹、恩怨相爾

汝。舉大白，聽金縷。」

毛晚年囑人將此詞錄制成唱片，常聽得淚流滿面。

據前蘇聯解密的資料和美國方面估算，「志願軍」在朝鮮陣亡或達百萬之眾，而非中共所宣布的十八萬或三十萬。以一支落後軍隊的人海去蹈火海，其結果可知。但在朝鮮戰爭中，國人最意外的收獲便是不必生活在如東鄰般的家天下，那個不知名的美軍飛行員按下投彈鈕的剎那，便已改變了數億中國人及其後代子孫的命運，讓毛賊日後不住哀鳴：始作俑者，其無後乎？

每當在網上看到網友頂帖稱：「感謝美軍飛行員，感謝蛋炒飯。」頗感欣慰，民智已開，他們的洗腦術似已失效。

外一首　七絕

二萬餘人齊受誅　　蟲沙赴死作前驅
名留高麗猶遺臭　　強虜灰飛破虜湖

南韓軍在大鵬湖戰役殲滅了2萬4241名中國人民志願軍。由於戰爭期間的混亂，這些志願軍的遺體被韓軍和美軍全部推進了湖水裡。根據軍方捷報，時任韓國總統李承晚於停戰協定之後視察該地，改湖名為破虜湖，並揮毫書寫漢字。這一筆跡被刻在石碑上，一直留存至今。這裡破虜湖的「虜」字，指的是中國人民志願軍。劉家駒在20歲時隨部隊入朝參戰，曾負責屍體掩埋工作。在他眼前，成百上千的中國士兵被美國現代炮火吞噬，甚至成為碎屍。這些慘痛的記憶一直伴隨著他。去世前不久，劉接受了紐約時報中文網採訪：「悔恨，為什麼要參與這場戰爭？我們受了欺騙！」提起往事，當時86歲的他還是痛心疾首。

李承晚在揮毫時的腦子裡應該有閃過東坡「強虜灰飛煙滅」之名句，東坡名句真是精準的預言，這塊碑文當千秋萬代矗立於此，二萬多名強虜炮灰將在三千里江山遺臭萬年！

七絕二首　百年詠史（26）蛋炒飯

桀日炎炎苦絕倫　　半飢半飽半囚身
感恩雞蛋滅龍種　　吃飯毋忘炒飯人

　　今年感恩節恰逢第六十六屆蛋炒飯節，若無六十六年前那碗蛋炒飯，今天華夏百姓的生活應該如東鄰般的食不裹腹，六十六年前感恩節的第二天，上帝忽大發慈悲，讓中國人民感受到神對神州百姓的大愛，每年此日，我必炒上一碗蛋炒飯——加上臘肉，由衷感謝太子為了中國人民的幸福而作出的犧牲。

　　希望以後能把蛋炒飯作為國宴主食。

其二　七絕

鍍金太子化沙蟲　　天算元兇毛澤東
父子睽違七十載　　相逢卻在熱鍋中

　　俗話說：人有千算，天只一算，人算不如天算。

　　毛賊冒天下之大不韙，悍然助金日成發動朝鮮戰爭，把近百萬中國青年送到朝鮮當炮灰，其重要目的之一就是讓毛岸英到朝鮮鍍金，為日後名正言順執掌軍權再繼位做鋪墊。「志願軍」司令部遠離前線，又在山洞之中，本是萬全之地，奈何天意不欲這個殺人魔王的兒孫坐天下，任憑毛賊千算萬算，也料不到太子會喪命於幾個雞蛋，那近百萬倀鬼在黃泉路上有太子為伴，也不為冤。

　　這個老板應該是福至心靈，竟然能為臘肉蛋炒飯取了個如此貼切，意味深長的名字，叫「父子相會」，臘肉和蛋何所指就不用說了，那些米飯就是千萬殉葬的炮灰。

　　今天是毛太子六十九年死忌。

七津　百年詠史（27）鎮壓反革命

毛皇竊國坐江山	變臉操刀逞橫蠻 (2)
郭解朱家羅密網 (3)	降臣敗卒送陰間 (4)
俄奴自詡偉光正 (5)	漢將難逃殺管關 (6)
千萬人頭齊落地	長教忠義淚潸潸

註（1）鎮壓反革命運動，簡稱鎮反，是中華人民共和國成立後，發動的第一場
　　　肅清反對勢力的運動，目的是鞏固新政權，穩定社會秩序。鎮壓對象以
　　　國民黨殘餘、特工、土匪勢力為主。

　　毛澤東認為：華東地區多數都是用比較和平的方法分配土地的，匪首惡霸特務殺得太少。根據毛澤東的建議，中共中央專門召開會議討論了處決人犯的比例問題，「決定按人口千分之一的比例，先殺此數的一半，看情形再作決定」。公安部副部長徐子榮1954年1月的一份報告稱：「鎮反」運動以來，全國共捕了262萬餘名，其中「共殺反革命分子71.2萬餘名，關了129萬餘名，先後管制了120萬餘名。捕後因罪惡不大，教育釋放了38萬餘名。」以被處決人數71.2萬這個數字來計算，占當時全國5億人口的千分之一點四二。又據1996年中共中央黨史研究室等4個部門合編的《建國以來歷史政治運動事實》的報告中稱：從1949年初到1952年2月進行的「鎮反」中，鎮壓了反革命分子157.61萬多人，其中87.36萬餘人被判死刑。

註（2）毛在1945年〈論聯合政府〉一文中信誓旦旦：「有人懷疑共產黨得勢之
　　　後，是否會學俄國那樣，來一個無產階級專政和一黨制度，我們的答覆
　　　是：我們這個新民主主義不可能、不應該是一個階級專政和一黨獨佔政
　　　府機構的制度。並鄭重承諾保障人民『言論、出版、集會、結社、思
　　　想、信仰和身體』等自由。美國是自由世界的核心，民主的保護神，人
　　　民的朋友，專制者的敵人。所有的封建專制統治者把美國視眼中釘，美
　　　國是人類社會成功模式的榜樣。」但在取得政權後，立即宣布向蘇聯一
　　　面倒。

註（3）漢代豪俠，喻地方豪強，他們都是被鎮壓的對象。

註（4）國軍一些降將或「起義」的軍官，曾被假惺惺獲寬大處理，釋放回家，在鎮反運動中很多人慘遭殺戮。

註（5）共產黨自稱「偉大、光榮、正確「。

註（6）毛對鎮反運動的指示，「要殺一批，關一批，管一批。」

毛借鎮壓反革命之名，把各地地方豪強、名流耆宿、國軍被俘及「起義」軍官幾屠戮一空，在地方稍有名望者，均被視為潛在威脅，難逃厄運。許多軍人在抗戰勝利後便解甲歸田，並無參加內戰，也難逃一死。

毛親自為各省定下殺人定額，說是要「關一批，管一批，殺一批」，各地便競相殺人以表忠心，甚至有參加了「革命」的兒子親手弒父者。據中共自己公布，鎮反中共殺七十餘萬人，但實際數字恐怕遠遠高於此。中國文化原植根於廣大農村，鄉紳及較富裕的農民均以耕讀之家為榮，經土改鎮反，文脉幾斷。

在FB被一港入拉入他的詩組，那裡有幾個人幾天就能貼上一首，另外有一些人偶爾發帖，水平大致都不錯，即使一些「為賦新詞強說愁」的，也都能依律賦詩填詞，不像一些大陸「詩人」，五個字七個字便是詩，若干字一句便是詞，堆砌一些華麗的詞藻，格律一概沒有，又不知他想表達什麼。香港才幾百萬人口，又當了近百年殖民地，港人對傳統文化的傳承卻比大陸明顯高出許多，可見中共對中華文化戕害之烈！

幾年前吾師來巴黎旅遊，在此期間有一北大教授傳來一闋「詞」請吾師斧正，師看畢，一言不發遞予我，待我看完，師問道：「如何？」我說：「不知道他想說什麼。」師撫掌大笑道：「這就對了！我也不知道他在說什麼。」現在的大陸「詩人」很多類此。

七律　百年詠史（28）平藏

席捲金甌如拾芥	兵鋒未頓覬嶕嶢 (2)
無援噶廈力難御 (3)	得令偏師誓不饒 (4)
三萬虎狼馳絕域	八千佛卒散狂飆 (5)
從來僭主輕然諾	城下徒簽十七條 (6)

註（1）1950年10月16日，解放軍開始向西藏進軍。中央、中央軍委於1950年1月
　　　指示中共中央西南局以第二野戰軍一部為主，在西北軍區部隊一部配合
　　　下，立即准備進軍西藏。10月6日至24日，第二野戰軍第十八軍一部，在
　　　青海騎兵支隊和第十四軍1個團的配合下，進行昌都戰役，殲滅藏軍6個
　　　代本（一代本相當於一個團）全部和3個代本一部共5700餘人。

註（2）山高貌，指西藏高原。

註（3）官署名。藏語音譯。即西藏原地方政府。達賴、攝政以下是政府行政機
　　　構，藏語稱「噶廈」。「噶」是命令的意思，「廈」是房屋的意思，
　　　「噶廈」就是發號施令的地方。外國人常把噶廈譯成「內閣」，性質類
　　　似。噶廈是清政府規定的。

註（4）其時中共已調集大軍開赴朝鮮，進攻西藏的祇有區區三萬部隊，但是面
　　　對裝備簡陋的藏軍已形成巨大優勢。

註（5）藏軍主力八千人在昌都一役被殲。

註（6）《中央人民政府和西藏地方政府關於和平解放西藏辦法的協議》，簡稱
　　　《十七條協議》，於1951年5月23日在北京中南海勤政殿簽訂。

　　　1954年中華人民共和國頒布憲法片面取消原有《十七條協議》裡的西
藏特殊自治狀態，與中華人民共和國一體化。

　　　達賴喇嘛領導的西藏流亡政府認為，「17條入藏協議」是在解放軍大
舉進入西藏後，強加給西藏政府的城下之盟，是不平等條約。

　　　昌都一役，藏軍八千主力被殲，藏人喪膽，已甘俯首，遂簽十七條，
我黨白紙黑字，信誓旦旦保證不改變西藏原有制度，尊重藏人宗教信仰，
讓藏人高度自治等等等等……不數年，自恃軍隊已據要津，便借民主改革
之名，驅僧尼，毀寺廟，羈班禪於京師，逼達賴出異域，激起民變，然後
大動刀兵，把藏人殺得噤若寒蟬，自以為得計，至今日觀之，所得所失如
何？以陰謀詭計得天下，猶欲以陰謀詭計治之，可乎？

七律　百年詠史（29）五反 (1)

　　　經商辦廠直堪哀　　　　橫禍借端天上來 (2)

武帝掏光無米灶 [3] 　　賊心早覬富翁財
托辭五反劫朝市 [4] 　　遂令三魂歸夜臺 [5]
黃埔灘頭空降急 　　棺材舖裡罄棺材 [6]

註（1）「三反」是指在國家機關和企業中進行「反貪汙」、「反浪費」、「反官僚主義」；「五反」是指在私營企業中進行「反行賄」、「反偷稅漏稅」、「反偷工減料」、「反盜騙國家財產」、「反盜竊國家經濟情報」。

　　鄧小平的連襟樂少華在「三反」運動中被批判。1952年1月15日，樂少華在寓所內自殺身亡。上海從1952年1月25日至4月1日的不完全統計，因運動而自殺者就達到了876人，平均每天的自殺人數幾乎都在10人以上，其中有很多資本家是全家數口人一起自殺。

　　中國航運大王盧作孚被「運動」後，於2月8日吞服安眠藥自殺。

　　冠生園創始人冼冠生於1952年4月被工人圍困在辦公室裡兩天後，跳樓自殺。

　　南三行中上海商業儲蓄銀行的創辦者陳光甫1949年後先到香港觀望中國政局的發展，1952年三反五反運動時明確拒絕共產黨的北上邀請、確定留在香港，繼續經營在香港註冊的上海商業銀行，後又定居台灣直至去世。

　　張愛玲目睹1951年的武訓傳批判運動和1952年的三反五反運動後，於1952年7月拒絕夏衍的挽留、赴香港「繼續因抗戰而中止的香港大學學業」。

註（2）毛共在篡政前信誓旦旦說要長期發展民族工商業，建政沒三年就向「民族資產階級」亮出刀子，這恐怕是選擇留在大陸的商人萬萬沒想到的。
　　　　借端，假托事由，借口某件事。
註（3）毛甫建政，便主動捲入朝鮮戰爭，欠了乾爹一屁股債。
註（4）市集，《周禮·地官·司市》：「朝市，朝時而市，商賈爲主。」
註（5）墳墓，亦借指陰間。因閉於墳墓，不見光明，故稱爲「夜臺」。
　　　　唐·李白·《哭宣城善釀紀叟》詩：「夜臺無曉日，沽酒與何人？」
註（6）據親歷者回憶，上海因自殺人數甚眾，棺材舖存貨爲之一空，竟有爲爭

棺材而當街大動拳腳者。

共產黨從江西時代起，就是以「打土豪」為旗號，先殺地主、富農、大商家，再殺小商人、手工業者，然後搶其「浮財」、共其產以充軍餉。現在為蘇俄、朝鮮而和美國人開戰，只好再一次殺雞取卵，從資本家身上榨油水了。祇好學李自成、劉宗敏在北京設「比餉鎮撫司」的辦法，規定助餉額為「中堂十萬，部院京堂錦衣七萬或五萬三萬，道科吏部五萬三萬，翰林三萬二萬一萬，部屬而下則各以千計」（《甲申核真略》），制作五千具夾棍，「木皆生棱，用釘相連，以夾人無不骨碎」（《甲申紀事》），「凡拷夾百官，大抵家資萬金者，過逼二三萬，數稍不滿，再行嚴比，夾打炮烙，備極慘毒，不死不休」（《明季北略》），死者有一千六百餘人（談遷：《棗林雜俎》），「殺人無虛日」（《甲申傳信錄》）。讓郭沫若寫過《甲申三百年祭》的毛澤東，當然比李自成高明一些；毛澤東雖也是「殺人無虛日」，但他卻不讓你知道他到底殺了多少人；毛澤東也不說他沒錢要向你要，而是說你有罪，你必須把財產交出來‧拷夾（批鬥）、嚴比之下，你就要乖乖交出財產，如果沒有，便祇好自殺。即使要自殺，還不可以跳江、投海，否則屍體讓水沖走了，會被當局說是叛國投敵，親屬就要受牽連，所以，三五反時上海市及全國各地的資本家如不肯表演「空降部隊」，那就要像盧作孚那樣吃安眠藥了。

共黨甫建政，毛不顧國敝民窮，悍然助紂開疆，只弄得國庫空虛，還欠下乾爹一屁股債，便不顧發展民族工業的諾言，打起商人的主意，找出種種罪名，把那些略有資產的人整得上吊的上吊，跳樓的跳樓。陳毅時任上海市長，每天上班時先問祕書：昨天又有多少空降部隊？劫人錢財，害人性命，還要拿來取笑，真不知這位「儒帥」生的什麼肝腸？

七津　百年詠史（30）湘女上天山

八千湘女上天山　　　虎口投羊無一還 (1)
久曠征夫難忍耐　　　離巢雛燕敢刁蠻

陽臺尚未行雲雨　　　獵物先分排序班 (2)
　王震將軍擂戰鼓 (3)　　揮師突入破玄關 (4)

註（1）此事發生在1954年，駐疆共軍因為地處邊陲，無法尋得配偶，遂有到湖南山東用招兵的名義把上萬女人騙到新疆。

據新疆老兵回憶：有一次，王震去籌劃石河子的建設。

一個單位開會，請王震講話，王震講完話，問大家有什麼意見。每個人都說沒有意見。這時，一個憨頭憨腦的戰士站起來，說：「報告首長，我有個意見。」

王震說：「好，有意見你就提吧。」

那戰士說：「司令員，我們都還沒有老婆，你要給我們解決老婆的問題。」

大家聽了，都瞅著那個戰士笑。笑得那個戰士紅了臉，低下頭。

可王震沒有笑。他說：「你這個問題提得好！黨中央、毛主席早就考慮到這個問題了，很快給你們運來湖南『辣子』、『山東大蔥』，上海『鴨子』！」

其實，部隊的婚姻問題早在戰爭年代就存在了。中國有句古話，「不孝有三，無後為大。」中共這些老兵，大約有百分之九十以上的人都來自農村，即使當了師長、團長，也是大老粗，沒有多少文化。所以也不管什麼愛不愛，情不情的，就是一句話，要有個老婆，傳宗接代。

山東是個老匪區，好多男人在戰爭中都被打死了，所以招的山東婦女中很多是寡婦，這基本上解決了連排幹部的婚姻問題。最後，還剩下一些老兵的婚姻問題沒有解決，所以就在五四年招了九百二十多名上海妓女。就這樣，團營軍官娶處女，連排娶寡婦，士兵娶妓女，共產黨還挺能按勞分配的（此處勞指功勞）。

於是，成千上萬的湘女，山東寡婦，還有上海一些被改造過的舞女妓女就這樣被騙到新疆。

註（2）序班，官員官職的位次，唐‧李肇‧翰林志：「興元元年，敕翰林學士

朝服序班，宜准諸司官知制誥例。」分配女人是由官職較高的先挑，剩下的依官職大小一輪輪挑選，下級軍官士兵能分到個女人都已經心滿意足了。

註（3）新疆駐軍是王震的部隊，此事是由他一手操辦。

註（4）玄關，老子‧第一章‧〈玄之又玄，眾妙之門〉。

八千湘女上天山，是像他們所說的那麼崇高嗎？不！真實的歷史是，為了解決當地駐守官兵的婚姻問題，也就是拉郎配！以招兵的名義把數千湘女騙到新疆，然後告訴她們要終生留在新疆，她們當時全哭了！她們還以為三年兵役結束後就可以回家了！誰知竟是永訣？接下來，就是拉郎配了！有多少十幾、二十歲的湘女經組織安排，行政干預嫁給了那些可以當她們父親的男人？有幾對是真正的自由戀愛，自願結合？這些今天已無從統計了！祇是在資料中看到，有一個十幾歲的湘女，在洞房花燭夜瘋了！還有一人因躲避這樣的糾纏而自殺！

七津　百年詠史（31）公私合營 (1)

儆猴五反試牛刀	數載殘延憐爾曹 (2)
敢忤朝廷匿薄產	即交批鬥趕時髦 (3)
合營真箇皮謀虎	付息當如羊拔毛 (4)
天下錙銖操朕手 (5)	豈容杳鶴捲分毫

註（1）公私合營，中國共產黨對之表述是在建立中華人民共和國，完成沒收帝國主義、封建主義和官僚資本主義財產之後，在1956年，針對民族資本家和私營個體勞動者，進行社會主義改造的政策和運動；實質上是屬於政府強制壟斷經濟市場的行為，缺乏法理與公義的轉變程序，侵害私有財產權，衍生諸多問題。

註（2）1952年發動三反五反，1956年開始公私合營，中國大陸的「民族資本家」在惶惶不可終日中熬了四年，終於徹底得到解脫。

註（3）在毛治下，開批鬥大會是各單位，各村人民群眾喜見樂聞的長壽節目。

註（4）所謂付息，是照官方對企業的估價，每年還你百分之五，十年兩訖，正所謂羊毛出在羊身上。

註（5）周恩來在援助外國金額的文件，送到毛處，毛常在數字後添個零，如此
　　　大手筆，在世界上卻仍是孤家寡人。

1955年11月以後，又據陳雲《關於資本主義工商業社會主義改造問題》報告，和《關於資本主義工商業改造問題的決議（草案）》，對資本家採取贖買的辦法，所謂《贖買》，不是由國家另拿一筆錢收買資本家的企業，而是在每年生產獲得的利潤中，拿出一點分給原私營業主，這就是是按照固定資產價值付給定額利息，叫做「定息」。

怎樣計算定息呢？在公私合營企業裡，先對資方的資產按國務院《關於私營企業實行公私合營的時候對財產清理估價幾項主要問題的規定》進行清理，在工人群眾監督下，由資方自估、自報、同行評議，再由行業合營委員會（由政府、工人、資方三方面代表組成）最後核定。全國評估的結果，連同1956年以前合營的在內，全國公私合營企業的私股股額一共是24.1864億元。然後根據股份、利率，每年付給資方固定的利息，這就是定息。定息息率，1956年2月為1厘至6厘，1956年7月定為年息5%。定息期原定7年，到1962年止，後來又改到1965年止，即一共拿十年。（馬立誠：《突破——「新中國」私營經濟風雲錄》）其中，上海市公私合營企業中的私股為112,202萬元，幾乎占全國公私合營企業中私股的一半。其中私股在500萬元以上的五個大戶中，有四人屬於榮氏家族，第一名是榮毅仁的堂兄榮鴻三，占9,750,100元，每年可得定息487，914元，即每月可得4萬元，榮仁毅則佔第三位。（新華社1957年6月8日上海電）1956年被定為資本家的、拿定息的大約86萬人（保育鈞：《呼喚理解》）

中國共產黨是古今中外第一等無賴，且不說全國公私合營企業的私股股額在層層壓縮、級級抽水，早已面目全非，是多麼的不合理，更重要的是你拿走了人家全副身家財產，給5%年息十年之後，就永遠霸占了人家全副身家財產，還美其名曰「贖買」，這與強盜何異？

公私合營運動甫始，早已喪膽的商人立馬敲鑼打鼓，作歡天喜地狀把畢生積蓄的財產雙手奉送給共產黨，恰如一群豬羊自行褪毛，洗刷乾淨爬上砧板上含笑受戮一般，真是曠世奇觀，列祖斯父希魔均無此手段。余生

也晚，無福躬逢此盛會，但在史無前例的無產階級文化大革命時，多次見到一群一群的特殊材料（斯大林語：共產黨員是特殊材料製成的），剪著各式奇形怪 的超前衛髮型，手拿各式匪夷所思的樂器（臉盆、鋁飯盒及一些金屬器皿），一邊演奏一邊聲嘶力竭地宣判自己一萬次死刑（一般都是這樣喊的：我反對毛主席，我罪該萬死！），能得一見，便覺不枉此生。套用當時流行的一句歌詞：「誰能比我們更幸福？生活在毛澤東時代！」

曾在香港認識一位逃港的廣東商人，當然是光著屁股跑的，據他所言，五反時商家月營業額如有一萬，前來核算的工作組竟能算出你逃稅十萬，便是賣房賣首飾也不夠賠。但公私合營時又是另一種算法，企業資產如值十萬，祗估值成一、二萬，照此值每年以百分之五「付息」與你，十年后兩訖，我黨是以這種手段把國人的財產劫掠一空。

七津　百年詠史（32）反右 (1)

舵手龍床垂直鉤 (2)　　萬千書蠹一齊休 (3)
思為移鼎磨殷鑑 (4)　　豈料翻雲化楚囚
廿載淒惶人變鬼 (5)　　半生困頓愛成仇
英雄本色好烹狗　　大漠荒原弔髑髏 (6)

註（1）反右運動是中國共產黨在中華人民共和國建立後於1957年發起的第一場波及社會各階層的群眾性大型政治運動，是在「整風運動」過程中又掀起了了「反右運動」。前者「整風運動」是中國共產黨內的整風，後者「反右運動」主要結果是給中共黨外、黨內大量人員確定了「右派」身分。對於反右運動，改革開放後，中共承認在執行過程中有「擴大化」問題，即「反右擴大化」。政府給大批「錯劃右派」者予以「糾正」，未被糾正的右派「維持原案，祗摘帽子，不予改正，不予平反」。
　　但中共承認執行過程中有「擴大化」問題，即「反右擴大化」：在具體執行中，尤其是在運動的後期，很多單位將標準簡單化，爲下級單位指定右派分子的百分比，造成許多人被冤枉。「一個單位應有5%的人定位

右派分子，甚至在衹有很少幾個知識分子的單位和沒有人鳴放的單位，這個指標也得完成。」

註（2）據毛身邊的人回憶，毛的睡房有張碩大的床，床上堆滿了書，毛便躺在床上批文件，作決策。反右有點像姜太公釣魚，願者上鈎，有些右派要不是愛黨心切，肯閉上鳥嘴，當可逃過一劫。

註（3）據1978年平反右派過程中的統計，在1957年的「反右運動」和1958年的「反右補課」中，全中國抓出五十五萬名「右派」（分微右，中右與極右）。「估計有40萬到70萬知識分子失去職位，並下放到農村或工廠中勞動改造。」（以我所知，這個數字是大大縮小的，每個單位要有百分之五的右派，各級領導只有超額完成任務，斷無不滿額之理，若是如此，他們自己就得進去，似這般「我不入地獄，誰入地獄」的大慈悲之舉，我是斷斷不肯做的。當年除了發配往勞改場和農村的右派外，每個單位都有若干名右派留原單位改造，照當時城鎮人口計算，右派當在百萬以上。）

註（4）1957年5月1日，《人民日報》刊載了中共中央在4月27日發出的《關於整風運動的指示》，決定在全黨開展以反對官僚主義、宗派主義和主觀主義為內容的整風運動，號召黨外人士「鳴放」，鼓勵群眾提出自己的想法、意見，也可以給共產黨和政府提意見，幫助共產黨整風。於是各界人士，主要是知識分子們，開始向黨和政府表達不滿或建議改進。新聞界也跟進，刊出各種聲音。這段時期被稱為「大鳴大放」。此舉讓知識分子們覺得共產黨勇於自我批評，十分偉大。

註（5）從被打成右派到毛死後獲得平反，足足二十一年。人生有幾個二十一年？

註（6）夾邊溝、興凱湖皆是著名右派勞改場，死人無數，夾邊溝的死亡率超過百分之五十。有《夾邊溝紀事》一書述此悲慘往事。

反右運動對中華民族的戕害人盡皆知，那些在「解放」前為我黨鞍前馬後效犬馬之勞的知識分子可謂是受了現世報，但絕大多數右派確是比竇娥還冤，數以百萬計的「右派」淪落煉獄，很多人沒有活到「平反」的那一天，中華民族的精英經此一役，被打斷脊骨，至今尚未緩過氣來。

反右運動開始時，各級領導極真誠地懇求給黨或領導提意見，說什麼「大鳴大放」「懲前毖後，治病救人」，要大家「暢所欲言」，保證「言者無罪，聞者足戒」，決不秋後算帳云云，幸虧我晚生了幾年，要不然肯

定栽進這坑裡去。

後來毛一翻臉，卻道是「引蛇出洞」，「有人說是陰謀，我說：不，這是陽謀！」於是一大群管不住自己嘴巴的「讀書人」便魚貫進了勞改場。毛照慣例又下達了個百分比，湊不夠人數的單位領導便公報私仇，把一些有與自己有私怨的人劃了進去。甚至有的單位湊不夠人數，開會推選右派，但大家都不好意思撕破臉，某人腎功能不太好，上了趟廁所，回來已經被選為右派。最可笑的是某單位要把右派送往勞改場，一積極分子自告奮勇擔任押解任務，到了勞改場，場方已接到該單位領導的電話：右派人數計算有誤，尚差一名，有道是一客不煩二主，祇好委屈積極分子進去改造幾年了。

若非在毛治下生活多年，似這樣荒謬絕倫，催人淚下的笑話，誰人會信，誰人敢信？

七津　百年詠史（33）人民公社 (1)

人民公社是橋梁 (2)	舵手升帆強起航 (3)
騾馬牛羊全姓共 (4)	盆瓢鍋碗半盛糠 (5)
乾坤顛倒僕為主 (6)	囹圄須臾路即牆 (7)
大道康莊通鬼域 (8)	不容餓殍竄他鄉 (9)

註（1）公社（俗稱吃大鍋飯）在社會主義國家為過往的社會制度，在中國大陸屬於一種「政社合一」組織，分為「農村人民公社」和「城市人民公社」，而以前者最為著名。農村人民公社屬於當時計劃經濟體制下，農村政治經濟制度的主要特徵，即農村計劃經濟時代。人民公社既是生產組織，也是基層政權，普遍存在的時期為1958年至1984年，隨著市場經濟的建立而解體，被鄉級行政區所取代。

「人民公社」這個名詞，就是劉少奇與另外幾個領導人在閒聊中發明的，據劉1958年11月7日在鄭州會議上的講話回憶，大致是1958年4月，在赴廣州的火車上，劉與周恩來、陸定一（時任中宣部部長）、鄧力群閒

聊，「吹半工半讀，吹教育如何普及，另外就吹公社，吹烏托邦，吹過渡
到共產主義」，在八大二次會議上，劉又講了半工半讀與生活集體化，並
要北京和天津先搞試驗。1958年8月上旬，毛澤東到河北、河南與山東等
地視察，與當地的負責人談到「小社」併「大社」的問題。毛澤東說道：
「看來『人民公社』是一個好名字，包括工農兵學商，管理生產，管理生
活，管理政權。『人民公社』前面可以加上地名，或者加上群眾喜歡的名
字。」毛還總結「人民公社」的特點：「一曰大，二曰公」。在山東時，
當地負責人請示「大社」叫什麼名稱時，毛澤東說：「還是叫人民公社
好，它的好處是，可以把工、農、商、學、兵合在一起，便於領導。」這
些消息見報後，全國各地紛紛效倣，四處響起「人民公社好！」「人民公
社萬歲！」等的口號。

註（2）當時的口號：「社會主義是天堂，人民公社是橋梁。」
註（3）毛被冠以「偉大的領袖，偉大的統帥，偉大的導師，偉大的舵手。」人
　　　民公社把土地改革中分給農民的土地強行奪走。
註（4）農民的一切生產工具（包括牲畜）一律歸公，很多農民在入社前「烹羊
　　　宰牛且爲樂」省得便宜了別人。
註（5）這句詩有美化之嫌，吃大鍋飯失敗後，很多地方連草根樹皮都被吃光。
註（6）當飢荒降臨時，那些「公僕」如生產隊長、公社幹部都能利用職權爲自
　　　己和家人填肚子，鮮有餓死者。
註（7）那時劃地爲牢，村民外出需幹部開路條。
註（8）那時的宣傳說人民公社是通往共產主義的康莊大道。
註（9）全國各地的飢民都祇能在村子裡坐以待斃，不準逃荒給國家丟臉，真是
　　　開天闢地從未有過的事。

　　因大辦人民公社，大躍進引起的大飢荒時，各要道路口均有民兵把
守，禁止飢民外出逃荒，許多百姓只能坐以待斃，現在想起來，這種做法
倒似項仁政，九百六十萬方公里土地皆爲阿鼻地獄，逃到那裡都是死路一
條，不如安坐家中，少受些顛沛之苦，生存的機會反到大一些。全國大飢
荒，亙古未有，「在共產黨的領導下，什麼人間奇蹟都能創造出來。」這
句宣傳口號倒不是吹的。

　　大串聯時，和幾個同學結伴同行，到了南京，應一位同學之邀繞道去

了他的家鄉，他的老家在皖南，在安慶下船後換上汽車，一路上見到不少無人村，祇餘殘垣敗壁，蒿草幾乎比斷牆還高。聽同學的鄉親講，那些村子都是大飢荒時死絕的，雖然時隔近十年，鄉親們談及此段經歷猶是悲不自禁，淚流滿面。

七津　百年詠史（34）大煉鋼鐵 (1)

欲隨恩父超英美 (2)　　　　太祖回鑾意慨慷

思上九天攀玉桂 (3)　　　　轉教四野罷農桑 (4)

千山濯濯伐戕盡 (5)　　　　萬戶熙熙隳壞忙

開啓爐膛何所見　　　　瘡痍滿目現餘殃

註（1）毛澤東決定要以「一天等於二十年」的拚命速度，在十五年內實現「超英趕美」，實現社會主義的理想社會，又在1958年展開「大躍進」運動，試圖利用本土充裕勞動力和蓬勃的群眾熱情在工業和農業上「躍進」的社會主義建設運動，揪起全民煉鋼鐵運動。當時工業動員9000萬人，在各地建立60多萬座高爐，但在其過程中，樹木、鐵器、勞力方面，造成了很大的影響，便有諺語「樹木砍光、鐵器交光、勞動力用光」，煉鋼需要鐵礦、焦炭、燃料等材料。由於鐵礦不足，於是全民不下田耕作，全都上山採礦，使糧食產量大減。由於燃料不足，祇好上山伐林，而土法煉鋼的主要目的爲達成鋼鐵產量增加一倍的指標，但煉出來的大都是粗鋼廢鐵，遠遠達不到要求，生產出來的鋼含很多雜質，煉出的有很大一部分是沒用的鐵疙瘩，造成人力、物力、財力的極大損失，但各地卻不斷虛報生產指標，成爲三年後造成千萬人餓死的慘劇原因之一。原有企業的生產能力不斷追加投資，致使基本建設規模迅速膨脹，戰線越拉越長；商業銀行全力支持工業大躍進，以致拆東牆補西牆，打亂了正常的資金流通。

註（2）1957年毛參加了在莫斯科召開的各國共產黨和工人黨會議，當聽到南斯拉夫代表卡德爾談到該國的建設成就和鋼產量時，毛高興地說：「如果俄國人的鋼產量趕上美國，中國趕上英國，南斯拉夫趕上意大利的話，那就是社會主義陣營的勝利。」

註（3）毛詞，《水調歌頭》「重上井岡山」：「可上九天攬月，可下九洋捉鱉。」

註（4）大煉鋼時，男女老少均上陣，日夜苦戰，導致田園荒蕪，糧食爛在地裡也無人去收割，彭德懷見了大爲震驚，寫下「谷撒地，薯葉枯，青壯煉鋼去，收禾童與姑，來年日子怎麼過？請爲人民鼓與呼。」毛見了大怒。

註（5）全民煉鋼，燃料從何而來？上山伐木！於是大好河山遭殃，很多山上的樹木被砍光，造成水土流失，成了荒山。

　　毛自莫斯科回京便異想天開，要在鋼產量上超過英國。領袖發燒，舉國沸騰，到處修土高爐煉鋼，山上林木被當煉鋼燃料砍伐殆盡，沒有鐵礦石，便挨家挨戶挖地三尺搜尋，連做飯的鍋、鍋鏟，門把手，凡是跟鐵沾上邊的東西都搜羅一空，拿去燒成廢渣，連中南海裡都建起小高爐，舉國瘋狂至此，後代恐怕得當作是前人編造出來的笑話。

七津　百年詠史（35）除四害 (1)

　　　　上天麻雀悲無路　　　　老鼠過街愁斷魂
　　　　金殿傳言除四害 (2)　　　彩旗揮舞鬧千村 (3)
　　　　蒼蠅喪命勞黃口 (4)　　　蚊蚋窮途難滅門
　　　　作孽終須嘗苦果　　　　蟲災來歲報君恩 (5)

註（1）除四害運動是大躍進時期的第一場運動，在運動最開始四害的定義爲：老鼠、麻雀、蒼蠅以及蚊子，此後遭到動物學家一致反對後，1960年四害被重新定義爲：老鼠、蟑螂、蒼蠅以及蚊子。

　　「這場人類征服自然的歷史性偉大鬥爭」。時任中國文聯主席、中國科學院院長郭沫若作〈咒麻雀〉詩一首，刊於1958年4月21日的《北京晚報》，詩曰：「麻雀麻雀氣太官，天塌下來你不管。麻雀麻雀氣太闊，吃起米來如風颳。麻雀麻雀氣太暮，光是偷懶沒事做。麻雀麻雀氣太傲，既怕紅來又怕鬧。麻雀麻雀氣太嬌，雖有翅膀飛不高。你真是個混蛋鳥，五氣俱全到處跳。犯下罪惡幾千年，今天和你總清算。毒打轟掏齊進攻，最

後方使烈火烘。連同武器齊燒空，四害俱無天下同。」

　　毛時代所謂的大詩人郭大才子竟然寫出這般狗屁不通的爛詩來逢君之惡。

註（2）1955年12月，毛澤東在《徵詢對農業十七條的意見》一文中就指示：「除四害，即在七年內基本上消滅老鼠（及其他害獸）、麻雀（及其他害鳥，但烏鴉是否宜於消滅，尚待研究）、蒼蠅、蚊子。」這樣，烏鴉判了死緩，有驚無險，麻雀等「害鳥」已是在劫難逃了。1957年九十月間中央召開八屆三中全會，毛澤東在會上說：「消滅老鼠、麻雀、蒼蠅、蚊子這四樣東西，我是很注意的。已有十年了，可不可以就在今年準備一下，動員一下，明年春季就來搞？……中國要變成四無國：一無老鼠，二無麻雀，三無蒼蠅，四無蚊子。」

註（3）當時的人民日報有這樣的報導：「四川郫縣一天出動19萬人，根據高山丘陵地區的不同特點，採取掏、毒、套、打、煙熏、疲勞轟炸等綜合戰術向麻雀展開了總圍攻。4天的戰鬥，全縣男女老少，個個奮勇當先，漫山遍野竹竿如林，從南到北，從東到西，在全縣範圍內擺下了21萬個草人，燒起13萬堆衝天煙火，喊聲震天，鑼鼓齊鳴，使麻雀無處落腳，在天上累得像一塊塊石頭往下掉。」

　　除四害期間，每個城市都動員全體男女老少，樹上、屋頂都爬滿了人，手揮竹竿彩旗，敲鑼打鼓，麻雀們確都是累死的，在天上累得像一塊塊石頭往下掉。毛確實「偉大」，不但把幾億人民折磨得死去活來，尚有餘暇去殃及禽獸。

註（4）打蒼蠅大多是孩子的任務。

註（5）因為大多數鳥類被消滅，第二年多地鬧蟲災，致使顆粒無收。

七津　百年詠史（36）大躍進 (1)

大同夢幻意難忘	舉國爭先競激昂 (2)
醉策失韁千里馬 (3)	侈言能產萬斤糧 (4)
挑燈青壯無暇憩 (5)	遍樹白旗胡不匡 (6)
一枕黃粱猶未醒	閻君已墜淚雙行 (7)

註（1）大躍進是於1958年至1960年上半年，在中國共產黨領導下，在中華人民
　　　共和國發生的試圖利用本土充裕勞動力和蓬勃的群眾熱情在工業和農業
　　　上「躍進」的社會主義建設運動。有人口統計學學家估計，於大躍進非
　　　戰爭期間，死亡人數在1,800萬至3,250萬之間（此處極具爭議）。歷史
　　　學家馮客聲稱「脅迫、恐嚇、系統性暴力構築了大躍進的基礎」，「人
　　　類歷史上最大規模的一次有預謀的大屠殺」。

　　大躍進的後果使得這場運動最終難以為繼，鋼、鐵合格率低下，大量
資源遭到浪費，勞動力的轉移帶來產業結構畸形和農業生產的不足，加之
人民公社颳起「一平二調」的「共產風」，高指標引發的「浮誇風」，以
及脫離實際的生產瞎指揮風，強迫命令風和幹部特殊化風「五風」和公共
食堂的浪費，與貪汙腐化、強征強搶強占，導致無權勢的農民百姓大量死
傷受害，最終釀成全國大饑荒的悲劇。從1960年冬開始，這場脫離實際的
運動逐漸被當局叫停。

註（2）大躍進時，各省市、各單位、各人民公社都爭放衛星，不顧實際的生產
　　　能力，互相攀比吹牛，為此不惜弄虛作假。搞大躍進，無非是要多打糧
　　　食。那時又無化肥。怎麼辦？不知是什麼人，想出了一個十分使人反感
　　　的主意——刨墳。有人譏之為「挖祖墳」。1958年7月，時值盛夏，驕陽
　　　似火，社員們每天上山刨墳，劈開棺木取出枯骨，運回社裡辦的肥料加
　　　工廠，製造骨肥。　這些死者絕對沒有想到，他們的子孫會刨墳把他們的
　　　屍骨挖出來製造肥料。（來源：中國人民協商會議汨羅市委員會網站。
　　　作者：徐俊。）

　　　另外，還有挨家挨戶去挖家中放馬桶之處的泥土，更有甚者，把村子裡
　　　的狗全打死了熬湯做肥料！

註（3）那時的口號是：跑步進入共產主義！一天等於二十年。千里馬倒是中共
　　　先註冊，非高麗棒子發明，小時候唱的歌還記憶猶新：「戴花要戴大紅
　　　花，騎馬要騎千里馬，唱歌要唱躍進歌，聽話要聽黨的話！」

註（4）百度百科資料顯示，徐水縣在「大躍進」的過程中，曾經聲稱一畝地產
　　　山藥120萬斤、小麥12萬斤、皮棉5000斤、全縣糧食畝產2000斤等。這是
　　　毛澤東在1958年8月4日到徐水縣視察時，縣委書記張國忠親自向毛澤東
　　　匯報的，毛澤東聽後大加讚許。

1958年9月1日，《人民日報》的《徐水人民公社頌》文章稱，徐水縣委第一書記張國忠宣布「跑步進入共產主義」，「計劃一畝山藥產120萬斤，一棵白菜500斤，小麥畝產12萬斤，皮棉畝產5000斤。」

1958年9月18日，《人民日報》報導稱，1958年9月10日至11日，劉少奇到「共產主義試點公社」河北徐水縣視察，當地有人匯報「給山藥灌狗肉湯，畝產可以收120萬斤」時，劉少奇說，你們可以養狗啊！狗很容易繁殖嘛！

大陸媒體還有報導稱，毛澤東當時曾憂慮，這麼多糧食，怎麼吃的完？

註（5）那時許多公社在夜晚點火把、油燈，農民每人一把鐵鍬，按班、排編制，在地頭一字排開，要深翻地一尺五到兩尺，聽吹哨齊頭並進前進。

註（6）1958年，全國各地曾爆發過一場時間不長但影響極大的運動，當時把一些反對浮誇的人，以及所謂具有資產階級學術觀點的人都作為「白旗」加以鬥爭，當時把這種做法叫「拔白旗」。

運動中，有的地方刻意在未被打成「右派」的人中搜尋「白旗」對象，使大批人因此遭殃，僅山西、湖南、河北、甘肅等省的不完全統計，有二十多萬中共鄉鎮黨委成員被拔了「白旗」，不是打倒就是開除黨籍。

註（7）大躍進的第二年，飢荒開始降臨中國大地，中共至今不敢公佈因飢饉死亡的人數，外界估計從三千五百萬到七千萬不等。可參照楊繼繩的《墓碑》和伊娃的《大飢荒三部曲》，還有馮客的《毛澤東的大飢荒》，丁抒的《人禍》。

小時候在人民畫報上看到一幅照片，地裡插著十幾桿火把，一群農民在奮力揮鋤，圖片說明道：社員挑燈夜戰，誓把畝產量提高到XXXXX斤云云。現實中的荒誕比虛構的半夜雞叫似乎更具可操作性，結果如何？不忍說了。

當時各地都大吹浮誇風，你道一畝地能產三萬斤，他便立下軍令狀說能產五萬斤，要是有個基層幹部說一畝地祇能產五千斤，那就是典型的白旗，要拔掉，他們的命運可想而知。

大躍進那年，父親正好回鄉下探望祖母（老人死活不肯離開家鄉），看到鄉親們在拿尺子量地，照著尺寸栽苗，說是什麼科學密植種植法，能

最大限度利用太陽能云云。父親大怒，把大隊長痛罵一頓（大隊長是我的堂兄），他們卻祇是苦笑，依然我行我素，父親也是無法可施。

七津　百年詠史（37）盧山會議

匡廬深處神仙會 (1)	玉殿凌霄互操娘 (2)
憂國元戎直犯上 (3)	滿廳頭領半騎墻 (4)
神州終化阿呼獄 (5)	山寨翻成忠義堂 (6)
應怪老彭疏護主	東宮戰歿恨難忘 (7)

註（1）當時的記錄員李銳認為，盧山會議一開始確有點像「神仙開會」的味道，「白天開會遊山，晚上散步跳舞」。

註（2）7月31日，8月1日，毛澤東連續召開中央常委會批判彭德懷。毛發言：「對別人要求民主，對自己要求獨裁。『共產黨不是毛氏宗祠。』學我一九二七年，搞彭氏宗祠。要實行民主，這回決定開中央委員會。華北座談會操了四十天娘；補足二十天，這次也四十天，滿足操娘要求；操夠。大鳴大放。」8月11日，毛又說：「集體領導要不要？這是赫魯曉夫強調的……這次會議滿足要求，不能我一個人說了算。以後一個月開一次中央全會都行，天天開會，免得老說沒有民主，個人獨裁，還是你那個獨裁好，你那個軍委有無民主集中制？現在是攻不民主自由，他們要搞的政治掛帥，是小躍進，不躍進。華北操40天娘，操20天不成，這回滿足操40天，還加5天，叫你滿足操娘欲望。」

註（3）指彭德懷上萬言書。朱德曾痛心對彭道：「老彭，你這是犯上作亂呀！」中共高層已把毛視為帝王。

註（4）聚義廳的頭領們騎牆還算是好的，另一半卻是落井下石。

註（5）盧山會議原計劃糾正左傾浮誇風，自彭上了萬言書轉而反右，中國至此滑入飢荒的深淵。「阿呼地獄」，佛教宇宙觀諸多地獄的一種。法苑殊林‧卷七：「復何因緣名阿呼地獄？此諸眾生受嚴切苦逼迫之時叫喚，而言：『阿呼！阿呼！甚大苦也！』是名為阿呼地獄。」

註（6）盧山會議開了個人凌駕中央委員會、個人凌駕於全黨上的先例，開了個人專斷、個人決策的先例。盧山會議後，毛澤東逐漸成為黨內的「特殊人物」，無人敢直接提出批評意見——聚義廳終於變成忠義堂。

註（7）毛曾説：「『始作俑者，其無後乎』；我無後乎？中國的習慣，男孩叫
　　　　有後，女孩不算；我一個兒子打死了，一個兒子瘋了，我看是沒有後
　　　　的。」毛引了孔子的這段話，憤恨自己的「無後」，他認爲彭德懷在朝
　　　　鮮戰爭時期沒有照顧好他的兒子毛岸英，使毛岸英戰死、導致他「無
　　　　後」。

七律　百年詠史（38）大飢荒 (1)

餓殍盈途遍九州　　　　主公聞奏弗懷憂 (2)
鬥天祇盼風雷激 (3)　　革命何須帷幄籌 (4)
紫禁連宵絲竹亂 (5)　　蒼生無計稻粱謀 (6)
承平盛世人相食 (7)　　千古長河誰匹儔 (8)

註（1）一般指1959年至1961年這三年間因毛澤東的錯誤決策和各級官員的冷漠
　　　　（稍有良知的都被清除乾淨了）所造成的悲劇，大陸謊稱爲「三年自然
　　　　災害」。
註（2）毛的祕書田家英（文革開始時自殺）跟好友談話時常以「主公」稱呼
　　　　毛，可見在他的心中毛不過是一割據之主。

　　「饑荒都鬧了很久，10月份才報上去，報到中央去，就是一層一層
報，毛澤東看了以後，似乎無所謂，他說現在雲南省已經認識了他們犯了
個錯誤，這是一個很好的教訓。」幾個月以後在上海共產黨內部的會議，
毛澤東還說對農民要狠，「如果是吃的不夠，那麼就是為了大躍進的成
功，中國死一半人也沒有關係。」《中國大飢荒，1958～1962》

　　毛劉周對此情況都是知道的，劉少奇在此期間曾回鄉，他的親人就有
餓死的，但是迫於毛的淫威，他們不敢、也沒辦法去糾正。在飢荒後期劉
鄧採取了一些措施紓緩了災情，在文革中還成了罪狀之一。

註（3）毛詞‧《滿江紅～和郭沫若》四海翻騰雲水怒，五洲震盪風雷激。毛還
　　　　有名言：「與天鬥，其樂無窮，與地鬥，其樂無窮，與人鬥，其樂無
　　　　窮。」
註（4）如何治國，毛是不屑管的，他祇顧自己發白日夢，要臣子把那些美好的
　　　　夢境化爲現實，辦不到？那就是反黨反社會主義！

註（5）大飢荒期間，中南海每逢周末都有舞會。

註（6）全國各地飢民一律不準離鄉逃荒，當時在北京、上海等大城市絕無農村的飢民影響市容。

註（7）吃人當時是很普遍的，「河南信陽、安徽、四川、甘肅很多人吃人的事例。」「當時我去採訪的時候，他們活下來的人說，幾乎是村村都有吃人。有時候是吃自己的孩子。」《中國大饑荒，1958～1962》作者周遜

中共的整個體制就是一台吃人不吐骨頭的「人肉攪拌機」。共產黨的高官顯貴個個都不是好東西，但最壞的還是毛澤東。當年國共內戰、長春圍城之時，前線指揮官林彪親眼目睹飢民人吃人，於心不忍而請求中央同意放走飢民，毛澤東為迅速取得戰爭的勝利斷然拒絕了這一「人道主義」的要求。同樣，天良未泯的劉少奇在1962年初夏在中南海游泳池邊鼓起勇氣挑戰毛澤東說：「人相食，你我要上書的。」在黨內外的壓力之下，毛澤東不得不暫時退居二線，卻感到權力受到威脅，而對劉少奇動了殺機。毛才不怕上史書，他衹怕有人奪權。

註（8）中國和世界的歷史上從未有一個國家在風調雨順的和平時期餓死幾千萬人。

毛的祕書田家英在好友面前常稱毛為主公，可見在他心中毛不過是一專制帝王。大飢荒時，中南海每逢周末都通宵達旦舉辦舞會，據某文工團一個前小姑娘回憶，每次舞會時她都填個肚兒圓。「朱門酒肉臭，路有凍死骨」，不意工部千年前的哀嘆竟重現「新社會」。

六二年暑假，剛到北京才三個月的我隨姐姐和她的同學到江浙一帶旅行，那時候大飢荒已開始紓緩，火車一離開北京，沿途的車站還皆是一片黑壓壓的蓬頭垢面的飢民，車未停穩，窗外已見如林般瘦骨嶙峋的手，哀鳴之聲此起彼伏，不絕於耳。我們在離京時準備了一帆布袋的菓子麵包和小蛋糕，以防在找不到飯店時充飢，但沒停幾個站，已經讓我分光，但那也是滴水車薪。

令我終身難忘的事發生在紹興一個小飯店，在那裡每張桌子旁都站著幾個飢民，延頸以待，客人一吃完他們就搶過盤子，舔得乾乾淨淨。大概因為都是本鄉本地的鄉親，服務員並沒有驅趕他們，現在想起來，那家飯

店應該可以省個洗碗工。我們挑了一張較大的圓桌坐下，周圍立刻聚集了十幾個飢民，用我們聽不懂的方言在大聲激烈地爭吵著，大概是在爭個先來後到之意。菜餚一端上桌，立馬鴉雀無聲，十幾雙眼睛直勾勾地盯著，突然一個飢民上前一步，對著滿桌的飯菜吐了一口痰，我們剛站起來，轟的一聲，那伙人全撲在桌子上埋頭大嚼，我個子小，費了好大勁才擠了出來。

外一首 七絕

　　浮腫盈途憶妙年　　　五斤肉蛋記心田
　　應承雨露獲優待　　　特級腦殘陳愛蓮

　　聽聽這位當年的美女是怎麼說的？「因為要陪領導跳舞，所以上級安排我吃部級特供，每月還另有五斤糖、五斤肉、五斤蛋、五斤豆。黨讓人民翻身作主，我一輩子都感謝黨領導的新中國。」

　　沒餓死的人都浮腫了，美女每個月除了吃特供，還能額外多吃二十斤高蛋白食品，她由此得出結論：黨讓人民翻身作主！

　　上級能安排她吃部級特供，可見這上級比部級要高，這上級當然也是為了討好她所陪的領導，這樣的領導能有幾個？美女年輕時很可能飽經「雨露滋潤」。

　　美女有幸親身接受領導的關懷，受到領導的言傳身教，每個月又都能吃特供，其思想覺悟自然是非同小可，說來慚愧，我的思想覺悟跟她比差遠了，雖然沒資格去陪領導跳舞，但是每周下館子打打牙祭還是能辦到的，我怎麼就沒想到我吃飽了全國人民就不餓呢？

七絕　百年詠史（39）神州大糞

　　菜蔬五谷並桑麻　　　全仗便門生尾巴
　　三代貧農抒壯志　　　糞坑盡屬帝王家

古人有村婦言志的笑話，說某村婦於盛暑在田間耕作，忽大發感慨道：若我當了皇后，這麼熱的天定找棵大樹乘涼，渴了便吩咐太監到井中取個瓜與哀家解渴。

另有傖夫言志的笑話，兩個窮漢幻想若是富貴了便當如何享受，甲道：我若是富貴，一天到晚吃飽了就睡，睡醒了再吃。乙道：你卻是個癡漢，若是我便吃了再吃，吃了再吃，那兒有功夫睡覺？

貧窮至極的人囿於所見，實在再也想像不出貴胄王侯能如何享受。到了毛時代，農村中大糞也須歸公，某作家下鄉時曾聽到幾個農民言志，中有一貧農語驚四座：我若是當了毛主席，全村的大糞全得歸我！

極度的貧窮使得毛治下的農民比歷朝歷代的窮人還不如，他們的最高理想就是要壟斷全村的大糞！

母親的村子離縣城不遠，那時社員們常來回走上十幾里地去縣城買尿，城裡人卻往尿桶裡摻水，逼得農民不得不伸出手指蘸點尿液嘗濃淡，饒是如此，挑回來的尿也得有小半桶水。社員們抱怨道：城裡的水，壓壞了耕田鬼！這是我在串聯後順道回鄉所目睹，若非親眼所見，誰能相信農民困苦如斯？農民在自家自留地拉屎撒尿也能成為罪狀。大人不敢那麼做，卻慫恿孩子去施肥，我曾數次應邀到小伙伴的自留地屙屎，受到一致好評：「到底是京城來的貴客，吃魚吃肉拉出來的屎就是不一樣，油光鋥亮的，一看便知是上等肥料！」

下鄉勞動時曾見過有人穿的褲子上印有「尿素」、「日本」和其他一些小字，那是當時從日本進口的化肥包裝袋，被農村幹部拿去縫作汗衫和褲子，村裡的孩子編了順口溜道：「大幹部，小幹部，過新年，穿新褲，前日本，後尿素，下面還有百分數。」百分數是指上面印著的化學成分比例，毛時代農村的貧困可見一斑。

毛時代不但有糧票、布票、油票，還有種種匪夷所思的奇葩票如糞票、尿票、月經帶票、火柴票、肥皂票、工業票……還有一種稱為特殊票，總之只有你想不到的，沒有他們印不出來的，除了糞票尿票，其它的票是對城市人口發的，農民連想都別想。

曾在香港與香港的朋友言及此事，卻遭到一致的嘲諷：你那麼能編，為何不到無線當編劇？

誰能比毛澤東時代當家作主的農民更幸福？

沁園春　百年詠史（40）步胡喬木韻　風流天子

遙憶沖齡 (1)，志蓄鴻鵠，逐臭北飄。待佔山割據，竄身莽莽 (2)，挾俄篡位，作惡滔滔。滅典坑儒，藏弓烹狗，笑問劉朱敢比高 (3)？微聲色，趁魚腸尚銳 (4)，轉戰妖嬈。

長門無數嬌嬌 (5)，效千載蠻宮束楚腰 (6)，惜江娘老去，已難撩興，張妃新到，饒具風騷，孟錦雲姣，章含之妙，龍榻鳴弦醉射鵰，廉頗願，禱蒼天佑朕，歲歲今朝。

註（1）沖齡指天子幼年。清史稿‧文宗孝德顯皇后傳：「今皇上紹承大統，尚在沖齡，時事艱難，不得已垂簾聽政。」

註（2）草木茂密幽深，渺無邊際的樣子，屈原‧九章‧懷沙：「滔滔孟夏兮，草木莽莽。」杜甫‧秦州雜詩：「莽莽萬重山，孤城山谷間。」

註（3）劉邦與朱元璋，二位皆以屠殺功臣著稱。

註（4）毛入主北京後各部各軍種都搜羅絕色美女組成文工團供其淫樂。魚腸為短劍名。

註（5）即阿嬌，參看司馬相如〈長門賦〉。

註（6）春秋時代楚國被中原諸邦視為蠻國。墨子‧兼愛：楚王好細腰，宮中多餓死。

步韻詩詞古人於唱和多有之，即照原詩詞押韻處前後次序不變再成詩詞，當然得另出新意，受此限制做詩填詞的難度當然比起自由用韻難些，但精於此道者如吾師，一個韻腳可輕易步上十首八首，吾雖愚鈍，也能勉為其難步上兩三首。卻不解前無古人的偉大詩人毛潤之先生為何放著數十甚至上百個韻仍不敷使用，非要出韻不可？

或許有人對我把胡喬木定為沁園春的作者提出異議，但我堅信一點，一個詩人的作品不可能有那麼大的落差，王兆山決無可能寫出「料得年年

腸斷處，明月夜，短松岡」這般水平的「江城子」。蘇東坡即使患上老年痴呆症，也決不會去寫「土豆燒熟了，再加牛肉，不須放屁」這樣的垃圾文字。

「炮火連天，彈痕遍地，嚇倒蓬間雀，怎麼得了，哎呀我要飛躍。訂了三家條約，還有吃的，土豆燒熟了，再加牛肉，不須放屁，試看天地翻覆。」〈念奴嬌〉有官方發佈的毛手稿，可確認是毛的手筆。這首〈念奴嬌〉與〈沁園春〉相比較，能是同一人所作？〈沁園春〉尚可入二三流，〈念奴嬌〉卻不知該歸入那一流，當然比起王兆山尚強一籌。

毛這闋〈念奴嬌〉雀兒問答就別提了，他的另一闋〈念奴嬌〉崑崙，格律照例不合格，祇是字數相同，所押的八處韻把上聲，去聲和入聲用了個遍，看得人眼花繚亂，我就不當文抄公了，讀者如有興趣可去照詞韻對照一下。他老人家不但為人處世無法無天，治國無法無天，連做詩填詞也是無法無天，在這方面毛倒是一以貫之的。

胡喬木晚年曾稱〈沁園春〉是其所作，當有幾分可信，雖然老胡的詞實在不敢恭維，盡堆砌一些時髦的政治術語如：「方針講，人民仰，爭解放，堅方向，戰旗紅，階級在」等等，但其作品怎麼咋也比「不須放屁」強些，也偶有佳句，因才力不逮，處理平仄處也是多有謬誤，但是他於押韻倒是循規蹈矩，不敢越雷池半步，這點比毛認真多了。

俗話說，文章是自己的好，老婆是別人的好，強奪他人得意之作，此仇猶過奪妻之恨，老胡雖然也是個左棍，但對毛老大此舉仍然意難平，忍不住在垂暮之年還作不平之鳴。

曾在網上看到胡喬木一些詞，有網友跟帖道：還有一首〈沁園春〉呢，怎麼沒看到？這可是胡喬木做的最好的一首。

余大樂，真相終有大白於天下的一天。

如果質疑者能找到東坡有如王兆山般的作品，或是王兆山副主席能寫出中規中矩的詩詞，當能證明〈沁園春〉有可能為毛所作，畢竟沒有人目睹毛或胡的創作過程，祇有靠間接印證，舍此別無他法。

江城子　百年詠史（41）風流天子（二）

妾為天子任嬪妃，喜堆眉，笑嘻嘻，似此良宵，當可效于飛[1]，名分雖無終不悔，承雨露，詐嬌啼。

春風一度亦夫妻，飲交杯，莫暌違，寂寞天台，長盼阮郎歸[2]，料得明朝須訣別，秋月夜，泣深閨。

註（1）本指鳥類比翼偕飛。詩經‧大雅‧卷阿：「鳳皇于飛，翽翽其羽。」後比喻夫婦和合。

註（2）劉晨、阮肇上天台山採藥遇仙女，見太平廣記。阮郎歸也是詞牌名。

　　毛比歷朝歷代的封建帝王聰明，他雖極好這一口，但是除了幾個貴妃如張玉鳳、孟錦雲之外，其他的嬪妃都是有實無名，招之即來，揮之即去，全國各地、各界的文工團都是他的後宮，夜夜做新郎，毛當之無愧。

　　在網上看到一幅照片，一群軍人簇擁著毛坐在草地上，一個不知名的女人緊挨著坐在毛身邊，笑嘻嘻伸手在毛的襠部不知在幹什麼，毛的表情略顯尷尬。這娘們膽子夠肥，竟敢在眾目睽睽之下伸手撫弄龍鞭，想是意猶未盡，依依不捨。

江城子　百年詠史（42）風流天子（三）

魔頭本是色情狂，好龍陽，愛嫖娼，追憶延安，炕戰野鴛鴦[1] 勾搭藍蘋充押寨，諧伉儷，費周章[2]

如今何必苦尋芳，效襄王，赴高唐，遊遍巫山，從不做劉郎[3] 新納小張顏似玉，知染恙，訴情腸。

註（1）全國人民在浴血抗戰，中共那些頭領在延安也忙著炕戰，他們幾乎個個都拋棄了糟糠之妻，各自換了個女學生，如毛還是先斬後奏，稱野鴛鴦不為過。

註（2）毛拋棄賀子珍，欲娶江青為妻，遭到大多數頭領的反對，他們倒不是覺得不道德，而是覺得江青來路可疑，奈何毛老大寧願「不要革命要美

　　人」，眾頭領也祇得由他，此事在張國燾的回憶中述之甚詳。

註（3）毛坐江山後對女人便如抹桌布，用完即棄，被他玩弄的女人何止上千？
　　　玉鳳是個異數，想是前生孽緣。

　　在網上看到毛寫給張玉鳳的一張字條：小張，你好些了嗎？好好靜養，過幾天再上班不遲，我想你。

　　那一年，毛68歲，江青46歲，生活祕書張玉鳳17歲。

　　垂暮之年的毛澤東還是一個愛發脾氣的老人，有一次，他跟張玉鳳吵架，他對張吼：「你給我滾！」張也毫不示弱回應：「滾就滾，誰不讓我走誰是狗！」「你罵我是狗，你……」毛澤東氣得發抖，還把張罵他是狗的話寫在一張紙上，交給有關工作人員。然而，他後來還是把已回家的張給請回來，因為他晚年的生活實在離不開她。本文摘自2011年5月4日人民網，作者王小丹，原題為《晚年毛澤東如何自評？豐碑應立在人民的心中——讀《〈走進毛澤東的最後歲月〉》。

　　梟雄難過美人關，能罵毛是狗而安然無恙，全中國祇有張玉鳳一人。江青也祇敢自稱是毛的狗，可見玉鳳的功夫如何了得！

外一首　　七絕　詠畫
　　　　娘娘忿恚出屏風　　　隱忍蕭郎下玉驄
　　　　雲雨未諧離枕席　　　惱人春色滿坤宮

　　毛的寵妃陳惠敏曾說過：毛的外事讓給李志綏醫生寫，房事得由她來寫，她這本書的稿費開價一百萬美元（十多年前），美國某大出版社已經找她洽談。

　　後來沒了下文，很有可能是收到警告，若是一意孤行會有性命之憂，或是收到一筆封口費——這些我們不得而知。

　　我們所能知道的是她曾自稱當年常常一絲不掛在毛的身邊晃蕩，惹得毛騷性大發，毛在她的身上恐怕得折騰掉幾年陽壽，從這點上說，她還是有功於中國人民的。

　　創作這幅畫的畫家應該是從陳妃的話中得到靈感，至於那幾扇屏風，

李醫生的回憶錄也有提及——毛某次接見某外賓時，有個來不及穿上衣服的女孩躲在屏風後面瑟瑟發抖。

此畫可以傳世！

七津　百年詠史（43）風流天子（四）

肉袒輪番奉上皇	激情澎湃慰紅妝
懷仁堂裡走狐步	豐澤園中飾豹房
鸂鶒隔河分楚漢	乒乓驍將配鴛鴦
三千佳麗望穿眼	書屋經年滿菊香

毛主席教導我們說：「情人不是資產階級的專利，我們無產階級也要有革命伴侶，就是多幾個也不怕，無非是哄哄她們，說些好聽的話。」——毛澤東選集第四卷第134頁第6行。

昨天發表了一首七絕題照〈革命成功喜上床〉，不料卻有人說我胡編亂造，說他上網查了毛選電子書第四卷第一百三十四頁，沒有圖片上那幾句話，所以我既不道德，又不體面，應該自省云云……

請問這位博主，你知道毛選一共改版多少次？同一標題的文章各種版本都有可能是不同的內容，畢竟聖明天子在以前對高彭劉鄧林等反賊的褒揚都得刪除修改，對以前甜言蜜語的許諾也得修改，你所看到的版本不是別人所看到的版本，你連這些都不知道？

既然被戴上造謠的帽子，不妨再造一次謠，再寫一首〈濕〉（這是那位博主對我的那首絕句的輕佻稱謂，世界上還是有人喜歡炫耀自己的無知的，無知者無畏，信然）。反正一次不道德不體面和再來一次沒有什麼不同。

但是依我所見，這幾句話倒是有上皇之風。

在網上有很多人都把這幾句話說是毛的原創，我目前無從證實是否是毛語錄，這個勇士也拿不出證據來證明那麼多人在偽造聖旨，但不管怎

樣，毛確實以實際行動不讓資產階級專美於前，他的情人可比那些資產階級多多了，而且不用花錢買LV包去討好她們的芳心，也不用如劉強東般費盡心思把人灌醉，祇是「哄哄她們，說些好聽的話」就可以如韋爵爺般的'大功告成'，不亦樂乎？

　　文革中吃瓜群眾有順口溜嘲莊則棟曰：「天不怕地不怕，就怕江青同志半夜來電話。」那時剛度過「三年自然災害」，可憐的江青同志那塊方寸之地又何止旱了三年？拉伕抗旱也是理所當然，不過這也屬於皇家機密，旗手江與面首莊皆已魂歸天國，想來也不會有人把我告上法庭。

　　毛的住處為「菊香書屋」，聖明天子明見萬里，早就知道若干年後的菊花有別解，菊香菊香，難不成毛老大別有所好，喜歡另闢蹊徑？

七絕　外一首

　　　革命成功喜上床　　　三妻四妾又何妨
　　　勸君好好學毛著　　　以便天天入洞房

　　年輕時對那些學習毛選積極分子沒什麼好感，覺得他（她）們就是一群虛偽的東西，祇是為了某些好處在做戲罷了，對老三篇，毛語錄，我背起來比許多積極分子要順溜得多。

　　直到今天我才恍然大悟，悔不當初——要是當年知道當學毛選積極分子有這般好處，老夫就不用瞎雞巴忙，而是早就可以雞巴瞎忙了。

七津　百年詠史（44）中印邊境戰爭 (1)

　　　阿三慾壑填難饜 (2)　　　囊括藏南侵僻陲 (3)
　　　蠶食鯨吞意未已　　　冰川雪嶺屬將移
　　　天兵震怒雷霆疾　　　蠻幸哀鳴魂魄離
　　　奏凱貔貅棄失土 (4)　　　玉山碧血灑何為

註（1）中印邊境戰爭是1962年6月或10月至11月間發生在中國和印度在藏南邊境

戰爭，在中國被普遍稱為中印邊界自衛反擊戰，印度則稱之為瓦弄之戰。因為解放軍在進入西藏後，與印度領土接壤而產生一系列邊界問題，印度把英國過去殖民地時期劃的邊界作為自己的邊界，但中國政府拒絕承認。在雙方會談破裂後，1959年的達賴喇嘛丹增嘉措逃往印度受庇護，中印兩國開始交惡，後來一連串交火衝突更使印度開始進軍藏南地區建立軍事據點，並出兵造成此次戰爭。美國的古巴導彈危機和此次戰爭幾乎於同一時間爆發。

註（2）上海人稱呼印度人為紅頭阿三。

註（3）到1951年前後，印軍向北擴張取得麥克馬洪線以南約九萬平方公里領土。在中段和西段，印度亦占得部分印中兩國爭議領土。1959年，印軍越過雙方實際控制線建立了43個據點。中國政府提出談判解決邊境問題，未得印度方面的接受。

註（4）1962年11月，中國邊防軍宣布停火，主動從實控線後撤20公里與印軍脫離接觸，導致損失數千平方公里領土，此後兩國即以麥克馬洪線為控制線，但雙方爭議並未就此平息。

西方記者馬克斯韋爾（Neville Maxwell）在《印度對華戰爭》一書中寫道，「當中國軍隊取得重大勝利的時候，中國政府突然宣布單方面無條件撤軍，這與其說讓全世界都鬆了一口氣，不如說是讓全世界都目瞪口呆。世界戰爭史上還從沒有過這樣的事情，勝利的一方在失敗者還沒有任何承諾的情況下，就單方面無條件撤軍，實際上也就是讓自己付出巨大代價來之不易的勝利成果化為烏有。」

解放軍作家金輝在《西藏墨脫的誘惑》書中對那段歷史作了這樣結論，「勝利者和失敗者是十分明確的。但是，經過了近三十年之後，結合現在再來看那場戰爭及其結果，卻完全是另一種情況了——勝利者除了沒有失敗的名義，卻具備了失敗者的一切；失敗者除了沒有勝利的名義，卻得到了勝利者的一切。勝利者因為勝利的飄飄然，以至連對勝利成果的徹底喪失和巨大的屈辱都無動於衷。失敗者因為唯獨還沒有得到勝利者的虛名，所以一直在摩拳擦掌，發誓要報一箭之仇。也許這就是歷史的嘲弄，如果當年印度取得了勝利，那麼現在他們在這一地區肯定不會如此占盡便宜，如果當時中國在此地失敗，那麼現在反而大概不會這麼被動和可

憐。」

中印邊境戰爭結束後，全世界都為之目瞪口呆——有史以來從無一個國家在戰場上大勝之後把大塊領土拱手讓人，何況又是塊膏腴之地，約等於三個臺灣，不知幾千幾萬個釣魚島。不知何故，毛對非我族類者總是親逾骨肉，對同胞同志卻是如仇如寇，真是個「寧贈友邦，不與家奴」的典範。數萬將士浴血奮戰的成果付之東流，數十年來，印度不斷往那裡移民，至今已繁衍數代，想拿回這塊土地，祇能在夢中矣。

所謂「人民解放軍」，眾所週知就是一支黨衛軍，但是當他們為國家民族的利益戰鬥時，我還是不吝用個正面符號來稱呼他們。

滿江紅　百年詠史（45）悲失土

俯仰千年，疆圻改 (1)，於今為烈。悲廟策 (2)，四夷難撫，削邊取悅。百戰祖宗開廣袤，數番不肖輕裁截。最堪恨，裂土奉蘇俄，金甌缺 (3)。
海參崴，言泣血。長白麓，聽嗚咽。問奴顏賣國，可曾勾結？彈指興亡風水轉，笑看胡運雲煙滅 (4)。齊協力，復我舊河山，心如鐵！

註（1）猶疆界。前蜀 杜光庭《皇太子青城山修齋詞》：「定蜀漢之疆圻，扼黔巫之襟帶。」

註（2）指朝廷的謀略。《後漢書·班勇傳》：「李明皇帝深惟廟策，乃命虎臣，出征西域。」唐徐彥伯《奉和送金城公主適西蕃應製》：「羌庭遙築館，廟策重和親。」

註（3）本義：金的盆盂，比喻疆土之完固，亦用以指國土等。

註（4）古人曾言：胡人無百年國運。無論五胡亂華還是南北朝，亦或是五代十國，甚至是橫掃歐亞的元朝，這些少數民族政權的確都不長久，祇有大清例外。

以下為網友總結出來的奇葩國家，都是強國的鄰國。

印度是個奇葩國家，1962年打輸了戰爭，卻贏得了藏南，越南也是個奇葩國家，1975年打輸了海戰，卻贏得了二十九個西沙、南沙島嶼和老

山；菲律賓、馬來西亞也是奇葩國家，沒有打仗，從1970年開始，就贏得南沙14個島嶼！緬甸更是奇葩國家，沒有打仗，1956年，贏得十八萬平方公里的江心坡、南坎！朝鮮也是個奇葩國家，1953年打了敗仗被韓國劃去四千多平方公里土地，卻贏得部分長白山和天池的一半，另外與強國的界河也成了內河，巴基斯坦也是個奇葩國家，1955年，沒有打仗，卻贏得了新疆的坎巨提地區。蒙古也是個奇葩國家，沒有打仗，卻在50年代獲得了中蒙分界線以南內蒙的10萬平方公里的土地！

　　有這麼一支神奇的軍隊，打內戰勝利了，1150萬方公里領土變成960萬了；打韓戰，勝利了，割讓天池及鴨綠江出海口大片領土；打印度，勝利了，丟掉藏南9萬方公里土；打越南打仗勝利了，割讓白龍尾島及北部灣……在他們又叫囂要打日本美國，真怕他們又勝利了……

七律　百年詠史（46）造神

　　　景仰救星毛澤東　　　　雷鋒日記獻愚忠
　　　真龍御筆尊模楷 (1)　　　副帥聆音釋隱衷 (2)
　　　北斗太陽光宇宙 (3)　　　耶穌佛祖化妖風
　　　暴民千萬祭鮮血　　　　染就山河一片紅

註（1）毛爲雷鋒題字：「向雷鋒同志學習」，向他學些什麼呢？他沒說，讓你們去猜。

註（2）林彪同志猜對了，題字：「讀毛主席的書，聽毛主席的話，照毛主席的指示辦事。」兩人配合得天衣無縫。頭獎獎品，升爲副統帥，接班人。
　　　劉少奇同志是個老實人，沒有領會到毛是想借雷鋒來神化自己，居然寫下什麼「學習雷鋒同志平凡而偉大的共產主義精神」。什麼話？雷鋒只讀毛選，什麼時候讀過馬列著作？捨近求遠，不學毛這尊神而去拜共產主義這座廟，活該他倒霉！
　　　林彪還是太圖樣圖森破，遠沒周的老奸巨猾，他真以爲毛要他接班，等到在盧山毛亮出刀子，他才如夢初醒，林曾在盧山批彭得以聖心大悅，卻又在盧山陷入十面埋伏，正所謂成也盧山，亡也盧山。

註（3）毛白天是太陽，晚上是北斗星，那些拍馬屁的秀才爲什麼沒把他喻爲月亮？想是月亮另有它用。

外一首　七絕

　　　　信口胡言不顧身　　　古稀妓者喪元神
　　　　求仁無意竟成讖　　　頓作陰陽陌路人

　　2013年3月5日下午，御用攝影師張峻在雷鋒精神宣講臺上講雷鋒的事跡，講演結束時他說：如果我說的有一句假話就死在這裡！

　　說完這句話他就倒在講台上，死了！

七津　百年詠史（47）四清運動

　　　　前後十條掀惡浪 (1)　　　貴人干政揭新章 (2)
　　　　亟磨利齒充鷹犬 (3)　　　銜命殺雞臨鑊湯
　　　　總是兆民皆菜色 (4)　　　需教九闕炫刀光
　　　　桃園經驗著誰手　　　　燒甕夫妻悔斷腸 (5)

註（1）十條與前十條相銜接，主要是對前十條中「團結95%以上的幹部，群眾」做了許多政策規定。最主要的是強調「運動要依靠基層組織和基層幹部」工作隊不應包辦替代。其次文件強調：第一：必須分清敵我矛盾和人民內部矛盾的界限，並且正確處理人民內部矛盾。第二：必須團結中農，正確對待上中農。　第三：正確對待，富，反，壞分子問題。第四，正確對待地主，富農子女。爲了達到這些要求文件提出了許多政策界限。另外後十條還提出要結合社會主義教育運動。整頓農村黨的基層組織。」

　　　　然而後十條的效果並不理想。湖北省第一批試點鋪開前後死了2000多人，第二批試點開始後，僅襄陽在25天內就死了74人。後來國家主席劉少奇之妻王光美帶工作隊到河北省撫寧縣盧王莊公社桃園大隊搞試點。工作隊再次替代基層群眾，說犯有嚴重「四不清錯誤」的幹部，在上面大體有根子，單是注意下面的根子，不注意上面的根子是不行的，應該切實查一下上面的根子。後來將其總結出的經驗即桃園經驗進行推廣。

註（2）王光美在全中國政治舞台上的地位，並不僅僅是由她作為外交花瓶的第一夫人的身分而定，而是她和夫婿劉少奇一同創立的河北四清運動的「桃園經驗」，又稱為「關於一個大隊的社會主義教育運動的經驗總結」（一九六四年九月）。如果我們今天再閱讀一下王光美在全國大力推廣宣傳的「桃園經驗」，便會驚訝地發現：它們是毛的文化大革命某種形式的預演，至少為毛的文革在方法上、形式上和思想上都提供了難得的經驗。而劉少奇的悲劇在於：這些他創立的經驗，卻都最終成了毛澤東打倒他們本人的利器。

首先，「桃園經驗」在中共的最高層開創了「夫人參政」的極壞的範例，使毛澤東隨後啟用江青作為他發動的文化大革命的先鋒和打手有法可依，有章可循。其次，王光美創立的「桃園經驗」採取「群眾運動」（其實是「運動群眾」）的方式，主張另組「階級隊伍」，進行「奪權鬥爭」，又為毛的文革提供了在體制外另組「階級隊伍」，進而「奪權鬥爭」的思路。

註（3）劉王合創的「桃園經驗」中，逼、供、信和殘酷的體罰現象比比皆是。為文革中的逼、供、信和打、砸、搶提供了極壞的樣榜。在中共的十一屆三中全會後，這些在劉、王直接指導下搞出來的「經驗」，全部在復查後作為冤、錯、假案平反，可見當時的逼、供、信之風的酷烈。文革中青年學生到桃園調查這個「四清」樣榜時發現：「在王光美的指使下，工作隊大搞逼供信。對幹部實行跟蹤、盯梢、罰站、彎腰、低頭、燕飛、拘留。連敲帶詐，讓幹部脫了衣服到外面凍著。工作隊動不動就掏出槍來威脅幹部⋯⋯王光美住的四隊武鬥最凶。」在鬥爭四隊隊長趙彥臣時，王光美到場見到趙彥臣正被罰跪，就鼓動說：「你們搞得好，搞得對。堅決支持你們，就用這個辦法搞下去。」在王光美的唆使下，體罰之風，越演越烈。「這裡值得一提的是：『燕飛』就是文化大革命中鬥人時極為流行的『噴氣式』——它很可能就發源於桃園經驗」！據海外新聞單位的不完全的統計，在劉、王直接指導的「四清」中，共逼死幹部群眾七萬七千五百六十人，在城鄉共整了五百三十二萬七千三百五十人。這些「四清」成績，在中共十一屆三中全會後復查中被證明了大多數是冤、錯、假案。

註（4）1963年2月，中共中央在北京召開工作會議，重點討論展社會主義教育的問題。在這次會上，毛澤東在國家主席劉少奇講話時插話指出：「我國出不出修正主義，兩種可能，一種是可能，一種是不可能，現在有的人

三斤豬肉，幾包紙茶，就被收買。祇有開展社會主義教育，才可以防止修正主義。」

好不容易熬過大飢荒，毛就怕百姓填飽了肚子要不安份，又要折騰一番了。

註（5）參看「請君入甕」。

七津　百年詠史（48）文化大革命 (1)

太祖登高呼大同 (2)　　　　愚氓如醉共癲瘋

斯文喪盡無顏面 (3)　　　　要武全成不世功 (4)

未泯天良淪煉獄　　　　　　景從夏桀位尊崇 (5)

三千六百神州夜 (6)　　　　惟見妖魔喜唱紅 (7)

註（1）文化大革命，全稱無產階級文化大革命，簡稱文革，是中華人民共和國始於1966年的一場政治運動，由當時任中國共產黨中央委員會主席毛澤東與中央文化革命小組爲首的中國共產黨統治階級，自上而下動員成千上萬紅衛兵在中國大陸進行全方位的階級鬥爭。在此期間普及的批鬥、抄家、告密等文化，使中國傳統的儒家文化與人倫道德遭受嚴重衝擊，亦有數不清文物慘遭踩躪。國家主席劉少奇、原國防部長彭德懷、中央軍委副主席賀龍等領導人被迫害致死，前領導人鄧小平等亦在此時被下放。

文革最終遭到官方公開否定，而被稱為「十年動亂」、「十年浩劫」。

一般認為文革正式開始於1966年5月16日「五一六通知」出台，是毛澤東三面紅旗的挫敗後、在反蘇修等口號下，以革命名義攻擊當政的溫和派並試圖重回黨權力核心的嘗試，並在一兩年後達到高潮。雖然此後的未預期的社會重大破壞、運動失控與領導層的歧見，導致在1969年時毛澤東草草宣布文革結束，但史學界一般認為僅是降溫措施，其極左路線並未有檢討改變。因而文化大革命期間大約可以分作三部分看：前兩年發動的瘋狂政治運動時期、1970年左右民間社會革命降溫、內部鬥爭加劇的林毛分

裂期，後期左傾當權派打擊異議分子的反革命時期。各時期的的重要事件，包括：毛主席接見紅衛兵、破四舊、一月風暴、武鬥、七二零事件、文攻武衛、革命委員會、上山下鄉運動、中共九大、五七一工程紀要、九一三事件、中美建交（中華民國方面稱為中美斷交）、批林批孔運動、中共十大等，文革應正式結束於1976年9月9日毛澤東逝世以及10月6日中南海粉碎四人幫，主事的四人幫失勢遭到逮捕，持續時間長達十年，文化大革命的結果也顯示出毛澤東低劣的治國能力。

官方對文革的錯誤定性為「由領導錯誤發動，並被有心集團利用的災難」，部分切合事實、忽略與推卸責任、定性過度單一並禁止民間對文革的深入調查，使得文化大革命在中國作為一個話題仍然具有極大的爭議性。由於文化大革命的遺毒因政治原因無法徹底清除甚至得到保留，所以至今中國社會的很多問題包括語言暴力都源於其影響。

註（2）1967年8月5日，《人民日報》正式全文發布了〈炮打司令部（我的一張大字報）〉。毛氏的這份大字報不點名地批評了劉少奇等「某些領導同志」，提出中共中央存在一個「資產階級司令部」。

註（3）據中共黨史研究室等合編的《建國以來歷史政治運動事實》的報告數字顯示：僅在毛澤東1966年發動的「文革」420萬餘人被關押審查；172萬8千餘人非正常死亡；13萬5千餘人被以現行反革命罪判處死刑；武鬥中死亡23萬7千餘人，703萬餘人傷殘；7萬1千2百餘個家庭整個被毀。而專家根據中國縣誌記載的統計，文化大革命中非正常死亡者至少達773萬人。除了被打死的人之外，文革開始時，中國出現了自殺高潮，許多知識分子如老舍、傅雷、翦伯贊、吳晗、儲安平等都是在文革初期走上絕路的。名單太長，不能盡錄。

註（4）中共高官宋任窮之女宋彬彬，獲毛在天安門上接見，毛問其名字，對彬彬之名不滿意道：「要武嘛。」宋彬彬遂改名宋要武，紅衛兵心領神會，打人之風愈演愈烈，紅色恐佈席捲全國，為毛奪權立下汗馬功勞。要武於此處泛指紅衛兵。

註（5）那些緊跟毛作惡的人如王洪文、張春橋、姚文元及各地造反派領袖無不在文革中飛黃騰達。

註（6）文革自66始至76年毛駕崩，前後延續十年之久。

註（7）文革時所有的歌曲都是贊頌毛澤東一人，連黨都被晾在一邊。文革期

間，我多次在半夜被狼嚎鬼叫般的高音喇叭驚醒，都是先播放一曲頌毛歌曲，爾後播音員便會以高八度的嗓音宣讀毛的「最新最高指示」。

文革爆發時，姐姐在北大上學，她很快就成了老佛爺（聶元梓）新北大公社的鐵桿成員。我在附中唸初中，兩校相距不遠，不用上課了，幾乎天天往北大跑，幫著油印告什麼什麼書，幫著抄寫一些反擊對立面「井岡山」的大字報，周培源和牛輝林著實被我筆伐了若干次，倒也忙了一陣子，但沒過多久便興趣索然了。

文革前不久，我剛滿十五歲，依照我們家鄉的習俗，男孩子到了十五歲就算成年人，母親買了部Canon135相機做禮物（姐姐在我之前有部海鷗120，不到半年就壞了，三天兩頭拿去修理），我又到委託商店買了部舊基輔相機拆下鏡頭自製了部放大機，在家裡沖曬相片，那幾年拍攝了不下上千張相片，記錄了不少文革中的場景，比雷鋒叔叔還多些，出國時為避免不必要的麻煩，祇挑了百來張，凡是背景有太多大字報或是那些黑幫挨批鬥的相片都沒敢帶出國，現在想起來覺得挺可惜的。

文化大革命的確是中華民族的一場浩劫，在那幾年裡，我目睹了一些人被活活打死，看到一些被逼得走投無路的人自尋死路，掛在樹上的，漂在水裡的，都見過。光是我校打死的牛鬼蛇神就有好幾個。一次在高中教學樓批鬥一個「歷史反革命」，批鬥完押著他走到樓梯準備下樓，不知是誰踹了他一腳，從樓梯翻滾下去，一群人蜂擁而上，一直把他踢到樓下，已經只剩下半條命了。第一次看到一群人暴打一個「歷史反革命」，真如水滸傳中的李逵看到他娘被大蟲吃了，「渾身的肉都跳」，我在那時確是如此，那應該是人在受到極度的驚嚇和刺激所產生的生理反應。

我校的紅衛兵把一群打得遍體鱗傷的「階級敵人」關在教學樓的辦公室裡，窗戶上橫七豎八地釘上許多粗大的木條，從那附近走過，不分日夜都能聽到哀嚎聲，呻吟聲，偶爾還有些不死心的人拼足力氣在呼冤，從那裡經過，便如在地獄邊緣走一遭。

我校校長，後來貴為全國人大副委員長的彭佩雲也被剪了個陰陽頭，在挨批鬥的隊伍中作為領頭羊，左手拎著個破臉盆，右手拿根木棍邊敲邊

宣判自己死刑，我多次看到她拿著掃把打掃校園，一臉木然，她倒沒去自殺，活下來了。

　　我沒參加過抄家，也沒打過人，不忍心，那些老師對我都極好，即使有些不認識的，也跟我無冤無仇，我到現在還是不明白那些同學如何下得如此狠手。北大附中最新成立的紅衛兵組織叫「紅旗」，清一色幹部子弟，氣焰極囂張，抄家打人無所不為，屬於海糾（海澱區糾察隊），海糾和西糾一樣，當時都是中央文革最兇殘的黨衛隊打手，我校的彭小蒙和宮小吉就是其中最兇狠出名的，套用一句話「端的嚇得海澱小兒夜間不敢啼哭」。我是歸僑學生，不紅不黑，我還自稱是革命華僑——萬里迢迢回來參加革命，難道不是革命華僑？班上有十來個是紅旗成員，在文革前我和他們的關係都很不錯，經常和他們一起分享在友誼商店買回來的花生瓜子糖菓和蛋糕，他們也跟我借過幾回相機，連膠卷都是我白送的，吃人嘴軟，拿人手短，千古不易。另外有兩員兇狠的女將，打人毫不手軟，但是這兩位應該是情竇初開，早就對我芳心暗許，我有幾次無意中看見她們看著我發呆，連我的眼睛看著她們都渾然不覺，我的作文寫得好，常被老師叫上去朗讀，這兩位女將以前也曾找我幫著修改她們的作文，所以沒有人來難為我，祇是態度冷淡了些。過了幾個月，他們當中有些人的父母也被打倒，中央文革小組和江阿姨成了仇人，我們的關係又熱絡起來。我做過的惟一令我至今愧疚的事，就是在批鬥班主任吳老師的批鬥會上唸了一篇批判他的文章，我本可以不去參加那場批鬥會，但是我不但參加了，還寫了一篇文章當眾羞辱他，實在是不可原諒，希望吳老師在天堂能看到這遲來的懺悔。

　　後來我校又成立了個「井岡山」，和「紅旗」對著幹，這個組織的成員家庭一般，知識分子和工人的孩子為主，我也被他們拉了進去，弄了個紅袖章狐假虎威戴著去串聯，串聯回來後，過了兩年逍遙的日子，什麼天派地派，四三四四都與我無關。和幾個臭味相投的同學混在一起，冬天去溜冰，夏天幾乎每天都去頤和園划船游泳，晚上就打百分、拱豬，誰輸了便得去附近的公社菓園偷些時令鮮菓回來共產共產，那時我們這些半大不

小的孩子把偷公家的東西視為理所當然，比現在那些貪官還要理直氣壯，當然，要是偷私人的東西是要被人看不起的，這種觀念不知是如何形成的，但那時確是普遍如此。

七津　百年詠史（49）紅衛兵 (1)

懵懂狂童登賊船 (2)	東窗燭影賦新篇 (3)
上皇扯線操傀儡 (4)	功狗投鍋贖罪愆 (5)
空擲青春書穢史	枉將桀日捧雲天 (6)
拳民奉旨煎萁豆 (7)	釜底冤魂萬萬千

註（1）紅衛兵，是中國在文化大革命時期對部分特殊人群的一種稱呼，其成員大部分是由大學及中學學生所組成。紅衛兵指的不是國家軍隊，其組成也沒有任何法律依據，祇是一種帶有狂熱政治思想的學生組織，其意識形態主要偏向中國共產黨所信仰的共產主義思想。在文革期間對中國社會、政府和經濟構成極嚴重的打擊，一些傳統歷史文物、遺跡、名人的墳墓和文獻皆遭毀滅性的破壞。

　　紅衛兵在領悟毛澤東的旨意後，奔赴全國各地。他們忠心不貳，對毛澤東的崇拜狂熱到超乎宗教信仰的境界。毛澤東組織團隊（後稱四人幫）進行立體全面的整合，從整體推廣策略到各類的宣傳形式，如大字報、紅色宣傳畫、具有宗教特色的忠字舞、日常生活語言中每句必有的宣誓口號等，利用各種傳媒載體通過從政治、經濟、哲學、文學、教育和文藝等多方面對民眾進行思想滲透。在文化大革命正式發動前，做足了充分的準備工作，使得此次政治活動能在發動後極短的時間內達到高潮，並長久持續。在中國近代歷史研究上，史學家往往將紅衛兵分為廣義與狹義的兩種定義。廣義的紅衛兵泛指將自己繫上紅色袖標的各種民間團體，包括工人、農民、軍事院校的學員和機關、文藝團體的從業者等，狹義的紅衛兵則是指大學和中學裡青年學生所自發組成學生團體。紅衛兵是通稱，每個學校裡都有幾個分別取不同名稱的紅衛兵組織，如「全無敵」戰鬥隊、

「叢中笑」戰鬥隊等,名稱多來自毛澤東詩詞或當地當時的重大事件之日期。許多個學校的紅衛兵組織因觀點一致而聯合,又稱兵團。紅衛兵的宗旨包括打倒「走資本主義道路的當權派」、「資產階級反動權威」和「資產階級保皇派」,「革命無罪,造反有理」等。手段有大字報、大批鬥、「破四舊、立四新」、「抄家」等,而「打砸搶」的行為時有發生。他們的造反行動衝垮了各級黨政機關現成的運行體系,成為毛澤東進行文化大革命、達成其政治目標的工具之一。

　　紅衛兵的典型著裝是頭戴綠軍帽、身著綠軍裝、腰間束武裝帶、左臂佩紅袖標,手握紅寶書(即毛語錄,在中國文革等混亂時期,毛語錄的「神聖」堪比宗教聖物)。

註(2)　在人數上,中學生組成的紅衛兵要比大學生紅衛兵要多許多,年齡大致從十三、四歲到十七、八歲,因為少不更事,所以成為打、砸、搶的主力,各校被打致死的教師多在中學。

註(3)　指秦檜陷害岳飛與宋太宗趙光義事。

註(4)　紅衛兵從表面看似乎是自發性的組織,實際上卻離不開毛江的操縱和支持,待剪除劉的翼羽,毛澤東便說:「對紅衛兵要進行再教育,加強學習,要告訴革命造反派的頭頭和紅衛兵小將們,現在正是他們犯錯誤的時候了……」紅衛兵是毛澤東產下怪胎,它一出世就無法無天,幹盡壞事。那時毛澤東(還有林彪)拍手稱快,極口誇獎了他們的革命造反精神,使孩子們忘乎所以地大肆迫害「走資派」、「橫掃一切牛鬼蛇神」,祇隔了一年多的時間,毛便變了調,何也,紅衛兵已經失去利用價值,最大的走資派已經揪出和打倒。「飛鳥盡,良弓藏,狡兔死,走狗烹」,此其時也!

註(5)　文革中遭迫害慘死的如劉少奇、彭德懷、賀龍及一大批中共幹部,在我看來都是罪有應得,中共的整肅運動不自文革始,在此之前的歷次運動中他們都是幫凶,是這部絞肉機的組成部分,死在他們手下的冤魂數不勝數,當他們整人殺人時,難道沒有想到有一天可能也會輪到自己?

註(6)　林彪說:「毛澤東同志是當代最偉大的馬克思列寧主義者,毛澤東同志天才地、創造性地、全面地繼承捍衛和發展了馬克思列寧主義,把馬克思列寧主義提高到一個嶄新的階段!」可惜紅衛兵小將們無班、馬、李、杜之才,要不然,指不定毛還要被捧到多高。

註（7）紅衛兵的愚昧、狂熱和反文明的野蠻和義和團一般無二。

　　　戴紅袖章也就是文革剛開始時流行了幾個月，去串聯也普遍戴著表明身分，後來就沒什麼人戴了，改在左胸上別枚像章。

七津　百年詠史（50）大串聯 (1)

　　　妖火升騰燎九州　　　　奔波萬里鬥同仇 (2)

　　　無知童子執牛耳 (3)　　　跂扈當權低狗頭 (4)

　　　翦翼逼宮勞小將 (5)　　　攀龍附鳳半封侯 (6)

　　　長安面聖人潮湧 (7)　　　遊刃躊躇笑解劉 (8)

註（1）1966年，中央文革表態支持全國各地的學生到北京交流革命經驗，也支持北京學生到各地去進行革命串聯。1966年9月5日的《通知》發表後，全國性的大串聯活動迅速發展起來。

　　　大約六七月間，全國已出現「串聯」的師生。外地來京者大多是到首都北京取「文革造反經」和接受毛主席接見的師生，北京赴外地者大多是去各地煽風點火幫助「破四舊」的師生，有紅衛兵、「紅外圍」和一般學生，以大中學生為止，也有個別小學生跟著哥哥姐姐走的。

　　　毛澤東分別於1966年8月18日、8月31日、9月15日、10月1日、10月18日、11月3日、11月10日、11月26日8次接見了紅衛兵，受接見的來自全國各地的紅衛兵、青年師生大約1300多萬人。當時串聯的師生乘坐交通工具和吃飯住宿全部免費，成為「文化大革命」很特殊的一道風景。

註（2）在一年多的時間裡，全國各地的學生南來北往，到外地交流「革命經驗」或是遊山玩水，很多人走了何止萬里？

註（3）各校學生都進行了奪權行動，校領導靠邊站的靠邊站，挨鬥的挨鬥。

註（4）各校各單位的「第一把手」即最高領導絕大部分都被打倒，在批鬥大會上低下他們的「狗頭」（紅衛兵語），那時各處大字報大標語也有很多寫著「砸爛XXX的狗頭」。

註（5）毛先清理外圍，孤立劉少奇的戰略奏效，由中央文革小組有意地洩露劉的追隨者的名單給紅衛兵，讓他們去造反奪權，殺那些「資產階級司令部」爪牙的威風。

註（6）那些緊跟中央文革小組的造反派組織的領袖，著實風光過一些日子，如
　　　王洪文，甚至官拜共產黨中央副主席。
註（7）毛在天安門前的長安街八次接見外地紅衛兵，總數達1300多萬。
註（8）那時劉大勢已去，束手待斃。

　　早在文革前，毛已經對劉恨之入骨，但是劉羽翼已豐，如照黨章召開中全會，毛恐怕會鎩羽而歸，討不到任何便宜。但是毛確是個邪惡的天才，發動紅衛兵先把劉的爪牙一一拔掉，並經中央文革示意紅衛兵四處放火奪權，把劉架空，將劉的追隨者搞臭，大串聯就是在此背景下轟轟烈烈地展開了。

　　我也和幾個同學流竄了近半個中國，但卻從不去看大字報，也從未去煽風點火，祇是到處遊山逛水，名勝古蹟看個飽，那時雖然全國各地都是五湖四海到處流竄的小將，但大多數確是響應毛的號召四處砸狗頭、揪黑手，名勝古蹟的遊人屈指可數。

　　在廣州，我們驚喜地發現在茶樓飲早茶吃點心是先食用後由服務員數盤子算賬，幾個壞小子便大快朵頤，乘人不備把盤子塞進袴包裡，每次用餐大概都只付出三分之一的錢，這種伎倆用了許多次，有些服務員可能也看穿了我們的把戲，卻是睜隻眼閉隻眼，畢竟那時到外地打砸搶最兇的都是京城的小將，他們惹不睜起，況且生意也都是國營的，盈虧與他們無關，劉文學可不是那麼好當的。

　　雖說擠臭哄哄的火車是免費的，住宿也由各城市的聯絡處安排，但下館子總得花錢，我帶的錢倒是挺充足的，但一些家庭環境一般的同學盤纏用盡又該如何？沒關係，借！各院校都有一處辦理小將借錢的地方，凭學生證最多可借20元，當然這債是要還的，參加工作後從工資裡扣。當時各校領導都被奪了權，鋼印都在小將手中，我們年級有一詭計多端的同學，另做了一本學生證，相片是真的，班級是假的，姓名是子虛烏有的，凭此利器他借了好幾百元，著實發了筆橫財，讓許多智不及此的同學羨慕不已。

　　一伙人流竄到了南寧，幾個不知死活的同學想去越南參加抗美援越的

戰鬥,離邊境還老遠就被攔截下來,祇在南寧買了頂越式塑膠涼帽打算回京狐假虎威,假裝去過越南。串聯後回趟老家看望姑媽和叔叔舅舅,在廣州的長途汽車站買了一張開往揭陽的車票,被幾個汕頭的紅衛兵盯上了,我買票時說的是一口標準的普通話(那時還不會粵語),怎麼可能到揭陽這種鳥不下蛋之地串聯?那裡又沒什麼名勝古蹟,也沒有值得揪鬥的走資派,況且我又是孤身一人,他們幾個視我為逃亡的反革命或是黑五類,成包抄的架勢走了過來,用彆腳的普通話問我為什麼要去揭陽?我用標準的揭陽話答覆他們:「我在北京上學,回家鄉探親犯了那條法?要不要一塊去公安局?」這幾位一聽被嚇住了,十幾歲的潮州人能在北京居住上學的人,真如鳳毛麟角,惹不起,便悻悻而去。

在家鄉戴上越式涼帽,背著相機跑到縣城裡拍照,被一伙警惕性極高的民兵懷疑是美蔣特務,跟蹤了一整天,我卻懵然不知。第二天一個公社幹部找上門來,委婉地勸我以後莫背著相機亂跑,以免造成不必要的麻煩,我才知道昨日讓人緊張了一天。那些民兵也是不長眼,銀幕上的特務都是獐頭鼠目,猥瑣不堪,有我這麼帥的美蔣特務麼?再說了,就算是特務也是越南特務,跟美蔣扯不上關係,由此倒也可見,朝陽區群眾確有悠久的歷史。

回到北京,這頂越式涼帽成了炙手可熱的稀罕物,有幾個同學都借去戴過,很是拉風,現在開輛法拉利上街應該都沒這麼NB,一次在朝外市場買黃瓜准備吃炸醬麵時當配菜,聽到身後有個女孩說:這個越南人長得真高!我轉過頭去問道:怎麼啦,越南人就不許長得高?兩個女孩嚇了一大跳,真的是嚇了一跳,身體都震了一下。

七津　百年詠史(51)破四舊 (1)

先師萬世尚蒙冤 (2)　　禮樂詩書不待言 (3)

耆宿只餘搖尾狗 (4)　　殘碑空負斷頭黿 (5)

汗牛五典焚明火 (6)　　帝闕九門成塊垣 (7)

錦繡人文多自壞　　　　　莫誇英法毀名園 (8)

註（1）1966年6月1日，《人民日報》發表了中央文革領導小組組長陳伯達親自炮製的社論——《橫掃一切牛鬼蛇神》，號召「要徹底破除幾千年來一切剝削階級所造成的毒害人民的舊思想、舊文化、舊風俗、舊習慣」。在這篇社論煽動唆使下，全國很快掀起了史無前例的所謂破「四舊」的運動，一切外來和古代的文化，都成爲瘋狂掃蕩的目標。這場狂潮首先席捲了北京千家萬戶，在20天左右的時間裡有10萬多戶被抄家，偌大的北京城幾乎被折騰得底朝天！據粗略統計，僅抄走古舊圖書就達235萬多冊，瓷器、字畫、古典傢俱近400萬件。緊接著，這場狂潮又迅即快蔓延到上海、天津等全國各大城市乃至廣闊農村。這期間，散存在民間各地的大量「四舊」，尤其是珍貴字畫、書刊、器皿、飾物、古籍等文物要麼被洗劫一空，要麼毀於一旦。

在毛澤東的鼓動下，北京紅衛兵們喊著「砸爛一切舊世界」的口號，開始了瘋狂的「破四舊」運動。這股潮流迅速波及全國，各地紅衛兵競相效仿，洗劫寺廟、道觀，搗毀名勝古蹟，燒燬字畫，山東曲阜孔廟「萬世師表」的大匾被摘……中華傳統文化遭受一場浩劫。

註（2）曲阜孔廟遭受毀滅性的破壞，孔子墓被挖掘鏟平，「大成至聖先師文宣王」大碑被毀。最早進行的破壞活動由北京師範大學的200餘名師生組織，被摧毀之前登記在冊的文物就有6618件，其中畫929幅，書籍2700餘冊，石碑1000餘塊盡被砸斷，五千多株古松柏被伐，二千多座墳墓被盜掘。延續幾千年的孔廟，到了中共手裡遭到了滅頂之災。

註（3）對文物的破壞，也是「破四舊」的重要部分。許多知識分子珍藏的孤本書和字畫都被付之一炬，或被打成紙漿。

北京名學者梁漱溟家被抄，其曾祖、祖父和父親三代珍藏的書籍和字畫，統統堆到院裡付之一炬。

歷史學家章伯鈞家藏書超過一萬冊，被紅衛兵頭頭用來烤火取暖，剩下的則送往造紙廠打成紙漿。

字畫裱褙專家洪秋聲老人，人稱古字畫的「神醫」，裝裱過無數絕世佳作，如宋徽宗的山水、蘇東坡的竹子、文徵明和唐伯虎的畫。幾十年間，經他搶救的數百件古代字畫，大多屬國家一級收藏品。他費盡心血收

藏的名字畫,全部被當「四舊」,付之一炬。事後,洪老先生含著眼淚對人說:「一百多斤字畫,燒了好長時間啊!」

據統計,在整個中國總共約有一千萬戶人家被抄,散存在民間的珍貴字畫、書刊、器皿、飾物、古籍不知有多少在火堆中消失。

散佈在各地的「江山勝跡」也大量的被砸碎、消失。大書法家王羲之寫下流傳千古的《蘭亭集序》的蘭亭不但被毀,連王羲之本人的墳墓也被毀掉;《西遊記》作者吳承恩的江蘇故居被砸了,宋代文豪蘇東坡親筆書寫的《醉翁亭記》石碑被「革命小將」推倒,石碑上的字被刮去……

註(4)那些學富五車的「反動資產階級學術權威」不是「自絕於人民(自殺,文革時對自殺者的表述),就是被關在牛棚受盡凌辱」,能站出來充門面的無不是百般搖尾乞憐才獲得「優待」的,當然,我們無權指責他們,在那場史無前例的紅色恐怖中,他們也是為了保護自己和家人才不得已那麼做的。

註(5)寫實句,我曾在北大校園某處看到的,因脖子處較細故,頭被砸斷不知所蹤。

註(6)文革中古籍被毀無數,許多珍本孤本書籍毀於一旦。

註(7)北京的城牆城門樓在文革中被拆除。

註(8)英法聯軍倒沒像小將般瘋狂和不識貨,很多珍貴的文物都是運到歐洲放進博物館裡保存起來的。

文革時,對祖宗留下的文物景觀視同不共戴天,打砸焚燒,恨不得把中華大地弄得白茫茫一片真乾淨。我曾目睹小將把抄家的古籍字畫付之一炬,也曾見過整平板車的瓷器砸得稀巴爛,當時我尚無什麼文化遺產的概念,祇覺得那些東西應該值點錢,燒了毀了怪可惜的。

文革開始後不久,北京市開始拆除城門城牆,那時我常從西直門和阜城門出入,每次經過都看見少了一截,一些市民也如螞蟻般往家裡搬城磚,砌雞窩的砌雞窩,蓋簡易房的蓋簡易房,好不熱鬧。參加工作後,曾聽到一個工人自誇他們那個大雜院蓋了若干間簡易房,沒花一分錢去買磚,還不無自豪道:「小日本想花一百塊美金跟咱買一塊城磚,咱有志氣,不賣!」想想那些雞窩,可能是古今中外最值錢的雞窩了。我無法證

實那個工人所言日本想買城磚之事是否屬實，但現在我願意掏五百美元買塊城磚放在家裡——如果能買得到的話。

　　當時連頤和園長廊上面的圖畫都用油漆塗抹，可惜當年沒意識到應該拍攝下來見證那個瘋狂的年代。另外一些（如十三陵）則有周恩來明令保護，逃過一劫。

七津　百年百首詠史（52）黑五類 (1)

涇渭黑紅分五類 (2)	半淪煉獄半升天 (3)
家財悉數歸官庫 (4)	遺子求存多戍邊 (5)
卅載淒風羞顧影 (6)	畢生申雪敢言狷
上皇空祝萬年壽 (7)	摘帽搔頭別罪愆 (8)

註（1）黑五類是在文革時對政治身分爲地主、富農、反革命分子、壞分子、右派等五類人的統稱，合稱地富反壞右，與紅五類相對。是中國共產黨前三十年統治下的政治賤民階層。黑五類分子及家庭成員自中共奪取政權至文革結束，遭受三十年的迫害和不平等待遇，他們在中共統治下的生活相當納粹統治下的猶太人。也使共產黨在人權問題上飽受爭議。而賤民階層——黑五類的存在也是跟人人平等的共產主義理想相違背的。

註（2）與之相對的是紅五類，在不同時期紅五類的名單有些不同，我傾向於「革命軍人、革命幹部、工人、貧下中農、和革命烈士子女」的劃分法。

註（3）黑紅五類的待遇判若雲泥，對升學、工作、入黨，甚至婚姻都有極大的影響。

註（4）地富的財產早在土改時就被掠奪一空，反壞右雖然未必有多少財產，但在文革中都被抄家，若是有個棲身之處，家徒四壁已是祖宗有靈了。

註（5）農村的就別說了，居住在城市的黑五類子女在分配工作時都被驅往農村或邊疆。

註（6）從49年到毛死後摘帽，他們做了三十年賤民。

註（7）那時幾億人都在日夜高喊「毛主席萬歲！」「敬祝毛主席萬壽無疆！」葉劍英甚至還宣布了個「特大喜訊」，說是經醫生給毛驗查身體，毛的

器官功能異於常人，肯定能活到一百五十歲云云。

註（8）毛死兩年後，中共宣布摘掉地富右派的帽子，他們很多人從出生時便是
黑五類，根本就不明白犯了什麼罪，也不明白為何就成了人民了。

在毛時代，處於社會最底層的群體就是「黑五類」，即地、富、反、
壞、右。反壞右雖然大多是竇娥，但多少還是有點根據，如得罪了領導
啦，管不住自己的嘴巴啦，或是真的幹了些偷雞摸狗的事啦，勉強可說是
罪有應得。地主富農卻是自古以來最不幸的人，祇因祖輩父輩的勤儉持
家，勒緊肚子買了地，家裡生活條件略好些，或是農忙時請幾個短工幫
忙，便犯了滔天大罪，家產被分，自身被鬥被殺，子孫遭岐視，受凌辱，
上不得學校，娶不到媳婦，幹的牛馬活，吃的豬狗食，很多人一出生就莫
名其妙的當了小地主小富農，真是可憐。

我在每年農忙下鄉勞動時，常看到一些衣衫襤褸的人畏畏縮縮地走
過，有些年紀比我還小，村裡的孩子們就「小地主，小富農」一陣哄笑，
一些孩子還撿些石塊土塊向他們擲去，他們卻無任何反應，祇管自己走
路。

在文革中，一些農村如北京郊區的大興縣，湖南道縣都發生了大規模
屠殺地富的暴行，甚至連在襁褓中的孩子也不放過，說是要斬草除根，上
蒼有眼，這些凶手必將遭到報應！

令我百思不得其解的是，黑五類也好，黑八類黑九類好，資本家居然
榜上無名，難道共產黨真有未卜先知的本事，知道自己的子孫後代將成為
億萬富豪，所以特地把資本家除名，免得授人以柄。到了今天，先鋒隊的
頭頭腦腦無一不是腰纏萬貫，甚至明明白白規定：資本家可以加入無產階
級政黨！

七津　百年詠史（53）紅五類 (1)

上皇固位市恩多　　　　貴胄平民燉一鍋 (2)

逐鹿還須招死士　　　　分贓豈及顧幺麼 (3)

勝朝黃土埋功狗 (4)　　　昭代朱門半賊窩 (5)

　　迢遞王侯真有種 (6)　　　　　孤燈吟史淚滂沱

註（1）紅五類是1949年以後在中國社會上對某些人的稱呼，先是指履歷表上出身填寫爲革命軍人、革命幹部、工人、貧農、下中農的一群人，後來也泛化到指稱他們的子女爲紅五類。一說是對政治身分爲工人、農民、商人、學生、革命軍人等五類人的統稱，合稱工農商學兵，與黑五類相對。作爲家庭成分（政治身分之一）的特定指稱，帶有彼時鮮明的時代特點和複雜的、不易爲後世所理解的感性意義。

　　文革初期「血統論」最爲猖獗的時候，在正式文件中有過不提「紅五類」的「紅五類」說法。1966-7-24《中共中央、國務院關於改革高等學校招生工作的通知》中說：「對於工人、貧下中農、革命幹部、革命軍人、革命烈士子女以及其他勞動人民的子女，凡是合乎條件的，應該優先選拔升入高等學校。」1967-2-19《中共中央關於中學無產階級文化大革命的意見》中說：「紅衛兵應以勞動人民家庭（工、農、兵、革命幹部和其他勞動者）出身的革命學生為主體。」

　　「紅」指這五類家庭成員在現實社會的階級分層結構上，與執政黨、現政權（「紅色江山」）的性質是一致的，具有先天的政治正確性「自來紅」，是其階級基礎、主體和依靠對象。因而在種種資源占有、利益分配（升學、招工、晉級調資、分房、醫療等社會流動的機遇和福利）上，他們享有優先權；在政治參與（參軍、提幹、參選人民代表、從政為官）、接班人的培養（入隊、入團、入黨、選拔各種積極分子和入選幹部後備隊名單）上，享有優先權（因為「根正苗紅」）；在運動對象的選擇、甄別上，享有豁免權。

註（2）紅五類有貴冑，如高層文武官，也有工人和貧下中農，他們之間貴賤的差別猶大於林妹妹和焦大，但是毛爲了欺騙和利用佔全國人口絕大多數的這一部分人，賞賜給他們一身華麗的紙衣服，工人在飢荒時期還能免於餓死，工人子女在上學和分配工作上也享有一點優勢，貧下中農呢？該餓死的餓死，該一輩子修理地球的還是一輩子臉朝黃土背朝天，連從雞屁股裡挖兩個蛋去賣，來換個針頭線腦的都被說成是走資本主義道路，我實在看不出他們曾從中得到什麼好處。

註（3）那些從內戰的死人堆裡爬出來的下級軍官和士兵，在建政初期還能在分配工作上占有優先地位，後來嘛，原來幹嘛還是幹嘛去。

註（4）勝朝，指已滅亡的前一朝代。清‧王應奎《柳南隨筆》卷三：「明太祖既登極，避勝朝國號，遂以元年爲原年。」

註（5）昭代，政治清明的時代。常用以稱頌本朝或當今時代。唐‧崔塗《問薔》詩：「不擬逢昭代，悠悠過此生。」宋‧陸遊《朝饑示子聿》詩：「生逢昭代雖虛過，死見先親幸有辭。」紅朝以殺人論功行賞，朱門大戶皆是靠殺戮得以居高位。

註（6）1966年，一個叫做譚立夫的人，對北航附中紅衛兵貼出的「鬼見愁」對聯大發謬論，對聯「老子英雄兒好漢，老子反動兒混蛋」，是現代血統論的代表作。此人的高論至今猶被奉爲圭臬，君不見今上和一大批將相王侯都是紅二代嗎？

　　文革時期小將們最愛唱的語錄歌就是「世界是你們的，也是我們的，但是歸根結底是你們的……」大家都唱得血脈賁張，好像自己都有機會入主中南海一般，其實毛這番話是在莫斯科對數千名留學的幹部和烈士子女說的，但是許多平頭百姓的子女都誤以為自己是「你們」，大謬！他們都犯了和阿Q一樣的錯誤，以為自己可以姓趙，但是現在的趙太爺可狡猾多了，他不會明明白白告訴你不配姓趙，相反地還挖空心思讓你以為自己也姓趙，好替他們看家護院，這招還真靈，看看網上那麼多五毛和自乾五，就知道自以為姓趙的人何其多。

　　毛時代的紅五類，恰似魚目混珍珠。但就算是文革期間工人、貧下中農被捧上天的日子裡，我還是能輕易地從一堆紅衛兵小將中分辨出何者為魚目，何者為珍珠。幹部子弟一身四個兜的軍裝（軍隊連級以上的軍官才穿四個兜的），冬天著呢子軍大衣，連紅衛兵的紅袖章都是綢子縫的。工人農民的子弟呢，就算是人模狗樣地戴上紅袖章，胸口別枚碗大的毛像章，打上馬鈴薯的標籤，還是個土豆！在這裡我沒有絲毫貶低鄙視工農子弟之意，祇是在說明一個事實，即使在毛時代，工人農民也祇不過是名義上的領導階層，雖同屬紅五類，其實際地位比起幹部子女卻是遠遠不及。時至今日，貴胄上九天，工人農民墜九淵，反倒是黑五類，當年雖苦不堪言，現在卻有很多人事業有成，反攻倒算的大業似已大功告成。

　　常看到一些毛左聲稱在毛時代工人農民當家作主，幹部如何清廉，社會如何如何平等，如果這些毛左比較年輕，他的結論來自洗腦資訊，那倒也情有可原，如果他們是在五六十年出生的，依然得出這個結論，那祇能證明在毛時代，他的家庭和所交往的親友都是生活在社會的最底層！

七律　百年詠史（54）臭老九 (1)

娼妓排前丐在後 (2)　　　驚弓分子自封喉 (3)

延安講話暗天日 (4)　　　大漠求生畫地囚 (5)

剖腹甘呈肝與膽　　　　　賣身不若馬和牛

千年氣節摧殘盡　　　　　能有浩然留九州

註（1）「臭老九」早可見於趙翼《陔余叢考》：「元制，一官，二吏，三僧，四道，五醫，六工，七匠，八娼，九儒，十丐。」
　　　　文革期間定義階級敵人的時候有個黑五類，分別是地、富、反、壞、右。後來加上叛徒、特務和走資派，惶惶不可終日的「知識分子」們從元人的「九儒十丐」中得到靈感，自稱為「臭老九」。

註（2）元制「八娼，九儒，十丐」。

註（3）毛發動的反右運動，掉落到陷阱裡大多數是「讀書人」，那些漏網之魚從此三緘其口，再不敢說三道四。毛辯稱是「陽謀」。

註（4）1942年5月毛澤東發表《在延安文藝座談會上的講話》，要求作家與工農兵相結合，作品要為政治服務。這個「講話」成了禁錮作家創造自由的「最高指示」，是中共執行文化專制的經典文件，指導中共文藝政策六十餘年，不僅造成多次慘絕人寰的文藝整風運動，也是1949年以後大陸作家悲慘命運的根源之一。

註（5）囚禁右派的勞改場如夾邊溝、興凱湖都在渺無人煙之處，用不著建高牆、設電網，誰要試圖逃過，一定是死路一條。

　　元代把職業分為十等，一官二吏三僧四道五醫六工七匠八娼九儒十丐，讀書人雖在娼妓之後，卻也未名落孫山，到太祖登基，直把「知識分子」視蔑如也，常道：「知識越多越反動。」動輒教訓他們要夾起尾巴。文革禍興，造反派把那些太祖視為反動者分等：地、富、反、壞、右、叛

125

徒、特務、走資派。分子們竟然榜上無名，甚覺不忿，於是腆著臉拾元人牙慧自封老九，總算是妾身有了名分。

經反右、文革逆淘汰剩下的「知識分子」，顯然跟前輩不屬同一類，墨水雖有幾滴，氣節全無一點，獻青詞的獻青詞，包紅顏的包紅顏，剽竊論文的剽竊論文，若做學問興趣缺缺，誘姦女生性致勃勃，三媽五常勇當道，正人君子被嫖娼，最高學府一片烏煙瘴氣。

東林黨人顧憲成曾撰聯自勉道：風聲雨聲讀書聲，聲聲在耳；家事國事天下事，事事關心。

現在的分子祇配懸掛這樣的對聯：你升他升我沒升，升升在意；性事房事出洋事，事事關心。

七津　百年百首詠史（55）聖女林昭 [1]

十載摧殘志未凋 [2]	經霜松柏愈嶢嶢
鄙夷濁世皆奴骨	謇諤當朝如獍梟 [3]
瀝血貞心書具狀 [4]	提籃冤死斷魂橋 [5]
九州慨嘆羞男子	萬古高標仰林昭 [6]

註（1）林昭（1932年12月16日–1968年4月29日，原名彭令昭，蘇州人。林昭1954年入北京大學新聞系學習，在1957年的反右運動中因公開支持北京大學學生張元勛的大字報「是時候了」而被劃為右派，後因攻擊無產階級專政罪、反革命集團罪，於1962年起被關押於上海市提籃橋監獄，在獄中書寫了反對毛澤東的血書與日記。1968年4月29日林昭在獄中當著眾多在押人員的面被宣判死刑，同日被中國人民解放軍上海市公檢法軍事管制委員會槍決於上海龍華機場（張春橋時任南京軍區兼上海警備區第一政治委員）。

林昭在1949年以前曾申請加入中國共產黨，60年代成為基督徒，被殺前一日模仿汪精衛《被逮口占》作五言絕命詩：青磷光不滅，夜夜照靈臺，留得心魂在，殘軀付劫灰。

其二

他日紅花發，認取血痕斑，媲學嫣紅花，從知渲染難。

1980年8月22日，上海市高級人民法院撤銷軍管會的判決，以精神病為由宣告林昭無罪。1981年1月25日上海高院再次做出複審，認定以精神病為由撤銷判決不妥，撤銷1980年的裁定，但仍與之前判決一併撤銷，宣告林昭無罪。

註（2）林昭於62年被捕入獄，68年遇難，加上被打成右派後受「監督改造」，將近十年失去自由。

註（3）謇諤，直言，不留情面的直說。

南朝梁‧劉勰‧文心雕龍‧奏啓：「夫王臣匪躬，必吐謇諤，事舉人存，故無待泛說也。」

註（4）具狀，準備告狀的文字，林昭在獄中瀝血書達二十萬字為自己申訴和痛斥當局。

註（5）此句應該為「斷魂冤死提藍橋」但若是如此便犯三平尾，祇得倒裝，古人也常如此，如杜甫：「紅豆啄餘鸚鵡粒，碧梧棲老鳳凰枝。」提藍橋監獄在上海，林昭被捕後囚禁於此，受難於此。

註（6）林昭之林字處應為仄聲字，但於人名處可從寬，「欲把西湖比西子」後一西字，「西望瑤池降王母」之王字，都應為仄聲，杜甫東坡都用了平聲字。

聖女林昭，值神州風雨如磐，群魔亂舞之際，以一弱女子之身，獨能拍案而起，痛斥當朝禍國殃民，荼毒生靈。逾百萬右派右傾，皆伏莫須有之罪，罕有人挺身抗辯。林昭陷冤獄十年，竟能瀝血書二十餘萬字抗爭，至死不渝，非聖女而何？悲夫，茫茫九州竟無一男兒。舉國昏昏，林獨昭昭，舉國諾諾，林獨諤諤，十載囹圄不能移其志，萬夫所指不能汙其貞。幸天生林昭，使人知中華尚有男兒在！

我是來到香港好幾年之後才知道林昭的，我從小就關心時事，中外所發生的事情我都很留心，可是在中國竟然沒有聽說過林昭！可見共匪封鎖消息之嚴。

七津　百年百首詠史（56）張志新 (1)

風雨神州苦暴秦	萬夫辟易自全身 (2)
豎眉拍案斥奸佞 (3)	傲骨橫空驚俗塵 (4)
重典安能抑正氣 (5)	割喉猶懼洩輿伸 (6)
垂馨千祀奇巾幗	一瓣心香祭志新

註（1）張志新（1930年12月5日–1975年4月4日），女，天津人，1975年被遼寧省革命委員會經過公開審判處死，1979年被中國共產黨平反並被追認爲烈士後開始聞名中國。她的監禁生涯從1969年到1975年一共持續了六年，直至被執行死刑。關於她的筆錄目前尚未被中華人民共和國公安部公開。

註（2）她把帶血的頭顱，放在生命的天平上，讓所有的苟活者，都失去了重量……

　　　　──《光明日報》記者陳禹山《一份血寫的報告》

註（3）1973年11月16日，犯人參加一次批林批孔大會，報告人批判林彪推行「極右路線」時，此時精神已失常的張志新站起來喊：「中共極右路線的總根子是毛澤東。」　因此被認定「仍頑固堅持反動立場，在勞改當中又構成重新犯罪」，被提請加刑，判處死刑，立即執行。

註（4）1969年，批鬥會開始批鬥張志新，張志新回答：「強迫自己把眞理說成錯誤是不行的，讓我投降辦不到。人活著，就要光明正大，理直氣壯，不能奴顏婢膝，低三下四。我不想奴役別人，也不許別人奴役自己。不要忘記自己是一個共產黨員，不管出現什麼情況，都要堅持正義，堅持眞理，大公無私，光明磊落……」9月18日，張志新因「現行反革命」罪名被捕，一度羈押6年。在監獄中，張志新寫下《一個共產黨員的宣言》。

註（5）張志新在監獄備受折磨，用鐵絲鉗住她的舌頭和嘴巴，把拖布往裡面塞，背上背著18斤重的鐵鍊，腳上帶著腳鐐，遼寧省的政治官員多次在獄中毆打張志新，將其頭髮拔光，政府官員多次派遣男犯人對其實行強姦、輪姦。之後張志新寫下遺書，準備自殺。被發現後，嚴加監視，並召開批鬥會，批判她「以死向黨示威對抗運動」。法院下達的離婚判決書送到監獄，張志新平靜地說：「離不離婚，對我來說已沒有什麼意義

了。」

註（6）張志新在行刑前經過多日小號（一種只能坐，不能躺臥的特小牢籠）及
割喉等酷刑的折磨，已經被逼瘋，用饅頭沾著經血吃，坐在大小便裡。
1975年4月4日，張志新在瀋陽市東陵區大窪刑場被執行死刑，時年45
歲。一個女管教員目睹慘狀旋即昏厥，而割喉命令出自毛遠新。顰伸，
疾苦的叫聲。元‧戴表元‧採藤行：「藤多力困一顰伸，對面聞聲不見
人。」

　　在毛時代，敢說真話者往往要付出生命作為代價，我相信，能有著像
林昭、遇羅克、張志新諸烈士的見識的人不少，起碼我本人在六十年代末
就有類似的想法，甚至比他們走得還要遠，但我們大多是怯懦的人，在那
種環境下，根本不敢跟好友甚至家人透露這種危險的思想。被知心好友出
賣，被家人「大義滅親」，在那個年代是司空見慣的事，驚弓之鳥們敢不
引以為戒？

　　在胡耀邦主政的較為寬鬆的幾年裡，報刊雜誌刊登了一些她們遇難前
後的遭遇，納粹分子也好，日本軍國主義分子也好，跟共產黨的專政機關
比較起來都宛如君子，他們甚至不懂得在喉嚨上動手腳，以致臨刑者肆無
忌憚地大喊口號。記得唐代酷吏周興曾自誇道：「被告之人，問皆稱冤，
斬決之後，咸悉無言。」我黨更絕，死刑犯一律瞠目結舌，連「二十年後
又是一條好漢」都不讓你說，遑論呼冤？

　　中國的女姓在面對暴君暴政之時，往往比男子表現得更堅韌，更剛
烈，更勇於承擔本屬於男性的責任，在文革殉難者中可列出一長串名字：
林昭、張志新，李九蓮、鍾海源，王佩英……謹向她們獻上一瓣心香。

七津　百年百首詠史（57）遇羅克

億萬刁民皆伏雌　　　　　昂然唯有一男兒
出生有罪冤埋玉 (1)　　　赴死無辜悲應時 (2)
連歲囚牢錮俠骨 (3)　　　全身肝膽剩殘肢 (4)
趙家二代盡騰達　　　　　混蛋英雄若個知 (5)

註（1）埋玉，埋葬有才華的人。梁書・卷五十・陸雲公傳：「不謂華齡，方春掩質，埋玉之恨，撫事多情。」

註（2）應時，適應時代的需要。文選・曹植・與楊德祖書：「有不善者，應時改定。」遇羅克在七零年「一打三反運動」中被判死刑。一打三反運動，是文化大革命時期當中的一個政治運動，該運動製造了大量冤假錯案。「一打三反」之名來自打擊「反革命破壞活動」，反對「貪汙盜竊」、「投機倒把」、「鋪張浪費」。「一打」的對象是各地殘存反抗中共權威的人，「三反」的目的是加強對地方的控制。遇羅克被捕後不久不幸遇上這場由周恩來所主導的，意在以殺人震懾潛在的異議人士的運動，要不然的話遇羅克祇是寫了那篇〈出身論〉，就算依共匪的峻法也罪不致死。

註（3）遇羅克於1968年1月5日正式被捕，於1970年3月5日執行死刑，共繫獄兩年又兩個月整。

註（4）遇羅克在北京工人體育場被宣判死刑，立即執行，時年27歲。其角膜在死後被移植給了一名勞動模範，尚有其他器官被割與其他病人（維基百科）。在紅朝，移植死囚犯器官不自今日始，而是早已有之。

註（5）那些幹部子弟稱「老子英雄兒好漢，老子反動兒混蛋。」遇羅克那篇〈出身論〉駁斥了這種謬論，到了今天，無產階級的英雄老子生下的都是腰纏億萬貫的「混蛋」，「階級論」還需要駁斥嗎？

　　為反抗共產暴政而慷慨赴死的烈士多為巾幗英雄，幸虧燕趙有個遇羅克，尚能為鬚眉保留一點臉面。

　　大概在那個時候，我曾在工人體育場附近看到一次死刑犯被軍人按在解放牌卡車上遊街，記憶中好像也有十幾個死刑犯，我很有可能和臨刑前的遇羅克打過照面。

七言古風　百年詠史（58）上山下鄉 (1)

風淒淒，雨瀟瀟，變相勞改路迢迢 (2) 毛賊借刀倒劉鄧 (3) 覆手掀起下鄉潮，
千座城市萬家哭，悲慘如投奈何橋，赤縣千年無此恨，茫茫天地路一條 (4)
暗裡吞聲強忍泣，人前沒口頌舜堯 (5) 我們也有兩隻手 (6) 不在城裡樂逍遙，

車站人頭攢鎮日，江山萬里紅旗飄，青梅竹馬分天際，爺娘依依別獨苗，

汽笛一聲肝腸裂，不知如何度今霄，列車電掣過千山，無期徒刑幾時還 (7)

白晝背天破黃土，夜夜思親淚潸潸，大野開荒滿手泡，缺衣少食苦千般，

田鼠鳥雀掘羅盡，糜子野菜不成團，人生追求惟果腹，最高理想飽三餐 (8)

夏日驕陽灼裸背，入冬朔風刺骨寒，土牆崩壞衾如鐵 (9) 長夜輾轉入睡難，

終年勞作無餘粒 (10) 不報爺娘恐心酸，斗轉星移數年過，猶是陰陽形影單，

此生斷無出頭日，祇盼回城侍爺娘，驀地滇池狂飆起，雲開見日現南疆 (11)

兄弟姊妹同敵愾，若要回城當自強，瘴癘傷人如虎豹，領導視我若羔羊，

姊妹有姿強薦枕 (12) 弟兄無故罹禍殃，日復一日如走肉，年復一年徒悲愴，

既然活著都不怕 (13) 何吝一死搏豺狼，千人萬人齊長號 (14) 不惜頭破撞南牆，

昊天垂淚山河慟，魔頭怵惕回鐵腸，江山社稷幸猶在，不可貿然激孟姜，

石破天驚南牆倒，苦命兒女打行裝，幾年青春徒空擲，幾許白骨埋異鄉，

嗚呼，縱罄南山之竹西江水，書不盡千萬下鄉知青累累心頭傷。

凡四韻，起句至度今霄為蕭韻，至苦千般為刪韻，至形影單為寒韻，餘為陽韻。

註（1）1968年，紅衛兵運動已經持續兩年多，儘管毛澤東等領導人已經一再呼籲「復課鬧革命」，震盪和混亂仍然無法制止。到1968年暑期、大學仍不招生，工廠仍不招工，六六、六七、六八3屆高中畢業生共400多萬人呆在城裡無事可做，成為亟待解決的社會問題。毛澤東在夏天也訓斥了北京的5名紅衛兵代表聶元梓、蒯大富、韓愛晶、譚厚蘭和王大賓，上山下鄉被再度提起。

1968年12月22日，《人民日報》文章引述了毛澤東指示：「知識青年到農村去，接受貧下中農的再教育，很有必要。」隨即開展了全國範圍大規模的知識青年「上山下鄉」活動——1968年當年在校的初中和高中生（1966、1967、1968年三屆學生，後來被稱為「老三屆」），幾乎全部前往農村。文革中上山下鄉的知識青年總人數達到1600多萬人，共有十分之一的城市人口來到了鄉村。

這是人類現代歷史上僅見的從城市到鄉村的人口大遷移。全國城市居民家庭中，幾乎沒有一家不和「知青」下鄉聯繫在一起。

上山下鄉的目的地很多，包括山西陝西、雲南、貴州、內蒙古，黑龍江等地。政府指定「知識青年」勞動居住的地方，通常是邊遠地區或經濟落後、條件較差的縣。這一做法很快就成了既定政策。但同時，一些幹部子女通過參軍等方式避免了去上山下鄉，或者到諸如北京上海郊區這樣的地方落戶。

註（2）很多學生都把下鄉稱爲變相勞改。

註（3）毛利用學生充當打手清洗了劉鄧，學生已無利用價值，造反成性的學生聚在城裡容易出亂子。

註（4）除了有背景的幹部子女外，絕大多數學生只有下鄉一條路。

註（5）在公開場合，誰也不敢發牢騷，個個都在表演極力擁護毛的決策。

註（6）「我們也有兩隻手，不在城裡吃閒飯」，是當時假借學生之口的口號。

註（7）學生對下鄉的前途普遍悲觀，把下鄉稱爲「無期徒刑」。

註（8）「人生追求惟果腹，最高理想飽三餐」是下鄉之後知青的哀嘆。

註（9）有一女知青，在北大荒的土房睡覺時臉對著牆的裂縫，被寒風把嘴吹歪了，終生不癒。她是我三姐的同學。

註（10）很多農村，一個年輕人一天的勞作掙一個工分，折合人民幣不到一角錢，買糧食吃都不夠。

註（11）1978年，雲南發生了數萬下鄉知青下跪請願，要求回城。

註（12）全國各地發生多起女知青迫於淫威，被幹部性侵的事，爲平息民憤，槍斃了幾個幹部。

註（13）「我們活著都不怕，還怕死嗎？」這句話在知青中廣爲流傳，可見在毛治下，要活著比赴死需要更大的勇氣。

註（14）數萬知青集體下跪請願，並在鐵路臥軌阻止火車，震動全國。

國人所謂反抗，不外是以頭搶地，大放悲聲而已，統治者尚覺大逆不道，鐵石心腸不能喻其堅。打倒劉鄧及其追隨者後，舉國上下經濟一派凋敝，上千萬大中學生既無書讀又沒有工作做（我後來分配到機械公司開起重機，也是三人一個機組開一輛起重機，清閒得很），這些革命小將幹慣了打砸搶，後來再添上拿（偷）的惡習，沒工作沒錢，難免就會做些偷雞

摸狗甚至攔路搶劫的勾當，留在城市始終是個隱患，那些級別較高的幹部子女紛紛在父輩的安排下參軍，一般都在其父親部下的某部當兵，他們很快就能入黨提幹，普通家庭的子女可沒有這種福氣，絕大多數家庭的收入都很低，祇能勉強維持家中的柴米油鹽，十幾歲的孩子飯量又大，很多家庭都漸漸入不敷出了，毛這時發出了最高指示：「知識青年到農村去，接受貧下中農的再教育，很有必要。」各學校便開始動員組織學生上山下鄉了，一些在家裡沒活路的學生，可能還有一些真的相信「農村是個廣闊的天地，在那裡是可以大有作為」的人開始分批走人，當時的信息極其閉塞，根本就不知道哪個地方條件會好些，很多人去了陝北，據郭蘭英唱的歌所描繪，那裡是鮮花開滿山的好江南，老革命根據地當然不會差，懷著美好的憧憬去了，其實陝北最艱苦，有幾個同學到了那裡，回北京探親時與我們見面，提起插隊生活個個淚汪汪。去東北的軍墾農場應該是最好的選擇，每月工資32塊人民幣，比我在北京當學徒幾乎多了一倍（學徒第一年掙17元），還能吃得飽。

有一些賴著不肯走的，政府開始做他們父母的工作，父母的單位領導會對他們的父母軟硬兼施，我甚至聽到某同學說街道革委會威脅要吊銷他們的戶口，不再分配糧票布票，這樣一來有誰能扛得住？不走也不行了。

我打定主意絕不下鄉，我的家鄉是何等貧困我是知道的，每年農忙學校組織下鄉我也去過好幾次，農民端的碗裡是什麼內容我也很清楚，串聯時見到過的無人村還記憶猶新，要我到那些地方過那種牛馬不如的生活？沒門！我的底氣足，仗著歸僑的身分，工宣隊倒也沒來煩我，工宣隊的王隊長對我極好，我從小到大都挺討人喜歡。家裡有錢寄來，有房子住，有僑匯糧票布票油票，誰能奈我何？況且那時應該還是有政策的，把我們逼急了國際影響也不好，畢竟父母還都在外國不是？我就這樣優哉閒哉過日子，同學走的差不多了，就去找以前華僑補校的同學，他們也有一些賴著不走。

有一天聽到風聲說北京一些工廠招工，是一個同年級的幹部子弟跟我說的，他的身體有病，沒當上兵，在文革時和我成了莫逆之交，兩人常一

起去偷商場的西瓜和偷公社的水果。每逢夏天，我校附近的中關村商場的西瓜都像小山一般堆在商場門口的人行道上，有個老頭坐在幾米外能遮蔭的地方看瓜。他騎車，我坐在後座，到了那裡我便下車大模大樣地挑選一個，那個老頭如老僧入定，對我們視若無睹，每次都如此，所以連我也不覺得是偷，而是拿，北大附中紅衛兵的昭著惡名，老頭肯定是知道的）。我校也有一定的名額，我就去找王隊長探聽消息：「聽說有工廠到咱這兒招人？毛主席說，工人階級是最先進的階級，工人階級必須領導一切，工人階級的思想覺悟也最高，我願意去接受工人階級的再教育，盡快改造好我的世界觀……」

王隊長笑了：「小江，看來你的姐姐沒說錯，你就是留戀城市的生活，不肯下鄉罷了，你姐姐來找我說過，要把你分配到最艱苦的地方去。」我心中暗暗罵那個壞了腦子的姐姐，她倒不是做戲，而是真心真意地希望黨把我發配到遠惡軍州，鳥不屙屎處來改造我的思想，她堅信我如果當了叫花子，就會熱愛共產黨，成為革命者。我於是對王隊長說：「接受貧下中農再教育當然好，但是毛主席說過，嚴重的問題是教育農民！可見工人階級的覺悟要比貧下中農高，我當然希望能跟工人階級學習，盡快改造小資產階級思想，您來到我校這一年多，我的思想覺悟提高了不少，不是嗎？」

王隊長笑著說：「去去去，根本就沒這回事，要是有消息我會通知你。」

大約在一個星期後，王隊長把我叫到辦公室，笑著說：「把你分配到機械公司，這可是個國營大廠，滿意了嗎？」

我就是這樣蒙黨的恩准留京當工人，那個幹部子弟也和我分配到同一單位，祇是工種不同。拙詩所述均從同學朋友口中得知，未免有隔靴搔癢之憾。

七律　百年詠史（59）憶苦思甜

喧天鑼鼓再三催　　顫顫巍巍扶上臺
強揭傷心憶往事　　未曾開口已悲摧
吃糠咽菜成奢望　　掙命求生究可哀
絮絮叨叨說半晌　　原來卻是那場災

　　憶苦思甜是共產黨發明的洗腦方式，各學校、單位烹煮了一些豬狗也未必肯吃的「食物」聚餐，不吃還不行，我就曾多次遭此罪。

　　舉行憶苦飯活動的時間一般選擇在春節、五四青年節、六一兒童節、五一、十一或家人的生日或學生的農忙勞動時。有的是在學校、單位烹製，有的是把隊伍拉到農村請農民烹製，有的還自己做，讓自己的孩子吃，讓他們知道吃飯的不易。九十年代以後，這樣的活動基本上就銷聲匿跡了。

　　這種憶苦飯的材料的選擇因地制宜，但都是品質粗劣的食材，反正越難吃憶苦思甜的效果越好。有的是用玉米麵、山芋乾、山芋粉蒸成窩頭，有的是用麩子和玉米麵混合後蒸的窩頭，是用爛菜葉、芋頭花、南瓜花、蘿蔔纓或野菜煮米糠，有的是麩子和白菜幫加些鹽做的糊糊。

　　有的組織者有意不放鹽，或用樹葉、草根、碎稻殼煮。據傳還有用房頂的茅草切段拌上稀泥再加上煮了十二小時的皮帶放上大量的粗鹽，有時還加幾塊炭或者一勺土等等。烹製好以糊糊或飯看上去是灰黑的。

　　吃飯以前，往往還要先聽憶苦報告。有的是播放像成占武、顧阿桃、收租院等內容的錄音，有的是請苦大仇深的人現身說法，說舊社會怎麼窮，怎麼受地主老財的剝削壓迫，怎麼牛馬不如，怎麼饑餓難當。聽得人們難過流淚，還要唱憶苦歌，「天上布滿星，月牙亮晶晶。生產隊裡開大會，訴苦把冤伸……」（不忘階級苦）

　　吃的時候，班團幹部、積極分子要起帶頭示範作用。無論多苦澀難吃，哪怕就像嚼木頭渣子吃豬食一樣，人們都得忍著，強撐著往下嚥。不

能有絲毫的為難、抱怨、退縮，甚至不能有生理性的反彈、抵觸，因為這是考驗每個人思想覺悟和階級感情的關鍵時刻。就像宗教性的神聖感和強制性，如果抗不住，你平時的表現（學習成績好、肯吃苦、工作突出）就都白費了。越是吃得順當，或強忍難受吃完飯，越是能夠贏得讚賞。如果還添飯就更好了。至於是否會出現便祕，就是需要自己去克服解決的問題了。如果真有這種情況發生，也是憶苦思甜成效的一部分。更加能讓參加者體會到過去勞苦大眾的生活真實和新舊社會兩重天。

祇是偶爾也會出現喜劇性場面：憶苦飯做得不地道，由於製作者心軟而在材料選擇上沒往難吃的方向使勁，讓參加者感覺舊社會的日子也不難過嘛。如果沒有人提意見，就馬馬虎虎過去了。如果被人指出，就要引起嚴重關注，列入總結經驗教訓的範圍，成為整改的內容。

最戲劇化的場面是在臺上做報告的貧農大爺大媽說漏了嘴，一邊哭得稀哩嘩啦，一邊詛咒村裡的幹部，到了這時，主持人才覺察出他們不是在控訴「舊社會」，而是回憶起「新社會」的三年飢荒，每逢此時便會有兩三個人上去打斷他們的發言，把他們攙扶下臺。

七津　百年詠史（60）劉少奇 [1]

延安奮臂早從龍 [2]	自恃功高漸不恭
暴虎逼臨期禪讓 [3]	委蛇安肯效玄宗 [4]
罷官海瑞批彭壞 [5]	棄辛彭真攖銳鋒 [6]
九大陰風寒徹骨 [7]	衛黃幜目臥開封 [8]

註（1）劉少奇（1898年11月24日-1969年11月12日），字渭璜，湖南省寧鄉縣人，祖籍江西吉水。中國共產黨和中華人民共和國的主要領導人之一，首任全國人大常委會委員長和第二任、第三任中華人民共和國主席。

註（2）在毛與張國燾、王明的鬥爭中，劉堅定地站在毛一邊。

註（3）在1962年召開的七千人大會上，劉少奇根據政治局常委討論過的提綱作口頭報告，並講了一番與書面報告迥然不同的話，劉引用農民的話，說

這是「三分天災，七分人禍」，並說：「歷史上人相食，是要上書的，是要下罪己詔的！」此舉被毛認為是劉對其發動挑戰。

註（4）安史之亂後，李隆基被迫退位當太上皇。七千人大會後，毛也不情願被迫「退居第二線」。

註（5）文革是從批判歷史劇《海瑞罷官》拉開序幕的。

註（6）劉的心腹，北京市委第一書記彭真首先被毛打倒，是文革中第一個倒臺的高官，劉似未施予援手。

註（7）中共第九次代表大會宣布把「叛徒、內奸、工賊劉少奇永遠開除出黨，並撤消其黨內外一切職務」。劉在此之前已經奄奄一息，毛發指示要求醫生務必讓劉活著，讓他聽到黨的代表大會開除他的消息。

註（8）劉死在開封的一個地下室，屍體被推去火化時，他的名字是「劉衛黃」，毛的爪牙們還是有點文化的，把他的字化成諧音的「衛黃」，倒也不是生安白造。

劉以功狗始，以功狗終，當他在延安擅拳攎袖大喝張國燾道：「你住嘴！」可曾想到有一天他會落到比張淒慘百千倍的境地？他甚至把憲法都搬了出來，也沒能挽回自己一命。

劉的一生雖助紂為虐，但是也有良心發現之時，當他說出：「人相食，你我是要上書的！」這句話時，顯示出他畢竟還是天良未泯，這點比周恩來強多了，周的一生都在逢君之惡上下功夫，除此之外便是演戲。

外一首　七絕

　　　　為虎作倀悲老劉　　風雲突變未綢繆
　　　　早知蔣匪存人道　　羨煞牢中蘿蔔頭

大字報〈炮打司令部〉貼出來之後，劉少奇嗅到了危險，便與妻子商量後事：最不放心的就是小女兒，我們要是遭遇不測，誰來照顧她？王光美說：「大不了我們陪你一起坐牢，在牢裡把小小帶大，就像小蘿蔔頭宋振中一樣。」劉說：「想都別想，蘿蔔頭是在國民黨的監獄！」——王光美《回憶錄》

其實共產黨領導人如劉少奇，對國民黨和共產黨的分別還是心知肚明的，國民黨對不擇手段要推翻國民政府證據確鑿的共產黨人還是給予起碼的人道主義待遇的，他也知道自己的團伙是用何種手段來對付敵人和整肅

自己人的。

　　早知今日，何必當初？

　　自作孽，不可活！

七津　百年詠史（61）一打三反[1]

　　　　恩來助紂礪霜鋒 [2]　　　　舉國紛紛逼信供 [3]

　　　　加刃侈言穩準狠 [4]　　　　誅心不辨士工農

　　　　魔頭無意分良莠　　　　　冤鬼成行會祖宗

　　　　豈獨狐悲黑五類 [5]　　　　亂墳衰草伴鳴蛩

註（1）打三反運動，是文化大革命時期當中的一個政治運動。該運動製造了大
　　　　量冤假錯案。「一打三反」的名稱，來自打擊「反革命破壞活動」，反
　　　　對「貪汙盜竊」、「投機倒把」、「鋪張浪費」。「一打」的對象是各
　　　　地殘存反抗中共權威的人，三反的目的是加強對地方的控制。
註（2）這次殺人運動是由周恩來親手操刀的。
註（3）當時說得挺動聽：要重證據，不要搞逼供信。但實際上恰恰相反。
註（4）「要穩、準、狠打擊一切階級敵人」是為這個運動定的調子。
註（5）張郎郎曾說：「紅八月」告訴你，你的出身可以決定你的命運。而這次
　　　　「一打三反」的宣判，則是不管你出身如何，祇要你有「反動」的思
　　　　想，就可以槍斃你。按照古代的說法就是「誅心」。

　　在周的主導下，七零年開始了「一打三反」運動，「一打三反」的名
稱，來自「打擊反革命破壞活動」，「反對貪汙盜竊」，「反對投機倒
把」，「反對鋪張浪費」，一打的對象是各地殘存對中共不滿的人，一打
是綱，三反只是陪襯。

　　為了在短期內可以放手殺人製造震懾效果，中央政府把本屬於最高法
院的死刑審核權下放到省一級，很多省份又進一步下放到縣一級，被判死
刑的人一律立即執行，殺人變成了任務。在該運動中被以「現行反革命」
的罪名被處死者，包括北京的遇羅克、王佩英等。

　　作家張郎郎在該運動中被判死刑，後改判有期徒刑（估計他的老爸張

汀起了些作用）。張郎郎後來表示，該運動被殺的大多是知識分子或一些不慎透露了有不同想法的人，與66年紅八月不同之處是，紅八月時是出身決定命運，「一打三反」則不管出身，祇要你有「反動思想」便可以處死。

據中共透露的材料，運動中揭發「反革命分子」184萬餘名，抓捕28萬餘名，估計被殺的人在十萬以上。運動中強調，要穩準狠打擊「反革命分子」，要重證據，不要搞逼供信，但是穩準狠祇剩一狠字，逼供信倒成家常便飯。

那陣子北京幾個大商場附近的佈告欄經常貼著一群倒霉鬼的相片，名字上打著紅叉，說明反革命分子某某某，一貫如何如何，不殺不足以平民憤云云。我也曾在阜外大街有幸看到過一次死刑前的示眾遊行，十來輛解放牌軍車緩緩開過，每輛車上有兩三個死到臨頭的人，身邊各有士兵挾持住，有的面如死灰，有的瞪著雙眼，脖子上青筋暴凸，滿臉憋得通紅卻喊不出一句來來，大概是享受了張志新一般的割喉手術了，死到臨頭，想喊聲「毛主席萬歲」卻也不能。

鷓鴣天　百年詠史（62）友誼商店

作主同胞究可哀。神奇商店費疑猜。遮雲罩霧廬山貌，深戶重門引鳳臺。羞粉飾，換招牌。交情只是向天涯。而今接待蠻夷客，狗與洋人請進來。

1964年，北京友誼商店在東華門大街25號開業。當時，友誼商店的口號就是：「市面上有的商品，我們這裡要最好；市面上缺的商品，我們必須有；外國時興的，我們也得有！」不僅商品好，服務員也得漂亮，還得出身好，懂外語。北京友誼商店門口的牌子，中文：閒人止步，英文：Welcome。後來，鄧小平訪美時，有個美國人舉著「閒人止步」的牌子在機場歡迎他。那時我已經到了香港，從電視上看到歡迎的民眾舉著「閒人止步」的牌子，大惑不解，以為是美國佬在搞什麼行為藝術，直到很久以

後才恍然大悟，一定是某個去過友誼商店並拍照留念的美國人從相片上描下這四個漢字，拿去歡迎鄧小平，他一定以為這四個漢字和Welcome同義，這與前幾年法國時裝上印個「拆」字有異曲同工之妙，據設計師Bvien稱，他是在中國旅行期間獲得了以上靈感。在中國各地他都看到這個拆字，當他向當地人詢問這個字的含義時，大家告訴他：這個字在中國代表著家庭即將走向富裕，是幸福生活的象徵，與「福」字同含義……

友誼商店是社會主義祖國的特色商店，在這裡可以買到市面上買不到的各種商品與食品，在物質匱乏的毛時代，可真是令人嚮往之處。

當然，主人翁無福涉足，我曾數次看到過守門人大聲呵斥探頭探腦的好奇市民，也曾見過洋人拖著小京巴昂然直入（應該是駐華外交人員）。這裡並沒有掛著「華人與狗不許入內」的牌子，但北京市民都心知肚明，沒敢奢望能進去，對洋人與狗都能進去也視為理所當然，全然不覺自己的地位尚不如洋人的狗。

有個同學的父母都在北大任職，住在中關村北大教職員工宿舍的一排小平房，他們的鄰居住著一位德國老太太，她早年嫁與一位留德的中國學生，婚後一起回中國定居，在北大教授德文。千不該，萬不該，老太太竟然嫁雞隨雞，嫁狗隨狗地放棄了德國籍，入了中國籍，但老人仍保留著德國人的習慣，家中打掃得一塵不染，桌面鋪著枱布，窗戶上掛著窗簾，窗台上和門口都種著各色花卉。

在那個年代，每個月所供應的肥皂和洗衣粉少得可憐，老太太愛乾淨，肥皂和洗衣粉當然不夠用，窮則思變，她經常冒充外國友人去友誼商店買東西，我曾經好幾次從老太太那裡得到葵瓜子、花生和白兔糖解饞，都是從友誼商店非法買來的。她的臉就是護照，倒也順利地蒙混過關幹了幾年不法勾當，直到六八年的某一天，不知道那個天殺的去舉報了她，老太太再也不得其門而入，看門的人不依不饒要她拿出護照來證明身分，老太太當然拿不出來，試了若干次都無功而返，後來便死了那條心，我的免費瓜子花生自然也沒了著落，祇得自己掏腰包去買（我還是有資格去友誼商店買東西的）。

　　告密的人肯定是北大的某個「知識分子」，外人如何知道她的底細？幹這種損人不利己的事究竟是出自什麼動機？我至今仍百思不得其解。

七津　百年詠史（63）紅朝工人 (1)

上皇即位效蘇俄	封賞虛名老大哥
五類排行忝作首 (2)	一年收入惜無多 (3)
做牛做馬猶飢饉 (4)	胡地胡天受折磨 (5)
冷眼看他反壞右	心中暗唸佛彌陀 (6)

註（1）照共產黨的宣傳，工人階級是領導階級，文革期間，甚至有這樣的「最高指示」：工人階級必須領導一切！有一段時間，工人宣傳隊被派往各校去領導一切，那是工人在歷史上最風光的時候。但那也是驢屎蛋，表面光。除了在學校開會時在主席臺上結結巴巴地唸篇稿子，在學生面前指手劃腳耍耍威風，並沒有得到任何實質性的好處。90年代，大中型國有集體企業大規模破產，私營經濟發展擠壓和掏空了國有和集體企業，中國工人階級的地位處於被動的下滑狀態。

註（2）毛時代，工人被稱為老大哥，甚至在紅五類中也被尊為老大。

註（3）那時候工人的工資分為八級，我參加工作後才知道，很多工作了十幾年的熟練工人仍然只是二級工，一個月掙四十幾塊，能評上五六級以上的極少。

註（4）我後來所在的車間有兩三個家庭收入入不敷出的工人，經常申請補助，那時車間的工人們就得開會討論，投票表決看應否給予補助，每次大家都舉手同意。

　　　　討論前，由該工人報告他的家庭每月的支出，買麵粉若干斤，花多少錢，買棒子麵若干斤，花幾塊錢，買煤若干，買了若干斤白菜蘿蔔，又花多少錢，兩三個孩子買作業簿，鉛筆等文具又花了若干，往往唸到這裡，已經超過他的收入，今年發的布票，要扯塊布給孩子縫件衣服，便沒有著落，聽到這裡，若是反對他所申請的三、五塊錢補助，那真是禽獸不如了。

註（5）每年五‧一、十‧一或過年之前，單位領導總是強行要求工人無償加班加點，提前完成任務向XX獻禮。

註（6）每個單位都有幾個右派或留在原單位改造的「歷史反革命」，就是這些

人不人，鬼不鬼的東西讓工人們感到自豪和幸福，共產黨的本事還真不是吹出來的！

我們單位有個享有被群眾監督改造的國軍上校軍官，他叫李大勇，是王牌新六軍的上校炮兵團長，從印度經緬甸打回中國，所部內戰中在東北被殲，他逃了出來，後來到了香港，那時香港謀一份職業極為艱難，他又不會粵語，也沒有其它技能，弄得幾乎要流落街頭。後來和一些投共的袍澤取得聯繫，在他們的勸說下回到大陸，在共軍中擔任了兩年教官，榨乾利用價值後被開除軍職投入勞改營，妻兒都被迫和他斷絕了關係，還好沒殺了他，釋放後在我們單位接受監督改造，一米八的漢子，誰都可以欺負他，每次運動都得挨批挨鬥，是個名符其實的老運動員。我對他的遭遇深表同情，和他也很談得來，當我交出申請到香港後，廠領導找我談話，勸我留在中國繼續革命，許諾了一大堆優惠條件，當李大勇先生知道這件事後，找到個機會跟我說：「小江，你已經申請出國了，以後再有運動這就是叛國的鐵證！千萬不能留下來，共產黨的話你祇要相信一句，就會後悔一輩子！」

「共產黨的話你祇要相信一句，就會後悔一輩子！」這句話我一輩子都會銘記在心。

李大勇先生和我說這番話對他自己有百害而無一利！我要是去揭發他，他會很慘，我出不出國和他毫無關係，他這麼做完全是冒著危險，甚至是生命危險對我表達關愛之情，直到現在，直到我的生命終結那天都會衷心感激他，這展現了人性的光輝！

大多數工人得到的報酬只是勉強能溫飽，但是在毛時代，這個職業已經令很多人羨慕不已，和我開同一台吊車的一個工人師傅，本是密雲縣的農民，五十年代開鑿京密引水渠時他被聘為合同工，因工作賣力被公司長期聘用，但是這頂合同工的帽子直到我離開北京時仍戴在他的頭上。因為他當了工人，所以娶到一個十里八鄉最俊俏的媳婦，可惜他的媳婦是農村戶口，在毛時代根本就不可能到北京與他同樓同宿，當時交通不便，他幾個月才能回家一趟，有關他那個俏媳婦的流言蜚語也傳遍了十里八鄉，那

些不厚道的同事們也常拿此事調侃他，他為此長年唉聲嘆氣，也曾向我提及他心中的苦惱，但是我也愛莫能助。

七津　百年詠史（64）紅朝農民 (1)

愚氓助紂赴刀叢　　　　移鼎從龍第一功 (1)

淮海推車爭踴躍 (2)　　中州柙腹共癲瘋 (3)

分田奢望炕頭熱 (4)　　入社徒教蟻夢空 (5)

桎梏千斤酬父老　　　　至今仍是可憐蟲 (6)

註（1）中共在打天下之初，便已經認識到農民是最大的兵源，因此用盡一切辦
　　　法，利誘、欺騙、強迫無所不用其極。有文章講述江西是如何驅使農民
　　　去當紅軍的：

　　擴大紅軍，蘇區不僅僅祇有吸引農民當兵的優待措施，從1931年12月開始便有一係列的強制措施將蘇區的男女青壯年都武裝起來，成立赤衛隊，作為擴紅的基本兵員。

　　早在1930年5月，毛澤東就提出建立農民武裝，在新開闢的蘇區「數天之內分完田地，組織蘇維埃，建立起『赤衛隊網』（所有十六歲以上四十五歲以下的男女壯丁一概編入）」（黃道炫《中央蘇區的革命（1933～1934）》P159）1932年9月20日蘇區政府發布《中央執委會關於擴大紅軍問題訓令》，明確要求：

　　一、目前雖是自願兵役，但應立即開始宣傳義務軍役以準備將來的轉變，並使廣大工農群眾認識當紅軍不僅是義務，而且是工農階級的特有權利，一切剝削者這種權利都被剝奪了。（二）赤衛軍少先隊……屬於備蓄兵力場所。（三）以十八歲到四十歲的工農勞動群眾男女都應加入赤衛軍（加入少先隊者可不加入），在目前是用宣傳方法使有選舉權的自願加入，但在這一工作中要能使滿十八歲到四十歲之工農群眾全體加入，以建立將來實行義務兵役的基礎（四）赤衛軍編制以一縣成立一軍（六）赤衛軍每區成立模範營，每縣成立一模範團，以統一指揮……隨時集中配合紅

軍行動。（十二）擴大紅軍的工作應當以選民大會、工會、貧農團、反帝、互濟、擁蘇等群眾團體來發動群眾去當紅軍，特別是赤衛軍和少先隊更為動員取材的主要場所，因此在經常訓練赤衛軍時應可在政治上注意鼓動群眾當紅軍，以及鼓動最積極的隊員去當紅軍（但婦女不充當正式紅軍，擔任看護等工作）。

二、《中央執行委員會關於擴大紅軍問題訓令》一九三二年九月二十日

這就使參加紅軍成了蘇區青壯年男女義不容辭的責任，可以保證在紅軍需要的時候迅速為其輸送合格的兵源。

註（2）在淮海戰役（徐蚌會戰）中，中共驅使了上百萬農民充當運輸隊，陳毅曾道：淮海戰役的勝利是人民群眾用小車推出來的！

註（3）河南在吳芝圃的帶領下率先大辦人民公社、大躍進、畝產XXXX斤就是河南開風氣之先，也是飢荒中餓死人最多的省份之一。

註（4）中國農民奢望的幸福生活只是「老婆孩子熱炕頭」。

註（5）成立人民公社後，一切生產工具，包括人身自由，通通化為烏有。

註（6）直到現在，農民還是生活在最底層，承受著最大的不公，沒有城市戶口，沒有退休金養老金，土地被強徵，生了病只能在家裡等死……農民為那個邪惡的政權立下最大的功勞，作了最大的犧牲，殺了最多的同胞，卻落得最悲慘的下場，難道冥冥中真有報應？

關於農民，還得拿那位密雲縣到北京當上合同工的尹師傅說道說道，他不止一次和我談及在家鄉時的苦況，他小時候，村裡有位進過城（指北京）的人曾經和村裡人談起北京人的奢侈生活說，住在北京的人一年三百六十五天，一天三餐都可以吃饅頭，而且還管飽！村民都覺得他在吹牛——一年到頭天天吃饅頭，那不成了天堂了？那個時代北京遠郊區的農民對天堂的想像也祇不過是可以天天吃饅頭而已。

尹師傅最大的樂趣就是和別人打賭吃東西，一些不知他底細的人都吃過虧——他和人打賭從未輸過，不管是十五個大菜包還是二十個油餅，彩頭就是輸家得出錢出糧票，到了七十年代，這點錢和糧票很多人還是輸得起的。

每年農忙學校都會組織學生下鄉勞動，學校會提前派人前往我們將要去支援的村莊安排好住宿的房間，砌好鍋台，到時會自己提供伙食。華僑補校的伙房提供的伙食最沒心沒肺，我們天天可以吃到白米飯，燉的肉菜，大包子，糖三角，棗包，蔴醬花捲，烙餅等等喪心病狂的食物。補校的麵粉是特供的，蒸出來的饅頭包子白得晃眼，每當我們開飯時，周圍總會遠遠站著一大群孩子，吮著手指頭看著我們發呆。現在想起來，這等於每天都對這些孩子施以三場殘酷的刑罰——在他們十來歲的生命中，從來沒有吃過這麼好的東西，他們的小腦袋瓜也想像不到天下竟有這樣的佳餚，美食近在咫尺，卻是可望不可及，其心情可想而知。我還清楚記得，某次吃飯時，有個大隊幹部看著我們狼吞虎嚥，苦笑著說：「我們要像你們這樣吃，種的糧食還不夠自己吃的！」

在我的家鄉，農民們一年到頭都是農閒——毛澤東說過：「忙時吃乾，閒時吃稀。」農民們祇有到了年節才能吃上一餐乾飯，平時都是吃粥，還不是大米粥，是擱了一點大米加上許多番薯或是厚合菜的粥。那種菜直到現在我都不知道學名叫什麼，長得極快極肥大，葉子和菜梗都很肥厚，把長在底部的菜葉掰下來，上面的葉子會繼續長，農民們用它煮粥，也把它煮熟了拌上糠餵豬。農民一年到頭都吃醃在大缸的酸菜和鹹蘿蔔，天天如是，月月如是，年年如是！如果哪天煮個自家的鹹鴨蛋，一家大小共享，那真的就是幸福的好時光了。

七津　百年詠史（65）珍寶島之戰 (1)

玉龍鱗甲掩乾坤 (2)	雪色天兵潛夜昏 (3)
黃虎磨牙涎久淌	白熊陷胃火狂噴 (4)
百年凌辱痛如割	一旦交鋒恨欲吞
鐵騎沉江酋授首 (5)	聊堪弔我國殤魂

註（1）1969年3月2日、15日、17日，中蘇在珍寶島上發生了三起頗具規模的武

145

裝衝突，蘇軍巡邏隊遭到伏擊，被擊毀擊傷坦克、裝甲車十餘輛，死傷百餘人。

中蘇衝突爆發後，蘇聯領導層反應十分激烈，蘇聯國防部長格烈奇科元帥和軍方高層主張對中國實施外科手術式的核打擊。

註（2）玉龍鱗甲指雪花。

註（3）3月1-2日夜間，一支大約300人的中國部隊（由邊防軍和解放軍一支部隊混合組成）身穿白色偽裝服，穿過結冰的江面從中國的基岸進入珍寶島，在島的最南邊的一個有樹林的地帶挖散兵坑，布通往對岸指揮所的電話線，並就地在島上上臥倒隱蔽。

註（4）罝，捕捉鳥獸的網。明·徐渭〈啓諸南明侍郎〉：「辟如雉兔觸罝於羅牢，盼盼焉不知伏處而待命。」

註（5）蘇軍巡邏隊指揮官遭擊斃。

要不是萬惡的美帝干涉俺家事（中共蘇共是父子倆），我的生命恐怕早就定格在二十歲前了。

中國被沙俄、前蘇聯凌辱了足足百年，毛這一舉動使得全民如打了雞血般亢奮起來。但緊接著就是全面備戰，大挖防空洞，每個單位分批去拉練（初步的軍事訓練）。我那時剛參加工作，也脫產了兩三個月在單位挖防空洞，那玩意也是土法上馬，像個碩大的菜窖，百米範圍內要是掉個炸彈，非震塌了不可，我當時邊挖邊想：要是蘇修的飛機來了，我寧可找塊空曠的地方趴下，不去跟那些人死在一塊。第二年夏天，下了場暴雨，防空洞裡積水及腰，也沒有人去清理，這件事也就過去了，中國的事情就是這樣，盡浪費人力物力去幹一些無益的事情。

接下來北京城各個單位的職工都得輪流出城進行初步的軍事訓練，不知道為什麼稱為拉練，每隊由一兩個現役軍人帶隊，在北京郊區如門頭溝、房山、大興、密雲等地走上半個月。

拉練倒還好玩，我們出發時是夏末初秋，一點也不冷，帶隊的軍代表要求每人的背包最少要二十斤重，我挑了兩套換洗的衣服，再加上一條美軍軍用毯子（美軍的毯子是媽媽帶來的，又輕又暖，那時越南柬埔寨有很多美國軍用物資流入黑市），約摸十斤左右，想蒙混過關，卻被軍代表識破，逼著我回去換了條厚棉被，又帶上一雙備用的球鞋，加上臉盆才勉強

達標。

帶隊的軍人是個農村兵，在部隊當個連排長之類的小官，是個學毛選標兵，被上級派來軍管，很是趾高氣揚，動不動就要訓人，常說他帶的兵如何如何服從命令聽指揮，那會像我們一樣無組織無紀律云云，對幾個剛分配工作的小姑娘卻又大感性趣，大獻殷勤，色迷迷的令人討厭。有一次他又借故當眾沒完沒了訓我們幾個，說得忘乎所以，手舞足蹈，手指頭幾乎挨個地戳上我們的鼻子，一個同學（他的身體不好沒去當兵）忍無可忍大聲道：「你狂什麼狂？我爸的警衛員下放到部隊當個官都比你大！」他憋得滿臉通紅，半晌只說出你、你、你……幾個字，當著幾個心儀的小美女面前受此大辱，從那以後他便也耷頭耷腦了好幾天，再也不來找我們的碴了。

這個同學的父親官不小，他自己也膽大包天，在此之前幾天那個軍代表在曬糧食的場地對我們訓話，也是說個沒完沒了，伙房都把熱騰騰的兩筐饅頭抬到空地上了，他還說個不停，那個同學舉手要發言，軍代表把他叫了出去，他面對著我們咳嗽了幾聲，做了個壞笑，大聲說：「偉大領袖毛主席教導我們說：『世界上什麼問題最大？吃飯的問題最大！』我們得響應毛主席的號召，吃飯去也。」說罷就向饅頭衝過去，我們也一哄而去，剩下軍代表一個人站在那裡不知所措，他應該不知道毛主席到底有沒有說過這句話，但是也不敢造次，他要是說錯了話，我們這幫紅小將饒不了他，別看他是軍代表。

雖然走得雙腳都是水泡，但一到晚上，我們這幫剛參加工作的學生還是有精力去禍害百姓，白天看好了，天一黑便去偷瓜偷菜偷菓子，逮著什麼就偷什麼，還真是毛主席的好學生。曾在某個村子的引水渠抓到一些還沒有小孩巴掌大的鯽魚和青蛙，苦于無油烹調，又到箆麻地裡偷了些箆麻籽，想拿到村裡的供銷社去賣，幾個人在供銷社門口踅過幾次，沒人敢進去冒險，農村供銷社的顧客都是本村的村民，我們如果進去買包煙倒也罷了，城裡人去賣箆麻籽？百分之百是個賊！供銷社裡只有一個年齡和我們相仿的姑娘，坐在那裡低頭看報，應該是公社或大隊領導的女兒才能得到

這個好差事。忽然間她好像覺察到門口有人，抬起頭來對我嫣然一笑，這下子幾個壞小子都認為應該讓我冒這個險，因為我長得帥，長得帥就得去銷贓贓？推辭不過祇好硬著頭皮走了進去，囁嚅道：「我想打點油，可是沒有油票，你這兒收購篦蔴籽嗎？」這個姑娘居然二話不說收購了，得到的油票和錢當即用飯盒買了點油回去烹煮，現在不論吃什麼海鮮，感覺上都沒那餐鮮美。

七津　百年詠史（66）林彪 (1)

太祖思傳江則天 (2)	豈容臥榻外人眠 (3)
廬山舉袂意驚沛 (4)	雄主藏弓復鋸弦 (5)
百戰元戎肯束手	三番博浪失先鞭 (6)
寧知助紂罹奇禍	大漠千秋悔附羶

註（1）1971年9月13日，發生了震驚中外的林彪事件。中共官方稱，9月13日凌晨，林彪與妻子、兒子乘飛機出逃摔死在蒙古溫都爾汗沙漠中。林彪作為中共十大元帥之一，為中共竊國打下了三分之二的江山，是中共黨章明確的前黨魁毛澤東的接班人。但林彪在機毀人亡後被中共定性為「投敵叛國，自取滅亡」。人們在震驚後思考、驚醒，林彪事件徹底動搖了中共的根基，事實上宣告了文革的破產，毛澤東從此被拉下神壇。

註（2）除了老婆和侄子，別人休想覬覦大位。

註（3）毛亦另一宋太祖。

註（4）8月26日晚上，毛主持政治局擴大會議，陳伯達、吳法憲檢討，林彪為陳伯達、吳法憲開脫，毛則批評林彪所說的「一句頂一萬句」和「四個偉大」。從這一天開始，毛不分晝夜找人談話，開小會，進一步了解情況。

〈我的一點意見〉是毛在文革中寫的第二張大字報。毛第一張大字報〈炮打司令部〉打倒了劉少奇，而毛主席〈我的一點意見〉這第二張大字報的文字更加激烈，「……採取突然襲擊，煽風點火，唯恐天下不亂，大有炸平廬山，停止地球轉動之勢……」

註（5）毛曾批評葉群，敲打林彪。

註（6）林的祕書後來回憶說：「九一三」事件後，我們被集中面對面排查時，保密員李根清講了這樣一件事：有一次李根清去給林彪送文件，聽到葉群對林彪說：「你看這文件，方向指向你，你把他（指毛）捧那麼高，現在他回過頭來整你，你想到了嗎？」林彪一聲不吭，坐在那裡動也不動，很久，林彪從嗓子眼裡擠出一句：「我要休息了，你走吧，我出汗了。」葉群只好很不情願地出去了。

林彪在4月中旬接見黃吳李邱時明確地說：「根據我的看法，你們沒錯，你們檢討，我不怪你們，也不會生氣，但我不會檢討。」

林立果偷錄的葉群和黃永勝的電話中有一段話：葉群說「我們都哭了。他（林彪）哭政治上的……。」男兒有淚不輕彈！更何況一位身經百戰的元帥！闖過多少槍林彈雨，從來心不驚肉不跳，而什麼樣的「政治」能讓64歲的他流下眼淚？

這麼看來，林彪已經知道毛要對自己動手，也知道自己毫無勝算，並無動手一博的勇氣和打算，數次行刺云云，應該是毛欲加之罪之辭。

林彪出事我隔兩三天就知道了，我的National收音機的靈敏度很高（那個去北大荒的姐姐也有一部同款的收音機，整個兵團祇有她的收音機能收到中央台，別人的國產收音機祇能收到蘇修的廣播，蘇修電台的功率太強了。每逢有最新指示或是什麼重要社論，都得用她的日本收音機才能聯繫上中央），先是從美國之音和蘇修電臺的廣播中得知中國有一大型飛機在外蒙機毀人亡，沒兩天，我正和幾個工人在打乒乓球，那個和我一起偷西瓜，敢於在拉練時羞辱軍代表的同學跑來神祕兮兮對我耳語道：「老二完蛋了！」我倒不覺得意外，兔死狗烹，鳥盡弓藏，林彪又不是第一個，祇要毛還有一口氣，他也決不是最後一個，祇是那部絞肉機使用得太頻繁了，許多機件都被絞了進去，已經不太好使了，周才得以善終。在被屠殺的功狗中，林彪是最有骨氣的，對毛也不存幻想，不像劉少奇，死到臨頭還哭著喊著求毛放他回老家種田，死在劉手中的冤鬼還少嗎，他又放過那一個回老家種田了？真是沒出息！

水調歌頭　百年詠史（67）毛賊自嘆

罷黜鄧翻案(1) 地坼陷唐山，廉頗筋力衰矣，猶未卸征鞍，招攬軍師入閣(2)
輔佐江娘登位，阻礙萬千般，堪恨眾元老，袖手作旁觀。

念沖齡，鯤鵬志，赴長安(3) 為謀九五，欣導俄寇度邊關，旗手隳名晚節
太子捐身朝鮮，誰個繼金鑾？枉費賊公計(4) 老眼淚潸潸(5)。

註（1）毛再次打倒鄧小平後曾恨恨道：「永不翻案，靠不住呀。」
註（2）毛最屬意的人當是張春橋，打倒四人幫後張被稱爲「狗頭軍師」。
註（3）毛曾在北大圖書館當管理員。
註（4）粵人有言：賊公計，狀元才。
註（5）據張玉鳳回憶，毛在最後的日子裡常一人獨坐流淚。

水龍吟　百年詠史（68）蔣公介石

弱齡學劍扶桑，悲神州百年酣睡，病夫瘠瘦，惡鄰尋釁，怎生應對？欲起
沉痾，當驅韃虜，討彌天罪，率家鄉子弟，陷巡撫署，露頭角，同盟會。
卻恨黃俄倭鬼，踐河山，噬人魑魅，哀兵苦戰，拒狼防虎，心身交瘁，
鹿失中原，卅年奮鬥，回天無計，愧江東父老，魂歸故里，灑英雄淚。

　　著名歷史學家唐德剛表示，蔣介石「是我民族史上千年難得一遇之曠
世豪傑、民族英雄也……五千年來，率全民禦強寇，生死無悔，百折不
撓，終將頑敵驅除，國土重光，我民族史中，尚無第二人也」。

　　他逝於1975年4月5日清明節，那一天，蒼天垂淚，萬民同悲；他的一
生「捐軀赴國難，視死忽如歸」，與中華民族命運息息相關；青年時，率
三千黃埔子弟橫掃六合，氣吞萬里；中年時，率華夏兒女抵抗日寇，百折
不屈；老年時，他無數次深情的遙望大陸，天水一方，想念故土和人民。
他是蔣中正，一位永不倒下的老兵。

　　我從小就被告知蔣介石是個大壞蛋，大賣國賊，直到來到了香港，看

150

到了不同的資訊，經過比較思考，才認定蔣是中華民族罕見的民族英雄！他統一了軍閥混戰的中國，他在內有共匪軍閥割據，外無援助、孤立無援之際率領屠弱的中國軍隊和人民堅決抗戰，決不言敗！他在抗戰勝利之後立刻召開國民大會，開始實施憲政，如果不是中共拒不參加大會，在蘇俄的支持下發動內戰，中國早已經是亞洲最早最強的民主國家了。

可惜那時共產主義正處在蓬勃發展時期，加上美國杜魯門政府中了共匪的奸計，以為毛真的要建立一個美國式的民主政權，放棄支持國府，導致蔣公退守臺灣。

外一首　七絕

　　　不容成敗論英雄　　汙水傾盆潑蔣公
　　　回首當年二二八　　寧無共匪在煽風

台灣政府已經為二二八死難者平反並賠償，但是，除了共匪的挑撥離間之外，本省人難道就沒有一點過錯？如果當時讓中共的陰謀得逞，台灣早就和大陸一樣要習慣過腥風血雨的日子了，被日本人統治了數十年的皇民，我就不相信共產黨會對你們大發慈悲，網開一面。

當時台灣本省人盛傳陳儀是因為二二八事件濫殺無辜，有負於台灣人，蔣介石怒而誅之。但其實陳儀被殺的原因，是欲拉攏湯恩伯一起投奔中共。

陳儀在遺言中強調，他是替京滬杭1,800萬人民流血，又因他本有意投共，中共對陳儀家屬與後人亦多所照顧。2011年，陳儀的外孫項斯文將陳儀的骨灰用一個背包偷偷背回上海，最終在2014年的6月，安放在了杭州的安賢園。

1980年6月9日，中共中央統戰部、中共中央調查部追認陳儀為「為中國人民解放事業貢獻出生命的愛國人士」，陳儀故居現在成為杭州市旅遊局的辦公單位。當年的劊子手成了「為中國人民解放事業獻出生命的愛國人士」。組織與發動暴亂的是謝雪紅，是台灣中共地下黨的頭目，鎮壓暴亂，兩手沾滿了台灣人鮮血的陳儀又成了「愛國人士」了，冤沒頭，債沒主，該找誰去算這筆糊塗賬？

民進黨最應該感恩蔣公，如果當年讓謝雪紅叛亂成功，台灣讓共匪納入版圖，那麼後來的台灣將會有數十年的腥風血雨，土改、鎮反、公私合營、反右、文革……台灣人民都會享有和大陸人一樣的待遇，像連戰那樣的大地主大資本家，歷史反革命早就被斬盡殺絕了，至於組個什麼民進黨麼，做夢都不許你們夢！

七津　百年詠史（69）四·五周恩來 (1)

謙恭王莽命歸西 (2)	十里長街人似堤 (3)
逢惡終生享美譽	愚蒙蔽道發悲啼
廣場猬集悼公旦 (4)	禁苑龍吟奏鼓鼙 (5)
浪裂波開劈血路 (6)	殘陽已兆鶴孤淒 (7)

註（1）周是中共高層中最具魅力，最能迷惑人，不論是中國人外國人，跟他接觸過的大多為他傾倒。

註（2）周一生給予人的表象極為禮謙下士。

註（3）周出殯之日，長安街上何止十里人堤。

註（4）從批林批孔起，很多人都知道是影射周，到批周公旦之時，就算是傻瓜也知道該輪到周了。

註（5）有資料證明，四·五是毛下令鎮壓的。鼓鼙，軍中常用的樂器，借指軍事行動。唐·劉長卿·送李判官之潤州行營：「萬里辭家事鼓鼙，金陵驛路楚雲西。」

註（6）四·五是便衣手持棍棒行兇，尚未出動坦克機槍。

註（7）毛那時也已是奄奄一息，李雲鶴尚以為能圓女皇夢。

平心而論，周倒是有心搞好經濟，改善民主的，對毛那套鬥爭哲學似不太感冒，但一到緊要關頭，他卻總是屈從毛的淫威，助紂為虐地幹要他幹的事，「鞠躬盡瘁，死而后已」是對他最其實的寫照，當毛在鬥劉鬥林之時，周如果能站在劉或林一邊，將會如何？實在不好說。據張玉鳳回憶，在九·一三和四·五之後，毛常一人獨坐，淚留滿面，以他的睿智，他當然知道在他死後江青等人必被清算，他的革命路線將被棄如敝屣，但

他恐怕萬萬想不到他的畫像至今仍能懸掛於天安門，並且還有為數眾多的毛粉在懷念那腥風血雨的日子，真是個奇葩民族。

七津　百年詠史（70）唐山大地震 (1)

天穹崩裂示元兇	如雨流星襲祖龍 (1)
山鬼能知今歲事 (2)	神鰲不忿匿形蹤 (3)
折樑摧屋悲黎庶	倒鄧批周尋傕傭 (4)
慘酷毛皇陽壽盡	黃泉寂寞覓隨從 (5)

註（1）秦始皇三十六年，一顆流星墜落到了東郡。東郡是在秦始皇即位之初呂不韋主政時攻打下來的，當時此郡是齊、秦兩國的交界地。現在已是大秦帝國的一個東方大郡。隕石落地還不可怕，可怕的是隕石上面刻的字「始皇帝死而地分」。這七個字非同小可！它代表了上天的旨意，預示著秦始皇將死，同時也預告了大秦帝國將亡。

註（2）這年秋天，一位走夜路的使者從東經過華陰，突然有一個人手持玉璧將其攔住。他對使者說，請你替我把這塊玉璧送給滈池君，還對使者說：「今年祖龍死。」使者莫名其妙，急問他是什麼意思。但是，這個奇怪的人留下玉璧，沒做任何解釋，轉眼就消失在夜幕之中了。稀里糊塗但也感覺不妙的使者帶著玉璧回到咸陽，立即向秦始皇做了彙報。秦始皇聽后，第一反應就是這句話中的「祖龍」指的是自己，他沉默了好大一會兒，才說，山鬼至多知道一年之事。

註（3）中國神話中的鰲魚，是它背負著大地，如其不安分則會發生地震。

註（4）當時中央下達指示：不能讓救災工作干擾批鄧。

註（5）嬴政是位好色之君，史上有記載，他在統一六國的過程中，也將六國後宮的女人們給「統一」了，全部充實到自己的後宮裡面，即所謂「始皇每破諸侯，放其宮室，作之咸陽北阪上，南臨渭」。其後宮女人數量之多由此可以想像出來。而這些女人，全都殉葬了。

《史記‧秦始皇本紀》（卷六）記載：

「以水銀為百川江河大海，機相灌輸，上具天文，下具地理。以人魚膏為燭，度不滅者久之。二世曰：『先帝后宮非有子者，出焉不宜。』皆

令從死，死者甚。葬既已下，或言工匠為機，臧皆知之。大事畢，已臧，閉中羨，下外羨門，盡閉工匠臧者，無復出者。」從這段文字看，不止後宮女人從死，參與陵寢建設的工人也無一倖免，都成了「殉葬品」。

毛未死已有唐山二十餘萬人殉葬（有消息稱，唐山地震死亡人數遠遠高於五十萬），可創歷史之最。鳳妃命大，毛居然放過了她。

1976年7月28日唐山大地震發生後，地球村人類社會廣泛關注。美國駐中國大使蓋茨在地震當天28日即表示願意提供中國人所希望提供的任何幫助。

聯合國祕書長瓦爾德海姆在29日給中華人民共和國總理華國鋒的電文中說：這個世界組織準備幫助災區人民為克服這場自然災害的影響而進行的鬥爭。

英國外交大臣克羅斯蘭29日在下院宣布：在唐山發生強烈地震以後，英國已表示願意向中國提供緊急援助和醫藥物資；我們準備盡力幫助。已故的溫斯頓·丘吉爾勳爵的孫子，在野的保守黨黨員溫斯頓·丘吉爾建議立即提供援助，包括派一支工兵部隊去幫助重建水的供應。

日本外相宮澤30日在內閣會議上報告：對於中國大地震，我國將採取迅速發出救災物資的方針。這個報告得到了通過。外務省今天已動手準備發出藥品、衣物、帳篷等物品。外相還指示孝川大使，要他向中國政府轉達：一俟中國方面做好接受的準備，就將發送。

但對於中國共產黨和毛政府而言，人員傷亡多一些是沒有什麼關係的，要是讓災難中的中國人接觸到外國人滿懷善意提供的救災物資，接觸到滿懷善意幫助救災的外國人，毛統區二十多年長期實行的醜化外國形象的愚民教育不就像氣球被戳了一個洞一樣嗎？這可不是鬧著玩的。所以，堅決拒絕一切國際社會願意提供的善意的救災幫助。

唐山大地震發生後，必然影響到倒行逆施的反擊右傾翻案風運動的開展，這可不行。《中華人民共和國國史大辭典》書上載：「四人幫」指使《人民日報》於8月11日發表社論《深入批鄧，抗震救災》；「四人幫」

唯恐「以抗震救災壓革命、壓批鄧」，甚至說：「整個唐山才100萬人口，全國有8億人口，有960萬平方公里，抹掉了唐山算得了什麼！」

七津　百年詠史（71）惡貫滿盈毛澤東

土裂山崩收老毛 (1)	生民可望少煎熬 (2)
天堂進出應無份	地獄輪回知幾遭 (3)
閉戶舒眉自竊喜	隨人頓足競嚎啕 (4)
閻王九轉腸愁斷	寶座森羅恐不牢 (5)

註（1）1976年7月28日凌晨3時42分53.8秒，發生在河北省唐山市的特大地震。震級里氏7.8級，震源距地面6公里。唐山市頃刻間夷爲平地，全市交通、通訊、供水、供電中斷；造成248211人死亡，重傷16.4萬人。

　　吉林隕石雨是1976年3月8日15時許發生在中國吉林市北郊的一次流星雨天文事件。

　　其中最大的一塊隕石**吉林1號**降落在永吉縣樺皮廠公社（今屬昌邑區）靠山十隊田地裡。落地時一聲巨響，濺起數十米高的蘑菇狀煙柱，並且砸穿凍土層，形成一個6.5米深、直徑2米的坑。而這塊隕石重達1770千克，屬於H球粒隕石，是世界上已知最重的石隕石，現陳列于吉林市博物館展出。在這次事件中，收集到的隕石總重量達2噸以上。隕石雨降落時沒有造成人傷亡，實屬世界隕石雨降落歷史中所罕見。

　　76年的隕石雨和唐山地震，似乎印證了古人天象之說。《易‧系辭上》：「天垂象，見吉兇，聖人象之。」

註（2）毛死後不久，鄧實施了「改革開放」，中國百姓再無餓死之虞。

註（3）佛家有六道輪回之說，即造作善不善諸業所受的六類果報，不知毛所作之惡業該入畜生道？地獄道？

註（4）即使你欣喜萬分，在公眾場合也得裝作悲痛欲絕之狀。

註（5）毛一生善煽動造反奪權，今日森羅殿，不知誰爲主？

　　森羅殿是閻王爺的辦公室，他是那裡永遠的第一把手，擅長造反奪權

的毛一去，他的地位似岌岌可危，一笑。

毛去世的消息公布後，我從許多人的眼中都能看到意味深長、心照不宣的解脫與歡愉，當然沒有人敢說出來，祇是裝作一副愁眉苦臉的樣子，在朋友之間也祇能交換眼神，但大家都能讀懂對方的意思。

在傳達大會和追悼會上，又是另一番情景，大家都哭得稀里嘩啦，涕淚滿面，有些人甚至昏厥過去，雖不知是真是假，但在那個氛圍下，我雖然心裡竊喜，百感雜陳，隱隱約約感到中國的命運將會有某種改變，卻也能毫無困難地淚流滿面，怪哉。

參、鄧小平時代篇

七津　百年詠史（72）江青四人幫 (1)

茲自東皇駕鶴歸 (2)	青青江岸謝芳菲
恨無貴腹生龍子 (3)	枉費機心詔鳳妃 (4)
節度擁兵觀紫氣 (5)	御林驍騎逞淫威 (6)
三公一母羅天網	受縛投鍋衣著緋 (7)

註（1）「四人幫」為中華人民共和國「無產階級文化大革命」時期（1966年－1976年）形成的一個政治集團的名稱，形成於1973年中國共產黨第十次全國代表大會之後。其成員按「粉碎四人幫」時中共中央公布的順序依次為王洪文、張春橋、江青和姚文元。江青為毛澤東妻子，張春橋、姚文元和王洪文均由毛澤東從上海提拔到中共中央並委以重任，四人在後期皆為中共中央政治局委員。應該是五人幫。

註（2）春神，杜甫·幽人詩：「風帆倚翠蓋，暮把東皇衣。」此處指毛。

註（3）藍蘋的肚子不爭氣，如果她能生個兒子，以那些「無產階級革命家」的封建頭腦，一定推舉太子坐上龍椅，江太后穩如泰山，垂簾聽政也並非不可能。

註（4）毛死之前，毛批示的中央文件，甚至存摺都在鳳妃手裡，江青要見毛都得過鳳妃這一關，那時江青對她阿諛逢迎，畢恭畢敬，祇怕江的心裡沒有她表現的那樣恭順，如果江能順利接班，鳳妃的下場不會比戚夫人好，還是那句話：鳳妃命大！

註（5）毛死後，手握重兵的各大軍區司令都在觀望，看誰是真命天子。

註（6）逮捕四人幫是御林軍8341部隊，主子駕崩，奴才汪東興毫不猶疑向主母亮出刀子，毛還是看走眼了。

註（7）是年大閘蟹銷路大好，市民爭購三公一母投鍋啖之。人心怨毒可臻至此，奈何廟堂諸公至今仍不悟。

　　六六年，廣大群眾發自內心，歡欣鼓舞慶祝文革開始。十年後，幾乎是同樣一批人又是發自內心，歡欣鼓舞地慶祝終於結束了文革，真是咄咄

怪事。

百年詠史（73）鷓鴣天　華國鋒

有幸分封到帝鄉，攀龍九闕進中央，放心提拔騰雲起，翻臉須臾併火忙；
三字獄，四人幫，恩將仇報擄江娘，一生功業垂青史，修座魔頭紀念堂。
其二
突變風雲動帝京，皇孫貝勒聚朝廷，慶豐主政乾坤覆，包子當家瓦釜鳴；
毛偉大，華英明，咸魚今日賀翻生，骨灰灑遍江湖海，人走茶涼憐小平。

　　中共罕有高調舉辦已故領導人華國鋒100周年誕辰座談會，中共政治局常委中共中央書記處書記王滬寧和中國國務院副總理韓正出席。中國官媒報導稱，華國鋒是「久經考驗的忠誠的共產主義戰士」。

　　中國中央電視台新聞聯播周六報導，稱華國鋒是「中國共產黨的優秀黨員，久經考驗的忠誠的共產主義戰士，無產階級革命家，曾擔任黨和國家重要領導職務，為中國革命、建設、改革奉獻了畢生精力。」

　　華從毛的家鄉湘潭縣委書記起家，再上一層樓主政湖南，當然這是他的機遇，他也抓住了這個機會青雲直上，幸與不幸留待後人評說吧。

　　許久不露面的毛澤東之孫毛新宇也出席了華國鋒誕辰百年紀念大會。毛新宇曾是中國一些媒體追逐的目標，他喜歡講「我爺爺的故事」，一尊讓這個過氣皇孫露面不知道又在打什麼鬼主意？難道真如坊間傳言，華也是毛家一脈麼？

　　包子帝做出這麼大的動作肯定有其目的，反正山寨中那些頭目大多數都像烙餅一樣翻來翻去，一會兒是偉大的無產階級革命家，一會兒是混入黨內的叛徒內奸，是不恥於人類的狗屎堆，一尊將來也得當烙餅，這是可以肯定的。

　　華國鋒相貌似忠厚老實，不過我認為能爬到那個位置，肯定也不是個好鳥，毛把他提拔上來坐上龍椅，毛的屍骨未寒，他居然就聯手大內總管

抓了江旗手等毛的忠實走狗，把她們打成反革命，她們真的比岳武穆還
冤，連累毛也當上了最牛逼的反革命家屬。

英明領袖能留下的東西就是那個臘肉館，我相信這座建築應該能長久
保留下去，這是一件極好的反面教材，讓後人知道中國人到了二十一世紀
還能如此愚昧！

七津　百年詠史（74）偷渡潮

拼死奮身投碧波	粵民蹈海意如何
三餐不繼慣枵腹	七尺能甘羈網羅
忍使夢魂縈故里	長悲桑梓患沉痾
壯行先設慶功宴	垂老爺娘涕淚沱

逃港（即逃亡至香港），香港叫**偷渡潮**，是指在1950年代至香港主權
移交前，大量中國大陸人，嘗試偷渡至英國殖民地香港。

逃港者以廣東省人口為壓倒性多數，由廣東省偷渡來港者超過二百
萬，不少經香港移居東南亞或偷渡到歐美國家，加上香港政府的廣東計
劃，數十萬廣東籍人口移居內地，在廣東計劃下，很多逃港者已回鄉，但
現今650萬常住居民之中由逃港潮抵港廣東籍人口及其後代仍有100多萬，
按地區說，最嚴重的是惠陽、潮汕地區、佛山地區以及廣州市，其次亦有
數十萬北方人以及華中人經上海偷渡到香港，少部分直接偷渡到香港，如
倪匡由內蒙古經上海偷渡到香港，李摩西以及李鵬飛亦從上海偷渡到香
港，其餘南方各省亦有零散數萬人經廣州偷渡到香港，總和亦有數十萬，
而南方人大多經廣州偷渡香港，北方人大多經上海偷渡到香港，所以現今
香港人仍包括各省籍人。逃港者以年輕人為主要多數，大多因為香港和廣
東省有近百倍的收入差距、認為香港遍地黃金、嚮往香港的生活等原因而
來港，逃港者亦有其他各年齡層的人，因為被批鬥、饑荒、希望賺取金錢
以改善自己以及家人的生活質素等原因到港，而年輕人則因為生活經驗較

淺，大多不是被批鬥而是希望賺取更多的金錢而到港，他們在內地的親屬亦沒有被批鬥。當中大量人在偷渡過程中被鯊魚咬死、游泳氣力不繼淹死、跳火車時摔死、在偷渡過程中與中共軍隊以及英國啹喀兵、華人兵糾纏中互有死傷、根據《打蛇》的資料搜集，不少人還遭香港黑社會強姦、斬殺、最後大約200萬-250萬、成功越過邊防線偷渡至香港市區。

1962年的大逃港，日均五千「大軍南下」，短短一個月便南逃十五萬人，著名事件包括華山救親。偷渡潮還影響了香港政策的執行，根據香港大學教授周永新，香港政府一直有助木屋區人口上樓（公屋）的政策，但香港1981年仍然有70萬人口居住在木屋區，當中絕大多數都是1976年以後來港的逃港者，因為逃港者太多，政府的十年建屋計劃不敷應用。逃港而又成功的人以男性較多，但亦有一定數量為女性。香港偷渡潮對香港的經濟有利有弊，逃港者便宜的勞動力以及冒險追求財富的精神亦為香港經濟帶來一定程度的貢獻，部分更成為香港的知名人士，但不少仍帶來很多的社會問題，如黑社會、犯罪、大量的公屋、社區建設以及綜援支出等，許多逃港者最終成為了危害香港社會的罪犯，例如張子強等。逃港者多為農民，也包括部分城市居民、學生、知識青年、工人，甚至軍人。因為珠三角在中共建政前時已成為其中一個主要移民地方，由珠三角偷渡到港的人口亦包括各省籍人口，包括當年占領廣州的山東兵等。逃港亦大大加重了廣東籍人口在香港人口的比例，現今香港人口中的新移民有57%來自廣東（包括先聚居在珠三角的各省籍人），這些人口又大多來自親屬移民，佔總親屬移民的84%，香港的貧窮新移民人口幾乎全為逃港者內地親屬，其他省籍的移民以投資移民和技術移民為主。因為逃港者經歷過中國共產黨領導下的饑荒、政治鬥爭的日子，他們比沒有經歷過中共統治的香港人更討厭中國共產黨以及中國內地人，當中不少亦有恐共、反共以及厭共的心態，除了少部分商家如劉夢熊外，不接受香港回歸以及主張香港和中國保持距離，很多都反對自由行和中港融合，不少中產在六四事件後到九七回歸前亦大量移民外國。當年的逃港者現今已成為長者，但不少都支持建造一座逃港遇難者紀念碑或活化當年逃港者上岸的地方，以免後世忘記當年

中共施政失敗以致大量人命傷亡的歷史。（錄自維基百科）

　　七十年代末，我曾在廣州盤桓大半個月，那時候的廣州，全城滔滔皆在議論如何偷渡往港澳，全不避人耳目。珠江裡載沉載浮，游人如過江之鯽，皆是在苦練偷渡本領。如有消息傳來，某家某人已成功抵港，大家皆羨慕不已，爭往道賀，順便打聽一下成功的秘訣。其家人所享的榮耀，古時候中舉中進士也不過如此。

　　一到晚上，廣州市面上一些上檔次的酒家飯店經常有一家人聚餐者，年輕者情緒亢奮，大杯飲酒，大口吃菜，年長者強作歡顏，卻食不甘味，時不時拿手帕拭淚。廣州的朋友告訴我，這是準備偷渡者的「慶功宴」，若是成功，他們的家人還會來慶祝一番，若是被逮住送回，再試一次便是，若是一去杳如黃鶴，這就是生離死別的最後晚餐了。

　　當時偷渡大致有三條途徑，一，包條漁船，這種偷渡相對安全，但費用高昂，動輒需數萬元，不是普通人所能負擔得起，往往是十數人集資才能成行。二，游泳渡海，風險極大，體力不支者往往葬身大海，途中還有可能遇到鯊魚。當時廣州市場上的救生衣、救生圈一律無貨，連自行車內胎，籃球內膽也是沒得賣。但是，毛主席說過：「卑賤者最聰明，人民群眾的智慧是無窮的。」有人竟然想出編織密眼的尼龍袋，裝上兩袋乒乓球，綁在身上，借助它的浮力向著璀璨的方向奮力游去（偷渡者跟我說，根本不用什麼指南針，香港那邊的夜空是亮的，只要向那個方向游去，萬無一失，當然你得有足夠的體力。）三，陸路偷渡，自知泳術欠佳者多走此路。先是想方設法到禁區附近潛伏起來，乘夜色翻山越嶺，到了邊境還得剪開兩層鐵絲網。邊境上巡邏邊防部隊設防相當嚴密，又有警犬幫助搜索。聽廣州的朋友說，動物園裡的老虎糞便竟成可居奇貨，得出高價購買，偷渡者帶上老虎糞便沿途灑下一些，軍犬聞到便逡巡不前，往往可以爭取到寶貴的幾分鐘云云。我在香港曾認識一位陸路偷渡成功者，他經歷了兩次失敗，第三次十餘人結伴而行，剪開鐵絲網後便有軍犬撲至，同行者有個小伙子真可謂義薄雲天，他一面招呼眾人鑽過鐵絲網，一面手持木棒奮力打死軍犬，當持槍的軍人趕到時，他們一行有一大半到了英界，帶

頭的軍人厲聲問道：「是誰打死軍犬？」小伙子站了出來，軍人當著他們的面前開槍射殺了這位捨己為人的英雄。

即使成功到達英界，也還有危險，當時香港一些黑社會組織一到晚上就開車到新界尋找偷渡客，落在他們的手中，在香港有親友者得付出一大筆錢贖人，一些女偷渡客往往遭到輪奸後賣到妓院。我曾問過一些人，他們在偷渡前是否知道可能遭遇到這些？他們大多數做了肯定的回答並表示如從頭再來，他們還會義無反顧地這麼做。

要有多大的本事才能把百姓逼得前撲後繼冒死逃往一個殖民地？苛政猛于虎，信然。

外一首　七絕

　　　　萬貫家財懷秘辛　　　恨無文牒越關津
　　　　如今貧富一齊跑　　　何處桃源可避秦

1978年4月習仲勛復出擔任廣東省委書記「看守南大門」，當時正是廣東偷渡外逃最嚴重的時期，他調研後說：「主要是因為太窮了，以後大家都富了就不跑了。」神奇的是「改革開放」四十年後，不但窮人跑，富人也跑。以前是跑去香港，現在連香港人也跑，跑去任何沒有中共的地方！

習仲勛萬萬沒想到，在他的兒子治下，不但窮人跑，富人也跑，韭菜跑，鐮刀也跑，處江湖者跑，居廟堂者更跑，真是蔚為奇觀！

有消息稱，現在在銀行的存款超過十萬人民幣的人都得解釋這筆錢的來源，照這麼看，連很多收入稍高又省吃儉用的屁民也得挨刀了。八十年代有個段子，八十歲的召集七十多歲的開會，研究六十歲的退休問題。現在的情況是：存款千億的召集存款百億的開會，研究決定嚴查存款10萬的。

現在包子那盤大棋已近收官，形成關門打狗之勢，那些跑不掉的富戶就等著挨刀吧！

七津　百年詠史（75）西單民主墙 (1)

十載堅冰酥欲消 (2)	漏船解纜路迢遙 (3)
匹夫憂國剖肝膽	當政自矜驕舜堯
東廠赭衣常滿滿 (4)	西單赤子各曉曉
獨裁民主皆由我	摸遍石頭伴過橋 (5)

註（1）西單民主牆主要指的是1970年代北京西長安街和西單北大街交會處，西
　　　　單體育場的約2米高、100米長（也有一說是200米左右）的寬闊圍牆，上
　　　　面張貼著許多不同政見的大字報。西單民主牆被視爲中國民主運動的開
　　　　端。其發揮宣傳政治自由與民主化的短暫自由時期被稱爲「北京之
　　　　春」。魏京生、徐文立、王軍濤、胡平、劉青、任畹町等。其中大部分
　　　　人被判刑或流亡海外，有的還在後來的八九運動、組黨運動中再次被判
　　　　重刑。留在國內的徐文立、秦永敏、牟傳珩等人皆身陷牢獄。1979年3月
　　　　29日，中共中央轉發了公安部黨組的請示報告，確認全國八十七個自發
　　　　組織中，有七個組織「都是有極少數壞人控制、把持的」。這七個組織
　　　　是北京的「探索」（魏京生）、「中國人權同盟」（任畹町）、「興中
　　　　會」，上海的「社會主義民主促進會」、「上海民主討論會」（喬忠
　　　　令）、「振興社」（傅申奇）和貴州的「解凍社」（李家華）。有重要
　　　　影響的組織如「北京之春」（胡平）並未列入其中。

註（2）指十年文革。

註（3）1978年3月18日，鄧小平也在全國科學大會開幕詞中提到了「崩潰的邊
　　　　緣」。他說：「『四人幫』胡說什麼『四個現代化實現之日，就是資本
　　　　主義復辟之時。』瘋狂進行破壞，使我國國民經濟一度瀕于崩潰的邊
　　　　緣，科學技術與世界先進水平的差距愈拉愈大。」

註（4）東廠，其全名爲東緝事廠，廠衛之一。中國明朝時期的由宦官執掌的特
　　　　權監察、情治機構。東廠對官吏、士大夫甚至於一般庶民製造了大量冤
　　　　案，在當時頗受士人反感。執行公務時，與錦衣衛相同，持有「駕帖」
　　　　以證明代天子行事，並且由刑科給事中的「僉簽」。廠衛的主要偵查以
　　　　反叛亂、捉拿異議分子爲主，與其他兩廠（西廠、內行廠）一衛（錦衣
　　　　衛）合稱「廠衛」，是明朝「特務治國」的象徵。赭衣，古代因犯身著
　　　　紅色衣服以便甄別，後世用以稱犯人。那時的年輕人進拘留所好像很平

常，我有好幾個朋友都曾在那裡過夜，我實在太安份守己了，沒有享受過這種待遇，現在想起來有點遺憾。

註（5）1980年12月16日，中國共產黨中央委員會副主席陳雲在中央工作會議上講話，題爲《經濟形勢與經驗教訓》一文，指中國要改革，因中國改革問題複雜，必須要保持穩定，要摸著石頭過河，不能過急。另一位副主席鄧小平亦完全贊同陳雲的見解，所以被誤以爲摸著石頭過河理論是鄧小平提出。

明明有路有橋，卻偏偏要下河去摸石頭，時至今日，先鋒隊員們皆忙著一手摸錢，一手摸奶，那裡還能騰出手去摸石頭？

魏京生在民主牆上貼出「要民主還是要新的獨裁？」，「論第五個現代化」等文章，在當時真是振聾發聵，如醍醐灌頂。他清醒地看到鄧小平的獨裁本質，並大膽地指出中國還需要第五個現代化，即民主化。如果沒有實現多黨制，沒有有效的權力制衡，沒有言論集會自由，沒有司法獨立等等實質性的現代化做基礎，那四個現代化只是建築沙灘上的高樓，中看不中用，遲早會轟然垮掉，多年來諸多的事實證明，叫他不幸言中了。

我很佩服魏京生過人的膽識，他沒被殺頭真是僥倖。

鄧小平失去了一個千載難逢的大好機會，他本可以成為中國的華盛頓，去開創中華民族的新篇章，成為流芳百世的偉大人物，但他卻毫不利己，專門利人地把機會送給蔣經國先生，看來他是學雷鋒學壞腦子了。

在經歷了十年浩劫之後，人心思變，那些被解放的老幹部中，許多在參加共產黨幹革命之時，都是真心要建立一個自由民主的新中國的，痛定思痛，鄧應該不難獲得他們的理解和支持，祇要把延安時期新華日報那些文章拿出來翻炒一遍，順應民心，順應潮流，轉型應該如順水推舟，沒有什麼太大的難度，真是為他婉惜。

七津　百年詠史（76）援外 (1)

　　欲稱上國籌奇局 (2)　　　　　贈款輸糧撫四夷 (3)

黔首禹封桮腹日 (4)　　　　冥頑化外沐恩時

萬千餓殍填溝壑　　　　　　三兩盟邦獻頌詞 (5)

吟罷低眉悲逝水　　　　　　紅朝廟策竟如斯 (6)

註（1）中國對外提供援助的主要方式主要有以下三種方式：無償援助、無息貸款、優惠貸款。

註（2）毛為了過把老大癮，不惜弄出個「第三世界」來充當領袖。

註（3）據中共自己公布的資料，國務院新聞辦公室2011年4月21日發表的《中國的對外援助白皮書》，白皮書介紹說，截至2009年底，中國累計向120多個發展中國家提供了經濟技術援助，並向30多個國際和區域組織提供了捐款。對外提供援助金額累計達2562.9億元人民幣，其中無償援助1062億元，無息貸款765.4億元，優惠貸款735.5億元。

　　從建政援朝、援越、援助阿爾巴尼亞、羅馬尼亞、巴斯斯坦和非洲國家，中共不知把多少民脂民膏送給「友邦」。

　　在中蘇反目之後，中國為爭得「兄弟國家」的支持，對他們的援助要求有求必應，根據對外聯絡部部長耿飆透露，在1964-1970年代末，我們給了阿爾巴尼亞90億元人民幣的援助。（有學者根據貨幣含金量、購買力測算，它相當於現在的上千億！它還相當於給當時人口規模為200萬的阿國人每人發了4000多元的紅包！）阿爾巴尼亞總理謝胡曾理直氣壯地說：「我們不向你們要，向誰要呢？」從1954年起，中國政府向阿爾巴尼亞提供經濟和軍事援助折合人民幣100多億元。這個數字相當於全國每人掏3850元，而當時中國人的年收入才200多元。

註（4）黔首，黎民百姓。賈誼‧過秦論：「焚百家之言，以愚黔首。」禹封指中國。當時還發生了這樣一件事：一艘從加拿大開來本來應該開往中國的運糧船，卻因為阿爾巴尼亞需要援助而掉頭駛向了該國，而此時上千萬的中國人正在或已經被餓死。作為主管日常工作的周恩來正是下命令者。

註（5）當時有句話道：我們的朋友遍天下！實際上祇有一個阿爾巴尼亞。

註（6）廟策，指朝廷的謀略。唐徐彥伯《奉和送金城公主適西蕃應制》：「羌庭遙築館，廟策重和親。」

中共建政後不斷以大筆金錢援助亞非拉甚至東歐「友邦」，那些受援國人民的生活水平遠遠高於中國，據中共自己透露，光是阿爾巴尼亞這個200萬人口的蕞爾小國便從中受益900億人民幣，平均每人高達4000多元，而當時國人的年均收入僅為200元，真不知中共得了什麼失心瘋。那時很多中國人竟然天真到以為援外是幫助三分之二水深火熱的各國人民。「改革開放」之初有個朋友去日本，那時他才突然明白：原來我們才是那三分之二！

七津　百年詠史（77）輸出革命 [1]

和平共處諾成空 [2]　　　嗜殺幽靈羽翼豐
佛國難逃塵世劫 [3]　　　椰林驚現射鵰弓
初民中蠱操刀戟　　　走肉群驅入冢叢 [4]
悲問如來何所在　　　血腥觸鼻滿蕉風

註（1）革命輸出或輸出革命是一種政治術語。指在本國革命勝利後，幫助其他國家進行與本國革命性質相同的革命。也特指社會主義國家幫助周邊的其它國家通過暴力等手段建立無產階級專政，例如中華人民共和國對東南亞、拉丁美洲共產黨及社會主義政權的支援（1970年代至1979年），不過這樣的國策已被放棄。

中共自其成立之日起，就開始了其殺人的歷史，尤其在其1949年建政后，屠戮了眾多無辜的中國百姓，還有超過一半以上的中國人受到過其迫害。迄今為止，約有六千萬到八千萬人非正常死亡，超過人類兩次世界大戰死亡人數的總和。中共除了在國內、黨內殺人殺得興高采烈、花樣翻新之外，還通過輸出革命的方式參與屠殺海外華人和他國民眾。

1978年11月，鄧小平訪問新加坡，當與李光耀總理談到中國的對外方針時，李光耀說，中國必須停止革命輸出。

註（2）和平共處五項原則是中華人民共和國提出的綱領性外交政策，由時任總理的周恩來於1953年底提出。包括（一）互相尊重主權和領土完整。

（二）互不侵犯。（三）互不干涉内政。（四）平等互利。（五）和平共處。

註（3）佛國柬埔寨受害最爲慘烈，超過四分之一人口慘遭屠戮。

註（4）據柬埔寨歷史資料中心報告，在全國170個縣中的81個縣進行勘察，在9318個坑葬點，挖掘出近150萬個骷髏頭骨。

外一首　七絕

　　親王不合哭秦庭　　　　求得妖魔當救星
　　屠戮生靈二百萬　　　　蕉風卅載血猶腥

　　一群中國人去柬埔寨，在入關時，柬方工作人員索要20元人民幣小費，而他們前邊的歐美人順利通關，不被要一點小費，在旁邊找錢的時間，一幫日本遊客也沒被要小費，魚貫而入。他們憤怒了，但不管怎麼交涉，不交錢就是不讓通關。後來問導遊，導遊說你們毛澤東的好學生波爾布特殺了多少人呀！我們都恨中國人！

　　今年的1月7日是柬埔寨解放40周年，高棉人對越南人的恩情至今銘記在心，同時對中國人給他們造成的傷害也是念念不忘。這些高棉人也太記仇了，毛主席的好學生才殺了兩百萬人，你們隔了四十年還怒火中燒，毛主席和他的黨可是殺了上億中國人，中國人至今還把他當成偶像，甚至當作神來頂禮膜拜，誰要扒了毛的底褲就會被一群類似人的東西咬得遍體鱗傷……

七津　百年詠史（78）侵越戰爭 (1)

　　慟哭洪森求掃塵 (2)　　　　吳哥佛國慘無倫
　　虎賁越甲同仇敵 (3)　　　　鼠遁烏衫各顧身 (4)
　　安忍冷觀亡赤柬 (5)　　　　遂教熱血濺青春
　　可憐數萬他邦鬼　　　　長作爺娘夢裡人

註（1）1979年中越戰爭或第三次印度支那戰爭，也被中共稱爲對越自衛反擊

戰，是指於1979年2月17日至3月16日期間在中華人民共和國（以下簡稱
中國）和越南社會主義共和國（以下簡稱越南）之間的戰爭。中國人民
解放軍在短時間內占領越南北部幾個重要城市，一個月之內便宣布勝
利，撤出了越南。越方在中方撤出之後也宣布取得了戰爭的勝利。

註（2）掃塵，比喻平定亂世。漢·李陵·答蘇武書「滅跡掃塵，斬其梟帥。」
洪森與韓桑林皆爲赤柬叛將。洪森1952年8月5日出生于柬埔寨磅湛省一
農民家庭。啓蒙教育是在寺院中完成的。20世紀70年代參加紅色高棉，
歷任連、營、團長。1975年紅色高棉攻佔金邊，推翻了朗諾政權之後，
進行了大清洗，許多領導人遭到迫害，這使洪森對這一政權感到絕望。
1977年，洪森與柬共東部大區第二十區黨委書記謝辛、省黨委書記韓桑
林等紅色高棉領導人投靠越南，並迅即成爲反對赤柬勢力的重要領袖。
1979年1月17日，越軍攻入金邊，推翻了紅色高棉政權。次日柬埔寨人民
革命委員會宣布成立，韓桑林爲該委員會主席，洪森爲委員會委員兼管
外交部長。1981年，洪森出任柬埔寨人民共和國政府副總理兼外交部
長，1985年當選爲總理兼外交部長，成爲當時世界上最年輕的政府總
理。

註（3）越南居住在柬埔寨的僑民被紅色高棉殺得乾乾淨淨。

註（4）越軍勢如破竹，兩週便攻陷柬埔寨首都金邊。

註（5）中共藉口越南在邊境挑釁侵略越南，是想解紅色高棉之圍。說越南在東
國用兵之際還要挑釁中國，就像納粹德國聲稱波蘭進攻德國一樣荒唐。

赤柬士兵皆著黑衣黑褲，民眾稱為烏衫軍，在法國的柬埔寨華人至今
仍用「烏衫」一詞稱呼紅色高棉。

七絕　百年詠史（79）友誼關

　　邊陲枉自覓花環　　衰草荒塋傍老山
　　報國蟲沙甘赴死　　教人長恨鎮南關

中共不惜編造謊言，發動「對越反擊戰」，犧牲了數萬中國青年，去
解救一個有史以來最殘暴，最嗜血的邪惡政權，對戰死者每人祇發了五百
元人民幣的撫恤金便不聞不問，數萬家庭因此陷入困境。

　　作家李存葆所寫的〈高山上的花環〉，其英雄人物梁三喜的妻兒至今家徒四壁，連去拜祭親人的路費都籌不出來。

　　我有個堂兄（他是大伯父的兒子，在柬埔寨那位是堂伯父）在對越作戰時任連長，他的部隊死傷過半，死者已矣，傷殘者卻得不到任何應有的待遇，至今提起此事，他猶是怒不可遏：「要我們去賣命就把我們捧為『最可愛的人』，直至今天，傷殘的弟兄被棄如敝屣，成了『最可憐的人』，當我們上訪要求得到應有的待遇，他們卻把我們當成『最可恨的人』！」

　　那些喊打喊殺的五毛憤青識之，愛國的代價是你們承受不起的。

　　今天和越南又成了「友好鄰邦」，友誼關畔熙來攘往，所犧牲的數萬熱血男兒到底有何意義？友誼關？鎮南關？

七律　百年詠史（80）嚴打 (1)

奪嫡太宗威欲彰 (2)	不醉降貴坐城隍 (3)
鑒民怙亂行嚴法	新鬼含冤遍僻鄉
狗盜雞鳴罹大禍	男歡女愛受池殃 (4)
史傳酷吏驚司馬	未見紅朝六月霜 (5)

註（1）嚴打，是嚴厲打擊刑事犯罪活動的簡稱，為中華人民共和國多次實施的
　　　　以打擊刑事犯罪活動為目標的運動。第一次嚴打自1983年7月開始席捲中
　　　　國大陸。迄今為止共有過四次「嚴打」，分別為1983年、1996年、2001
　　　　年、2010年。
註（2）在鄧太宗之前還有個臨時華太宗。
註（3）民間傳說城隍爺負責懲惡揚善，中國不是有法律嗎？說嚴打就要從快從
　　　　重，視法律人命如兒戲。
註（4）嚴打時「不正當的男女關係」竟成罪名，有被槍斃者。
註（5）戰國時鄒衍事燕惠王被讒下獄，時值五月炎夏，卻突然降霜的故事。典
　　　　出唐・徐堅・初學記。但後代傳說成六月，故後世多以六月飛霜比喻有
　　　　冤獄。

唐・張說・獄箴:「匹夫結憤,六月飛霜,可以安危,可以興亡。」

嚴打中竟有開家庭舞會被槍斃者,紅朝量刑之濫之酷,歷朝歷代酷吏當拜下風。太史公為「叛國賊」李陵辯護,武帝祇是割了他的是非根,他仍然在朝廷當公務員,拿枝如椽大筆抹黑劉家祖宗。司馬太太沒受過我黨的教育,覺悟太低,竟然沒跟阿遷離婚以示劃清界線,一家人仍在京城一起過日子,真教二千年以後的中國人羨慕不已。讀酷吏列傳,頗感太史公少見多怪,他老人家筆下的酷吏,在紅朝真是車載斗量,很多片警城管計生委和610辦公室的爪牙都能比那些酷吏幹得更出色。

七津　百年詠史（81）改革開放 (1)

荒唐卅載夢初醒 (2)　　　　難繼三餐愧比鄰

分股分田休忐忑 (3)　　　　姓資姓社苦逡巡 (4)

含羞失節半遮面　　　　　　強表堅貞再醮身 (5)

堪笑偉光今不正　　　　　　兒孫皆已轉基因 (6)

註（1）改革開放是1978年召開的中共十一屆三中全會上提出的一條「**對內改革、對外開放**」的戰略決策,是中華人民共和國成立以來第一個對外開放的基本國策。這一決策扭轉了中國大陸自1949年後逐漸對外封閉的情況,使中華人民共和國經濟進入了高速發展時期。

註（2）毛的人民公社和大鍋飯使勤勞的中國百姓陷入前所未有的普遍貧窮。

註（3）反正這些生財工具都是搶掠來的,現在暫借給你們去創造財富,黨又可以不勞而獲,何樂不為?

註（4）1990年,中國很是熱鬧了一陣子,「姓資姓社」吵得不可開交,鄧也知道在理論上不可能駁倒左派,於是一錘定音:「不爭論,大膽地試。」「一爭論就複雜了,把時間都爭掉了,什麼也幹不成。」他大權在握,那些左派秀才空有滿腹馬列卻也奈何他不得。

註（5）老百姓早就有話了,又要當婊子,又要立牌坊。

註（6）那些「老子英雄兒好漢」的無產階級革命家早就搖身一變,全成了富家翁了。

明明變成了權貴資本主義，卻還強要人相信那是中國特色的社會主義，當年那些發誓要埋葬剝削階級，篤信血統論的紅二代，不知道用了什麼高尖端的轉基因技術，搖身一變都成了億萬富豪。在這裡謹向那些再婚的婦女致歉，敝人才短，實在不知用什麼來比喻那些腰纏萬貫的無產階級革命家，即便是老鴇吧，操數十年皮肉生涯後恐怕也無顏強迫他人認她是黃花閨女。

有一群打著「劫富濟貧，替天行道」的強盜劫持了一個村子，把村民的全部土地房屋，牛羊財產劫掠一空，供自己揮霍。村民們被迫戴上幾十斤重的桎梏下地幹活，收穫全歸強盜所有，幾十年食不果腹，衣不蔽體，苦不堪言。因為身上帶著沉重的枷鎖，工作效率不高，久而久之，連強盜也不得不清茶淡飯度日。

一日，老首領歸天，新首領即位，想改變這種局面，於是下令解除村民身上的枷鎖，讓他們回到從前的日子，該種田的種田，想做小買賣的做小買賣，強盜祇抽取部分做保護費，並號召：不論左手右手，祇要能撈錢就是一把好手。幾十年下來，在村民的努力下漸漸的富裕起來，強盜們也團團成了富家翁。村民們於是感恩戴德，覺得要是沒有這幫強盜解除了他們身上的枷鎖，就沒有他們今天的小康幸福生活，視強盜們真如再生父母，天下之事真是無奇不有。

七津　百年詠史（82）洗腦 [1]

千遍謊言播口唇	三人成虎信為真
摩拳枵腹拯蠻貊	帶鐐謳歌頌暴秦
民主焉能百病去	獨裁方保萬家春
堪憐奚隸添磚瓦	勤築圍牆囚自身 [2]

註（1）常見如政治洗腦；當權者強制向人民灌輸單一的思想，推崇某政治人物或某執政集團，及指出某些思想是錯誤的，加以批判。在重覆和密集灌輸下，群眾往往不自覺相信了某事或信任某個政治組織，宗教組織透過

刊物、活動推廣，造成觀眾思想容易受到影響，某些商業公司等電視媒體傳達，不斷重複播放推廣其商品或意念，以「謊言多說幾次，就會成為真理」方式，此等宣傳方法都被認為是洗腦，儘管推廣者本身可能沒有非法惡意情事。不過通常把一些觀念強制灌輸給他人的行為都屬於洗腦。思想改造能導致群眾有跟從團體、不去質疑、盲從出現。

註（2）「中國就有這麼一群奇怪的人，本身是最底階層，利益每天都在被損害，卻具有統治階級的意識，在動物世界裡找這麼弱智的東西都幾乎不可能。」

中國是盛產奴才的國度，常常可以見到這樣的奇觀，主子置了頂嶄新的綠呢大轎，他們也會興奮不已，感覺臉上有光——雖然這大轎比舊的更沉重，而他們又是抬轎的轎夫。主子新置條皮鞭，他們也感到驕傲——咱家趙太爺的皮鞭可比西村夷大爺的皮鞭好多了，掄起來得勁，而從來沒想到這皮鞭是要與自己的皮肉做親密接觸的。

壤父五十而擊壤于道中，觀者曰：大哉帝之德也。壤父曰：「吾日出而作，日入而息，鑿井為飲，耕田而食，帝何德於我哉！」

壤父於數千年前就知道，自己能過上小康生活完全是一輩子辛勤勞動的結果，跟帝王沒有一毛關係。幾千年後，中國人剛填飽肚子，就忙不迭地感謝領袖，感謝黨和政府，倒好像自己是不勞而獲一般，怎麼現在的中國人還沒有數千年前的農民明白呢？還是這些人，若是來到西方國家，來時兩手空空，經過一番努力，大多數都過得不錯，但是他們卻從來不感謝民主黨、共和黨或社會黨，真是怪哉。

幾十年來在共產黨堅持不懈的洗腦下，許多被奴役的百姓都相信了他們的謊言，好像沒有黨便國將不國，天下大亂，你若是有異議，倒似奪了他盛糠裝菜的飯碗一般，是要跟你拼命的，這大概就是「斯德哥爾摩症候群」吧。

我深信，那些跑到海外卻還擁戴共產黨的人可分為三大類，一種是智力低下，根本不懂得獨立思考，被中共洗壞了腦子。第二種是喪盡天良的人，他們可能也知道中共是個邪惡組織，但是為了自己的利益不惜賣身投靠，為虎作倀。第三種很榮幸身兼前兩者之長，既蠢又喪盡天良。

我家那個毛左姐姐屬於第三種，她是長女，父母對她都很疼愛，自從在端華學校被洗壞腦子之後，家裡的留聲機從早到晚都是播放「愛國歌曲」，記憶中那時家中最少有近百張唱片，除了父母親聽的幾十張潮州戲唱片外，其它都是她買的，從「黃河大合唱」等一大堆抗戰歌曲外，「抗美援朝」歌曲、「合作社」到「高級社」到「大躍進」「除四害」應有盡有，我記得那時候的唱片中間圖案是天安門城樓，兩旁寫著中國·唱片四個字，好像還分不同轉速，我幫母親放上潮州戲唱片時曾調過，直到現在我還能一字不漏、不走音地唱許多抗戰和五十年代初的歌。

我到了北京第二年（1963年），她不知道是受了「崑崙山上一棵草」的蠱惑還是看上了「冰山上的來客」的主角阿米爾，非要帶著我和另外一個姐姐去建設新疆，寫了好幾回申請書表決心，還跟我談過好幾次要我跟她去新疆建設邊疆，要不是張國基校長堅決不同意，現在我真的很有可能在新疆某個建設兵團苟活呢。一個十七八歲的姑娘，要弱智和瘋狂到什麼地步，才會誘騙十四歲的妹妹和一個十二歲的弟弟離開父母，離開天天可以大魚大肉的家，到了萬里之遙的北京天天啃窩頭？又要離開北京去萬里之遙的新疆？她自己要去受苦倒也罷了，又何苦拖著兩個未成年的弟弟妹妹一起下地獄？

文革一開始，她看到很多人和黑五類或是走資派的父母劃清界線，斷絕關係，又想趕時髦向黨表忠心，於是就鼓動弟妹和她一起跟剝削階級父母斷絕關係，卻想不到在三姐那裡就碰了釘子，三姐很實際：「跟父母斷絕關係，誰給我們錢吃飯？」她這才悻悻作罷，她的本意當然是利用弟妹做惡人去為她的革命行動打先鋒，拉著我們一起去傷害生她養她的父母，總算是祖宗有靈，她的計劃沒有得逞，父母親直到去世都不知道這件事情，我們始終守口如瓶沒有告訴父母親。文革時期確實有一些子女宣布和父母斷絕關係，但那都是父母成了「歷史反革命」、「叛徒」、「特務」，一些父母迫於壓力，為了子女的前途叫他們這麼做的。當時華僑還是統戰對像，她並沒有受到任何壓力，祇是為了向黨表忠心，我直到現在還是想不出她如果真的和父母斷絕了關係，黨會給她什麼好處，值得她如

此喪心病狂？我們姐弟三人在北京衣食住行的費用都是父母寄來，黨沒有給我們一分錢！她為什麼會如此仇視生她養她的父母？為什麼會覺得黨比父母還要親上百倍？誰能給出答案？後來毛號召上山下鄉，她又不遺餘力動員我和三姐爭取第一批響應毛的號召，好像那樣就能光宗耀祖似的，我不為其所動（她對我極為惱火，因為她沒有能力說服我相信她的革命理想，祇能暗地裡找到我校的工宣隊，要求他們將我分配到最艱苦的窮山溝去。在下鄉這件事上，我拋出了毛語錄：「嚴重的問題是教育農民」來證明我要求留在北京接受工人階級再教育比下農村要好）。三姐卻傻乎乎被她蠱惑成功，報名去了北大荒生產建設兵團。那些天她亢奮異常，逢人就說妹妹報名要去北大荒了，仿佛那是中了女狀元一般，還帶著我們去百貨大樓想買滑雪板（看林海雪原中的毒），可惜沒買到，要不然我真的不知道滑雪板運到北大荒能幹嘛用。

1970年父母又來北京，當然事先有寫信通知我們，不知道她是如何蠱惑北大荒那個姐姐的，媽媽到了北京的第二天還是第三天，她歡天喜地拿著一份三姐拍來的電報唸給母親聽：「革命需要，堅決不回！」母親一聽淚水立刻奪眶而出，而那個喪盡天良的東西仍然喜笑顏開。一個母親萬里迢迢，兩年一次來看望兒女，一個女兒居然說農場秋收走不開，不肯來見母親，另一個女兒竟然覺得妹妹不肯來見母親是件可以光宗耀祖的大喜事，還有誰聽說過類似的革命行動，請說出來分享一下。

還是在70年，她帶著未來的丈夫（北大同學，湖北人，貧農出身，她恨不得找個乞丐嫁了才能體現出她的革命性。有一次我聽到這個未來的姐夫在感嘆毛主席共產黨真是太偉大了，我問了他一句：「你的父母不是在那三年中餓死的嗎？」他瞪著天真無邪的眼睛看著我道：「但是如果沒有共產黨，我這個貧農的兒子就不可能能上大學的呀！」這個未來的大學教授竟然以為除了大陸，全世界窮人的孩子都不能上大學，竟然認為他能上大學比他父母的兩條性命更重要，讓我瞠目結舌，無言以對。）來見父母親，爸爸用潮州話勸了她一句：「最好還是找個華僑，以後要申請出國生活也容易辦理些。」她板著臉恨恨地說：「我最討厭的就是華僑！」父親

勃然大怒道：「我就是華僑，你媽也是華僑，就是你也是華僑！」她沒敢再反駁，但是這當然改變不了她對父母和家人的刻骨仇恨，也改變不了她的革命婚姻。她在母親面前應該還說過很多忤逆的蠢話，媽媽沒有向我說過，我不知其詳，但是在後來我曾兩次聽到媽媽提到她時無奈地說：「送她去讀書，卻塞了一肚子屎回來！」塞一肚子屎是潮州俗話，形容她其實不準確，我們每個人都有半肚子屎，再多半肚子也不為多，她是滿腦殼都是屎！

　　我後來曾突發奇想：如果那時黨要她為了革命把父母和弟妹殺掉，她會如何？我覺得她是會把我們全家殺了向黨表忠心的，這樣的事並非沒有先例，山西省那個八路軍幹部牛冠蔭不就是拿鐵絲穿過被毛譽為開明紳士父親牛友蘭的鼻子，拉他去遊街的麼？她祇不過沒有機會也沒有權力那麼做而己。

　　前面曾經說過我申請去香港讓我成為叛國賊，成了她不共戴天的敵人，後來她竟然兩次問過我移民法國的途徑，再後來她的兩個兒子都移民到加拿大，她們兩夫婦也跟著去，現在住在多倫多，我不知道她是怎麼說服自己那不叫叛國，怎麼竟然主動回爐當上她最討厭的華僑？反正她是覺得理所當然。我覺得很有可能是黨派她出來當解放全人類的先遣隊，要不然她怎麼一方面跑到萬惡美帝的臥榻之旁（多倫多）安家，一方面能理直氣壯指責我是美帝的走狗呢？當年她的兒子如果移民到美國，她們夫婦當然會跟著去美國居住的，她會一邊領取美國的救濟金一邊罵我是美國走狗的，以她的邏輯完全可以得出這個結論。前些年達賴尊者到法國，與當時的總統薩爾科齊會晤，她竟然打電話給我那個三姐（她也移居法國），大問興師之罪：「你們法國人怎麼搞的，竟然勾結反華分裂分子？」我現在當然懶得打電話質問她：「你們加拿大人怎麼搞的，竟然抓我們的孟晚舟？」我沒有她那麼蠢，更沒有她那麼一如既往愛黨愛國。

　　十幾年前她曾來電，說她的兒子常到美國出差，看到許多窮困潦倒的美國人淪落街頭，如何如何悲慘可憐，我回答她說：「大姐，美國人如何窮如何慘那是美國人的事，與我們無關，況且西方國家對窮人自有一套完

整的福利制度，我想美國和法國相差不會太遠，美國窮人應該還不致於活不下去。我們是中國人，應該多關注中國窮人的生存條件，我們都住過中國，對中國有所了解，中國的窮人難道不是更窮困，更應該受到關注嗎？」她便勃然大怒，大聲喝道：「你就是條美國走狗！」我忍住氣問她：「我住在法國，和美國毫無關係，怎麼就成了美國走狗了呢？」她答得理直氣壯：「魏京生是美國走狗，你和他的弟弟是好朋友，難道還不是美國走狗？」瞧瞧這個北京大學畢業出來，在大學教了幾十年書的知識分子的神一般的，天馬行空般的跳躍邏輯！她竟然能從中美兩國的窮人一下子扯到魏京生，並因此把我打成美國走狗，周興來俊臣有這個本事嗎？康生有這個本事嗎？幸虧那時江阿姨去了那麼多次北大，卻沒有機會賞識江姐，把她納入麾下，要不然中國不知道又會增添多少冤魂？有她們夫婦這樣的教師，難怪中國有那麼多腦殘！她這幾十年不知道教出什麼樣的學生來？

我也怒不可遏：「照你的邏輯，我是美國走狗，你是我的親姐姐，你一定也是美國走狗！」停了一下，我再加上一句：「你才是不折不扣的共產黨走狗！」祇聽砰的一大聲，她把電話摔了。過了些天我發了一份電郵給她，抬頭寫著「美帝走狗致共產黨走狗」，她沒答覆，她的老公覆了幾行字，對他們夫婦榮任共產黨走狗一事極為惱怒，叫我以後不要再打擾他們，從那以後直至現在我們再也沒有聯繫過。

我都不介意當她給我加封的子虛烏有的美帝走狗，她卻把名符其實的共產黨走狗視為奇恥大辱，這令我十分不解，這對她而言難道不是榮耀嗎？難怪胡錫進能得到黨的青睞而她們夫婦沒混出個模樣來，胡錫進可是公開說他是黨的看門狗。

一個人要是接受了共產黨那套邪說，就會變得六親不認，禽獸不如！這樣的極品奇葩腦殘各位不知道有沒有遇到過？如果有的話請把他們的言行拿出來分享一下。

有住在美國的朋友請提供幾個美國楊改蘭或是吳花燕的悲慘遭遇讓我開開眼界，先行謝過。洗腦要從娃娃抓起，這樣才能使奴隸們活到老，傻

到老。

漢宮春　百年詠史（83）民主黨派

逐鹿中原，募叛臣死士，黷武窮兵。甜言蜜語，許民主訂山盟。
群雄入彀，禍蕭牆，湘楚龍興。征戰罷，躊躇滿志，父蘇俄坐朝廷。
移鼎才封功狗，便翻雲覆雨，割捨前情。陽謀一言既出，石破天驚。多年
面壁，愧歸來，甘作花瓶。空擺設，聾人耳朵，招搖兩會熒屏。

　　九十年代，我家那對共產黨夫妻來到法國旅遊，某一天忘了是誰問她
是否入了黨，她矢口否認道：「我還不夠資格。」過了一會兒她說自己加
入了民盟，又自我解嘲說那是個右派窩，我問她，你那麼革命，為什麼會
掉進右派窩？她滿不在乎答道：「叫加入就加入唄。」在那一瞬間我就明
白了，她並非主動加入民盟，像她這樣為了向黨表忠心而打算和父母斷絕
關係的人絕不會主動跳進右派窩，她就是個地下黨！誰有資格命令她加入
民盟的？她省略了主語，但是答案很清楚，就是共產黨！
　　那八個所謂的民主黨派在國民政府統治下興風作浪，反飢餓反迫害，
要民主要自由，在國統區捅刀子，挖牆角，蠱惑那些青年學生上街遊行反
政府，為共匪打天下立下汗馬功勞，毛坐上了龍椅，對這些昔日的同盟軍
一萬個不放心，那些書呆子也忘乎所以要共匪履行諾言，大家「輪流坐
莊」，這下子毛動了殺機，略施小計要他們大鳴大放提意見，信誓旦旦說
什麼言者無罪，有則改之，無則加勉云云，挖了個比秦坑還大上一萬倍的
毛坑，把他們通通踹了下去，經過十數年煉獄煎熬，那些從死人堆裡爬出
來的「民主人士」再也不敢翹尾巴亂放屁了，個個都比共產黨還共產黨，
饒是如此，黨還是不放心，一定要在他們的屁股上燙上烙印，現在扒下
「民主人士」的底褲，我敢打賭，他們的屁股上百分之百都烙的是鐮刀斧
頭！
　　一群共產黨披上「民主黨派」的外衣，大家心照不宣地配合共產黨演

戲，這個花樣斯大林和東歐那些兄弟黨都沒想出來，越棉寮的小兄弟也不會玩，我黨真的太牛逼了！

民盟前主席楚圖南逝世後，在家屬的強烈要求下其棺木上覆蓋上共產黨旗，所謂民主黨派的主席都是共產黨員，其黨員成分可想而知。

七津　百年詠史（84）計劃生育 (1)

陰陽交感蕃人類	育女養兒天賦權
已歿未聞須納税	超生今始要加捐
朝廷下策傾中户 (2)	胥吏尋機索孽錢 (3)
億萬成形夭折鬼	枉經塵世赴黃泉 (4)

註（1）**計劃生育**是中華人民共和國的人口控制政策，屬於基本國策。現行計劃生育政策以控制中國人口數量為目的，提倡晚婚晚育，限制生育。2015年以前，中國大陸計劃生育以獨生子女政策為基礎，農村夫妻只有一個女孩、夫妻雙方至少一方為獨生子女、自治區和一些省的少數民族（壯族除外）等幾種情況可以生育兩個子女。新疆少數民族農牧民、青海少數民族牧民可以生育三個子女。西藏自治區對藏族（幹部除外）實行自願計劃生育政策，提倡已有三個孩子的夫婦不再生育。

根據國際法，計劃生育必須以自願為前提，以保障生育權為目標。目前世界上祇有中國實行限制性計劃生育政策。

近年來，中國人口的結構問題凸顯，總和生育率接近世界最低水平，老齡化嚴重，兒童性別比極高。計劃生育的目標和理論依據都受到質疑。中共因而在中共中央十八屆五中全會宣布全面二胎，在中國大陸實行35年多的一胎化正式走入歷史。

註（2）中户，中等人家，「改革開放」之初萬元户已是富豪，家中有數千存款當然算是中等人家了，經計生委罰上一次，一夜之間就可以返貧。

註（3）中國特色的計劃生育辦公室官員的生財之道就是對超生家庭實施罰款，納入私囊，往往逼得百姓走投無路。

註（4）不僅歐美，按照任何一個正常國家的法律，強行弄死他人的胎兒，是不

折不扣的犯罪行徑，而且等同殺人罪。

所以按照這個標準，中共的殺人罪惡，不僅超過了古今中外任何犯罪集團的殺人數目，而且可能超過所有這些屠戮集團殺人之總和！

曾經擔任中共計劃生育委員會主任的趙白鴿，曾經驕傲地聲稱，中共計生委墮胎四億胎兒，也就是中共直接動手屠戮了四億胎兒。

計生委有專門的強迫墮胎機構，如同監獄屠宰場，被逮住押去的孕婦，被殺手們捆綁在手術台上，強行墮胎，強行結紮。如果不交罰款，連麻醉藥都不給注射，殘忍無比。

另外，由於缺乏合適的避孕知識和避孕工具而懷孕，受到中共計劃生育政策的沈重威脅（開除公職、失去工作、巨額罰款、扒房牽牛、不給孩子戶口～），自己在醫院墮胎的孕婦數目，估計還有十億人次左右。這樣算來，中共屠戮了十五億中國生命！

中共厲行一胎化，使得很多中國人想生個男孩來傳承香火成為奢望，很多人選擇拋棄女嬰，希望賭一把能生個男孩，中國很多地方的育嬰所人滿為患，很多外國人願意花一筆錢抱養一個中國棄嬰，愛心爆棚的美國人佔了大部分，在十幾年中領養了八萬多中國棄嬰，其中有相當大一部分是殘疾兒童，這是何等的大愛？有一次我那個毛左姐姐和我談到這件事，她滿臉鄙夷：「這些美國人真不要臉，自己生孩子怕疼，竟然花幾個臭錢來中國抱走我們的孩子！」原本如此充滿大愛的美德到了她的嘴裡可以變成如此不堪，我無言以對，我知道在正常人類社會那些善良的人的義舉是她那齷齪的靈魂所不能理解的，我還能說什麼？

世界歷史上從未有過一個政府限制人民生育，強迫百姓墮胎。自實施計劃生育至今，至少超過上億出生或即將出生的生命被謀殺，中共對中國百姓到底有何深仇大恨？祇此一事，共產黨所犯之罪便大於天！負責此事的官員居然有本事從中大發橫財，這些冤魂鑄成的錢他們竟然敢納入私囊，「共產黨人是無所畏懼的！」信哉。

七絕　外一首

　　計生隊伍也維權　　　　為惡作悵知幾年

　　　　億萬陰間夭折鬼　　　　磨牙待爾到黃泉

　　網上看到一條消息，一群計劃生育的工作人員打著橫幅要求政府妥善安排她們的工作，她們也有今天？這些助紂為虐的爪牙的下場就是這樣，她們除了虐殺胎兒嬰兒之外並無其他技能，黨用過了就棄之如抹桌布，她們居然還有臉打著橫幅維權，你們等著，陰間有數億夭折鬼在等著你們算帳呢。

七津　百年詠史（85）六・四 (1)

　　　槍聲徹夜震長安 (2)　　　學子乍聞心膽寒 (3)
　　　本意分憂驅腐敗　　　　反裏積慮禍更端 (4)
　　　橫飛彈雨攝魂魄　　　　列陣精兵踐血灘
　　　鐵騎輾人如輾蟻　　　　昊天不弔發悲嘆 (5)

註（1）六四事件又被稱作天安門事件、八九民運或是八九學運，中華人民共和國政府主要稱作1989年春夏之交的政治風波，歐美國家則以天安門廣場抗議（Tiananmen Square protests）或天安門廣場屠殺（Tiananmen Square massacre）稱呼這次事件。狹義的六四事件指1989年6月3日晚間至6月4日凌晨，中國政府派遣解放軍至北京市的天安門廣場，並在途中和試圖阻攔部隊的民眾發生流血衝突。廣義的六四事件則指自1989年4月開始，由大學學生在北京市天安門廣場發起，並持續2個月的全國性示威活動。

註（2）屠殺多發生在長安街。

註（3）事發前幾乎沒有人想到當局會出動坦克，開槍血腥鎮壓。

註（4）更端，另起端緒，指另外一件事。學生的抗議集會導致當局的血腥屠殺，趙紫陽因六・四被黜，囚禁至死。

註（5）指蒼天不憐憫保佑。後以之為哀悼死者之辭。語出《詩・小雅・節南山》：「不弔昊天，不宜空我師。」

　　世界上從無一個政府屠殺百姓如中共般理直氣壯。「殺二十萬，穩定二十年。」似乎不殺人便會天下大亂一般。接著他們又頒發「共和國衛

士」勳章，我以為接下來他們會拍電影電視劇以傳青史呢，不料卻沒了下
文，如果有人提起他們這段偉大光榮的歷史，卻是犯了法，是要抓將官裡
去的，看來他們自己也知道是犯了罪。我曾聽到我家的「知識分子」道：
「如果不開槍，那有今天那麼好的局面？」一母同胞的兄弟姊妹，其良知
和智商怎麼會有那麼大的差別呢？

七絕　外一首　共和國勳章

> 衛士勳章授玉墀　　屠民勇武亦雄師
> 分明浸透無辜血　　偏要邊鑲橄欖枝

輓聯　百年詠史（86）輓六・四英烈

五星旗紅，新添幾何蒼生血？

縱使把爪牙誅，元凶剮，也難解十億炎黃胸中恨。

六月槍黑，擊碎多少慈母心？

終爭到專制滅，民主興，方可慰千萬烈士天上靈。

其二

生已為人傑，捨生忘死，青史留芳，喚醒市民驅腐敗。

死當為鬼雄，雖死猶生，黃泉餘烈，再同閻主戰森羅。

　　在六四屠殺發生後，巴黎華人隔了數日在十三區（巴黎的唐人街）舉
辦的一場祭拜活動，算是頭七吧，當時的歐洲日報（國民黨資助的，後因
國民黨下台，不再撥款而關門大吉）呼籲華人自備悼詞前往悼念。我絞盡
腦汁，用了一個晚上湊齊了整整一百個字，又翻字典詞典大致弄清楚平仄
虛實，覺得無甚大錯，才用白紙歪歪扭扭地寫下這兩付輓聯，這是我第一
次用文字來表達自己的情感和哀思。拜祭現場在十三區一塊空地，沒有地
方懸掛，祇好鋪在地上壓上幾塊石頭，但是自始至終好像也沒人瞄一眼，
俏眉眼做給瞎子看，當時覺得有些氣餒。

　　從那以後，我覺得詠詩作對似乎也不是太難，動點腦筋還是可以湊出

來的。

清人趙翼說：「國家不幸詩家幸。」似乎也有道理，我就是從那時開始對自己駕馭文字的能力有了些許信心的，不過真正動筆寫點東西還要等二十餘年退休之後了。

輓聯　百年詠史（87）嵌名聯輓趙紫陽

趙州酌酒 (1)

紫氣東來 (2)　　百姓舒眉春有腳 (3)

陽關西唱 (4)　　萬方頓足影無痕 (5)

趙紫陽先生身為中共高官，其雙手當然免不了沾滿了無辜者的鮮血，但他在晚年能幡然悔悟，在「改革開放」中為百姓做了些好事。在八九民運時，能堅持反對血腥鎮壓而下臺，無怨無悔，「放下屠刀，立地成佛」，此其謂乎？

註（1）燕趙多慷慨悲歌之士，李賀詩：「有酒惟澆趙州土」。趙紫陽為河南人，河南在春秋戰國時屬燕趙之地。

註（2）紫氣為祥瑞之氣，老子身上有此氣，函谷關吏曾見之。杜詩・東來紫氣滿函關。

註（3）唐宋璟為太守時，愛民恤物，百姓稱為「有腳陽春」。

註（4）古人於送別時多朝西唱陽關曲。

註（5）趙被罷黜後，其姓名、相片、影像一概消失得無影無蹤。

這付輓聯作於趙紫陽先生逝世十年之後，在網上看到有幾付輓聯，平仄虛實意境全無，只是字數相同，我便做了一付，自覺還可以。

趙紫陽先生逝世於05年，但是因為他和六四關係極大，這付輓聯就放在這裡了。

八聲甘州　百年詠史（88）鄧小平 (1)

問高盧渡海苦勤工，先聖欲如何？嘆無知年少，賣身投靠，學藝蘇俄 (2)，

擯棄希賢初志，俯首拜妖魔，萬里歸中國，同室操戈。

百色揭竿嘯聚 (3)，縱家園殘破，從未平倭，待交兵徐蚌 (4)，一戰定山河 (5)，計平生，屠民無數，戮長安 (6)，環宇奏哀歌，捫心問，祖宗羞見，卻穢清波 (7)

註（1）鄧小平，原名鄧先聖，後由啟蒙老師改名鄧希賢。生於中國四川省廣安州協興鄉牌坊村，在法國半工半讀期間參加了旅法共產主義小組，後留學蘇聯並於莫斯科中山大學畢業，最終成為中國共產黨、共軍和中華人民共和國主要領導人之一。

註（2）在法國半工半讀期間經周恩來、趙世炎等人介紹和影響下加入了旅法共產主義小組，1924年轉為中國共產黨黨員。1926年初到蘇聯莫斯科中山大學學習。

註（3）百色暴動，又叫百色起義，右江暴動。是1929年底中國共產黨利用蔣中正和桂系軍閥俞作柏、李明瑞之間的矛盾，在廣西百色發動的旨在反對蔣中正和國民黨，武裝奪取政權的一次成功的軍事暴動。暴動是在中共廣東省委和中央代表鄧斌（即鄧小平）的指導下，由陳豪人、張雲逸和中共廣西前委直接領導下舉行的。

註（4）淮海戰役是國共戰爭「三大戰役」之一，由中國人民解放軍進攻中華民國國軍徐州剿匪總司令部防區。從1948年11月6日開始，1949年1月10日結束。是第二次國共內戰時期，解放軍華東野戰軍、中原野戰軍在以徐州為中心，東起海州，西迄商丘，北起臨城（今棗莊市薛城），南達淮河的廣大地區，對國軍一次戰略性進攻戰役。

戰役歷時65天，共軍殲滅國軍5個兵團和1個綏靖區部隊，計22個軍56個師，共55.5萬人（其中俘虜32萬餘人，斃傷17萬餘人，投降3.5萬餘人，起義改編2.8萬人；國軍將領被俘124人，陣亡6人，投誠22人，起義8人。被消滅國軍統計中還不包括潰散和逃亡人數），此外還擊退由蚌埠方面屢次北援之第六、八兩個兵團。國軍方面，由徐州剿匪總司令部總司令劉峙及副總司令杜聿明指揮，造成解放軍傷亡13.4萬人。此戰役中華民國及中國國民黨稱為「**徐蚌會戰**」（徐州、蚌埠），中國共產黨稱為「**淮海戰役**」（淮陰、海州）。中共方面此役由華東野戰軍與中原野戰軍聯合作戰，劉伯承、鄧小平、陳毅、粟裕為主要將帥。

註 (5) 淮海戰敗，國府被迫退守長江以南，但是精銳部隊大部被殲，已無力在
　　　　大陸與中共爭鋒。

註 (6) 六‧四屠城由鄧拍板。

註 (7) 鄧死後，遵其囑將骨灰灑入大海。

肆、江胡篇

鷓鴣天　百年詠史（89）江澤民 (1)

怵目長街血未揩 (2) 泱泱大國有餘哀，棟樑已伐山林盡，戲子凝妝布幕開 (3)。

盈易溢，直招災，賣官鬻爵上明臺 (4) 版圖留待俄人畫 (5) 跟我同聲發大財 (6)。

註（1）江澤民，江蘇揚州人，祖籍江西省婺源縣江灣鎮。1946年加入中國共產
　　　　黨，在1989年6月的屠城後當上中國共產黨中央委員會總書記、中央政治
　　　　局常務委員會委員，同年出任中國共產黨中央軍事委員會主席。

註（2）江澤民是踩著六‧四死難者的血跡進京的。

註（3）江好出風頭，人稱之為戲子。

註（4）明臺，舊時官府議政之處。

註（5）江主政其間，與俄國簽訂條約，承認了歷屆政府都不敢承認的不平等條
　　　　約。

註（6）江的名言：「悶聲發大財。」

江城子　百年詠史（90）江澤民（二）

登基老鬼出淮揚，著西裝，主城隍 (1) 六四風波，送爾進中央，
自古君王皆好色，湘妹子，後宮藏。 (2)
癟三得志意輕狂，口雌黃，又何妨，舌戰華萊，幼稚笑紅妝 (3)
圖樣圖森真箇破 (4) 成典故，也留芳。

註（1）江祖籍揚州，他能小鬼升城隍是在六四之後無可用之人，把他提拔上去
　　　　的。

註（2）傳說宋祖英持有中南海通行證。

註（3）2000年10月27日下午，時任中共中央總書記兼國家主席的江澤民召開第
　　　　三場記者會。

　　張寶華當時是香港有線電視的時政記者，就中央是否支持董建華連任
特首一事向江澤民提問。江澤民面對記者的提問，先是風趣地以粵語「好
啊」、「當然啦」回答，但隨著記者提問為什麼提前欽定董建華為特首，
江澤民開始對「欽定」表露出不滿情緒。他還稱讚曾採訪他的記者邁克·
華萊士「比你們不知道高到哪裡去了」。江澤民指責香港新聞界「你們有
一個好，全世界跑到什麼地方，你們比其他的西方記者跑得還快，說張寶
華『圖樣圖森破』。」

註（4）江的英文發音真夠破的，相信在場的香港記者隨便挑出一個都比他強。

七津　百年詠史（91）蘇聯解體 (1)

霸業煙銷奏輓歌	百年國運枉蹉跎 (2)
沙盤屢演平南策 (3)	鐵騎曾臨易北河 (4)
匝地生民難果腹	漫天利器可投鍋 (5)
前車歷歷鑑猶在	崛起蒼龍意若何

註（1）1991年12月25日，蘇聯總統戈爾巴喬夫宣布辭職，次日蘇聯最高蘇維埃
　　　通過決議，宣布蘇聯壽終正寢，立國69年的蘇聯正式宣告解體。

　　史稱「斯大林主義」的政治、經濟、文化體制，是一種高度集中和集
權的體制。這種體制為應對國內外緊張局勢，能集中一切人力、財力、物
力，適應備戰和應戰的需要，取得工業化和增強國防實力的顯著成果，在
短短十多年時間裡使蘇聯成為歐洲第一強國、世界第二超級大國。然而這
種體制嚴重背離現代經濟的發展規律，壓抑了地方、企業和勞動者的積極
性，加上它在政治上無情地消滅各種反對派和壓制持不同政見的知識分
子，以及意識形態方面的嚴密控制，使整個社會在急速的大爆發之後，處
於僵化、封閉和麻木的狀態。

　　二戰之後，隨著時代主題逐漸向著和平與發展轉移，這種體制使經濟
發展緩慢，國民經濟發展比例失調更加嚴重，制度性的弊端進一步凸現。
顯然，這種體制，不但不能把蘇聯建成現代化民主國家，完成歷史性任

務，反而使蘇聯在同資本主義的世界性競爭中處於弱勢地位。如果說十月革命後出現了「一球兩制」的新格局的話，那麼，半個多世紀的比較和競賽，沒有顯示蘇式社會主義的優越性，這種體制未能資本主義滿足人民不斷增長的物質文化生活的需要，因而失去越來越多的民眾的支持和擁護。

註（2）二十世紀是人類發展史上突飛猛進的100年，前蘇聯的體制使之錯過了發展良機，到了今天祇能靠出賣資源度日。

註（3）蘇聯曾計劃對中國實施核打擊，一勞永逸解決中蘇分歧。

註（4）擊敗納粹德國後，蘇軍與美英盟軍在易北河會師。

註（5）前蘇聯的食物長期處於匱乏狀態，龐大的軍火庫有著比美國還多的飛機飛彈卻不能當飯吃。

　　小時候老師常把蘇聯形容成天堂，並說；蘇聯的今天就是我們的明天。中共克隆了蘇共全部基因，其下場不待智者而知，希望這一天能早日來臨。

七津　百年詠史（92）柏林牆

佇足殘垣心悵然	生靈幾許喪牆前
交流渾似雞和鴨	同儕卻掄錘作鞭
成敗存亡一線隔	悲歡離合兩分邊
鐵圍千里今何在	化做長河半縷煙

註（1）柏林圍牆是德國分裂期間東德政府環繞西柏林邊境修築的全封閉的邊防系統，以將其與西德領土分割開來。始建於1961年8月13日，全長167.8公里，最初以鐵絲網和磚石為材料，後期加固為由瞭望塔、混凝土牆、開放地帶以及反車輛壕溝組成的邊防設施。東德政府稱此牆為「反法西斯防衛牆」或「強化邊境」，其目的是阻止東德居民逃往西柏林。由於柏林牆把西柏林地區如孤島一般包圍封鎖在東德範圍之內，因而也被稱之為「自由世界的櫥窗」。它是第二次世界大戰後德國分裂和冷戰的重要標誌性建築，也成為了分割東西歐的鐵幕的一個象徵。

　　柏林牆的建立是冷戰期間美國和蘇聯兩大陣營之間衝突導致的。第二

次世界大戰後，原德國首都柏林被分割為東柏林與西柏林；柏林牆修建之前，約有350萬東德居民逃離蘇聯占領區以及之後的東德和東柏林地區，其中1949年到1961年間約260萬人。除此之外還有大量波蘭人和捷克斯洛伐克人也把柏林視為通往西方的通道。他們中的許多人通過西柏林前往西德和其他西歐國家。柏林牆修建後在1961至1989年間這類逃亡被大幅限制下來，約有5000人在此期間嘗試翻越柏林牆。1960年起《開槍射擊令》生效，東德邊防軍允許對非法越境者開槍射擊，此舉於1982年甚至通過立法被合法化。據截止2009年的統計，被槍殺人數約在136至245人之間，確切死亡人數目則不得而知。

1989年東歐國家發生了一系列政治變革，鄰國波蘭和匈牙利政府的政策也發生了變化。在數周的抗議活動後，1989年11月9日東德政府宣布允許公民申請訪問西德以及西柏林，當晚柏林牆因故在東德居民的壓力下被迫開放。隨後數周中欣喜的人群鑿下柏林牆作為紀念品，1990年6月東德政府正式決定拆除柏林牆。柏林牆的倒塌為結束統一社會黨的獨裁統治，東德政府的倒台以及兩德統一鋪平了道路，一年後的1990年10月3日兩德最終統一。

89年柏林牆倒塌，我興奮莫名，90年初夏抽暇驅車前往柏林，那時還沒有GPS，我開車，老婆拿著張地圖認路在柏林亂轉，沒多久就明白了，凡是路上坑坑洼洼的地方就是東柏林，而西柏林的馬路質量比巴黎還要好得多。我決心要親手在專制的牆上砸下幾塊水泥，開著車在柏林尋尋覓覓，找到幾處殘垣斷壁，但卻沒有合用的工具。皇天不負苦心人，終於在某處看到幾個青年拿著鐵鎚在砸牆，我停車走了過去。他們知道我是中國人後，把鐵鎚遞給我，一邊還齊聲吶喊助威，此情此景，猶如昨日，祇是地球另一端的牆至今仍似堅不可摧，悲夫。那天一共砸下十幾塊柏林牆上的混凝土，送了幾塊給朋友，手中還剩五六塊。

七津　百年詠史（93）炸館 (1)

隕落夜鷹何處尋 (2)	匿藏地庫影森森
南盟突起蕭牆禍 (3)	北約猶存普世心
未敢明修棧日	偏能暗度效淮陰 (4)
晴天霹靂擊幽邃 (5)	徒使炎黃淚滿襟

註（1）美軍轟炸中國駐南斯拉夫聯盟使館事件，也有五八事件、北約轟炸中國
　　　　駐南聯盟使館等稱呼，指1999年科索沃戰爭期間，當地時間5月7日夜
　　　　間，北京時間5月8日，北約的美國B-2轟炸機發射使用3枚精確制導炸彈
　　　　或聯合直接攻擊彈藥擊中了中華人民共和國駐南斯拉夫大使館，當場炸
　　　　死3名中國記者邵雲環、許杏虎和朱穎，炸傷數十名其他人，造成大使館
　　　　建築的嚴重損毀。

註（2）實際上，美國炸中國大使館並不是一時的衝動，而是有著非常涉及到美
　　　　國軍方根本利益的原因。這並不是因為中國在國際輿論上支持南斯拉夫
　　　　而讓美國「不痛快」或美軍導彈「找不著北」如此簡單的表面現象所創
　　　　設的理由。其真實的內幕情況是：徹底摧毀中國所得的F-117的殘骸，這
　　　　可是當時美國號稱世界上最先進的隱形戰鬥轟炸機。

　　在那時，轟炸南斯拉夫境內美國的F-117隱形戰鬥轟炸機被擊落後，
中國馬上向南政府提出要求，是否能夠把F-117的部分設備和殘骸供中國
研究，甚至出錢買也可以，在中國和南政府達成協議後，南政府把F-117
的導航設備、帶有隱形塗料的表皮殘骸、發動機噴口耐高溫部件在祕密狀
態下移交給了中國，就放在中國駐南斯拉夫大使館的地下室供中國的軍事
專家研究。

註（3）科索沃一些極端的阿爾巴尼亞民族主義者組織了科索沃解放軍，以暴力
　　　　抗爭的方式騷亂科索沃自治省境內的正常秩序，以達到獲取科索沃獨立
　　　　的目的。多數身為塞族的民警與軍警和科索沃自治省境內占少數的塞族
　　　　百姓、商人等則成了科索沃解放軍的敵對目標。這個時期冷戰結束不到
　　　　十年，鐵托時代繁榮的南斯拉夫經歷了克羅地亞獨立戰爭和歷時三年的
　　　　波黑戰爭，其中央聯盟政府已失去了對科索沃自治省大部分縣市的直接
　　　　控制。自治省境內的塞族百姓因受到歧視和聽到阿族準備在科索沃境內

屠殺塞族的流言而紛紛遷離科索沃。

註（4）淮陰侯韓信明修棧道，暗度陳倉。

註（5）其中一枚導彈射入地下室。

　　我不相信美國是誤炸，但是相信美國不會無緣無故萬里迢迢去炸。這種鬼鬼崇崇的勾當我黨幹的多了去了，整建制入朝偷襲聯合國軍卻說是「志願軍」，好像中國人都喜歡吃蛋炒飯似的。

　　有一同學的哥哥在六十年代赴越南參戰，在工程兵部隊，回國後曾跟我們談起在越南的戰鬥經歷，把美國戰機形容成死神一般，聽得我們目瞪口呆，我還有幸抽了支「奠邊府」牌的香烟，印象極深刻——跟抽曬乾的白薯葉子一般無二，那次見面沒幾天，好總理又莊嚴宣布中國沒有在外國駐一兵一卒了。

七律　百年詠史（94）香港回歸 (1)

歡宴百年終散席 (2)	銅鑼灣樹五星旗
鐵娘思續舊盟約	矮子難丟老臉皮 (2)
萬里投荒悲雀鳥	孤行執意駐熊羆 (3)
驚弓我亦蹈波去	恥做王臣寧事夷

註（1）英國對香港的殖民統治源於第一次鴉片戰爭，英軍於1841年1月26日登陸今上環水坑口街一帶，並占領香港島。1842年，大清國在戰敗後簽訂的《南京條約》，將香港島（連同鴨脷洲和附近島嶼）永久割讓予英國。1860年，清朝再於第二次鴉片戰爭敗於英法聯軍，簽訂《北京條約》將九龍半島界限街以南及昂船洲永久割讓予英國。1898年，清朝與英國簽訂《展拓香港界址專條》，租借「新界」（包括新九龍及230多個離島），為期99年。這三份條約決定了今天香港轄區的範圍，三份條約正本現由中華民國外交部典藏於臺北國立故宮博物院。

　　1942年，中華民國就廢除不平等條約，另訂平等新約問題與英國展開磋商。中國最高領導人、國民政府軍事委員會委員長蔣中正試圖將香港問題列入雙方議程，提出九龍租借地應與其他租界一併歸還中國，遭英國首

相邱吉爾堅決回絕。英方更要求中方書面同意九龍租借地不在不平等條約之內，否則拒絕簽訂新約。中國迫於無奈，惟有不再堅持九龍租借地交還問題，終於1943年簽訂《中英平等新約》。中國同時正式照會英國，保留日後提出香港問題之權利。

1950年1月6日，英國向中國遞交照會，承認中華人民共和國政府為中國之合法政府。1972年3月13日，中國和英國發表聯合公報，英國承認中華人民共和國政府是中國的唯一合法政府。

後來展開正式談判。中國拒絕繼承《南京條約》、《北京條約》同《展拓香港界址專條》三項在中華人民共和國成立前生效的國際條約，雖然《南京條約》與《北京條約》規定大清國將香港島、鴨脷洲與界限街以南的九龍半島及昂船洲交予英國永遠統治，中國拒不承認香港為英國領土，因此要求英國將香港島、九龍同新界一併交還。英國鑑於香港整體沒有因三份條約而刻意分開發展，英國政府決定放棄對香港的主權，改為爭取維持英國在香港的統治。

中英雙方最終在1984年12月19日簽訂了《中英聯合聲明》，聲明自1997年7月1日起，中華人民共和國恢復對香港行使主權，成立香港特別行政區。

大部分香港市民在中英開始詳細談判前，鮮有考慮香港主權的前途問題。

註（2）香港在英國統治下躲過中國近百年的天災人禍，成為一塊樂土，在共產黨奪取政權後，更是成為千百萬中國人冒死偷渡前往之處。

註（3）耿飆曾對香港記者提及中國不會在香港駐軍，引發鄧小平大怒：「趁這個機會，我要對記者們說幾句話。你們出去給我發一條消息，就說耿飆，耿飆講這個（可以考慮不派駐軍）是胡說八道。你們給我闢個謠。」「我國在恢復對香港的主權以後，中國有權在香港駐軍。這是維護中華人民共和國領土主權的象徵，是國家主權的象徵，也是香港穩定和繁榮的保證。」「香港是中國的領土，為什麼不能駐軍？沒有這個權力還叫什麼中國領土！」

中英談判塵埃落定，97回歸已是定局，那時我剛逃竄到香港沒幾年，

好不容易學會粵語能和港人交流，還學會了打麻將，也偶爾買買四重彩和六環彩，能和港人討論摩加利和告東尼的騎術，開口也會丟丟聲，算是個貨真價實的香港人了，從電視上看到鄧小平對耿颷表示不在香港駐軍大發雷霆之怒，斥之「胡說八道」，心中大驚，本以為逃出羅網，卻不料仍在如來掌中，祇得再次：「走為上計」一溜煙竄到歐洲。

我決定離港到法國投奔親友，受到幾乎所有香港朋友多揶揄：你是個窮鬼，怕什麼？五十年不變，加上現在的十幾年還有六十幾年不變，六十多年後才會和大陸一樣，到那時你的骨頭都可以打鼓了！個個都笑我杞人憂天，自己嚇自己。我堅信中共的承諾從來不算數，有太多太多的不良紀錄來證明他們就是一群言而無信的土匪，我寧可跑到一個未知的國家去尋求未來的自由。還有個朋友豪氣干雲：「我們香港有幾百萬人，共產黨能把我們怎麼樣？」我笑著告訴他，大陸有十億人，都被共匪殺得服服貼貼的，並且還告訴他，共產黨在大陸殺的人數量超過香港總人口的好幾倍！要不是共黨要收回香港，我是決不會跑到法國的，直到如今，我還是覺得及第粥和腸粉遠勝於鵝肝醬和生蠔。

這次反送中倒是令我對香港人刮目相看，他們太了不起了！如果當時我知道香港人有如此超乎常人的勇氣，不知道會不會留在香港和他們一起抗爭？

不知道這個朋友今天有沒有上街抗爭？

從成千上萬的大陸同胞冒死偷渡去港澳，而從無一個港澳同胞偷渡去大陸上看，在殖民地當個「二等公民」卻要比在幸福的社會主義祖國當主人翁要強，我的話可能會引起某些人不快，但是若不給人民用手投票，人民自會用腳投票，這也是無可奈何之舉。

七律　百年詠史（95）法輪功 (1)

　　　和諧社會壞天殊　　　　公費醫療有若無 (2)

　　　大法風行濟病庶 (3)　　　中央恍惕陷神巫

爪牙入戶如臨敵　　　　　信眾呻冤怨獨夫

堪笑江翁空作孽 (4)　　　　卻隨羅馬造耶穌 (5)

註（1）**法輪功，又名法輪大法、法輪佛法。**由李洪志於1992年5月在中國吉林省
傳出的氣功修煉法。法輪功以「真、善、忍」作爲功法理念，並解釋此
爲宇宙的特性。《轉法輪》爲其主要書籍；真、善、忍在法輪功體系被
認爲是造就宇宙萬物的原理和要素。法輪功認爲，萬物原本符合於真善
忍，人類社會也應遵守此原則，堅守者會有善報，背離則會受到宇宙特
性的制約。《轉法輪》對於心性的解釋爲包括德、忍、悟、捨、寡慾、
捨棄執著、吃苦等多方面元素。人心性的多方面提高是功法提升的必要
路徑和需求。法輪功廣泛傳播於陸台兩岸以及美、歐、澳洲等地，美國
國會於2008年在一份報告中指出，在1990年代有數千萬人修煉法輪功，
上海有線電視台在1998年曾報導法輪功因不同於其他氣功的全新內容而
獨樹一幟，港澳和全國各地都有群眾自發煉功，並傳遍歐美澳亞四大
洲，報導稱全世界約有一億人在學法輪大法。

　　無神論的中共決不允許其他意識形態挑戰其統治，所有宗教活動必須
經過它的批准，1999年，時任中國共產黨中央委員會總書記的江澤民發起
了一場鎮壓法輪功的運動，因修煉者人數太多受當局打壓，在425上訪事
件後，法輪功被江澤民視作繼六四後在中國參與人數最多的公眾訴求活
動。法輪功遭北京政府鎮壓並從1999年起於宣傳文書（包括教科書，媒體
等）中宣傳其為非法組織，引發世界對中國政府關於信仰自由及人權政策
的相關爭議。

註（2）中國的公費醫療祇有官員甚至高級官員受益，普通百姓已經到了看不起
病的地步了。

註（3）我曾認識幾位法輪功修練者，據他們所言，練功效果奇佳。

註（4）江澤民執意要取締和鎮壓法輪功，從這點看，他倒還真是個堅定的共產
黨人。

註（5）江弄巧成拙，法輪功現在已經遍佈五大洲。

　　中共最擅長製造敵人並戰勝敵人，國民黨反動派、地富反壞右、走資
派、反動學術權等等……甚至連二千餘年前的「萬世師表」都挖出來批倒
批臭，但是那些招數卻沒能制服法輪功，反倒是越鬧越大，看來滑鐵盧還

真有。

七津　百年詠史（96）中華首次政黨輪替 (1)

登輝欣奏廣陵散 (2)	寶島降魔囚檻籠
落敗無非重搏弈	交權方顯大家風
惟民所指真疑幻	經國前瞻恕乃功 (3)
冰炭如何熔一體	轉教魍魎夢成空

註（1）陳水扁在2000年中華民國總統選舉，以39.3%得票率當選為行憲後首次政
　　　黨輪替的直接民選總統，結束了中國國民黨在台灣五十多年來的長期執
　　　政，並於就職演說上提出四不一沒有；2004年中華民國總統選舉，他取
　　　得50.11%的得票率，以0.22%差距獲得連任。任內推動一邊一國、台灣正
　　　名運動以及台灣入聯運動，在經貿方面則採用「南向政策」的經貿架
　　　構。

註（2）千禧年開始，臺灣通過選舉，結束了國民黨的長期執政，使得一黨專政
　　　在這塊中國的土地成為絕響，這是中國歷史上首次以選票和平地把政權
　　　轉移到另外一個黨派，不管李登輝先生出自何種目的，歷史的新篇章確
　　　是由他所掀開，他也必將因此而永載史冊。

註（3）1987年，臺灣開放黨禁報禁，解除了長達四十年的戒嚴令，經國先生居
　　　功甚偉。

七津　百年詠史（97）南海撞機

南海戰鷹墜碧波	老江不忿奈誰何
名揚圖樣圖森破 (2)	膽敢空言空恫訛
孰是孰非休齟齬	救人救火莫蹉跎
祖英叫陣難雄起 (3)	含愧八荒尋偉哥 (4)

註（1）中美撞機事件，又稱81192撞機事件，發生於2001年4月1日，一架美國海
　　　軍EP-3型偵察機在南中國海執行偵查任務，中國人民解放軍海軍航空兵

派出2架殲-8II戰鬥機進行監視和攔截，其中一架僚機在中國大陸海南島東南70海里（110公里）的中國大陸專屬經濟區上空與美機發生碰撞，解放軍戰鬥機墜毀，飛行員王偉跳傘下落不明，後被中國確認犧牲，而美國的軍機則迫降海南島陵水機場。中國大陸指責美國偵察機故意撞向殲-8戰鬥機，並且在沒有通知和許可的情況下降落於中華人民共和國領土。中美雙方就事件責任僵持不下，更演變成為了一場外交危機。經過政治角力，事件最終以美國表示遺憾，中國大陸釋放人員、交還飛機告終。

註（2）江澤民創下的名句「圖樣圖森破」（英文too young, too simple）被網友拍照上傳後再次笑翻網絡。這句明顯帶有調侃意味的名句，早已紅遍網絡。與之經常並列出現的還有「上臺拿衣服」（英文sometimes naive），最早來自于2000年，時值前香港特首董建華訪問北京並在中南海與江澤民會面，在場的香港記者向江澤民提問是否支持董建華的問題時，江澤民突然起身指責香港記者知識水平不夠，提問沒有水平，且連用英文「Too young, too simple」、「Sometimes naïve」嘲諷記者。香港媒體隨後集體反嗆江澤民，將江怒罵記者全部內容刊登於媒體，並譴責其「心虛與傲慢」，而網友惡搞成中文的「圖樣圖森破、上臺拿衣服」也成為江澤民標籤式名句，在中國大陸百度搜索該句，顯示「此條目含有一定的政治因素，或其它不中立或極端內容，可能對讀者的世界觀、人生觀、價值觀造成影響的內容。」

註（3）祖英指美國人，美人之祖乃英人。

註（4）偉哥指飛行員王偉。

　　南海撞機時，一度劍拔弩張，我從一開始就不相信美機會作出危險動作，要知道空中撞機不比地上撞車，即使如大力神撞上架小飛機也是凶多吉少，美機組24人怎麼可能集體患上失心瘋與董存瑞同歸于盡？後來美方公開了一段視頻，顯示中方戰機屢屢在美機前後上下做翻滾動作，又公佈了一張王偉駕機與美機並行時手持一紙板，寫著他的電子信箱郵址，偉哥此舉無疑為自己寫下判決書，不為烈士，可乎？當然，這些都不能讓百姓知道，於是收了美方數萬元租賃費，草草收場。

古風　百年詠史（98）汶川地震

神龜戊子忽翻身，天府之國起煙塵，地坼山崩摧屋宇，千村萬戶化荊榛，

巴山蜀水半移位，百川壅塞斷關津，天昏地暗日無光，淫雨霏霏野茫茫 (1)
家園瞬間成鬼域，唯餘斷壁與頹墻，父子夫妻半生死，人鬼殊途倍淒涼，
奸商汙吏成狼狽，偷工減料建學堂，摧枯拉朽斷梁棟，黌宮化作亂葬崗，
瓦礫之下哀聲喚，誰人助我免橫亡，咫尺天涯難措手，相顧無言淚汪汪，
目送嬌兒奔地府，爺娘撫屍詈無常：「同赴黃泉猶幸事，免我晝夜絞肝腸，」
地雷隱隱響終日 (2) 群山戰慄意淒惶，劫後餘生魂未定，竊竊私議語徬徨：
莫非是天連巴蜀銀鋤落？莫非是火星出軌撞地球？莫非是愚公子孫移居到
天府？莫非是觀音大士徇私放馬騮？莫非是目蓮地獄舞禪杖？莫非是共工
震怒撞不周？
莫非是漁陽動地擂鼙鼓？莫非是霸王巨鹿破釜舟？莫非是三線核彈遭引
爆？ (3) 莫非是太白抽刀斷水致不流 (4)？莫非是神鼇屢犯天條遭斷脛？莫
非是不堪重荷罷工起地牛？莫非是上蒼丞欲匡玉宇，垂兆戊辰變天葬魔
頭？莫非是2012提前到？山搖地動未肯休。
救災自古如救火，忍使蜀民處九淵，災區斷糧又斷水，同胞骨肉本相連，
叵耐悍將懷私慾，三日逡巡馬不前，卻怨關山難飛渡，蜀道甚於上青天，
天子束手中堂怒，難道需付買路錢？(5) 養兵千日有何用，事到臨頭忙卸肩，
忍使生民化枯骨？忍看傷者赴九泉？黃金救援時已過，不許推諉再拖延，
酒囊飯袋不堪用，救災勇者在民間，日夜兼程數千里，目不交睫未成眠，
幸喜災區無餓殍，嗷嗷民眾得周全，八方捐款源源至，去向猶如斷線鳶，
可是益了郭美美？可是買斷陳圓圓？紅會聲名轉狼藉，從此無人再樂捐，
人血饅頭誰中飽？悲情可能散雲煙？豆渣工程無問責，災民至今恨難填，
國殤化作感恩日 (6) 屍山血海擺盛筵，無神論者無所懼，何懼今生結業緣，
最堪恨無恥文人余秋雨，猶自含淚嘵嘵勸人拜強權，
更堪恨狗屁不通王兆山，黨疼國愛逢迎上意欲升遷，
詩罷騰騰怒氣噴胸臆，恨不能追效子胥狂策爾輩三百鞭！
咒爾生生世世投胎餓鬼道，年年月月役卑田 (7)

凡四韻，首句至斷關津為真韻，至語徬徨為陽韻，至未肯休為尤韻，
餘為先韻。

註（1）不知何故，地震後必降雨，蒼頡造「震」字用雨爲偏旁，可見古人已觀察到這個現象。

註（2）據災民稱，地震前後能感覺和聽到地下似有隆隆聲由遠及近，由近及遠。

註（3）綿陽的大山中有中共的核武庫及核設施，有傳聞在地震中遭到毀滅性的破壞。

註（4）地震引發山體崩塌，堵塞河川，造成一些堰塞湖。

註（5）據當時報導，溫家寶對軍隊遲遲未能行動大感憤怒氣得摔電話，並對要出發的軍隊說，「我就一句話，是人民在養你們，你們自己看著辦！」

註（6）2008年5月12日，四川省汶川縣發生8級地震，屆滿十周年之時，中國官媒新華社7日報導，官方將地震發生的5月12日確立爲「感恩日」：「銘記傷痛、更銘記湧泉之恩」。報導稱：「十年來，從抗震救災到災後重建和震區振興，來自祖國和社會的大愛匯聚到這裡，當地群眾感受到各界的湧泉之恩。」並下標題爲「愛的湧泉奔流不息」。

同一時間，中國媒體《頭條新聞》在微博發布此消息，網民回應眾說紛紜。有微博用戶認為，汶川大地震造成數萬傷亡，命名為「感恩日」是「喪事喜辦，並不妥當」。也有不少網民表示自己當初也有捐款，呼籲政府公開捐助款項用途——目前500多億善款，總善款的六分之五，仍然流向不明。也有人要求針對「豆腐渣工程」的學校深入追究責任。根據法新社報導，汶川大地震造成約7000所校舍嚴重垮塌。根據當地教育局的數據，有3340家學校需要重建。值得注意的是，倒塌教學樓周圍的其他建築物都沒有受到損壞。因此引發了大眾對豆腐渣工程、偷工減料和腐敗的懷疑。

傳媒同日發出系列報導，訪問了受害者家屬。報導指出，十年之間，上百家長上訪北京，卻從未獲得明確的答覆，甚至遭到毆打或逮捕。到了2016年，確認上訪無效之後，家屬們改以民事途徑起訴地震時校舍工程承包人和校方法人。當他們到了法院，法院卻以「已過八年」為由不予立案，亦拒絕出具書面回執。校方責任保險的民事訴訟亦以同樣情形告終。

註（7）卑田院，本爲佛教僧人收養老弱殘疾者之處，後引申爲乞丐收容所。

七津　百年詠史（99）北京奧運 (1)

奧運中標欣入圍	舊邦臉面足增輝
驚精雄起病夫志	難血能招漢魄歸
稚子青春荒樹木 (2)	鳥巢紫闕映柴扉
生民億萬聚膏血	鑄就金牌揚國威 (3)

註（1）北京曾經於1993年申請舉辦過2000年夏季奧林匹克運動會，但最終在最後一輪的投票中以2票之差敗於澳大利亞悉尼，此次申奧失敗被稱爲「兵敗蒙特卡洛」。1998年，北京再次提出申辦2008年奧運會，以「新北京，新奧運」爲競選口號，並提出「綠色奧運」、「人文奧運」、「科技奧運」的理念。與第一次申辦時一樣，北京的申辦得到了超過90%以上北京市民和中國人民的支持。雖然在環境問題上遭到某些媒體的質疑，北京還是在與伊斯坦堡、大阪、巴黎及多倫多4座城市的競爭中脫穎而出，在2001年7月13日莫斯科舉行的國際奧林匹克委員會第112屆年會中，由奧委會主席薩馬蘭奇宣布成爲2008年奧林匹克運動會的主辦者。

註（2）社會主義國家的運動員不同於西方國家，都是從十來歲的兒童中篩選，再加上高強度的訓練，許多運動員都荒廢了學業投入訓練，除了他（她）們的運動項目外，在其它方面都比不上常人，以致在告別運動場後難以謀生。

註（3）有研究人員指出，中國奧運金牌的平均成本超過7億人民幣，中國奧運備戰每年約耗費50億人民幣，高居世界之冠。

　　1992年巴塞隆納奧運會時，體育總局事業費漲到每年30億元；2000年雪梨奧運會，體育總局事業費又漲到每年50億元。

　　按這個數據計算，雅典奧運會備戰4年，中國就要花費200億元。

　　如果這次中國隊獲得30枚金牌，那麼每枚金牌的成本就差不多是7億元，可謂世界上最昂貴的金牌。

七絕　百年詠史（100）金牌

嚎啕幼女哭聲哀	望子成龍賈禍災

　　　　舉國歡騰齊雀躍　　　金牌皆是此中來

　　為獲得更多的金牌，中共可謂無所不用其極，幾歲的稚子幼女要長年忍受極限的訓練，一些金牌得主都是稚氣未脫，甚至還有虛報年齡參賽者。

　　看看這些圖片，如果你身為父母，能忍心讓孩子受這種折磨？要知道，能得獎牌的祇是其中極少數。

鷓鴣天　百年詠史（101）胡錦濤

媳婦難熬怨老江 (1) 和諧社會靠刀槍，依稀再世朱由檢，焉敢跟隨胡耀邦？
悲地震，破天荒 (2) 君臣束手卸擔當，朕躬可是亡秦者 (3) 溫相星空再仰望 (4)

註（1）胡主政十年，事事遭老江掣肘，媳婦未能熬成婆，左右皆懷不臣之心。
註（2）十年之中發生汶川、玉樹兩次大地震，史所罕見。
註（3）亡秦者胡，錦濤同志似失職，沒有做好歷史交給他的任務。
註（4）仰望星空是溫家寶的名言，不知他夜觀星象，能否看出紅朝氣數？

浪淘沙　百年詠史（102）中國夢

政改步蹣跚，借口千般，奸胥滑吏各彈冠，普世皆尊民作主，可覺孤單？
竭澤捕魚歡，難遏貪官，山河舉國半凋殘，借枕邯鄲猶未醒，奢夢長安。

　　中國夢，百姓的小康夢（即中產夢）。習近平說：「**中國夢**，歸根到底是人民的夢。」他說：「要實現中華民族偉大復興的**中國夢**，就是要實現國家富強、民族振興、人民幸福。」**中國夢**是民族的夢，也是每個中國人的夢。

　　從十五年超英趕美，到本世紀末建成現代化的社會主義強國，都成了畫餅，到了胡總書記，日子不大好過，於是要建成和諧社會。慶豐帝登基，同舟皆疑為敵國，祇好要大家做中國夢了，祇是中國夢也有數種，蕉

鹿夢？莊生夢？黃粱夢還是南柯夢？如果都不是，以後的詞典會多了項慶豐夢。

七津　百年詠史（103）反腐 (1)

錯隊官員碎節操 (2)	儆猴打虎漸高潮
恨無廣廈容贓物 (3)	幸有上峰同戰壕
示眾含冤郭美美 (4)	刁民騰笑樂陶陶 (5)
和珅捲款西洋去 (6)	赤地空餘楊白勞 (7)

註（1）習王反腐，指2012年底中共十八大後，以習近平爲總書記的新一屆中國共產黨中央領導集體表達懲治政治腐敗的決心，一批違紀違法官員相繼被查辦，而由微博等網絡平台掀起的反腐風暴成爲了社會新亮點，部分官員因網絡曝光其違法違紀行爲而落馬。

註（2）借反腐反貪清除對立面派系是黨内鬥爭的不二法寶，陳希同、陳良宇都是這樣身敗名裂的。

註（3）被查貪官家中都有如銀行珠寶店，查獲現金動輒上億上噸。

註（4）郭美美1991年生於湖南益陽，初二在益陽第一中學被勒令退學，後轉學到益陽國際實驗學校，在這個有錢人學校裡，兩次入學兩次輟學，尤其是第二次讀了幾天就不見了，她衣著暴露，染黃頭髮，同學稱她作風不好，喜歡穿廉價貨。父親有詐騙前科，母親眼睛有外斜視也整過容，比如隆鼻。2006年母女兩人先後在益陽和深圳租床位銷售一些假冒日韓時裝。母親後來長期經營洗浴、桑拿、茶藝等休閒服務，大姨曾因開妓院涉嫌容留他人賣淫被公安機關刑事拘留，舅舅也曾因販毒被判刑，其後父母早年離異。她自幼隨母生活，在單親家庭長大，1996年起先後在深圳、益陽等地讀書，母女兩人開始生活變好是因爲母親隆鼻之後找到了一個澳洲男朋友。但母親在採訪中說自己是股神。她曾在歌唱比賽中買獎、也多次出演一些網絡短片，並爲平面雜誌拍攝照片。2008年花錢去北京電影學院表演系學習一年。畢業後成認識王軍和紅十字會扯上關係，後來瘋狂炫富，更號稱她的瑪莎拉蒂汽車價值4700萬元，但後來她在採訪中説她自己的那些愛瑪仕手包都是假貨。

註（5）一個郭美美把紅十字會弄得臭不可聞，當局以聚賭爲由拘捕她，撇清她

與紅會官員的關係，不獲網民認可，認為她祇是替罪羊。

註（6）貪官們的子女財產很大一部分都轉移到外國，和珅可沒這本事。

註（7）楊白勞是白毛女一劇中喜兒的父親，人如其名，白勞！

　　當局以聚賭罪名拘捕郭美美，網民皆嗤之以鼻。這個「沒有背景」的小女子竟然有那麼大的能量？能把最大的善門紅十字會搞得臭不可聞。中國貪腐的根源莫非全在奶頭山、夾皮溝？那些乾爹或幹爹們究竟是何方神聖，難道不該把他們拎出來曝曝光？貪官們捲走了不知多少萬億民脂民膏，祇留下水土蒙汙的一片赤地，無路可逃的貧苦百姓將來何以生存？

七絕二首　百年詠史（104）國際歌

高盧老雉久成妖　　　　吹慣萬邦無韻簫
國際哀歌歌一曲 (1)　　揚威異域傲天驕

其二

公僕持槍萬里行　　　　花街草木識威名 (2)
莫言東土無男子 (3)　　國際哀歌正視聽

註（1）太祖詞，蝶戀花·「國際悲歌歌一曲，狂飆為我從天落」。

註（2）宋·黃庭堅·《送范德孺知慶州》乃翁知國如知兵，塞垣草木識威名，敵人開戶玩處女，掩耳不及驚雷霆……

註（3）慶豐帝曾嘲笑俄羅斯無男兒。

　　自「改革開放」以來，神州公僕宦囊日豐，家中現金逾億者比比皆是，飽暖思淫慾，人之常情，縱然是特殊材料製成的公僕也未能免俗，都想開開洋葷，趁國門大開，紛紛腰懸祖傳銀樣蠟頭槍，挾公款征戰四方，東西洋娼女無不視為大恩客，巴黎與阿姆斯特丹的神女們甚至能操字正腔圓的普通話對過往的亞洲人喊道：「有發票！」以招攬生意，令我等嫖不起的窮措大也深感與有榮焉——祖國真的富強了！

　　可恨東洋娼女在大賺人民幣之餘卻對神州遠征軍給予劣評，女優小澤瑪利亞便曾公然揶揄道：「肚大雞小交貨早，一試定是支那佬！」是可

忍，孰不可忍？

猶幸花街神女職業道德甚佳，工作時七情上面，聲震屋瓦，使我公僕在戰勝之餘顧盼自雄，深感物超所值。許多公僕來到巴黎數日，尚不知聖母院為何物，鐵塔在何方，倒是對花街直如識途老馬，無需導遊帶路，也無需翻譯陪同，祇靠比劃十指便能談妥交易，午夜度盧，深入不毛，真神人也！

我在唐人街中餐館用餐時曾聽到鄰桌幾個公僕在交流嫖經，視其舉止打扮應是窮鄉僻壤的鄉鎮幹部，中有一人似初次與夷狄交兵，稀裡糊塗戰罷歸來，嘖嘖稱奇道：「咋跟俺那旮兒叫的調調一樣？」余大樂，上帝變換萬民之音，使之不能相通，卻獨獨忘了此項，智者千慮，必有一失，信然。這位公僕有所不知，此乃貨真價實之正版國際歌也，無論黑白紅黃，各色人種，皆操此唱腔，節拍則依指揮棒而定，五洲四海概莫能外，惜乎馬克思未在資本論中詳加闡述，以致我國際主義戰士對此一竅不甚通。

成吉思汗的鐵騎雖然縱橫歐亞大陸，但其兵鋒未能及高盧，大汗帳下驍勇的戰士應該無福領略到高盧美女的萬種風情，而今公僕無需快馬強弓，便能降敵於萬里之外，揚我大漢聲威，公僕功莫大焉！

外一首　七絕

低端百姓賤如泥　　共產無望充共妻
萬里章臺飄柳絮　　隨風吹到法蘭西

在巴黎的中國站街女大有泛濫成災之態勢，在十九區美麗城（Belleville）的大街上，不管白天黑夜都是三五步就有一位，也有三五成群聚在一堆聊天等生意的，這些大多數是東北大媽，一些略有姿色的年輕「女留學生」卻都能通過互聯網招徠客人，我曾經在美麗城某住宅樓下等朋友，見到一個東南亞中年華人東張西望一番後掏出手機道：「喂，我已經到門口了，密碼是多少？」他大概耳背，手機的音量調得很大，那頭傳來嬌滴滴的聲音，告知這位嫖客進門的密碼，並不忘告知他出了電梯往右拐，門上有個紅色的中國結，聽得清清楚楚。

現在在巴黎各區都能見到她們的芳蹤了。

　　哀哉，這就是撅起的中國夢？法國人道組織特地為中國妓女打造了一輛「荷花車」，免費分發避孕套及一些治療性病的藥物。

　　這些法國佬頗有中華文化底韻，「出自汙泥而不染」，虧他們起了這麼個名。

百年詠史（105）仿大觀樓長聯譏海外愛國賊

逾千百流民，奔來異邦，可堪慘烈，別茫茫遠處家山，想東夷逞酷，西戎藏奸，南蠻積惡，北狄猖披，儈夫愚婦，竟然冒險登臨，悲獪主狡中，專盤剝鄉親血汗，恨蛇頭人販，盡凌辱姊妹身心，更休提十載浩劫，九族株連，六月飛霜，三年饑饉。

如萬一出眾，拜向使館，不亦殷勤，便諾諾奉為宗祖，有周擅捧臀，吳喜舐痔，鄭樂吮癰，王好掇屁，孝子賢孫，早慣含羞獻媚，宴祕書參贊，挖多少枕囊孽錢，似信女善男，注無量燈油香火，祇贏得幾屆花瓶，八行報導，七天榮耀，半夜唏噓。

　　法國華人大部分都是偷渡或以旅遊簽證而來，然後申請政治庇護留下，所持理由五花八門，與時俱進，從參加六四運動到一胎化的受害者，從信仰基督教到修練法輪功被迫逃亡不一而足。這些「難民」似與中共有不共戴天之仇，但是祇要獲得長期居留證，經過幾年奮鬥，當上個小老板，便露出奴才本相。

　　巴黎的「XX同鄉會」多如牛毛，有兩個錢者無不想過過官癮，三五個人便弄個「XX同鄉會」，會長、幾個副會長和什麼祕書長，個個都是個官。從華人聚居的街區樓上扔塊磚頭，極有可能砸上個官，比美帝的精確制導武器還準！

　　這些人印製上精美的名片，上列一大堆頭銜，削尖了腦袋往使館拉關係，然後披著虎皮衣錦還鄉，以投資之名包上個二奶，大過齊人之癮，搖身一變成了「愛國華僑」，華人本性何下賤乃爾？

這付長聯是多年前與吾師閒來無事，一人一句東拉西扯湊出來的。

下聯本欲用趙錢孫李，因避重字而用周吳鄭王，請四姓朋友見諒。

伍、習近平篇

如夢令　百年詠史（106）反腐

打虎風狂雨驟，枉縛熙來才厚，赤縣盡貪官，何日滌汙清垢？
能彀，能彀，權柄民持民授。

　　沒有反對黨的監督，沒有司法獨立，沒有開放言禁報禁，習王的反腐恰似一個人患了睪丸癌，卻要自己動刀子，這卻如何下得了手？

　　比起朱元璋的反腐力度，習王的反腐只能算是小兒科，朱元璋沒能辦到的事，包子能辦到？

七津　百年詠史（107）癸巳回顧 (1)

長安時局亂如絲 (2)　　　　打虎拍蠅荽別枝 (3)
大野蒼茫彌毒霧 (4)　　　　中原嗚咽盼良知 (5)
綠醅堪助論秦過　　　　　　赤縣忍聞興楚師 (6)
維穩於今成累卵　　　　　　故園東望枉咨咨

註（1）慶豐二年。
註（2）慶豐元年王都頭化裝倉惶逃至花旗國成都領事館，引發官場地震，薄阿哥與谷格格相繼身陷圇圇。後又牽扯出周、令、徐、郭等大員。
註（3）古人早已有言：一朝天子一朝臣。
註（4）2013年12月中國中東部嚴重霧霾事件，是指起始於2013年12月2日至12月14日的重度霧霾事件，是中華人民共和國2013年入冬後最大範圍的霧霾汙染，幾乎涉及中東部所有地區。天津、河北、山東、江蘇、安徽、河南、浙江、上海等多地空氣質量指數達到六級嚴重汙染級別，使得京津冀與長三角霧霾連成片。首要汙染物PM2.5濃度日度平均值超過150微克/

立方米，部分地區達到300至500微克/立方米，其中上海市在12月6日汙染達到600微克/立方米以上，局部至700微克/立方米以上。此次重霾汙染最為嚴重的區域位於江蘇中南部，南京市空氣質量連續5天嚴重汙染、持續9天重度汙染，12月3日11時的PM2.5瞬時濃度達到943微克/立方米。

註（5）神州大地，道德淪喪。老人倒地無人敢扶，校長開房學生遭狹，佛山小悅悅被兩輛汽車輾過，竟然有十八個行人視而不見，無動於衷。直到一個沒有受過我黨教育的，尚存人性的文盲清潔工看到，才施以援手。法國電視播出這段監控視頻時，我正在理髮，那個沒見過世面的法國佬嚇得手腳發顫，把理髮電推子都掉在地上——幸虧當時他手裡拿的不是剃刀。

註（6）希望大陸能和平轉型，要是激起民變，那又是血流漂杵了。

浪淘沙　百年詠史（108）芮成鋼 (1)

央視芮成鋼，信屬汪汪，侯門獻媚傍徐娘 (2)，大使無端遭笑侃，坐庶民艙 (3)。
此次戴琅璫，左棍慌慌，知人嘴臉不知腸，卻問紅皮階下犬，代表何方 (4)？

註（1）芮成鋼，安徽合肥人，中國中央電視台記者、播音員、節目主持人，中國共產黨黨員，曾擔任中國中央電視台英語新聞頻道《財經中國》節目的主播，主持過多個英語對外廣播節目；曾擔任財經頻道《經濟信息聯播》、《環球財經連線》節目主持人，曾對數百名國際商業界、經濟學術界及政界的領袖人物進行過專訪。2014年7月11日起，芮成鋼因被中國當局帶走調查而停止了一切主持活動。2016年，其因行賄、受賄罪被判處有期徒刑六年。

註（2）據説芮與超過二十位高官夫人有染，其戰力真不是一般的強。

註（3）芮極囂張，曾公開用挑釁的語氣問美國駐華大使駱家輝，是否因為欠了中國的錢而乘坐經濟艙。

註（4）2010年11月12日，美國總統奧巴馬於南韓首爾G20峰會後舉行的新聞發布會上，由於奧巴馬誤認為芮是韓國人，而在發布會上演出一段小插曲。當時臨近發布會尾聲，奧巴馬稱要將提問的機會留給韓國媒體，看到場中一直有人舉手，奧巴馬誤以為芮是韓國人，於是邀請芮提問。但芮告訴奧巴馬稱自己其實是一個中國人，於是引發一小段對話衝突。由於對話中芮成鋼為爭取到提問機會，説道「I think I get to represent the entire Asia（我想我可以代表整個亞洲）……」

七津　百年詠史（109）薄熙來 (1)

撕咬朝廷大戲開　　　　登場醜角笑熙來

梟雄遺下奸雄種 (2)　　　薄匪謀推習匪臺

打黑唱紅施智略 (3)　　　砸鍋吃飯費疑猜 (4)

都頭夜闖花旗館 (5)　　　搞出驚天滅頂災

註（1）薄熙來歷任遼寧省大連市市長、中共大連市委書記、遼寧省省長，在東
　　　　北政績卓越，被提升爲中華人民共和國商務部部長。後擔任中共重慶市
　　　　委書記等職務，任內創造了重慶模式，但受到王立軍事件影響，2012年3
　　　　月15日，被解除中共重慶市委書記職務，同年4月10日被停止中共中央委
　　　　員和政治局委員職務，接受中共中央紀委調查，並於同年9月28日被開除
　　　　黨籍、公職並以其涉嫌犯罪問題及犯罪問題線索被移送司法機關處理。
　　　　同年10月26日，薄熙來的第十一屆全國人大代表職務被重慶市人大常委
　　　　會罷免。同日，中華人民共和國最高人民檢察院決定對薄熙來立案偵查
　　　　並採取強制措施。

註（2）梟雄指其父薄一波。薄一波以「戴閻錫山的『帽子』、說山西話、做中
　　　　國共產黨的抗日救亡工作」方針，卓有成效地開展了一系列工作。他通
　　　　過改組山西犧牲救國同盟會，大力發展山西民眾，並培養中共幹部，使
　　　　得犧盟會成爲中國共產黨直接領導的群眾抗日團體。1937年3月，犧盟會
　　　　的會員已經發展至二十萬人；1939年夏，犧盟會員發展到300萬人左右。
　　　　薄一波能把老奸巨猾的閻錫山耍得滴溜溜轉，其才幹不可小覷。

註（3）薄熙來主政重慶期間，發動打擊有組織犯罪和腐敗的「打黑」持久戰。
　　　　2009年-2011年間，大約有5700名在清掃行動被誘捕，包括商人、警察、
　　　　法官、政府官員和薄的政敵，行動由曾經在遼寧與薄共事的重慶市公安
　　　　局長王立軍監督。主政重慶期間，薄推行一系列宣揚毛澤東思想的運
　　　　動，重振「紅色文化」，提升公眾士氣。活動要求宣傳傳頌毛澤東語
　　　　錄、唱紅色歌曲、播革命電視節目和歌劇，鼓勵學生參照文化大革命的
　　　　上山下鄉運動到農村工作。運動期間薄和市文化局發起「紅歌活動」，
　　　　要求每個區、政府部門、商業企業、教育機構、電台和電視台唱「紅

歌」，讚美共產黨所取得的成就。薄表示要用毛澤東時代馬克斯主義的
回歸重振城市。

註（4）習近平曾放言：「絕不允許這類人吃共產黨的飯、砸共產黨的鍋。」

註（5）宋代捕快頭目之稱，如水滸傳中的武都頭，指王立軍。

爭權奪利永遠是中共的主旋律，不管披上什麼外衣，得勝者便是正確
路線。習對他的總角之交總算手下留情，留了他一命。砸鍋吃飯之說最終
不知指向何人，吃飯不要緊，十幾億膏血足夠他們大快朵頤，要砸掉他們
賴以分肥的鍋可是罪大惡極，大戲已經開幕，看客當可大飽眼福。

濟南市檢起訴書稱，薄熙來受賄金額為2179萬元（人民幣，下同），
貪汙金額達到500萬元，數額巨大；薄熙來當庭對公訴人的受賄及貪汙指
控予以否認。

從大連到重慶，當了十幾年富庶之地的諸侯，祇貪汙了區區500萬
元，您信嗎？秦皇島那個小科長家還有上億元呢，且不說那幾十套住宅。

慶豐帝打虎，受創的都是平民出身的高官，薄熙來若非有不軌之心，
當可榮華富貴下去。那些富可敵國的貝勒格格，與慶豐骨肉相連，我不相
信他會自斷左膀右臂，可以斷言，鏟除了那些能對他造成威脅的勢力後，
打虎將不了了之。

七絕四首　百年詠史（110）軍中妖姬 (1)

共淒共慘禍炎黃 (2)　　　　不是夫妻也上床

自有妖姬欣吐納 (3)　　　　將軍排隊入閨房

其二

數十將軍齊赴湯 (4)　　　　王成烈跡亦尋常 (5)

柳營幸有妖姬在　　　　　　打炮何勞上戰場

其三

老尚風流興若狂　　　　　　妖姬床笫最當行

溫柔鄉處北邙麓 (6)　　　　枉作權爭替罪羊

其四

加強排裡聚群英 (7)　　　萬國難成此陣營
惟有妖姬能統率　　　　　輪番鏖戰到天明

註（1）共軍文工團歌唱家湯燦，官拜大校，落馬後被官媒稱爲「軍中妖姬」。

註（2）諧音「共妻共產」，此乃數十年前國府對中共一針見血之評，共產是他
　　　 們自己喊出來的，人所共知，共妻也早已有之，可見於早期中共黨人的
　　　 回憶錄。

註（3）成語，吐故納新，傳妖姬善此道。

註（4）成語，赴湯蹈火，前人眞有先見之明，赴湯的將軍現在皆如置於火架之
　　　 上。

註（5）王成，中共所拍攝戰爭片《英雄兒女》中的主角。

註（6）洛陽北邙山，皇室貴族多葬於此。故有謂：「生在蘇杭，葬在北邙」。
　　　 歷代更有無數詩詠邙山。晉代詩人張載《七哀詩》云：「北邙何累累，
　　　 高陵有四五。借問誰家墳，皆云漢世主。」陶淵明《擬古詩》云：「一
　　　 旦百歲後，相與還北邙。」白居易詩感慨道：「何事不隨東洛水，誰家又
　　　 葬北邙山？」沈佺期《邙山》云：「北邙山上列墳塋，萬古千秋對洛
　　　 城。」張籍有詩云：「洛陽北門北邙道，喪車轔轔入秋草。」王建《北邙
　　　 行》云：「北邙山頭少閑土，盡是洛陽人舊墓。舊墓人家歸葬多，堆著黃
　　　 金無買處。」

註（7）共軍編制，一個排有三個班，三十餘人，加強排多一個班，四五十人，
　　　 妖姬夜夜換新郎，可一個月不重樣，全世界恐怕找不到第二個如此牛的
　　　 大校。大校湯燦瑯璫入獄，官方稱其爲「軍中妖姬」，有消息稱其入幕
　　　 之將軍多達數十位，人數逾一加強排云云。

　　小時候看「英雄兒女」，見王成彈盡援絕，對步話機裂眦大呼：「向
我開炮！」其時恨不能跳進銀幕與英雄共生死，至今思之，頗覺可笑。妖
姬以一大校能令數十將軍俯首聽令，赴湯開火，當有其顛倒眾生之處。想
妖姬玉體橫陳，星眸矇矓，朱唇微啟，嬌聲叱道：「向我開炮！」眾將之
中必有未曾真箇已銷魂者。

　　軍隊腐敗糜爛如此，難怪小小緬甸視天朝如無物、打臺灣，滅日本、
核平美國云云，祇是五毛愛國賊的夢囈罷了。

南鄉子　百年詠史（111）釣魚島

東海有蓬萊，兩造相爭事弗諧，百載恩仇思併火，哀哉，甲午風雲捲復來 (1)。強國敞胸懷，捨己為人慣例開，萬里河山全不吝，乖乖，若要分羹把隊排。

註（1）此詞填於甲午年。

　　章太炎曾撰聯辛辣諷刺慈禧太后：

　　今日到南苑，明日到北海，何日再到古長安？嘆黎民膏血全枯，祇為一人歌慶有。

　　五十割琉球，六十割臺灣，而今又割東三省！痛赤縣邦圻益蹙，每逢萬壽祝疆無。

　　今天看來，清廷割地賠款猶可恕，力不如人萬事休，內外交困，打又打不過，為避免更大的損失，祇得忍痛割肉。

　　到了太祖登基，道是中國人民站起來了，什麼什麼一去不復返了，屁民為此著實自豪了許多年，雖是吃糠咽菜，盈途餓殍，卻老想著去解放三分之二喝牛奶，吃牛排的世界人民。

　　出國多年，托萬惡美帝發明的互聯網之福，方知道朝廷對屁民是一副面孔，對亡我之心不死的四夷又是另外一副面孔。對屁民便似忤逆子孫對父母，動輒惡言相向，拳腳交加，屁民有塊巴掌大的棲身之地，說拆就拆，雷厲風行，你要惡意非法上訪？請便，無產階級專政的鐵拳頭是幹嘛使的？對四夷卻如對新得手小三，要什麼給什麼，江東六十四屯？給！長白山？給！白龍尾島、老山法卡山？給！江心坡？給！藏南？給！那些從前蘇聯獨立出來的什麼斯坦，也從咱這裡得到一筆不菲的離婚補償。朝廷慷慨之美名四海傳揚，連遠隔重洋那些八竿子打不著的乞兒都來討賞，隔得太遠，土地是不能給了，大撒幣行不？

　　據有心人拿著本中國分省地圖把每個地方的面積加了又加，怎麼也跟九百六十萬平方公里對不上號，少了一大截，難道這些地方是讓釘子戶強佔了？也不對呀，建議朝廷把編纂地圖那些人全給斃了，什麼罪名？洩露

國家機密罪！要不便是侵佔國土資源罪。

在咱神奇的祖國，祇有你想不到的，沒有什麼是不可能發生的，小小科級官員的床下能藏上億現金，把幾十萬方公里土地藏得人不知，鬼不覺，又有什麼奇怪的？

令人不解的是對小小的釣魚島朝廷倒較了真了，死活不肯鬆口，朝廷定是在下一盤很大很大的棋，隔三差五吆喝一聲，那些愛國賊便像是打了雞血般跳出來，聲嘶力竭地喊一通口號，砸商店、砸汽車，把同胞的血汗砸個稀裡嘩啦，然後便如摸了小尼姑的大腿一般，心滿意足得勝回家睡覺去了。古人道：殺敵一千，自傷八百。咱們今天卻有本事把自己打得遍體鱗傷，猶自以為勝利。看來魯迅對阿Q的身世肯定隱瞞了什麼，照我推斷，阿Q定有三妻四妾，子孫眾多，不然的話如何解釋各省各市有那麼多Q的傳人？

建議同胞翻箱倒櫃，看看能否找到康熙爺封韋爵爺為釣魚島主的聖旨，如能找到，則中華幸甚。

七津　百年詠史（112）霧霾

匝地霧霾漫九州	碧空浩壤一齊休
牧民祇是吸膏血 (1)	治國當如摸石頭 (2)
難阻氤氳侵肺腑	惟遮臉面掩哀愁 (3)
坦言卻問偉光正	遺禍千秋能不羞

註（1）牧民，治理人民，管道民事。漢・賈誼・過秦論：「是以牧民之道，務在安之而已。」偉光正卻反其道而行之，一昧搜刮，弄得冤民訪民遍地。

註（2）偉大的總設計師的治國方略，摸石頭過河。

註（3）霧霾天氣，滿街惟見大口罩，真箇「夫妻相見不相識。」

從今年開始，新浪天氣、天氣通App官方微博「天氣預報」以「京津冀天空由藍轉灰，『不可描述』再度來襲」為題預報天氣，指北京、河北、河南、山西、陝西、四川一帶的空氣汙染氣象條件逐步轉差，「不可

描述的天氣現象」再度來襲。預報續指,直至26日夜間,在冷空氣影響下,華北地區的空氣汙染氣象條件將好轉,「不可描述的天氣現象」將自北向南減弱消散。

敏感時期,「不可描述的天氣現象」、「天空藍轉灰」成「霧霾」替代詞彙,網友亦紛紛熱議。不少網友調侃,冀就此消除霧霾?恐掩耳盜鈴、自欺欺人罷了。

09年7月1日,美國駐華大使館空氣質量監測站在使館館區內通過衡量PM2.5懸浮顆粒監測空氣質量。其目的是為了給美國駐京外交人員提供健康方面的資訊,卻被愛國賊們說是美帝的陰謀,北大教授孔慶東甚至危言聳聽說什麼:「利用秋末多霧,美國又一次發動了氣象戰,中國東部從黑龍江到江浙全部陷入霧霾天氣,公路交通中斷,飛機無法起降,有毒粉塵彌漫,漢奸配合美國使館蠱惑人心……」

環保部稱:個別外國使館應該停止公佈空氣質量信息……

環保部副部長吳曉青稱:「他們用本國的空氣質量標準,來評價我國的空氣質量,這是明顯不合理的……」

看看這些狗官。

水調歌頭　百年詠史（113）中秋·步東坡韻

明月幾時有,含淚問蒼天,不知禁苑亭閣,可在慶堯年 (1),
欲效詩仙邀飲 (2),卻恨陰霾遮目,顧影自心寒,辜負此良夜,顰蹙上眉間。
扶薄醉,掩蓬戶,苦無眠,玉宮蟾兔,何故偏向異邦圓 (3)?
既要超歐趕美,又要山青水碧,好事兩難全,及早淨塵宇,還我舊嬋娟。

註（1）堯年,比喻盛世。唐·元稹·賦得數莫詩:「堯年始今歲,方欲瑞千
　　　齡。」
註（2）唐·李白·月下獨酌:「舉杯邀明月,對影成三人。」
註（3）國人諷刺崇洋者之言,今日竟然確鑿無誤,成為事實。

活剝虞美人　百年詠史（114）霧霾

天災人禍何時了？屈指難知曉，古都昨夜又沒風，褲衩不堪回首霧霾中 (1) 。
花容月貌應猶在，衹剩雙眉黛，問君還有甚要求？領導陪俺同喝地溝油 (2) 。
在網上看到一些有關霧霾的圖片，其中一幅是十多個少女成排站立，個個
不見廬山真面目，衹能看到眼睛眉毛。

註（1）大褲衩，北京市民對央視大樓的謔稱，其形狀似人半蹲的下半身，所排
　　　之物當然不外屎尿屁。
註（2）神州大地大氣汙染、環境汙染、地下水汙染，連人的靈魂都被黨文化所
　　　汙染，有毒食品琳琅滿目，地溝油衹是冰山一角。當然，領導的食品都
　　　是特供，地溝油他們怕是未享用過。

七絕三首　百年詠史（115）中秋答友

家山長憶不勝情　　　萬里重關一日程
匝地神州皆毒霧　　　月圓卻是異鄉明

其二

年年佳節眺家鄉　　　雁足剎時傳遠洋 (1)
一樣月光清似水　　　塵寰何日共炎涼

其三

此身長恨作飄蓬 (2)　　卅載鄉思歲歲同
赤縣仍行秦政法　　　伯夷誓不過江東 (3)

註（1）雁足，比喻書信。南朝梁·王僧孺：「尺素在魚腸，寸心憑雁足。」現
　　　在用互聯網，書信確實剎那間便可達萬里之外。
註（2）飄蓬，隨風紛飛的蓬草，比喻人的飄泊不定。唐·杜甫·贈李白詩：
　　　「秋來相顧尚飄蓬，未就丹砂愧葛洪。」
註（3）伯夷，孤竹君的長子，與弟叔齊恥食周粟，在首陽山採薇而食。

七律　百年詠史（116）神州樓市

江山萬里起樓臺　　　灑向人間皆是災
圈地八旗辦色屬 (1)　　呼天百姓哭聲哀 (2)
運籌思剔鷺鷥腿 (3)　　經濟空懷魍魉胎
堪嘆神州難的屁　　　半淪鬼域沒蒿萊

註（1）大陸的地產商或是八旗子弟，或是與官府有千絲萬縷關係的白手套，一般人想染指此暴利行業，休想。

註（2）為了盡快圈地蓋樓賺錢，許多百姓的住宅被強迫拆遷，一夜之間化為廢墟。

註（3）百姓的錢猶如鷺鷥腿上的肉，多乎哉？不多也，他們還是要想方設法剔個乾淨。

　　中國正處於令人頭暈目眩的房價泡沫之中。上海的平均房價比一年前上漲了近三分之一。北京和廣州等大城市的房價相去不遠。中國消費者正在政府介入並採取限制措施之前爭相買房。

　　當上海謠傳政府將要求房主在購買額外房產時繳納更多稅款和首付款時，很多夫妻申請離婚，以便一方能夠仍被當作獨立購房者。不過經濟學家們警告稱，中國大陸目前的房價暴漲解決起來可能會特別困難：它伴隨著越來越多的美國式債務。

　　今年，長期房貸——大多是抵押貸款——佔全部官方銀行貸款的比例翻了一番。今年8月，房貸佔全部新貸款的比例約為40%，而年初僅為20%。新房貸的價值佔全部住房銷售額的比例暴漲至歷史新高。

　　這些貸款大多是中國為保持經濟增長而出現的貸款狂潮的副產品，它們正在幫助富人、中產階級、以及夢想擁有一套房子的低收入人群，不過投資者和投機者也在湧入。地下放債者，也就是利用各種新平台，在正式銀行系統之外運作的人，也助長了這次暴漲。

　　上個月，中國銀行的經濟學家在一份報告中警告稱，日益惡化的資產價格泡沫正在促進一個有泡沫的市場，可能會導致麻煩。之前一天，有政

治背景的地產和娛樂業大亨、中國富豪王健林對CNN表示，中國地產是「史上最大的泡沫」。

外一首　七絕　百年詠史　拆遷(1)

國府徵兵苦守邊　　　　大王嘯聚許分田 (2)

可憐百戰成枯骨　　　　奠酒無從到九泉 (3)

註（1）強制拆遷，簡稱強拆，是中國大陸的一種從2000年代開始到現在不斷發生，而且愈來愈嚴重的社會現象。這種現象，常指在拆遷過程中，拆方與被拆方未有接觸或正在談判的時候，拆方通過暴力方式先行將建築拆卸……

註（2）國府的徵兵佈告：「家有壯丁，抗日出征，光宗耀祖，保國為民。」紅軍的宣傳標語：「老鄉，參加紅軍可以分得土地。」

註（3）濟南、洛陽等地的一些抗日烈士墓地都被地產商夷平蓋樓，連紀念碑都讓他們拆毀了，這個民族，值得人家尊重嗎？

七津　百年詠史（117）河南愛滋村 (1)

萬戶千村彌血腥 (2)　　　　白衣天使化幽靈 (3)

生財有道煎枯骨　　　　糊口無門上絕陘 (4)

疫虐中原成鬼域　　　　胸懷大愛哭秦廷 (5)

殘民安可逃神譴　　　　深禱長空擊震霆

註（1）在世界其它地區，愛滋病這種世紀絕症多是由靜脈注射毒品和淫亂的性生活傳播，但是在河南，貧窮的百姓為了供孩子上學、為了蓋新房娶媳婦和其它經濟上的原因去賣血，在無良的醫院和血頭不負責任的操作下，很多賣血的百姓交叉感染上這種絕症，並且感染了配偶甚至後代，大片地區淪為鬼域。當可敬的高耀潔老人得知此事后，上下奔走，變賣家產為患者呼喊並提供力所能及的幫助，她的義舉卻被當局視為不穩定因素，屢受打壓，老人被迫以82高齡遠走他鄉，在異國盡力為那些患病的同胞四處求助，希望國際社會能助一臂之力，但在中國官方阻撓下，收效甚微。至今那些圖財害命的罪魁禍首並無一人受到懲罰或追究責任，嗚乎，這就是中國！

註（2）有段時期，貧困的河南農村賣血成風，幾乎村村都有人賣血。

註（3）醫護人員本應是白衣天使，卻為了幾個錢去助紂為虐。

註（4）賣血的百姓多是迫不得已，卻無人告訴他們那潛在的致命危險。

註（5）申包胥哭秦廷，竟然感動了秦王出師助其復國。高耀潔老人多次進京為河南百姓奔走，卻被視為不穩定因素。由此視之，被視為暴虐之秦比起紅朝諸公有人情味多了。

外二首　七絕

千億鷹洋枉上供　　　愛滋肆虐覓元凶

身如武大無長物　　　笑煞非洲老祖宗

津巴布韋衛生部長太幽默了，他竟然抱怨該國的愛滋病泛濫成災是因為中國的避孕套尺寸太小，導致無法保護黑人兄弟的命根子不被感染，厲害國免費送給津巴布韋的避孕套竟被他拿來嘲笑雞國人的雞巴微不足道，雞國這次是搬起石頭砸自己的腳，不，是送上避孕套請非洲祖宗捅菊花。

其二　七絕

縣丞染上風流症　　　山雉土雞胡亂飛

日後提升成泡影　　　家家扶得病人歸

報稱：貴州一落馬副縣長驗出愛滋病，全縣女幹部女教師全往醫院跑。

七津　百年詠史（118）活摘 (1)

蔽道豺狼充虎倀　　　剜心摘腎割肝腸

死囚化作生財物　　　鮮血真成玉液漿 (2)

魂魄離軀消故土　　　器官易主到他鄉 (3)

上蒼寧不開天眼　　　蒙難烝民禍未央

註（1）對中共摘取法輪功學員及良心犯器官的指控，是指中國共產黨執政當局，特別是政法委員會系統（包括公安和武警）、解放軍系統，被獨立調查者指控大規模系統性活體摘取良心犯的器官，供商業性移植給中國人或外國人謀利，被害者因此死亡，主要對象是遭關押的法輪功修煉

者，以及部分其他宗教及少數民族團體成員，例如維吾爾人、西藏人，這些良心犯被關押在監獄、勞動教養所（Labor Camp）等場所。最主要的獨立調查為大衛‧喬高所做《關於指控中共摘取法輪功學員器官的調查》。聯合國禁止酷刑委員會2015年12月9日要求對中共當局強摘包括法輪功學員器官的指控進行獨立調查，聯合國特別報告員公開譴責中共活摘法輪功學員在內的良心犯器官。

中華人民共和國政府自2006年以來持續否認該指控，但拒絕應聯合國要求公布相關數據以反證，也拒絕外國組織獨立調查的請求。中國政府僅承認國內器官捐贈制度混亂、且官方自2005年起多次改口後稱「大部分器官來源係來自於死刑犯」，並表示將自2013年起改採新制度，逐步終止這些現象。目前，聯合國、自由之家、國際特赦組織、部分國際醫學及移植界仍持續要求中國大陸政府公布相關數據，並同意進入中國進行不受中國政府干預的獨立調查，以「釐清真相」。獲准在中國發行的《鳳凰週刊》2013年11月刊文〈中國人體器官買賣的黑幕〉，針對中國政府2005年後稱「95%器官來自死囚」，報導中指稱「器官比死囚多，官方六次改口」，並稱在中國無法獲得法律保護的法輪功學員、中國勞教所囚犯、社會流民、被拐賣的婦女兒童等，「都可能是被盜賣器官的目標」；而且過去十年器官移植旅遊在中國興盛，器官幾乎隨叫隨到「換腎跟買豬腰子一樣容易」，無須等候、快速配對的奇蹟，中國器官移植量實際高於美國，國際醫學專家認為「中國存在龐大的地下人體器官庫，甚至活摘器官庫」。報導還引用了中國《三聯生活周刊》2006年4月〈器官移植立法之難〉一文「中國98%器官移植源控制在非衛生部系統。」指該文「言外之意，是在司法和軍事系統」。（摘錄自維基百科）中共活摘人體器官不自今日始，早在文革期間，被殺害的鍾海源就被活摘。**鍾海源死刑的的當天，還有更為慘烈的一幕，當時江西這個「紅色南昌」有個九十二野戰醫院，住著一位飛行員，高幹子弟（應該可以查到這個人的姓名），患腎功能衰竭，急需移植腎，且必須從活體上取。當時他們的消息說，女腎比男腎好，尤其是年輕女人的腎更好……於是，醫院通過部隊領導轉告行刑的一位副營長，不能一槍打死，要留活體取腎。**

後據行刑人員講：他把鍾海源提上卡車時，覺得她體重也就五六十斤，像個七八歲的孩子。因長期缺少陽光，她的皮潔白的幾乎透明，臉上淺藍色的毛細血管都能看見。為了保護好她的腎，遊街時，一個頭戴白口罩的軍人示意押解人員按住她，從後面給鍾海源左右肋下各打了一針。那針頭又長又粗，金屬針管，可能是給大牲畜用的，直扎進她的腎臟……竟然連衣服也不脫，隔著短大衣就捅進去，鍾海源嘴被堵住，全身劇烈地顫抖。

到了刑場，架到指定地點，副營長故意朝她右背打了一槍，然後由早已等候在那的幾個醫務人員，把她迅速抬進附近一輛篷布軍車，在臨時搭起的手術台上活著剖取鍾海源的腎，一縷縷鮮血溢滿了車廂底版，滴滴嗒嗒濺落在地上。也許是車廂裡太滑，一位軍醫用拖把來回擦著地板上的血，之後又擠進一個塑料桶裡，幾次之後，竟盛滿了半桶血。這個時候，她的腎也和鐵礦一樣，屬於國家所有，國家可以自由支配。

註（2）玉液漿，比喻美酒。唐·白居易·效陶潛體詩：「開缾瀉尊中，玉液黃金脂。」

註（3）2007年6月召開「解決移植器官短缺的倫理問題」研討會上，外科及移植主任埃亞隆（Amram Ayalon）教授發言「作為猶太人，不能（對摘取法輪功學員器官的指控）袖手旁觀。」2007年，220名以色列猶太教士、學者及政界人士簽署請願書，呼籲停止在中國的活摘器官。以色列政府立法，2012年4月起禁止以色列人到海外移植來源不明、非法的器官（常被稱為「器官移植旅遊」），並禁止保險公司支付以色列國民到海外移植器官的費用。（摘自維基百科）

新華社2018年消息：10月19日下午1時許，滬蓉高速鎮江段，發生一起轎車與客車追尾的輕微交通事故。警方發現轎車內一名男醫生攜帶兩枚活體腎臟器官！據了解，這兩枚器官來自南京某大型醫院移植處，準備送到蘇州大學附屬第一醫院進行器官移植手術。——這兩枚活體腎臟器官的來源是哪裡？是捐獻者？死刑犯？法輪功學員還是其他政治犯？請政府公開活體器官的來源真相。

七津　百年詠史（119）解放軍 (1)

洪都新府聚妖魔 (2)　　　將瘦病夫重染痾 (3)
從未荷戈平日寇 (4)　　　卻曾斬木助蘇俄 (5)
保皇瀝瀝嘔心血 (6)　　　護黨牢牢執斧柯 (7)
六月屠城鐫痛史 (8)　　　萬年恥辱鑄風波 (9)

註（1）中國人民解放軍是中華人民共和國的國家武裝力量，其最早的武裝力量前身可以追溯到中國工農紅軍。共軍堅持「黨指揮槍」，軍隊需要「聽黨指揮」，共軍的最高軍事領導（包括軍令指揮、軍政管理）機構爲中共中央軍事委員會，實行主席負責制，中共中央軍委主席統率全軍。

註（2）洪都新府指南昌。滕王閣序・豫章故郡，洪都新府。中共把南昌暴動日定爲建軍日。

註（3）抗戰前，在國府領導下，中國的經濟發展迅速，有十年黃金時期之稱。中共的割據和日本的入侵打斷了這一進程。

註（4）荷戈，拿起武器，爲國效命疆場。中共打著抗戰的幌子招兵買馬，從未進行過像樣的戰鬥，彭德懷發動的百團大戰被視爲錯誤的軍事路線，直到文革時仍爲此事挨批鬥。

註（5）斬木，斬削樹木爲武器。賈誼・過秦論：「斬木爲兵，揭竿爲旗，天下雲集而響應。」蘇俄進攻東北，中共中央號召各地暴動去「保衛蘇維埃祖國」。

註（6）中共奉行黨指揮槍，實際上等同毛的私人軍隊，他在歷次黨內的殘酷鬥爭中可以爲所欲爲，所仗恃的就是軍隊。

註（7）斧柯，斧柄，比喻政權，權柄。清・黃遵憲・述懷再呈靄人樵野丈：「豈能無斧柯，皇皇行仁義。」中共能長期一黨獨裁所仰仗的也是軍隊。

註（8）指六・四屠城。

註（9）中共後來把六・四屠城輕描淡寫稱爲「風波」。

外一首　七絕

木蘭虎帳慣吹簫　　　百戰將軍競折腰
何必花街尋夢遠　　　柳營高臥度春宵

鳳凰網報導：我軍魅力女兵吹出二等功。

靠唱歌跳舞能官拜將軍大校，吹簫吹笛能立軍功，全球祇此一家，別無分店。有笑話說宋祖英將軍到某部隊演出，一士兵不服道：「她連槍都沒摸過，憑什麼當將軍？」連長道：「你知道什麼？她摸過的槍說出來嚇死你！」看來摸誰的槍很重要，摸了徐才厚、郭伯雄的槍都倒了大霉，所以要摸得摸中華第一槍！

七津　百年詠史（120）紅朝婦女

好夢成空劇可憐	侈言能頂半邊天 (1)
瘋癲當惜劉三姐 (2)	悲慘無如李九蓮 (3)
織女猶需耕隴畝 (4)	傖夫偏是配嬋娟 (5)
幽冥笑問江旗手 (6)	今夜上皇何處眠 (7)

註（1）毛語錄：「婦女能頂半邊天。」他要求婦女在工作中與男人發揮同樣的作用，報酬當然不一樣，我去過一些農村，男勞動力如一天掙一個工分，一個健壯的、熟悉農活的婦女祇能得到0.7到0.8工分，而且她們回家還得照顧孩子，做飯洗衣服，養豬養雞鴨等等工作。

註（2）電影《劉三姐》的表演者黃婉秋，文革中挨批挨鬥，以致多年精神不正常。談到劉三姐，黃婉秋感慨萬千。從17歲演《劉三姐》走紅，到20歲時「文革」開始，電影《劉三姐》成了批判的「大毒草」，黃婉秋從演員變成了「運動員」。從那時起，「劉三姐」變成了「掃大街的」。同時，批判、游街甚至侮辱等各種厄運時刻都伴隨著她，噩夢般的日子一直延續了很多年。據黃婉秋介紹，當時的派性鬥爭非常激烈，因為公檢法機關都被砸爛了，所以很多人根本用不著審判就成了這種鬥爭的犧牲品。「我當時差一點被槍斃。」黃婉秋說到這裡有些不寒而果。有一天夜裡，一幫人把她拉到一個剛剛槍斃人的地方，要她交代罪行。最後對方嚇唬了一下竟然把她放了，讓她虛驚一場。

註（3）李九蓮因對林彪表示懷疑被男友告發，1975年5月，李九蓮以現行反革命罪被判刑十五年；另有四十多人因為替李九蓮說情而被判刑，此外還有六百多人受刑事、行政、黨紀處分，全市九個中學，就有兩個中學的副校長被開除公職，三個中學的團委書記被撤職，兩個中學的工宣隊長被退回原單位。

李九蓮在監獄裡並沒有低頭，她在一篇交代材料中說：「我不理解毛主席為什麼能夠抵制『紅海洋』，而不能抵制林彪的『三忠於』……赫魯曉夫在斯大林生前死後的一百八十度的大轉彎，血淋淋的教訓擺在毛主席面前。我痛惜毛主席或者視而不見，或者昏昏然陶醉。」

1976年10月，所謂「四人幫」下台。同年12月，李九蓮在獄中寫下了「我的政治態度」一文，認為「華國鋒把黨政軍大權獨攬於一身」，是「資產階級野心家」，「寄希望於江青」……這篇文章，她並沒有給任何人看。但在1977年1月31日晚上，監獄管教幹部指名要她談談這一年的思想改造情況，李九蓮不談。獄吏喝道「你這個反革命，有膽量反動，就要有膽量說，明明是一條毒蛇，就不要裝成個美女！」李九蓮氣得全身顫抖，她馬上找出這篇稿子，當眾就念，於是犯下了「惡毒攻擊英明領袖華主席」的殺頭罪名。

當時，所謂「惡毒攻擊」英明領袖罪，則是以所謂「四個指向」（即指向華國鋒主席、中共黨中央、工業學大慶、農業學大寨）一律是現行反革命的「四個指向」，是華國鋒領導的中共中央指示來定的。有親歷者廈門大學哲學系教授張小金回憶，以此罪被隔離被抓被判者，在他當時所在的江西省無以計數。李九蓮正是其中一個典型。

1977年，華國鋒得勢之時，公開罵他是野心家，就是所謂「惡毒攻擊華主席」，就是所謂「喪心病狂進行反革命活動」，就是所謂「公然為四人幫鳴冤叫屈」，於是，李九蓮被報請上級改判死刑。

1977年12月14日，在當時的英明領袖華主席的領導下，贛州市體育場舉行三萬人參加的公判大會，李九蓮身穿黑色囚衣，腳戴鐐銬，五花大綁，被插長牌「現行反革命分子李九蓮」，被按跪在主席台上，她的嘴巴里塞著一塊竹筒，以防她喊反動口號。遊街後，李九蓮被押到西郊通天岩刑場槍決。此後，任屍體在荒野暴棄數日，也不來收屍，當時的政治形勢是：「在無產階級專政的強大威力面前」，連親人都把她拋棄了……政府更是不管，好像埋了這具屍體，有損政府的威嚴。

江西贛南機械廠的退休老工人何康賢，居然侮辱屍體，把李九蓮的乳

房和陰部割了下來，後被判刑七年。

註（4）婦女在做家務之外還要下田勞動，她們的辛勞倍於男人。

註（5）一些地富的女兒或是為了改變命運，或是被強迫嫁給一些粗鄙不堪的貧
僱農，能享此福者多為積極分子，屬於典型的農村痞子。

註（6）文革中江青被稱為「旗手」。

註（7）毛早已不跟江青同房，自己夜夜做新郎，如此尊重婦女，遍灑甘露，倒
是別出心裁。不知他下了地獄還能這般風流否？

七津　百年詠史（121）臺灣選舉

學步蹣跚技未工 (1)　　　幸能伏虎入牢籠 (2)

依然三業亂胸臆 (3)　　　焉可一朝移世風

民授民權通大道　　　　聖賢聖主冒天功

流年如水淘沙礫　　　　將相王侯終掃空

註（1）臺灣的民主進程較遲，但是選民的素質比較起西方一些老牌的民主國家
選民並不差，中共的「素質論」可以休矣。

註（2）臺灣人民率先實現了國人的夢想：把權力關進籠子裡。

註（3）三業，佛教用語：意志活動及由意志所引發的言談、動作三者的合稱。
又，善、惡、非善非惡三種意志行為。阿毗達磨俱舍論·卷十五：「業有
三種：善、惡、無記。」

自度三字謠　百年詠史（122）習寶貝

習寶貝，你太累，中南海，難入睡，方便麵 (1)，不對味，嫌厚薄 (2) 怎下胃？
令計劃 (3) 渾不畏，潛帷幕，做內鬼，險象生，幾被廢 (4)，眾貪官，沒心肺，
移財產 (5)，不上稅，老虎多，和為貴，紅十會 (6)，遭人啐，郭美美，獻狐媚，
善門裡，盡汙穢，募捐款，捐你妹 (7)，法輪功，勸三退，內難安，運氣背，
東方珠，寶光褪，爭普選，民鼎沸，化外民 (8)，不肯跪，哥利亞，遇大衛 (9)，
打不贏，退不對，群狼伺，窺大位，大頭娃，缺智慧，力不逮，空憔悴，超負荷，

心力瘁，倒不如，嘎崩脆，散其伙，免受罪。

　　網傳一幅在襁褓中的嬰兒照片，神似習近平，據此作三字謠。

註（1）方便麵指周永康，因成敏感詞，網民用「康師傅」爲代稱，詭異的是，隨著周永康入獄，臺灣大品牌方便麵「康師傅」不久之後也倒閉。

註（2）指徐才厚，薄熙來二人。

註（3）令計劃，本姓令狐，山西省平陸縣人，曾經在中共中央總書記胡錦濤任內擔任中共中央辦公廳主任。傳因與周永康和薄熙來的政變有瓜葛被捕入獄。

註（4）習近平上臺前一度險象環生。

註（5）那些反美的愛國愛黨官員如有可能，都會把子女和財產轉移到歐美。

註（6）中國紅十字會不屬於國際紅十字會，是黨所領導的國營企業。

註（7）郭美美醜聞曝光後，紅十字會受到沈重打擊，在網上呼籲募捐，卻收到無數「捐你妹」的答覆。

註（8）港人爲化外之民，不肯放棄對民主的追求。

註（9）巨人哥利亞被大衛擊敗，參看聖經「撒母耳記·上」。

歸自謠　百年詠史（123）中國夢

中國夢，萬代千秋誰與共，基因紅色輪番奉。

朝廷一色龍和鳳 (1)，齊聲頌，血酬不負邙山冢 (2)。

註（1）中共元老陳雲稱：把權交給我們的子女，他們至少不會掘我們的祖墳。此後他又向鄧小平提出：「江山是我們打下來的，因此繼承這個江山的也應該是我們的後代。一個家庭至少出一個人。」最後鄧小平默許了這個提議，江山成了他們的私有財產！

註（2）根据文獻記載，北邙山帝陵主要埋葬著東漢、曹魏、西晉、北魏四代帝陵及其陪葬墓群。洛陽是十三朝古都，跨越時間長達千年有餘。「生於蘇杭，葬於北邙。」洛陽城北的邙山是中國人終極歸宿的代名詞，邙山上陵墓多得「幾無臥牛之地」，更有6代24帝長眠於此，分布之密、數量之多、延續年代之久，堪稱中國之最。唐代詩人王建曾有詩道：「北邙山頭少閒土，盡是洛陽人舊墓。舊墓人家歸葬多，堆著黃金無買處。」

「生在蘇杭，葬於北邙」，「邙嶺無臥牛之地」，這些當地俗言，更是形象地道出了這個世界罕見、中國最大的古代陵墓群的墓葬之稠密。邙山家喻八寶山。

七津　百年詠史（124）臺灣九合一選舉 (1)

綠藍對決已開盅 (2)	黎庶無言遠碧空 (3)
連戰連輸涎臉面 (4)	英文英九易雌雄
避秦思峙三分鼎 (5)	圖莒難成一統功 (6)
天佑中華留淨土	廟堂何不唱非攻 (7)

註（1）2014年中華民國地方公職人員選舉，俗稱103年中華民國九合一選舉，於2014年（民國103年）11月29日舉行。本屆選舉由中華民國自由地區之直轄市（6都）選出新一屆的直轄市長、直轄市議員及里長，另加首屆山地原住民區長及區民代表。並由臺灣省（11縣3市）及福建省（2縣）中，選出新一屆的縣市長、縣市議員、鄉鎮市長、鄉鎮市民代表及村里長。

　　本屆選舉是中華民國政治史上最大規模的地方選舉，應選名額共計1萬1130名，更有高達1萬9762位候選人登記參選。選舉結果，國內地方執政版圖巨幅震盪，執政的中國國民黨遭遇極大挫敗，由選前4都11縣市萎縮至1都5縣，在野的民主進步黨則由選前的2都4縣擴張為4都9縣市。

　　該次選舉有二十三個政黨參與，並有十個政黨當選直轄市及縣市議員，均創下歷屆新高紀錄。

註（2）國民黨被稱為藍營，民進黨為綠營。

註（3）碧空指國民黨。

註（4）連戰曾敗選於總統選舉，其子連勝文出戰又大敗。

註（5）三分鼎，喻互不統轄的割據政權。

註（6）戰國時期，莒國已經是齊國的一個城。前284年燕國樂毅率領大軍攻打齊國，在濟西之戰大敗齊軍主力，連克七十二城，僅剩即墨、莒二城為齊國最後固守。齊國在田單的領導下以莒城為反攻基地，經歷五年成功收復了失地。

註（7）非攻是墨家針對當時諸侯間的兼並戰爭而提出的反戰理論。墨子認為，

戰爭是天下的「巨害」，無論對戰勝國還是戰敗國都將造成巨大損害，因之既不合於「聖王之道」，也不合於「國家百姓之利」。

中共既然認為臺灣人民都是骨肉同胞，又何苦惡形惡相，鎮日喊打喊殺？

七津　百年詠史（125）紅朝官場

幽靈竊國禍千般　　　　離俗淳風去不還 (1)
文武滿朝承祖德 (2)　　升遷無賄落孫山 (3)
廟堂何臉照殷鑑　　　　權貴如潮越漢關 (4)
漫道中興出聖主 (5)　　可能斷腕棄刁頑 (6)

註（1）離俗，不同凡俗。司馬相如・上林賦：「若夫青琴宓妃之徒，絕殊離俗。」淳風，淳厚樸實的風俗。抱朴子・逸民：「淳風足以濯百代之穢，高操足以激將來之濁。」自中共竊國至今，經過歷次運動，離俗淳風蕩然無存，爾虞我詐、鉤心鬥角、以鄰為壑倒是成為生存之道。

註（2）文武大員中多是紅二代。

註（3）官場貪汙受賄成風，軍隊也如此，一開國將軍之子由於不肯行賄，不得升職。

註（4）紅朝大員的子女財產大都轉移到歐美，很多自己暗中也成了外國人，獨自留在中國搜刮民脂民膏。

註（5）許多人對習近平寄予厚望，我看他卻似朱由檢。

註（6）習王反腐，祇是清理疥癬之疾，中共已病入膏肓，那些富可敵國的鄧陳葉家族，諒他不敢動，即使想動也動不了。割雞眼能治心臟病、癌症？打死我也不信。

南鄉子　百年詠史（126）哀邊民

蠻貊犯南疆，百姓無辜降禍殃，酒色將軍辭色厲，慌慌，強國威名受重創。
輿論禁聲張，休與毗鄰事鬧僵，官府愛民如愛狗，噹噹，二萬銀元聊慰殤 (1)。

註（1）在此之前不久，某機場的車輾死一寵物狗，也是賠償二萬大洋。

　　緬甸空軍越境殺我邊民，軍委副主席範長龍稱：已經和緬甸當局「嚴正交涉」，連抗議二字都不敢提。中共給大陸媒體的命令卻是既嚴且厲：不得報導此事！

　　不出所料，那些愛國賊這次都裝聾作啞，五毛們竟然忙著為緬軍找出種種理由開脫。我黨竟也自掏腰包給遇害的邊民二萬人民幣作為「補助」，當然，二萬大洋比起「自衛反擊戰」時，付給陣亡士兵的五百元撫恤金大有進步，扣除通脹的因素，國人的性命還是增值了，照我黨的說法，在人權方面還是取得巨大的進展的。

蝶戀花　百年詠史（127）爭普選 (1)

九十九年成大錯 (2)，放眼香江，漸與神州若，
廿載回歸何所獲？青蚨梁棟飛黃鶴 (3)。
惟幄寡謀空闊綽 (4)，喪盡人心，誰信輕然諾？
普選至今無著落 (5)，抗爭不懼風波惡。

註（1）「眞普選」，是香港泛民主派爭取實行普選的訴求，目的在於爭取由香
　　　　港人（公民提名）直接選舉行政長官及香港立法會議席全部直選產生，
　　　　以落實民主選舉制度之兩大理念：參政權之「開放參與」和有眞正選
　　　　舉，保障「實質競爭」之正當程序。其所提倡的普選與由香港政府所提
　　　　議的普選之理念及選舉程序不同，因而衍生出來，及爲了與後者之普選
　　　　產生區別，而稱作「眞普選」。

　　2008年1月，香港泛民主派舉行爭取2012雙普選大遊行，主軸為「堅持2012真普選　不要2017假民主」。2009年11月，前布政司、政務司司長及立法會直選議員陳方安生表示：若然香港政府無誠意推動「真普選」，泛民主派可考慮總辭等任何行動。同年12月，香港立法會議員黃毓民在立法會會議上提出「五區總辭，全民公決」動議案，梁家傑將「2012年雙普選」改為「落實真普選及取消功能組別」。

　　針對香港政治制度改革，由泛民主派政黨、團體及議員與學者個人於2013年3月合作組成的真普選聯盟表示，香港人要有接受問責的政府，就必須建立真正的民主制度，透過普及而平等的選舉選出行政長官和全體立法會議員。

註（2）港九曾被英國人統治達99年之久，自回歸後，風波不斷。

註（3）許多港人不相信中共所作的承諾，在回歸前舉家逃離香港。

註（4）中共對港人的訴求充耳不聞，希望能以「讓利」收買人心，但祇有極少數人從中得益。

註（5）港人爭普選的決心甚堅，他們不相信中共敢對他們動用武力，我祇能衷心祝福他們。

滿江紅　百年詠史（128）佔中 (1)

普選無望，人空巷，下情激烈，麇旺角，佔金鐘道，眼穿殷切，濁浪於今侵水井 (2) 悲情何計傳金闕 (3)？要投票，寧可擲頭顱，椎心血。

胡椒粉，徒亂撒，催淚彈，連番迭，奈公民拼命，不容交睫，痛史終隨雲鶴去，汗青刻就冰霜節，立豐碑，鑄此日爭鋒，群英傑！

註（1）佔中，讓愛與和平占領中環：簡稱「和平佔中」，於香港為爭取真普選而於2013年初倡議的7部曲群眾運動，當中最後行動為真正占領中環行動的公民抗命。最後行動於2014年9月28日正式展開，後因9‧28催淚彈驅散行動激發大規模民憤，導致占領擴散至更多地區，包括金鐘、銅鑼灣和旺角等，最終演變成「雨傘革命」，並持續多日。清場後，添美道行人路上仍有人繼續設帳蓬占領，直至政改被否決。

註（2）中共元老鄧小平生前不祇一次承諾「一國兩制、港人治港」50年不變：「我們這一代不會變，下一代不會變。到了50年以後，大陸發展起來了，那時還會小裡小氣地處理這些問題嗎？所以不要擔心變，變不了。」中共前黨魁江澤民則把一國兩制表述為「井水不犯河水」，並在會見英國官員時進一步闡釋：「有的香港人不大理解，說『井水不犯河水，河水必定犯井水』。其實，我這句話完整地說是『井水不犯河水，河水不犯井水』。」

　　時移世易，中國官員的心態已不復如故。港人表達對趙連海事件、李旺陽事件的關心，表達對人權、法治的關心，被斥為「井水犯河水」，此時不講「一國」；港人表達對西環治港的不滿，表達對香港被規劃被代表的不滿，又被斥為在外國勢力唆使下的「港獨」，此時只講「一國」。如此「公我贏字你輸」的邏輯，不但犯了鄧小平當年所說的小裡小氣的錯誤，反映這些高官失去了鄧小平、江澤民那一代人的自信心，而且是在變相否定香港回歸15年來「一國兩制」的實踐。

　　在北京一些退休高官、左派學者眼中，近年港獨勢力抬頭是因為內地對香港只有施沒有受、是因為香港缺乏國民教育和愛國教育，渾然不覺是因為北京頻頻插手香港選舉、剝奪香港自治權力、蠶食香港核心價值，引發了港人的危機意識，所謂去中國化，實質是反染紅、反中共獨裁化。如今，中港高官大有齊心壓縮香港自治空間之態，將司法獨立等同政治獨立、將香港自治等同香港獨立而橫加打壓，河水來犯之勢洶湧，港人豈能坐以待斃？（摘自《蘋果日報》）

註（3）金闕，天子所住的宮闕。唐·岑參：「金闕曉鐘開萬戶，玉階仙仗擁千官。」指中央，港人尚有人以為中央不知情，大謬。

七津　百年詠史（129）香港清場 (1)

百載恩仇昔勝今 (2)	回歸鑄錯痛沉吟
為教僭主履然諾 (3)	轉令傾城舍枕衾
學子通衢宿達旦	市民掩袖淚盈襟
清場且慢誇先手 (4)	無質要盟神弗臨 (5)

註（1）旺角清場及驅散行動，是指2014年香港「雨傘運動」期間，法庭執達主任於2014年11月25日至26日在旺角占領區的清場行動，以及香港警務處機動部隊、防暴警察及「特別戰術小隊」在11月25日至27日對清場行動的介入，和武力驅散示威者。是次行動是警務處在「雨傘運動」期間第2次出動防暴警察，及首次向示威者噴灑「催淚水劑」。清場過後，占領

人士改用「流動占領」旺角的方式，以「鳩嗚」（購物）等合法活動為名，繼續於旺角、油麻地一帶徘徊，甚至重返運動初期便告失守的尖沙咀。

註（2）香港淪為英國殖民地近百年，很多人認為是國恥，但是大多數港人不以為然。

不論在大清，民國還是紅朝，香港庇護了一大批政見不同的流亡者，甚至成為推翻大清王朝的前沿基地。在中共自絕於國際社會之時，香港還成為賺取外匯、購買緊缺物質的寶地，當大陸大飢荒時，香港又收容了大批掙扎在死亡線上的同胞，數十年來，不斷有偷渡者冒著生命的危險逃到香港，就算是回歸後的今天，能辦到一張香港的身分證，也還是許多大陸人夢寐以求的。大英帝國於香港、於中華民族有恩耶？仇耶？

註（3）中共曾承諾於2017年實施普選，後來卻食言而肥，導致港人發起雨傘運動和佔中。

註（4）先手，棋語，比喻搶先取得主動權，得到優勢。宋・蘇軾・送周正孺知東川：「告歸謝先手，求去悔不勇。」

註（5）無質要盟，用威勢脅迫對方訂盟卻不守信。左傳・襄公九年：「且要盟無質，神弗臨也。」神是不會庇佑那些背信棄義之人的！

七津　百年詠史（130）憶因回歸愴惶辭港日

閒雲野鶴歷三冬	長日難消意轉慵
朝下庭園耘小圃 (1)	偶經荒徑欲餐松 (2)
偷生羞作驚弓鳥	懼禍幸能離檻籠
泛海高盧君莫笑 (3)	自行流放避蛟龍

註（1）家中花園被我改造成菜園，每年有半年時間當農民，文革時僥倖沒被發配到窮山惡水之處去修理地球，老來補課，想是命中注定。

註（2）餐松飲澗，形容超脫塵俗。

註（3）中英談判塵埃落定，那時我剛到香港沒幾年，心中大驚，慌不擇路逃竄到法國投靠親友。身為窮鬼而懼怕共產黨，令香港一些朋友大惑不解，他們當中有些人還幻想著能分些李嘉誠、霍英東的身家呢。

江城梅花引　百年詠史（131）述懷

斯文舉國半公騾 (1)，頌妖魔，拜妖魔，孤憤盈胸，裂眥放悲歌，

即便功成難到我，化稻草，奮騰身，壓駱駝 (2)。

奈何？奈何？歲蹉跎，淚滂沱，頭已皤，夜黑似墨，盡熟睡，

祇夢南柯 (3)，偌大乾坤，無處覓荆軻，惟禱蒼天憐赤縣，

伸巨手，拯元元 (4)，舞魯戈 (5)。

註（1）公騾，體形健壯，有雄性之名而無雄性之實，今天中國的「知識分子」
　　　　大多類此。
註（2）西諺，壓垮駱駝最後一根稻草。
註（3）自慶豐帝提出「中國夢」以後，許多國人以做夢、發夢囈為時髦。
註（4）元元，指百姓。戰國策・秦策一：「今欲並天下，凌萬乘，詘敵國，制
　　　　海内，子元元，臣諸侯，非兵不可。」
註（5）魯戈，即魯陽戈。淮南子・覽冥。戰國時楚國魯陽公與韓激戰，時值黃
　　　　昏，魯陽公舞戈回日，喻挽回危局。

七津　百年詠史（132）強國教授 (1)

陽謀噩夢別多時　　　　儒鳥驚弓甘伏雌 (2)

暮四朝三拜九闕　　　　跟紅頂白獻青詞 (3)

乞憐狗尾搖爭早　　　　中意蛾眉攫恨遲 (4)

教授於今稱叫獸　　　　萬年遺臭爾何辭

註（1）前北大教授鄒恒甫在微博稱北大院長、教授和系主任奸淫餐廳服務員，
　　　　引起網絡轟動，短短數小時就有數萬人評論和轉評。韓令國22日在騰訊
　　　　微博上回應說：「北大院長、教授潛規則女學生是眾所週知的事情，連
　　　　新聞都算不上，如果哪個院長敢說北大沒有院長或教授潛規則過女學
　　　　生，我跟他賭一百次，如果我拿出證據來證明北大有院長或教授潛規則
　　　　過女學生，北大在央視發佈新聞承認即可，如果我拿不出可鑒定的證
　　　　據，我從此移民永不回國。」

　　北大沒人接招，大概是怕便宜了韓令國，移民永不回國？少了部人肉空氣濾清器，北京的霧霾豈不更嚴重。

　　淘中國網官方微博認為，北大的事情越鬧越大了。

　　江西的「我愛金條」表示，北大敢接招嗎？北大的聲譽大不如前，無論是學術還是品德，現在祇能靠醜聞來維持曝光率了。

　　上海的方亮質疑說，北大都沒有人敢出來回應一下，感覺是不是默認了？北大的學生也沒有什麼回應，不知北大的學生都是什麼心態？

　　無錫律師李風表示，為了辟謠，期待北大領導接招！

　　廣州的「MO—文」也悲哀說道：「豈止是北大，全國各大中專院校乃至初高中都普遍存在此類事，中國式的悲催，又要開學了，當心你的女兒吧！」

　　上海浦東的「E-Wlei」也認同說：「高校都一樣，我有一同事的老公是高校一學院的書記，還是211工程的，經常喝得醉醺醺的半夜才回家，幾個家庭聚會時大談什麼出去應酬那些事（包括小姐），我一度以為他是生意人呢。」

　　山東濟南的「星月拍賣師」認為：「北大扯上如此醜聞，百年以來未曾有過，恥辱啊！」

　　也有網民認為：「獨立之精神，自由之思想」的北大，已經死了六十多年，如今的北大，是骯髒可恥，奴顏婢膝的北大。

註（2）指反右，現在的教授應該沒有經歷過那種驚心動魄的日子，不知為何如被騙過一般，除了為數不多的幾位公知，其他全是公公。

註（3）跟紅頂白「是香港俗語，字面解釋差不多就是：看到誰紅的時候就趨炎附勢，一旦這個人沒什麼權勢了，就會馬上翻臉不認人，甚至跟他作對。青詞，又作青辭，亦名綠章，是道教齋醮時獻給天神的奏章祝文。唐李肇《翰林志》說：「凡太清宮道觀薦告詞文，用青藤紙朱字，謂之青詞。」宋程大昌《演繁露》說：「今世上自人主，下至臣庶，用道家科儀奏事於天帝者，皆青藤紙朱字，名為青詞綠章，即青詞，謂以綠紙為表章也。」寫得好的，能令聖心大悅，飛黃騰達可期。明嚴嵩父子皆為青詞高手，紅朝如姚文元、戚本禹也擅此道，現在的教授，不管是鄧胡趙江胡習，一概捧臀呵卵，水平卻差遠了。

註（4）前兩年網上熱鬧過一陣子，眾多大嫂大嬸大媽甚至大叔手執紙板，上
　　　　書：「校長，開房找我，放過學生！」真是古今中外千年未有之奇觀。

七絕　外一首

　　　　殿堂急喚李時珍 (1)　　　在莒毋忘常凱申 (2)
　　　　數十年來無寸進　　　　依然鹿豕是前身 (3)

註（1）文革期間某紅人在接見日本客人時聽到日人提及李時珍，急叫手下去召
　　　　喚李。

註（2）春秋時，齊桓公曾流亡莒城，後為君王。用以勉勵人不要忘記顛沛流離
　　　　的日子，奮發圖強。國民政府敗退台灣，「毋忘在莒」是蔣用來激勵國
　　　　軍的口號之一。

註（3）鹿豕，比喻愚蠢的人。孔叢子‧儒服：「人生則有四方之志，豈鹿豕也
　　　　哉！」

　　　清華大學歷史系教授王奇在2008年10月出版的專著《中俄國界東段學
術研究：中國、俄國、西方學者視野中的中俄國界東段問題》一書，將人
盡皆知的蔣介石（採用韋氏拼音的原文為Chiang Kai-shek），翻譯成了常
凱申。還將費正清，林同濟、夏濟安等學術名人譯為「費爾班德」、「林
T.C」。

　　　王教授又有新聞：賣了房子遭人騙走一千七百萬，這智商這學問靠當
奴才也能在清華大學當教授，掙上過千萬？嘖嘖……

　　　第一次對騙子產生好感——能為蔣公出口惡氣。

七津　百年詠史（133）甲午歲暮有感 (1)

　　　　赤禍橫流逾甲子　　　蒼生如煮國如牢
　　　　孽錢慷慨輸歐美　　　固位頻煩遣法曹 (2)
　　　　士族盤根成痼疾 (3)　　庶民無福可分糕
　　　　笑看聖主中興策 (4)　　能挽狂瀾第幾遭

註（1）慶豐三年。

註（2）周永康案的追查，始於2013年12月1日，中共中央政治局常委會決定開展核查。次年7月29日，中共中央紀委宣布，中共中央立案審查周所涉「嚴重違紀」，同年12月5日，政治局會議決定開除其黨籍，將所涉犯罪及線索移送司法處理，同日最高人民檢察院立案偵查並逮捕周。2015年4月3日，最高人民檢察院偵查終結周永康案，移送天津市檢方後向天津市第一中級人民法院提公訴。同年5月22日，天津市中級人民法院以犯罪事實證據「涉及國家祕密」爲由進行不公開庭審；6月11日一審宣判，以受賄罪、濫用職權罪、故意泄露國家祕密罪，判處無期徒刑、剝奪政治權利終身、沒收財產。

徐才厚在2013年12月起就被境外媒體傳聞涉嫌貪腐被雙規，在中國大陸坊間也有類似這樣的傳聞。後來香港媒體又傳出徐在3月15日被從病床上帶走接受調查的消息。2014年6月30日，中共正式宣布將徐才厚開除黨籍，移交檢察機構處理，並承認在同年3月雙規徐才厚的消息屬實。

2014年12月22日，中共中央紀委發布通告稱，令計劃因涉嫌嚴重違紀，正在接受中共的組織調查；12月31日，被免去中共中央統戰部部長職務。此後，又在2015年2月28日被罷免第十二屆全國政協副主席職務並撤銷全國政協委員資格。他被指是神祕政商聯盟組織「西山會」的首腦和發起人，在他被查之前，山西省已有多名與他相關的高級官員因貪腐而遭到調查。7月20日，中共宣布將令計劃開除黨籍並開除公職；同日，最高人民檢察院以涉嫌受賄罪對其立案偵查並予以逮捕。

一年之內，習連續清除了三個權高位重，對其地位有威脅的「大老虎」，可見黨內鬥爭之激烈，不過現在比起毛時代總算有點進步，懂得走走法律程序，由法庭宣判其罪名了。

註（3）紅後代在政治經濟領域仍然起主導作用，個個富可敵國，習不想、也沒有能力去撼動他們。

註（4）習的中興之策只是個夢。

七津　百年詠史（134）環境汙染 (1)

　　竊國幽靈六十秋　　　　山河有恙恨悠悠

田園荒廢蘊奇毒 (2)　　湖泊那堪垂釣鉤 (3)

盈野病夫添絕症 (4)　　通衢倩女掩新愁 (5)

清江惟剩烏蘇里　　　幸與俄人共此流 (6)

註（1）汙染危及中國的國土安全，治理汙染、整治國土已經刻不容緩。國務院在《關於2013年深化經濟體制改革重點工作意見的通知》中，將汙染權變成了稅收與可以交易的商品。考慮到在官員政績考核及財政預算這兩大體制性作用下，汙染企業與政府部門早就形成一種共犯結構，可以推想，祇要不改變這兩大體制，排汙權商品化只是爲官員創造了新的尋租空間。

註（2）根據官方公佈的資料，在全國範圍內，土壤中鎘的含量普遍增加，在西南地區和沿海地區增幅超過50%，在華北、東北和西部地區增加10%-40%。毒大米早已成爲全國性的普遍現象，受重金屬汙染的耕地面積已占10%以上，每年被汙染的糧食高達1200萬噸。也就是說，中國人每十頓飯就有機會吃上一頓毒米飯。那麼，我們往哪裡逃？

註（3）近來，關於中國大陸水汙染失控的報導頻見報端：抗生素汙染，有毒化學物汙染，重金屬汙染，……近2/3地下水和1/3地面水，人類不宜直接接觸，且5萬公里主要河流的75%以上都已無法讓魚類繼續生存。殊不知，導致如此嚴重水汙染的正是中共體制本身。

　　今年4月16日，中共國務院出台《水汙染防治行動計劃》，列出了治理和預防水汙染的十大項，被簡稱為「水十條」。然而，幾十年來，中共有關環保方面的法律已超過20部，環保標準300多項，還有大量的環保行政法規、部門規章以及地方性法規。按理說，如此多的法律法規，中國的水汙染和其它環境汙染問題早該得到解決，至少是被有效控制了，但為何情況恰恰相反呢？此次新出台的「水十條」真能解決問題嗎？

註（4）從1998年開始就有媒體報導了「癌症村」現象，如今癌症已成爲中國的頭號殺手。美國中央密蘇里大學學者劉力（音）2010年指出，根據官方數據，中國「癌症村」有241個，加上網絡數據等「非官方」數據，「癌症村」在中國多達459個，癌症死亡率在30年中上升了80%，每年死於癌症的人達270萬，每4人中就有一人死於癌症。

註（5）每逢新聞報導有關中國大陸的消息，祇見滿街大口罩。

註（6）一地理老師講課，言及中國汙染問題時道：「現在全中國只有一條烏蘇里江是乾淨的，其他的江河全被汙染殆盡。」一學生不解問到：「爲何烏蘇里江能保持不被汙染呢？」老師悲憤欲絕：「河對岸就是俄國人，他們敢汙染嗎？」

七津　百年詠史（135）司馬南 (1)

美帝深謀垂釣鉤 (2)	志高連舉一齊收 (3)
中軍寂寞憐斜眼 (4)	浴火涅槃誇夾頭 (5)
濫調無非希晉位	低眉偏肯化冤仇 (6)
笑看毛左失旗幟	作啞裝聾滿面羞 (7)

七絕（外一首）

旗幟飄揚到美國	粉絲偶像下神壇
千般嫉恨難言語	恨不化身司馬南

註（1）毛派文人，常常攻擊西方國家制度與價值觀，但卻把老婆孩子送到美國定居，對此且振振有辭。年前挺毛左派文人司馬南現身洛杉磯華語電視，並且從事與媒體運作相關的商業行爲，因此疑似「移民美國」。消息在互聯網引發評論炸鍋。

註（2）中國的憤青五毛常把一切問題歸咎於美國，此事也可作如是觀。

註（3）甫志高，小說《紅岩》一書中的叛徒，王連舉，《紅燈記》劇中的叛徒

註（4）另外一毛左，指其體貌特徵，據說是聖人之後，看來以後要爲孔子畫像應請他做模特兒，其相貌「雖不中，亦不遠矣」

註（5）2012年1月20日，司馬南出訪美國旅行期間發生意外，被滾梯與懸牆間未設任何防護的夾角卡住頭頸。網上多有嘲諷言論，稱美帝擁有智能電梯，會擇人而夾。

註（6）此人反美振振有辭，到美國掘金也是振振有辭，「嗟來之食」的味道看來不錯。

註（7）毛左對司馬南赴美一事想是百味雜陳——這王八蛋怎麼也跑了？卻教粉絲情何以堪。

外一闋

憶秦娥　司馬南

悲司馬，廿年高調皆為假，皆為假，侈言愛黨，卻成兒耍。

淚曾憂國傾盆灑，而今宜受千刀剮，千刀剮，五毛榜樣，德無廉寡。

七律　百年詠史（136）孔子學院 (1)

批孔批林猶在耳 (2)	環球學院佈星羅 (3)
聖人翻覆雲同雨	妖孽竟師公渡河 (4)
普世洪流潰北狄	傳家繼綣夢南柯 (5)
獨夫重拾春秋義 (6)	前路冥橋上奈何

註（1）孔子學院是一個非營利性機構，由中華人民共和國教育部下屬正司局級國家漢語國際推廣領導小組辦公室管理，總部設在中國北京，中國境外的孔子學院都是其分支機構。其章程表示，孔子學院是中國政府為了向世界推廣漢語，增進世界各國對中國的了解而設立的官方機構，其最重要的工作是給世界各地的漢語學習者提供規範的現代漢語教材；提供正規的漢語教學渠道。

註（2）中共就是借助打倒孔家店起家的，到了文革時，甚至把孔廟都給砸了，孔子後裔的諸多墳墓都扒了，現在覺得孔子尚有利用價值，又把孔子抬了出來，可見其翻雲覆雨的手段。

註（3）全球第一所孔子學院於2004年11月在韓國成立以來，目前，全球一百三十多個國家和地區共有近500所孔子學院。中華人民共和國官方認為孔子學院已「成為推廣漢語教學、傳播中國文化的全球品牌和平台」。惟2009以來孔子學院已遭到部分人士的反對或抵制，部分大學甚至關閉了其孔子學院。

註（4）《公無渡河》是唐代偉大詩人李白的作品。此詩是借樂府古題以及古老的渡河故事寫下的一首狂放而怫鬱的悲歌。詩中描述一狂夫不顧河水洶湧隻身過河，他的妻子在後邊呼喊著卻不能阻止，狂夫墜河溺水而死的場景，表現了一種知其不可為而為之的悲劇精神。在舉世皆走向民主化的今天，中共竟還一意孤行，摸著石頭渡河，要把專制獨裁的死路走到底，這跟那個狂夫又有什麼分別？

註（5）習近平的中國夢就是想要千秋萬代讓紅基因統治中國。

註（6）放著現成的法治民主化大道不走，偏要從兩千多年前的墳墓裡挖掘出來
　　　的僵屍來挽回道德淪喪的中國。

七津　百年詠史（137）留守兒童 (1)

新認娘親煤樣膚 (2)　　　　街頭相偎伴孤雛

寒門無食難為母　　　　　富戶聘招權作奴

盛世多金半魍魎 (3)　　　貧家別井覓錙銖

嬌兒忍棄辭鄉里　　　　　去哺鬚眉偉丈夫 (4)

註（1）被留在家鄉或寄宿在親戚家中，長期與父母過著分開居住、生活的兒
　　　童。
　　　留守兒童的現象一般祇在中國存在，也是中國近年出現的一個嚴重社
會現象。其出現是由於現代化的發展而導致大批農村剩餘勞動力向城市轉
移，是中國目前城鄉二元體系鬆動的產物。在留守家庭中，父母需外出到
城市打工以維持生計，但由於無法擔負過高的城市生活成本而不能接孩子
進城或留在身邊。但其出現的社會現象是該時期留守在家的兒童正處於成
長發育時期，由於與父母的分開而缺少必要的思想指導和觀念觀念的塑
造，更是缺少父母的關注與呵護而導致留守兒童出現孤僻內向、情緒消
極、自覺性差、膽小怕事等心理缺陷。更嚴重的是，在一些地方，甚至出
現了「留守童工」的現象。據2000年第五次人口普查資料顯示，中國農村
留守兒童已近2000萬人。據2013年5月發布的一份中國官方機構的調查顯
示，留守兒童據估算已超過6000萬。留守兒童的比例大約為20%，即平均
5個中國兒童中有一個是留守兒童。
註（2）在網上見到一幅照片：一破敗房屋門口，三個四五歲的幼童依偎在一隻
　　　母豬身上，鼾鼾入睡，見之心酸。
註（3）當今的中國，勤勞未必能致富，那些腰纏萬貫者若非紅二代、官二代，
　　　定是走官商勾結之途方能致富。
註（4）畸形的中國社會，現在已經發展到了為城市中較為富裕的男性提供「陪
　　　睡保姆」了。許多官員富豪甚至以人奶為飲料，因此滋生出一種新職

業，來自貧窮農村的相貌姣好的年輕母親成為他們的獵物。中共曾大肆詆毀四川地主劉文彩，說他僱用了幾個奶媽，長年用人奶滋補云云，此事不知真假，但是現在已被中國的官員和富豪發揚光大。

七津　百年詠史（138）有奶不是娘

溫柔鄉處是仙鄉 (1)	王謝無宵不洞房
貴冑侵凌逼就範	麗人顫慄待遭殃
當年批判劉文彩	今日追隨周永康
奇卉家花信手採	國朝有奶卻非娘

註（1）對別人家鄉的稱謂。

2013年7月，新華社記者周方在網上發表文章〈人奶原來是道「菜」!?〉，指有宣傳部門現任正部級高官，當年還是副部級時曾參加一位大老闆在北京高級會所的宴會，不僅跟著享用人奶，而且還做了「很過分的事」。

文章披露，人奶是作為宴會的一道菜上來的。每位客人身邊都來了一位全裸的美艷少婦，請客的大老闆說：「大家請隨意，想喝奶請喝奶，想『吃人』就『吃人』。」在座者停下手頭的一切，開始全心全意對付這道「菜」。有些人還帶著自己的「奶媽」去了包間。

文章還說：「人奶」是當天宴席上最貴的一道「菜」，每位標價5000元。據我所知，那位當下正部級宣傳口領導參加這種宴席不是一次兩次了。他本人如果記性不好，我可以找人幫他回憶。到中紀委茶室裡談或者跟老婆回家反省都行。那天請客的大老闆目前還在獄中，提審起來很方便。（周方文章所指的領導是網絡沙皇魯煒）

網傳領導和富豪現在都熱衷喝人奶，劉文彩雖然被我黨妖魔化得十惡不赦，但是他喝人奶的光榮事蹟卻啟迪了天朝千千萬萬領導與富豪見賢思齊，爭先恐後去實踐那宇宙真理的先進性或性先進，那個什麼「百雞王」康師傅，據說蒐集了數百對奶瓶，古代帝王的三宮六院七十二嬪妃跟他比

起來都弱爆了。白天日理萬機，晚上還有精力去日裡百姬，說共產黨員是特殊材料製造成的，信然。能當上領導或富豪，其智商當然比平頭百姓要高出不止一籌，所以喝人奶必然有其合理性，試歸納幾條如下：

一，營養豐富，據造物者的設計，牛奶是為小牛準備的，人喝了雖說不會長出犄角來，但據我的觀察，歐洲人的汗毛遠比亞洲人濃密，難保不是喝牛奶造成的。人奶的營養成分最適合人類，最容易吸收消化。

二，溫度適合，永遠不怕燙到嘴，也不怕因溫度太低喝壞肚子。

三，人奶無添加劑，無須恐懼喝一肚子三聚氰胺或一些不明的化學元素。

四，使用方便，奶瓶自己長著兩條腿，可以如影隨形地跟著消費者，不必用手拎著，也不必帶著暖壺或是保溫瓶。

五，省得洗奶瓶，消毒奶瓶等一系列煩人的工作，奶瓶會自動清洗備用，即使自己動手清洗也是寓工作於娛樂，其樂融融。這麼說吧，那位領導或是富豪懶得清洗奶瓶，老夫可以免費代勞，老夫早已心有餘而力不足，斷不會乘虛而入，領導富豪盡可放心。

六，拉動GDP，兼可做些扶貧善事，何樂而不為？

七，手感好，比起捧個硬梆梆的玻璃或是塑膠容器，其感受不啻天地。

八，容器美觀，賞心悅目，消費者盡可選擇自己最喜歡的形狀，每對奶瓶都是上帝獨一無二的傑作，雖然看上去似大同小異，但是顏色、造型、質地手感都大不相同，跟那些機器製造的產品不可同日而語。

九，純人工製造，產品有限，根據我國有關法律，一對夫妻一輩子祇可以製造一對，如產品有瑕疵，在兩腿之間多了件潛在的作案工具，也不允許再製造另一件。另外，製造一件產品需耗時十個月，可見其珍貴。有一笑話：兩個仙女在夜間下凡，在一戶人家的窗外窺見一對夫妻敦倫，二人幹得熱火朝天，滿身大汗。小仙女聽到婦人喊得似肝腸寸斷，問老仙女道：「他們在幹啥呢？」老仙女答道：「做人。」小仙女又問：「花那麼大力氣，做得那麼辛苦，看那婦人，比咱們在參觀地獄時看到那些受刑的惡鬼叫得還淒慘，要多長時間才做得好？」老仙女答：「十個月。」小仙女驚道：「哎呀我的媽呀！十個月才能

做好？難怪我常聽到世間的人在感嘆：做人難！」

十，唐時安史之亂便是李隆基的私家奶瓶惹的禍，史載，貴妃醉酒，不經意把未包裝妥善的奶瓶露出一部分，唐明皇一見詩興大發，吟道：「溫軟新剝雞頭肉。」安祿山在座，早被貴妃的奶瓶晃得目眩神迷，居然也吟了一句道：「滑膩初凝塞上酥。」逗得玄宗道：「卻笑胡兒祇識酥。」殊不知在塞外苦寒之地，酥便是最珍貴之物，而且並非作為把玩觀賞用，是要用嘴品嘗的。據我考證，安祿山在不久後發動兵變，便是想把玄宗的奶瓶據為己有。唐明皇逃到馬嵬坡，眼看安祿山窮追不捨，一狠心，我寧可把奶瓶毀了也不給你！歷代帝王都有這種心態，紂王不是也把金銀珠寶一古腦堆在鹿臺上燒了嗎？白居易這書呆子，居然編出「六軍不發無奈何」的神話，也不想想李隆基是何等英明神武，年紀輕輕的便能搞政變誅殺韋后，從李旦手中奪得帝位，豈會被幾個兵痞子所脅迫？現在祇要手頭有點錢，便可享唐明皇之樂而無唐明皇之憂——誰也不會為了兩個奶瓶去調動兩個集團軍來討伐你，王都頭動了來來貝子的奶瓶，不過也就挨了個耳光，至於亞洲代表小鋼炮，動了滿朝大員二十幾對奶瓶，也不過是六年牢獄之災而已，六年後出來，還是鋼鋼的一條好漢。

十一，喝奶時還可兼做其他一些娛樂活動……你懂的。

十二，不會喝到過期奶，一些不法商家會改貼標籤，把我們的肚子當垃圾桶，有了兩條腿的奶瓶，每一口都是新鮮熱辣，讓我去當克林頓我都不幹。

拉拉雜雜列出以上幾項，肯定還有遺漏的，望網友補充，以使我天朝喝奶文化能達到一個嶄新的境界和高度。

七津　百年詠史（139）空巢老人

　　　空巢度日亦堪憐　　勞作終生未息肩
　　　兒女求存漂海內　　侄甥落魄到天邊

孤身長嘆桑榆景　　強國枉誇堯舜天
衰病之軀無藥石　　可留殘喘到來年

　　有數據顯示，2000至2010年十年間，中國城鎮空巢老人比例由42%上升到54%，農村由37.9%升到45.6%。2013年中國空巢老人人口超過1億。隨著第一代獨生子女的父母陸續進入老年，2030年中國空巢老人數將增加到兩億多，占到老人總數的九成。

　　隨著中國傳統家庭結構的逐漸瓦解，比如以前還是兒子要負責父母的養老，現在因為許多子女婚後擁有自己的住房，與老人分開居住以及大批農民工離鄉，使一些老人成為「空巢老人」。此外，中國的計劃生育政策自實行以來，中國的人口增長速度相對緩慢了。現在好多家庭都是獨生子女，比較多的也就是兩個孩子。這些孩子成年後離開家鄉另組新的家庭也容易造成「空巢老人」的產生。

　　最不幸的是農村的老人，他們沒有收入，沒有養老金，沒有醫保，生了病也無錢上醫院，沒有子女在身邊照顧，祇能在家裡等死。

七津　百年詠史（140）神州股市 (1)

劫貧救國獻新猷 (2)　　黑馬騰升摩頂樓 (3)
大鱷伺機飛杳鶴　　小民延頸氣吞牛 (4)
傾囊血汗枉填海　　望眼蛟龍未潤喉
鹽鐵何勞肉食者 (5)　　殺雞尋卵賀金秋 (6)

註（1）中國的股市跟世界上其他地方的股市不同，股市似乎是為榨取民間的財富而設立的，股市行情便如過山車般直衝雲霄或一瀉千尺，全無蹤跡可尋，許多散戶懷著發財夢扎進股市，卻被洗劫一空，看來我黨也是與時俱進，這招可比明火執仗去打土豪高明多了。
註（2）從網上摘錄兩條中國股市的段子。
　　（一）昨天的聚會上，有人給我介紹了一位新朋友，說是炒股炒成了百萬

241

富翁。属害呀！佩服佩服！我坐在他邊上，悄悄地請他傳授祕訣。他一臉木然地對我說：「其實也沒啥祕訣……我原來是億萬富翁。」

(二) 昨天中午，在證券公司門口，一隻壁虎看到一隻鱷魚，一把緊緊抱住它的腿，喊：媽媽，媽媽……鱷魚老淚縱橫地摸著壁虎的頭說：兒啊，春節後才進股市，你都瘦成這樣了……

註（3）黑馬意為垃圾冷門股。

註（4）許多股民豪情萬丈想發財，結果……

註（5）參看桓寬《鹽鐵論》，喻籌畫發展經濟。《左傳·莊公十年》：「肉食者鄙，未能遠謀。」

註（6）用股市來洗劫百姓財富，是短視的殺雞取卵，廟堂諸公卻視為富國良方。

七津　百年詠史（141）訪民 (1)

冤民亟望脫深淵	露宿風餐夜不眠
法制猶如中國夢 (2)	和諧散若五侯煙 (3)
公人截路弭文狀 (4)	雁戶無巢斷紙鳶 (5)
聞道新君驅腐惡	可能撥霧見青天

註（1）上訪，或信訪（即「人民來信來訪」的簡稱），是中華人民共和國特有的政治表達及申訴方式。按照官方定義，信訪指中華人民共和國公民、法人或者其他組織採用書信、電子郵件、傳真、電話、走訪等形式，向各級政府、或者縣級以上政府工作部門反映冤情、民意，或官方（警方）的不足之處，提出建議、意見或者投訴請求等等。

為處理信訪事宜，中華人民共和國國務院辦公廳專門設立有國家信訪局，各級政府、人大及政協也設有信訪辦公室。依據憲法行使「上訪權」伸冤的中國大陸民眾，稱為訪民。

除了中國大陸的居民外，有部分的香港、澳門商人及中華民國台灣的台商在大陸經商時會遇到行政問題，藉由上訪的方式以保護自身的權益。而上述商人及人民在大陸置產者之上訪問題，有時會藉由香港駐京辦、澳

門駐京辦、港澳辦、國台辦等機關進行協調。

而「上訪」一詞就類似中華民國政府或香港特區政府、澳門特區政府常見的「訴願」、「行政訴訟」、「聲請國賠」等用法與法律途徑。

訪民是具有社會主義中國特色的一個特殊群體，在正常的法治國家，根本就不可能出現這種現象。訪民是這個畸形的制度所製造催生的，但是痴心的中國百姓仍然年復一年地去乞求迫害他們的機器還給他們一個公道。

註（2）從毛時代「十五年超英趕美」，到周恩來宣布要在「二十世紀末建成社會主義強國」，再到鄧的「小康社會」，歷代領袖的幸福藍圖似乎越來越縮水。到了胡錦濤一朝，祇好退而求次，要求百姓老老實實聽話，弄個「和諧社會」。到了慶豐一朝，看來和諧無望，做個「中國夢」吧。

註（3）唐詩〈輕煙散入五侯家〉。

註（4）指訴狀。《水滸傳》第二回：「『高俅』因幫了一個生鐵王員外兒子使錢，每日三瓦兩舍，風花雪月，被他父親開封府裡告了一紙文狀……疊配出界發放。」

現在訪民的文狀恐怕要備許多份，各地截訪公人麇集京城，莫說文狀，連人都給押解回鄉，開封府已無包青天。

註（5）居於異鄉，流轉無定所的民戶。

唐‧劉禹錫‧洛中送崔司業使君扶侍赴唐州詩：「洛苑魚書至，江村雁戶歸。」

唐‧劉兼‧酬勾評事詩：「才薄祇愁安雁戶，年高空憶復漁舟。」紙鳶，風箏。

外二首　七絕　維穩

　　　巨棒狼牙手上擎 (1)　　　　　草民側目自心驚

　　　鳴冤先護天靈蓋 (2)　　　　　回避官家子弟兵

註（1）看到武警手持金屬狼牙棒的圖片，簡直不敢相信自己的眼睛，這般致命的殺傷性武器竟然是用來對付手無寸鐵的老百姓？世界上還有那個專制國家的警察配備這樣的武器？

註（2）宋人有笑話曰：金有粘沒喝，我有宗留守，金有金兀朮，我有岳爺爺，

金有拐子馬，我有鐮鉤槍，金有狼牙棒……我有天靈蓋。現在蒙冤的百姓也得靠天靈蓋來闖狼牙棒這關了，和諧社會的中國夢？

世紀90年代以來，隨著缺乏民意基礎的官員群體腐敗狀況加劇，社會貧富差距日益擴大，公民基本權利民生受到越來越不公平的待遇等原因，同時信訪等法律規定的申訴渠道作用微小，底層民眾不得不頻繁採取不被當局制訂的法律程序認可的行動以維護自身權益，部分地方政府為了保持地方官員管治成績的良好，「維護社會穩定」，基本不積極回應這些活動民眾的訴求而且還強硬打壓參與人士，即「維穩」。

1998年3月27日，中共中央成立中央維護穩定工作領導小組，並於2000年5月11日在中華人民共和國公安部設立其辦事機構中央維護穩定工作領導小組辦公室。

維穩是中國大陸幹部政績的重要考察指標，其指導原則是「穩定壓倒一切」。

其二 七絕

神州維穩事堪哀　　　功狗下鍋充食材
萁豆輪番易角色　　　奴才悲憤拜奴才

維權老兵打著紅旗，身上掛著他們助紂為虐得到的勳章跪求現役軍人和警察不要向他們下重手，他們當年是如何得到那些勳章的？現役的軍人當然也想得到幾枚光宗耀祖，今日之豆，昨日為萁，今日之萁，明日復為豆。這個殘民以逞的邪惡政權能延續到今天他們也出了一分力，現在他們不過是嚥下了自己栽下的苦果，又有什麼可抱怨的？令我不解的是那些苦苦哀求萁的豆子還在讚揚擁護那隻把萁遞進灶膛的手，牆國之愚人何多？

報應總是要來的，爭在遲與早。

七津 百年詠史（142）神州美食 (1)

五氣朝元納毒物　　　三花聚頂化氰胺 (2)
油條揉入洗衣粉　　　水族頻嘗避孕丸

下箸難分貓與鼠　　　　　　舉杯懼損胃和肝

愚民滿腹藏經筍 (3)　　　　　門氏周期成菜單 (4)

註（1）中國的食品無毒不備，有口皆悲。毒奶粉、毒大米、毒火腿、毒豆腐，毒木耳，毒魚毒蝦，不管你是歐陽鋒或是滅絕師太，要是穿越到了今天都得中招。

中國食品網和食品論壇羅列出55種中國有毒食品大全，其實豈止是55種，在後面再加上一個零，也不一定打得住。比如深圳製造的有毒血豆腐，就沒有在這55種裡面。

毫無疑問，這些不同種類的食品，不是一家可以生產出來的，那麼也就是說這些黑心商人自己生產出有害的東西給別人吃，自己也不得不吃別人製作出的有毒食品。這種害人害己的群體越擴越大，證明我們的社會道德越缺乏。

「法律」對知法犯法的官員往往網開一面，如三鹿毒奶粉事件，槍斃了幾個農民做替死鬼。有報導稱，多名因三鹿奶粉事件而被處分、去職的官員也陸續復出或異地陞遷。復出的官員包括原國家質檢總局局長李長江、原石家莊市市長冀純堂等。

另外，原國家質檢總局食品生產監管司副司長鮑俊凱以及原河北省農業廳原廳長劉大群，均在處分公佈前就得到異地陞遷。鮑俊凱在處分下達前已出任安徽出入境檢驗檢疫局局長、黨組書記。原河北省農業廳廳長劉大群，也於2008年11月就調任河北邢台市副市長、黨委副書記。

政府機關對輿論界和受害人家屬卻採取打壓措施。根據多維新聞網和法國國際廣播電台指出，中國中宣部於9月14日下令，禁止中國內地媒體擅自報導三鹿事件，一律要以官方公布或新華社報導為準，此舉導致中國內地傳媒的批評火力明顯退燒，也令各大報章無法刊登自行採訪的有關新聞稿件，其中包括《南方周末》的一篇文章《結石嬰兒的艱難追兇路》，後來該周刊編輯只能把此稿放到了南方周末網與《南方都市報》上。《大公報》也報導，9月14日，中國有關政府部門給律師們開過會，重點強調

政府已做大量工作，讓「服從大局，保持穩定」，律師如果涉及三鹿奶粉事件，將不是簡簡單單丟飯碗問題。面對受害者們索賠願望，律師們祇能是選擇拒絕或逃避。目前，三鹿奶粉汙染事件並未引發大規模的法律索賠訴訟。

2010年11月10日，發動民眾至毒奶粉工廠外抗議的趙連海，被北京市大興法院以尋釁滋事罪一審判處有期徒刑兩年半。

註（2）五氣朝元，三花聚頂，中華道家修行的技法。指的是通過修行打通任督二脈，身體的五氣歸集到腦海，從而去人間煩惱達成無憂無慮的「神仙」境地。

道教以修至三花聚頂、五氣朝元為最高境界，成為金仙。「金仙」為仙道極品，即是無極金仙，他不生不滅、永不輪回。「三花聚頂、五氣朝元」為道家上乘功夫，未能修至如此，則無法進入金仙境界無極圈內。

註（3）笥，書箱。經笥指裝經書的箱子。比喻學識廣博的人。

註（4）指門捷列夫的元素周期表，中國百姓的肚子裡的化學元素應該是應有盡有。

鷓鴣天　百年詠史（143）慶豐包子 (1)

冥府魂還習澤東 (2)，騷包破穴起潛龍 (3)，九門耀武誇兵在 (4)，
四海拋書炫腹豐 (5)。
攜二代 (6)，犒三公 (7)，廟堂盛宴血千鍾，二娘應恨遺良策 (8)，
悔不京城設屉籠 (9)。

註（1）慶豐包子店因習去用餐而聲名大噪，習也因此被稱為包子。

註（2）習近平上臺後所作所為皆以毛為師。

註（3）騷包，對人舉止輕浮又好炫耀擺闊。

註（4）清攝政王載灃對張之洞的諫言不以為意，稱：「怕什麼？有兵在！」所有的獨裁者都迷信武力，習近平九‧三閱兵當是對窺伺大位之人的震懾。

註（5）江澤民好炫才藝，習近平好拋書包，一對璧人也。

註（6）現在的大臣多是紅二代，落馬的官員都是無根基之人。

註（7）古之重臣，此處指鄧陳葉家族。

註（8）孫二娘在鳥不下蛋的十字坡賣人肉包子實是選址大誤。

註（9）好吃人血饅頭，人肉包子的達官貴人多在京城，二娘的包子店若開在京城，慶豐包子何足道哉？

外一首　七絕

　　　認祖歸宗設雀屏　　　　東床快婿滿朝廷

　　　書單莫謂欺天下　　　　習總往來無白丁

　　在包子的英明領導下，厲害國終於混成非洲大首領。在北京組織的中非合作峰會，黑壓壓的一片襯托出包子格外白，果然是富強粉做的。

　　日本和土耳其上百年來都在努力脫亞入歐，唯獨厲害國反其道而行之，脫亞入非。

　　公主尚待字閨中，慶豐帝可是在選東床快婿？最公平的做法是讓公主在非洲各國輪流當國母，為期半年，那麼引文成公主之例，用不了多久非洲全境就屬於厲害國的了。

　　讀幾百部名著可不是吹的，談笑有紅儒，往來無白丁，有圖為證！

鷓鴣天　百年詠史（144）致友

寧有留侯博浪椎，賦詩刺鬼遺餘暉，卅年客舍空悲嘆，萬里家園不願歸。悲父老，盼春雷，幽靈盤踞久徘徊，上蒼忍使長如許？當挽天河洗劫灰。

　　傾天河之水恐怕也未能洗淨神州斑斑血跡。

七津　百年詠史（145）CCTV [1]

　　　一條錦被蓋兜襠 [2]　　　不是乾爹就是娘 [3]

　　　美女螢屏揚正氣　　　俊男帷幄擅專房 [4]

　　　小生多化豪門犬　　　老畢偏成待罪羊 [5]

　　　幸福和諧何處覓　　　高潮迭起靠中央

註（1）中國中央電視台（簡稱央視；英語：China Central Television，英文縮寫爲「CCTV」），是中華人民共和國的官方電視媒體之一，所有的節目都通過衛星播出，擁有中國大陸境內最多的收視人群。央視擁有45個電視頻道，是世界上電視頻道數量最多的電視臺，除了面向中國大陸播出的頻道之外，還通過衛星、互聯網向全球播出包括中文在內的各種語言的國際頻道。央視在全球各地設立了自己的記者站，並在肯尼亞首都內羅畢設立了非洲分台，在美國首都華盛頓設立了北美分台（在華盛頓、紐約市和洛杉磯市設立了多個演播室，其中紐約演播室設在時報廣場納斯達克的大樓內，洛杉磯演播室主要採用虛擬技術，北京時間2014年4月12日上午9點啓用），致力於發展成爲「國際化新聞媒體」。央視屬於國家事業單位編制，按照中宣部、廣電總局的部署，接受兩者的直接管理，同時採用企業化管理模式，將自身定位爲宣傳機構，是「黨、政府和人民」的「重要喉舌」。

由於央視的獨特地位和影響力，央視本身和有關央視的新聞事件也時常成爲其他媒體關注的焦點。

註（2）兜襠，兩條大間中間之處。金瓶梅·第九回：「於是兜襠又是兩腳，嗚呼哀哉斷氣身亡！」中央電視臺名符其實，精彩之處全在襠中央。

註（3）凡是俊男美女成堆的地方，必多緋聞，央視似乎跳出這個規律，無他，這個單位太強大了，沒有一個八卦記者敢去招惹和得罪它。

註（4）參看芮成鋼，若非他鋃鐺入獄，外面可有一絲風聲？其實央視的女主播也大多金玉其外，內裡極爲不堪，在網上看到夏業良教授談及芮成鋼，因他與芮有通家之好，芮曾央其介紹對象，夏不解：「央視美女如雲，何必求道於盲？」芮成鋼道：「央視的女人，能要嗎？」可見其骯髒。

註（5）中國大陸中央電視台著名主持人畢福劍調侃毛澤東的視頻風波，遭到第一天上任的新台長轟辰席整肅，丟掉了金飯碗。在央視說真話，即使在私下說真話也得受到嚴懲，不過老畢也該感到慶幸，在毛時代，很多人說了些比這輕得多的話都丟了性命。

央視從它誕生那天起，便是中共無往而不利的洗腦利器。中國人識字率不高，平面媒體的文字難以深入到每一個家庭和每一個人，自從有了央視，滿螢屏的俊男美女使得中國人、甚至外國人都受到潛移默化，君不見央視的外語頻道已經佈滿五大洲了。在法國，連那些與越共柬共有血海深

仇的印支華人，以前大都不恥中共所為，現在卻幾乎全轉化為自乾五了，可見央視鳳凰的洗腦威力！

七津　百年詠史（146）紅後代

百代興衰未落幕	長河今又浪淘沙
血酬遍賞凌煙閣 (1)	孽報頻臨賣膏衙 (2)
北市當壚悲豆豆 (3)	西洋亡命笑瓜瓜 (4)
寒鴉飛出中南海 (5)	聒噪痴呆少將家 (6)

註（1）吳思所著《血酬定律》。所謂血酬，即流血拼命所得的酬報，體現著生命與生存資源的交換關係。從晚清到民國，吃這碗飯的人比產業工人多得多。血酬的價值，取決於所拼搶的東西，這就是「血酬定律」。這個道理很淺顯，卻可以推出許多驚人的結論。如果再引入一些因素，一層一層地推論下去，還可以解釋書中的其他概念，成為貫穿全書的基本邏輯。因此，作者把《血酬定律》當作書名。凌煙閣是唐朝為表彰功臣而建築的繪有功臣圖像的高閣。喻功臣。

註（2）中共建政以來，一批又一批的功臣被扣上各種罪名遭清算，政壇不倒翁屈指可數。

註（3）林彪之女林豆豆，曾在北京經營餐飲業。

註（4）薄熙來之子薄瓜瓜，現居美國，有國不能歸，無家不能回。

註（5）唐詩：「玉顏不及寒鴉色，猶帶昭陽日影來。」

註（6）最大的紅後代，其書法受熱捧的程度遠超乃祖，傳世之作有「一師是個女子學校」，「祝中國共產黨長命百歲」等，在網上淪為笑柄。

七絕二首　百年詠史（147）皇孫

皇家博士智昏昏 (1)	日夜頻招乃祖魂 (2)
莫謂江頭無杜甫	網民爭賦哀王孫 (3)

其二

百年煉獄慘無倫	億萬蒼生蒙劫塵

屈指還須忍六載　　　　皇孫乩筆盼通神 (4)

註（1）想是上蒼的懲罰，以警戒後來者，中國排名第一的紅後代，蠢如鹿豕，常發令人噴飯之言。

註（2）皇孫常道：我的爺爺……如何如何，在他的口中，其祖真如天神一般，這也難怪，其智商本就低下，從小到大都被灌輸那些神話，常人聽多了都會變成傻子。

註（3）哀江頭、哀王孫為工部名篇，末句犯三平尾，詩聖之作不敢易一字，姑且犯之。皇孫在網上早淪為網民調侃的對象，其腦容量雖不大，胃容量卻奇大，早在當校官之時已有個碩大的將軍肚，常吃的軍裝上油漬斑斑。

註（4）在網上見到皇孫墨寶，上書：「祝中國共產黨生日快樂，長命百歲」，網民睹之皆歡欣鼓舞。皇孫雖愚，觀其人倒似慈厚，無乃祖的狡詐狠毒。若是皇孫一語成讖，我將為其在家中設一長生牌位，祈上蒼賜其福，與黨同壽。

七津　百年詠史（148）豆腐渣工程 (1)

劉安雞犬升天去 (2)　　　　赤縣空餘豆腐渣 (3)

廣廈裂紋驚觸目　　　　長橋鬆脆似麻花

三江流入凌煙閣 (4)　　　　二代欣乘犯宿槎 (5)

紀委反貪何涇渭 (6)　　　　不看佛面看袈裟 (7)

註（1）此名詞最早出自中華人民共和國前總理朱鎔基之口。1998年9月，朱鎔基巡視發生水災的江西省九江市時，因九江新築的防洪大堤不堪一擊，朱鎔基怒斥這是「豆腐渣工程」。後來中國大陸各地接連被揭發多處因為有關人士貪汙腐敗而不合規定或發生意外的建築，「豆腐渣工程」一詞就經常出現於各大媒體。因豆腐渣是一種軟爛易塌的物質，故以此來比喻。

　　豆腐渣工程的成因，除了刻意的偷工減料外，也可能因為外行當建築師、工程師，品質管理、力學都不認識，把關不嚴或不達標準。豆腐渣工

程的後果通常是負責人遭到問責或被免職。

　　豆腐渣工程可能舉世皆有，但世界上沒有一個國家像中國一般觸目皆是。汶川地震許多校舍倒塌造成重大傷亡就是一例，很多建築物或是橋樑公路尚未啟用已經報廢，由此造成的損失不可估量，但是卻絕少見到有人承擔罪責，這也是一種中國特色吧。

註（2）劉安，西漢淮南王，據說是他發明了豆腐。傳說漢朝淮南王劉安修煉成仙後，剩下的藥留在院子裡，雞和狗吃了，也都升天。比喻一個人得勢，他的親戚朋友也跟著沾光。出自東漢・王充《論衡・道虛》。

註（3）中國的豆腐渣工程可謂駭人聽聞，有未建成的樓房齊齊倒塌者，有剛通車的橋樑「被車壓垮」者，甚至有在家中剁肉餡包餃子致使陽臺坍塌者。

註（4）唐朝貞觀十七年二月廿八日戊申（643年3月23日），唐太宗「為人君者，驅駕英材，推心待士」，為懷念當初一同打天下的諸多功臣，命閻立本在凌煙閣內描繪了二十四位功臣的畫像，是為《二十四功臣圖》，比例皆真人大小，畫像均面北而立，太宗時常前往懷舊。

　　　　前人常用聯：「生意興隆通四海，財源茂盛達三江」。

註（5）乘槎客：喻指游仙之人。唐李山甫《贈徐三十》：「從今不羨乘槎客，曾到三星列宿傍。」

註（6）紀委，中央紀錄檢查委員會。中紀委似明代錦衣衛，由皇帝掌控，權力極大，反貪反腐多年，皆是借此名目清除別的山頭。

註（7）佛面指黨，袈裟指陣營。前一看字為平聲，後一看字讀仄聲。

外一首　七絕

　　　抱柱尾生魂已消　　　春風無力退春潮
　　　曹公戰勝應瞠目　　　敢過江東攬二喬

　　在網上看到一幅枯水時橋梁的相片，大約有一半的橋墩子祇有接連橋身的部分，下面卻是懸空的，這樣的橋他們也敢造出來！

　　強國所造的東西大多是虛有其表，如這座大橋簡直比《阿凡達》電影中的風景還要魔幻，要不是水位太低，誰知道是這般模樣？

七津　百年詠史（149）涂純合 (1)

巴爾的摩方熄火 (2)	和諧社會現奇葩
病夫攜眷施凌虐 (3)	悍警鳴槍無錯差 (4)
老母殘軀難護子	嬌兒呼父快回家 (5)
可憐盛世伶仃漢	枉上冥河五月花 (6)

註（1）2015年5月2日，徐純合與其母親及3個孩子準備在慶安站搭乘慶安至金州的K930次列車，因爲徐純合曾經的上訪經歷，所以檢票員極力阻止他們上車。12時許，徐純合在候車室安檢口處攔截旅客進站乘車，哈爾濱鐵路公安局的執勤民警發現後前往制止，不久與徐純合發生衝突，徐被警察開槍擊斃，之後120人員趕到現場後，確認其死亡。此過程沒有其他旅客受傷。事後警方稱，開槍是因爲徐搶走民警攜帶的警具，並試圖搶奪槍支，爲確保現場旅客生命安全，民警才開槍將其擊倒，但央視隻字未提起衝突原因。

　　死者家屬表示，警方在事後給了他們一筆撫慰金，提出讓家屬簽字之後不再追究責任，他們雖然感覺無奈，但也祇能接受。在徐純合被擊斃的第二天，慶安縣副縣長董國生立即出面肯定殺人行爲合法，並稱徐純合爲「歹徒」，但不久他就被網友曝光「中專還沒畢業，大學學歷是假文憑」，其妻子也被曝光在政府部門吃空餉，之後慶安縣紀委介入調查。

註（2）弗雷迪・格雷（1989年8月16日－2015年4月12日），非裔美國人，因私藏彈簧刀被巴爾的摩警察局拘留，在押送期間，格雷因脊髓和喉頭受傷陷入昏迷，被送往創傷中心接受救治，最終於2015年4月19日不治身。

　　2015年4月25日，抗議群眾在巴爾的摩市中心集結，從巴爾的摩市政廳沿路遊行至內港。在遊行活動進行到最後階段時，部分群眾變得更加暴力，他們毀損至少5臺警用車輛，並向警察「投擲」石塊。市長史蒂芬妮・羅林斯－布雷克表示大部分群眾對警方多所尊重，但「有少部分煽動者干預了這場活動」。市長也針對因抗議葛瑞的死而破壞公有財產的人表示，「我們也給那些希望破壞和平的人們，還以同樣的行動……。」當時警方逮捕至少34位民眾，衝突造成15名警察受傷。央視對此新聞連日跟蹤

報導。

註（3）據目擊者口述、以及已在網路上流傳的現場不完整視頻及照片，目前可以被拼湊出來的現場狀況其實是：徐純合先被警察持橡膠長棍毆擊，頭破血流的他乃死命抓住警棍，避免繼續被警察毆打。相反地，警察的行為則飽受外界質疑和議論：為何警察未依法定程序使用槍枝？為何在開槍時不避開致命部位？

其實，45歲的徐純合體弱多病，早已失去勞動能力，其妻亦患有精神疾病，需要接受醫療。過去幾年來，徐純合曾多次上訪，目的是為了請求政府協助安置並照顧三名稚子及八旬老母，但始終未能如願。

註（4）慶安政府第一時間稱「警員遇襲，果斷開槍」云云。

註（5）目擊者稱，死者的孩子抱徐大哭：「爸爸，我們快回家吧！」聞者心酸。

註（6）徐已到另一世界，祈禱他的靈魂能得到安息。

近年來，在中國已發生多起警察槍殺手無寸鐵百姓的事件，結果都是不了了之，中國人的命真是賤如螻蟻。

七津　百年詠史（150）九‧三閱兵 (1)

耀武何須鵝步操	榮光久已棄征袍
四鄰吳越誰盟友 (2)	九闕彭林防爾曹 (3)
蠻貊犯疆施口伐 (4)	堯民擊壤夢徒勞 (5)
屠城猶憶風高夜 (6)	同樣軍容同樣刀 (7)

註（1）慶豐帝登基後為慶祝二戰勝利七十周年閱兵。

註（2）春秋時代兩個世仇敵國。

註（3）彭德懷與林彪都曾任國防部長，後來皆被毛整死，獨裁者最忌的便是手執軍權的將領。
　　　江澤民在軍中提拔大批心腹，使繼任胡錦濤令不出中南海，習近平登基後實施大清洗，兩個軍委副主席郭伯雄、徐才厚落馬。

註（4）緬甸軍隊軍機多次犯境，打死打傷中國邊民數人，強國惟抗議而已。

註（5）壤父年五十而擊壤於道中。觀者曰：「大哉，帝之德也！」壤父曰：

「吾日出而作，日入而息，鑿井而飲，耕田而食，帝何德於我哉？」參見《高士傳》。

註（6）指六‧四。

註（7）一些百姓為解放軍的軍容鼎盛而自豪，殊不知這把利刀主要是防範老百姓的。

九‧三大閱兵，傾舉國之俊男靚女，令人嘆為觀止。

此次閱兵的亮點有3。一，一個建政才六十五年的政權卻聲稱自己是七十年前的戰勝國，雖然羞羞答答，祇是含糊其詞把「中流砥柱」換成中華民族。

二：用法西斯的鵝步操來慶祝戰勝法西斯。

三：古人云：觀其友知其人。這次「勝利閱兵」除了俄羅斯這個惡棍外，二戰時的盟國一個也不賞臉，不知花了多少孽錢請了些國際村的地痞流氓來撐場面，泱泱大國，混得如此之慘，也算他們有本事。

這支威武之師，因為是支黨衛軍，所以一貫維護黨的利益，國家民族的利益根本不在他們考量之中。

這支威武之師，從未自蠻夷手中保住一寸土地，據他自稱是抗日的中流砥柱，偉大統帥卻又三番四次感謝皇軍侵略中國，連倭酋雙手奉上的戰爭賠款也給免了，連蘇聯紅軍移交過來的幾百名日本戰犯都好吃好住地招待了幾年，養得白白胖胖的恭送回國。倒是對浴血抗戰的國軍將士恨之入骨，被他們屠戮殆盡，僥倖剩下的在出了大牢後直是家破人亡，妻離子散，在社會的最底層苟延殘喘，苦苦求生。

這支威武之師去「抗美援朝」，結果連圖門江的出海口都弄沒了，連長白山都給割了一大塊，什麼主航道的國際法都丟到糞坑，江中島嶼連帶中方一側的土地全送給棒子，各位如有興趣可在網上找到五十年代初的東北地圖與現在的地圖比較一下，弄得東北的物產祇能經陸路運到關內出海，國人到長白山天池祇能站在「中方一側」徒呼嘀嘀。

這支威武之師去西藏打「邊境反擊戰」，結果連有爭議的九萬方公里藏南膏腴之地卻變成了印度的阿魯納恰爾邦，現在對那塊土地是提也不敢提了。

這支威武之師去教訓越南人，結果也未能挽救同類波爾布特的覆滅，打了十年，什麼法卡山、老山，什麼白龍尾島全成了越南的領土領海。

這支威武之師在珍寶島和老大哥幹了一仗，卻差點舉國化為焦土，幸虧萬惡的美帝橫加干涉，才逃過一劫，後來便乖乖地簽約，把民國政府一直不承認的不平等條約給予承認，把百多萬平方公里的土地名正言順地送給北極熊。

這支威武之師派出大量人員支援緬甸共產黨企圖武裝奪取政權，連什麼德欽丹東，德欽巴登頂都養在中國，電臺也設在中國，結果連江心坡都送給老緬了，今年緬軍的飛機大炮炸死了若干邊民，威武之師倒也沉得住氣，祇是打了通嘴炮，卻是政府自掏腰包二萬大洋給被打死的強國邊民作為補償。

菲律賓等國可能在望眼欲穿地殷切等待威武之師去教訓他們一下，如此一來什麼東沙南沙西沙都大有希望納入囊中，祇是威武之師也學乖了，至今祇派了「漁政船」去周旋，省得又來個勝師失土。

威武之師殺起同胞倒是戰功彪炳，消滅了數百萬抗日將士，為日本友人出了口惡氣，又在「鎮反」「肅反」中屠戮了上百萬戰場上的漏網之魚。三十幾年前出動了數十萬野戰軍攻入自己的首都，發動舉世震驚的天安門戰役，把學生市民殺得屁滾尿流，魂飛魄散，「彈雨勾魂魄，市民心膽寒，至今懷恐懼，不敢步長安」。至於中國的什麼「分子」，早就老老實實接受了歷史的教訓，大都成了知道分子，政府一發令，「喳喳」之聲不絕於耳，恍如回到大清。

這支威武之師的刀劍全是為屠殺同胞而鍛鑄，許多知道分子和百姓卻為之歡欣鼓舞，怪哉。

威武之師的高級將領們如郭伯雄，徐才厚，谷俊山之輩和娘子軍作戰倒是奮不顧身，個個能以一當百，各國軍隊將領要是和我軍一較長短，定是必敗無疑！

威武之師還能打出什麼名傳青史的戰役，我們將拭目以待。

七絕（外一首）

閱兵炫武冒天功　　　列隊瓊花映日紅

高聳乳峰誰敵手　　　東風今日壓西風

神州電視劇《武媚娘》慘遭胸斬，看來我黨的正人君子們雖然熱衷於包二奶，卻對未包裝妥當的二奶視如洪水猛獸，生怕覺悟不高的百姓心靈受到汙染，不意此次閱兵，列隊的英雌皆為萬里挑一，個個波濤洶湧，如果這也能形成戰鬥力，美帝的女兵可以休矣。

七津　百年詠史（151）併火 (1)

神州卅載苦驕陽 (2)　　　臭隸翻爭頌佛香 (3)

股市催牛期挺拔　　　岐山打虎動真章

完成有恃空興嘆 (4)　　　計劃休庭事異常 (5)

劍影京城誰失鹿 (6)　　　閱兵寶相各端莊 (7)

註（1）強盜間互相廝殺。水滸傳‧第十九回：「林沖水寨大併火，晁蓋梁山小奪泊。」

　　　當今權鬥可作如是觀，自山寨了蘇俄制度後，併火無日無之，當然會被勝利者包裝上「XX路線鬥爭」或是反腐，但其實質性並無改變。

註（2）毛當了近三十年「最紅最紅的紅太陽」，其乾綱獨斷給中華民族帶來深重的災難。

註（3）現在又吹起個人崇拜之風，把慶豐吹捧成如毛一般，國人可謂記吃不記打。

註（4）逃往美國的令完成據說帶走大批核心機密，令我黨束手無策。

註（5）令計劃被捕至今尚未被押上法庭審判，想是投鼠忌器。

註（6）慶豐帝在閱兵時的表現，絲毫看不出他取得決定性的勝利。

註（7）此次閱兵出乎意料，老江也登上天安門城樓與習分庭抗禮，習似乎無力阻止他顯示自己的存在。

七津　百年詠史（152）聞友獲知青補助 (1)

弱齡早識菜根譚 (2)	數載稼穡應不慚 (3)
黨國當如攔路虎 (4)	知青棄若盡絲蠶 (5)
錙銖毫釐慰流景 (6)	歲月簞瓢憶褸襤 (7)
聞道家山天地覆	洛陽能否記伽藍 (8)

註（1）知青下鄉期間視同繳費年限，在辦理退休手續時與實際繳費年限合並計
　　　算。

註（2）《菜根譚》是明朝還初道人洪應明收集編著的一部論述修養、人生、處
　　　世、出世的語錄世集，爲曠古稀世的奇珍寶訓。對於人的正心修身，養
　　　性育德，有不可思議的潛移默化的力量。作者以《菜根》爲本書命名，
　　　意謂「人的才智和修養只有經過艱苦磨煉才能獲得」。正所謂「咬得菜
　　　根，百事可做」。

註（3）「種植與收割，泛指農業勞動。」出處：文言詞語，出自《詩經·魏
　　　風·伐檀》：「不稼不穡，胡取禾三百廛兮？」

註（4）指攔路打劫的匪徒。《清平山堂話本·楊溫攔路虎傳》：「溫是將門之
　　　子，綽號攔路虎。」

註（5）文革中老三屆被毛利用打倒劉鄧後，一古腦送到農民村接受「再教
　　　育」。

註（6）謂如流的光陰。唐·武平一《妾薄命》詩：「流景一何速，年華不可
　　　追。」

註（7）簞瓢褸襤，形容知青下鄉時極困苦的日子。

註（8）《洛陽伽藍記》簡稱《伽藍記》，中國古代佛教史籍。是東魏遷都鄴城
　　　十餘年後，撫軍司馬楊炫之重遊洛陽，追記劫前城郊佛寺之盛，概況歷
　　　史變遷寫作的一部集歷史、地理、佛教、文學於一身的歷史和人物故實
　　　類筆記。

七津　百年詠史（153）TPP (1)

四夷築壘結連營 (2)	失水蛟龍意弗平
季世狙公終有報 (3)	豐囊商賈撇難清 (4)

　　當酬入貿朱消氣 (5)　　　退聘交心汪拙荊 (6)
　　大廈將傾逢地震　　　　　茫然相顧不勝情

註（1）2005年5月28日，汶萊、智利、紐西蘭及新加坡四國協議發起泛太平洋夥
　　　　伴關係，當時正與其他五國磋商，包含澳洲、馬來西亞、秘魯、美國及
　　　　越南，原先並不大的貿易經濟圈在美國加入後，重要性迅速提高。

　　2010年11月14日，亞太經濟合作會議高峰會的閉幕當天，與會九國同
意美國總統歐巴馬的提案，將於2011年11月的亞太經濟合作會議高峰會完
成並宣布**泛太平洋夥伴關係協議**綱要。同時，美國積極與東南亞國協各成
員國進行協議，重申**泛太平洋夥伴關係**將匯集整個太平洋地區的各經濟
體，無論是發達國家還是發展中國家，都能成為一個統一的貿易體。**泛太
平洋夥伴關係**可能整合亞太的二大經濟區域合作組織，亦即亞太經濟合作
會議和東南亞國協重疊的主要成員國，成為亞太區域內的小型世界貿易組
織。

註（2）TPP雖無明言將中共國排除在外，但參與國需符合一系列條件，中共若不
　　　　在政治體制上做出重大改革，根本就沒有資格加入。

註（3）季世，一個朝代的末期。狙公，相傳爲古時善養猿的人，能以智弄群
　　　　狙。見莊子·齊物論。後比喻以智謀籠絡制馭他人的。朝三暮四地騙了美
　　　　國猴子十幾年，人家終於明白了。

註（4）李嘉誠自大陸撤資，遭黨媒大加討伐，稱：「別讓李嘉誠跑了！」

註（5）朱鎔基在入世貿前赴美稱：「今天，當中美關係出現某些困難和問題的
　　　　時候，我願意到這個地方來，就中美關係的問題給美國人民消一消氣。
　　　　怎麼叫做消氣呢？就是我要來說明眞相，說明事實，取得雙方的共
　　　　識。」朱的花言巧語果然奏效。

註（6）中國國務院副總理汪洋2013年赴華盛頓出席第五輪美中戰略與經濟對話
　　　　時，曾把中美關係比喻爲夫妻關係，稱彼此可吵架、分歧，但不能離
　　　　婚。美國人當然不甘雌伏，中國祇能當女方。但是TPP的簽署，無疑是一
　　　　紙休書。

　　2015年10月5日，TPP協議在亞特蘭大正式簽署，一個佔全球經濟總
額達四成的自由貿易區即將誕生，強國被排除在外，嚴冬終於到了。那個
邪惡政權對治下的百姓撒了無數謊言，做了種種許諾，卻通通如同鏡中

花、水中月，他們手中有槍，百姓奈何他們不得，這種萬試萬靈的伎倆被他們拿去騙老外，搭了十餘年WTO的便車，使得貪官污吏們的腰包脹得四處口吐狂言，現在報應終於到了，人家不摻你玩了，出來混總是要還的——衹是苦了百姓，愛國愛黨的紅人們早就成了外國友人了。那個姓李的潮州巨賈跑的時機拿捏得分毫不差，首富的眼光畢竟高人一等。

外一首　七絕

　　　蠑首明璫貴婦般 (2)　　　　　自欺不復小丫鬟

　　　通房終是難扶正 (3)　　　　　凛冽寒風入漢關

註（1）首先，通房丫頭和陪嫁丫頭是兩碼子事。陪嫁丫頭是女主人帶來的，但能不能當通房丫頭或姨娘卻要看情況。現在先來看看通房丫頭、陪房丫頭、姨娘的區別吧！簡言之，這三者間的關係：未婚的陪房丫頭如被主子信任，可以被提拔為通房丫頭，通房丫頭是最低級別的妾。

註（2）蠑：蟬的一種。蠑首：額廣而方，指寬的額頭，形容女子容貌美麗。

　　　出自詩經·衛風·碩人：「蠑首蛾眉，巧笑倩兮，美目盼兮。」明璫，以明珠做成的耳飾。三國·魏·曹植·洛神賦：「無微情以效愛兮，獻江南之明璫。」清·文廷式·賀新郎·別擬西洲曲詞：「欲解明璫聊寄遠，將解又還重束。」亦作「耳璫」、「珥璫」。

　　　近二三十年來，中共靠虛假的承諾搭上西方的快車，利用低人權、打破WTO的遊戲規則和污染神州大地和空氣為代價，使經濟快速增長，成為全球第二大經濟體，近年來自覺財大氣粗，處處露出暴發戶的嘴臉，對他國目指氣使，奧巴馬又是個軟蛋，更令他們覺得今非昔比，大有號令天下之勢。

　　　殊不知你發財的底細人皆盡知，口中不說，全世界又有誰看得起你？奧巴馬終於也忍無可忍，弄個TPP，想廢了WTO另起爐灶，把中共排除在外。不意天降大任於川普，來的更乾脆，連屁屁都不屑踢，要單獨跟中共練，這下子慶豐才知道包子不能上席。

七津　百年詠史（154）城管 (1)

動地喧騰鬧市空	蒼鷹執法逞威風 (2)
攜雛少婦上刑具	糊口小民投檻籠
蕩產營生誰顧惜	養家什物盡歸公
牛頭猶繫紅綾值	羨煞元和賣炭翁 (3)

註（1）城市管理行政執法局或城市管理綜合行政執法局，簡稱「城管局」，是中華人民共和國城市管理中負責綜合行政執法的部門。其前身「城管辦」等屬中華人民共和國國家事業單位。後來，城管部門逐漸納入各地方的行政編制，成爲行政機構「城管局」，以自己的名義行使職權。中國共產黨在其組織設有政治委員。

城管執法，事實上是將過去中國城市各政府機構所擁有的各自範疇內的城市執法職能集中行使，包括市容環境衛生、城市規劃管理（無證違法建設處罰）、道路交通秩序（違法占路處罰）、工商行政管理（無照經營處罰）、市政管理、公用事業管理、城市供水管理、停車管理、園林綠化管理、環境保護管理、施工現場管理（含拆遷工地管理）、城市河湖管理、黑車、黑導遊等各方面需要出動執法的事宜。

註（2）比喻酷吏。史記・卷一二二・酷吏傳・郅都傳：「是時民朴，畏罪自重，而都獨先嚴酷，致行法不避貴戚，列侯宗室見都側目而視，號曰『蒼鷹』。」

註（3）唐白居易〈賣炭翁〉一詩揭露元和年間宮使強買豪奪之事，詩中有言：「一車炭，千餘斤，宮使驅將惜不得。半匹紅紗一丈綾，繫向牛頭充炭值。」賣炭翁生逢和諧社會，若是在今天，連牛都得牽走成爲城管下酒物了。

和諧社會的城管窮兇極惡，早已民怨沸騰，打死做小買賣的百姓的事時有所聞，每當發生此類惡性事件，當局總是以肇事者為臨時工為由推卸責任。

城管人員打人、傷人，公然蔑視和踐踏法律的惡性事件在中國可謂見得多了，報紙上的，現實中的。見得多了，也就習以為常了。

某城管頭頭甚至公然說道：「文明就不能執法，執法不能文明！」

七津　百年詠史（155）文工團 (1)

美人列帳號文工	玉食王侯充後宮 (2)
驍將交兵擒禍水 (3)	侍郎罷宴步芳叢
笑他惶恐掩拉鍊 (4)	看我陶然醉挽弓
制度誠然好五倍 (5)	豈能易轍困樊籠

註（1）軍隊文工團（歌舞團）原是為激勵軍人士氣、鼓舞軍隊戰鬥精神而設，在戰爭年代中共此招確能起到一定作用，但和平年代文工團越來越變為軍隊淫樂大本營；特別是經濟及崇尚美色時代，文工團甚至成為軍隊墮落催化劑。

海軍原副司令員王守業包養多名軍隊文工團女演員，因情婦勾心鬥角，弄得王要狂貪數億以擺平；軍中妖姬湯燦更被指有眾多軍頭拜倒在其石榴裙下，包括徐才厚。

早在中共建政初期，中共高層就好包養文工團女兵，中央警衛局甚至下令各地為中南海文工團「選美」，供毛澤東等跳舞作伴，所選女兵「必須面貌清秀、體態端正」。時任國防部長彭德懷從朝鮮前線回京述職，見狀曾大鬧中南海。

習近平上台後，盛傳軍隊改革要大裁文藝兵，撤掉文工團。但最近消息顯示當局對這些「精神戰鬥力」或網開一面。中央軍委副主席許其亮出席軍隊文藝工作座談會時表示，堅決反對「妖魔化」軍隊文藝工作的言論，並透露這是「習主席的指示」。

註（2）玉食，珍貴的飲食。清‧李漁‧《慎鸞交‧情訪》：「你也忒清高，撇下了朱門玉食，到這陋巷覓簞瓢。」後宮，嬪妃居住之處。文選‧宋玉‧登徒子好色賦：「玉為人體貌閑麗，口多微辭，又性好色，願王勿與出入後宮。」

註（3）《趙飛燕外傳》：「漢成帝使樊嬺進合德（趙飛燕妹）……宣帝時披香博士淖方成白髮教授宮中，號淖夫人，在帝後唾曰：「此禍水也，滅火

必矣！」據五行家說，漢以火德而興，此謂合德得寵將使漢亡，如水之滅火。後因以「禍水」稱惑人敗事的女子。

註（4）言克林頓與萊溫斯基一事，克林頓為此事幾身敗名裂。

　　文工團說起來相當於以前的營妓軍妓，但挑選要嚴格得多，個個如花似玉，當然這都是高級軍官的禁臠，普通士兵祇能在她們表演時享享眼福。

註（5）此一「典故」，出自中國前駐聯合國日內瓦機構代表沙祖康曾說過的一段話。中國媒體曾引述報導指出，2004年間美國提出否決「中國人權狀況」草案，進入聯合國人權委員會的動議案。沙祖康評價此事曾表示：「我公開講過，中國今天的人權狀況就比美國的人權狀況要好，中國人口比美國多出5倍，如果按照人口比例來講，我們問題至少應該比美國多5倍，那才說明我們人權狀況和美國一樣。現實上，我們人權狀況比美國還要好；也說明了，中國人權至少比美國好上5倍。」

外一首　七絕

　　　　長袖霓裳冠漢宮　　　九天萬里展雄風
　　　　侯門虎帳兩巾幗　　　中美將軍別不同

　　美國女人靠上戰場當上將軍，中國女人靠上床當上將軍，一個尚武，一個善舞，一個敢深入敵陣，一個能誘敵深入。不過實事求是地說，美國女將軍都是與無名小卒戰鬥，中國女將軍都是與將軍或重臣交兵，如此說來還是中國女將軍的含金量高得多。

七津　百年詠史（156）互聯網

　　　　電波霹靂張天網　　　鎖國愚民恐不長 (1)
　　　　楊廣撫頭徒慘惻 (2)　　趙高指鹿枉雌黃
　　　　四夷鼎沸擂金鼓 (3)　　獨自編修防火牆 (4)
　　　　噩耗頻傳悲摯友　　　慶豐岐路苦徬徨 (5)

註（1）一個獨裁專制的政權要鞏固其統治需如林彪所言，要靠槍桿子和筆桿子，一個桿子是暴力鎮壓機器，另外一個桿子就是篡改歪曲事實，對治

下百姓實施洗腦，報紙、收音機、電視全在他們牢牢掌握之中，人民根本就接觸不到其他訊息。在大饑荒餓死幾千萬人之時，很多百姓尚以為自己生活在天堂，自從有了互聯網，他們編造的謊言已是千瘡百孔，越來越多的人知道了越來越多的真相。

註（2）隋煬帝楊廣在江都時，自知天下糜爛不可收拾，常撫頭對著鏡子說：「好頭顱，由誰來砍！」

註（3）金鼓：金鼓即四金和六鼓，四金指錞、鐲、鐃、鐸。六鼓指雷鼓、靈鼓、路鼓、鼖鼓、鼛鼓、晉鼓。古代軍隊行軍作戰時離不開金鼓，命令軍隊行動與進攻就打鼓，即鳴鼓而攻，而命令軍隊停止或退回就擊鉦，即鳴金收兵。金鼓即代表行軍與戰鬥的信號。杜甫詩：「直北關山金鼓震，征西車馬羽書馳。」

註（4）一位北京的大學校長春節給學生微博拜年，獲得二十五萬個「滾」字接龍回覆。他最近因病辭去校長職務，竟然引起中國網絡狂歡。有網友留言「祝病魔早日戰勝方校長」，有網友甚至送對聯「半生贏得千夫指，一世修來冀土名」。

站在風口浪尖的這位中國高校校長的名字叫方濱興，1960年7月出生於黑龍江省哈爾濱市。他是中國工程院院士，北京郵電大學校長。方濱興在海內外享有盛名，不是因為校長和院士的頭銜，而是因為他是著名的中國長城防火牆的主要設計者，被稱為「中國防火牆之父」。

中共斥巨資建造的網絡防火牆就是為了不讓國人知道真相，繼續愚弄百姓，為此不惜使中國企業在對外貿易和交流中蒙受損失。

註（5）中共的獨裁好友一個個相繼滅亡，做戈爾巴喬夫還是當齊奧塞斯庫？習近平不難做出選擇。

感謝互聯網，使我們了解到許多偉光正不欲讓我們知道的真相。

過去常聽到：十月革命一聲炮響，給我們送來馬克思列寧主義。但其實的情況卻是，北大教授陳獨秀因嫖娼被蔡元培、沈尹默、馬敘倫開除了教職，憤而接受蘇俄資助，在維金斯基幫助下，在上海成立了共產主義小組，後來又在一艘流動青樓——嘉興花艇上建立了共產黨組織，看來倒應該這麼說：八大胡同一聲炮響，給我們送來馬克思列寧主義主義。陳教授這一炮可謂驚天地，泣鬼神矣。

上個世紀二十年代蘇聯曾有一芭蕾舞劇《紅罌粟花》，講敘一艘蘇聯

貨船到上海，船長嫖了中國妓女桃花，並向她傳播了共產主義，使得共產
主義在中國得以發展壯大云云，綜上所述，偉光正與娼妓梅毒確實脫不了
干係。

一切已經發生和正在發生的事都必然成為歷史，當然得有個前提：此
事對當時或未來會產生重大或較大的影響，如陳教授嫖娼一事，必然載入
史冊，屁民如你我去召妓，卻不在此例，請勿效仿，一笑。

七津　百年詠史（157）南海風雲 (1)

拉森南海巡礁島　　　　強國英雄齊奮威 (2)

尋夢理應先洗洗 (3)　　　大言空耗沫飛飛

四鄰早助敲邊鼓 (4)　　　九闕苦思謀解圍

竊得唐人詩一句　　　　和風細雨不須歸 (5)

註（1）2015年，美國海軍驅逐艦「拉森號」多次進入中國南海人工島礁十二浬
　　　內巡航，引發國際關注。事實上，為因應中國近來在南海動作頻頻，
　　　「拉森號」自今年五月底開始就在南海海域持續巡邏，和中方艦艇有多
　　　次交手經驗。

中國《新華社》七月指出，「拉森號」五月起在南海「不間斷巡
邏」，而與中國海軍船艦有過多次「安全互動」，包括「禮貌性的無線電
對話、小心謹慎的艦船操控」，其與美軍巡邏機「遭中國海軍質問已成
『家常便飯』」。

2001年正式服役的「拉森號」，屬阿雷‧伯克級（Arleigh Burke）驅
逐艦，也就是配備神盾戰鬥系統、俗稱的神盾艦。

「拉森號」排水量九千兩百噸，長一五五公尺，造價八億美元，隸屬
於美國海軍第七艦隊第十五驅逐艦中隊，二〇〇五年八月起部署在美國海
軍位於日本的橫須賀海軍設施。

註（2）網上一片喊打喊殺之聲，愛國賊衹會打嘴炮，什麼「犯我強漢者，雖遠
　　　必誅」，高潮過後，又去排隊買「愛瘋」了。

註（3）洗洗睡是流行的一個用語，字面意思是類似於「洗澡（洗臉）刷牙睡覺去吧」，也就是「不要白費力氣了」。

　　洗洗睡原本在許多漢語中都有直洗澡睡覺的用法（例如台語也有類似用法），但作為現今的引申意義而流行，最初是在中國大陸網上以及體育轉播，已流行多年，最初為何會有這樣的引申用法，起源有很多說法。（一說周星馳《大話西遊》中吳孟達有跟周星馳說此語，另一說是源自湖北話的一種用法）

註（4）敲邊鼓，比喻從旁幫腔助勢。中共在南海填島建設軍事基地，引起周邊國家如菲律賓、越南、馬來西亞的不安，他們雖然屢次抗議，但是對中共的強勢卻無可奈何，美國的介入他們會站在那一方？不言自明。

註（5）張志和‧漁歌子。中共媚外所送的領土何止上百萬方公里？用他們的話來說是「嫁出去的女兒，潑出去的水」，還能回來？

七絕　百年詠史（158）軍媒 (1)

　　霧霾海帶拒劉郎 (2)　　　　美帝依然跳上床
　　貞烈軍媒成蕩婦　　　　　讓他進入又何妨

註（1）指解放軍報。前幾年美軍欲在黃海軍演，解放軍報在8月2日威脅道：「美國航母來了祇有被當作話靶子打！」美帝不為其所動，於是解放軍報在8月12日又發表社評稱：「人不犯我，我不犯人，人若犯我，我必犯人！」萬惡的美帝居然好像聽不見，於是解放軍報在8月16日大發慈悲道：「美航母進入黃海意義不大。」真是醉了。

註（2）中共軍事評論家張召忠將軍曾多次大發厥詞，稱海帶能纏著潛艇和水面軍艦的螺旋槳，若在黃海大面積種植海帶能防止美艦進入云云。又稱霧霾能有效阻擋激光武器，中國因環境汙染導致的霧霾在他的口中居然變成好事一樁，不得不對張將軍寫個服字。

　　劉郎，劉禹錫‧再遊玄都觀：「百畝中庭半是苔，桃花淨盡菜花開，種桃道士歸何處，前度劉郎今又來。」美帝也不是第一次來，習慣了就好。

七絕二首　百年詠史（159）遼寧艦 (1)

遼寧吃貨傲全球 (2)　　　一飲千鍾意未休

長臥醉鄉圓我夢　　　安能辜負此醇醪 (3)

其二

吃貨二千欣啓航　　　龍王敖廣斷愁腸 (4)

遼寧如若常巡弋　　　蟹將蝦兵全掃光

註（1）原是在烏克蘭建造的前蘇聯航母，因蘇聯解體，資金斷鏈，在船塢放至
　　　鏽跡斑斑，雖是塊廢鐵，由於屬於半成品軍艦，在西方和俄國的干預
　　　下，雖然中共有意購買，卻一直未能如願。可憐中共卻連這麼樣的東西
　　　也垂涎三尺，由某澳門商人出面，以改裝成海上娛樂場爲名買到手，卻
　　　逕直拖回大陸，修修補補，粉刷一新，成爲小粉紅們心中的無敵利器。

註（2）據大陸電視引述遼寧艦長稱，遼寧艦官兵共二千人，每天需消耗食品達
　　　十至十二噸，人均五至六公斤，網民笑問：這是餵豬麼？到底是要出海
　　　還是趕著出欄？要論海吃海喝，疊被子，鵝步操，文工團，共軍肯定是
　　　無敵手，至於遼寧艦的戰力麼，祇能是呵呵呵了，每次出海，甲板上都
　　　空空如也，從央視拍攝的短片看，艦上倒是有爲數不少的靚麗女兵，可
　　　能是配備的文工團吧。

註（3）醇醪，濃冽的美酒。漢書・爰盎傳：「乃悉以其裝齎，買二石醇醪。」

註（4）敖廣，東海龍王。

七津　百年詠史（160）奉旨生二胎 (1)

金殿施恩準二胎　　　酸甜苦辣一齊來

徐娘老蚌敢生養 (2)　　　伯道無兒究可哀 (3)

饕餮終需蕃役畜 (4)　　　幽靈乏後繼洋財

豬羊誠是宜盈圈　　　好奉犧牲供祭臺

註（1）中國從1979年開始推行一胎化政策，目的在於限制人口成長和刺激經濟
　　　發展，但在今年初，中國爲了緩解日益嚴重的人口老化問題，開始解禁

一胎化政策，即允許所有夫妻生2個孩子，據稱少數民族則生3個，外界擔憂此舉會早成人口急遽增加，不過國際醫學期刊《刺胳針》刊載一篇研究指出，中國開放所有夫妻生第二胎，祇會帶來小幅增長。

中國先前的一胎化政策規定，城市夫妻祇能生一個孩子，農村夫妻的第一胎若是女孩，再生第二胎的話，到2023年，中國人口將達到14億。僅是小幅增長。中國目前是世界第一人口大國（13億7千萬），到2029年將達到14億5千萬的人口高峰。

美國人口學家蔡泳說，中國長期推行的一胎化政策使婦女生育率下降，人們更願意把所有的資源都傾注到一個孩子身上，寧可少生，甚至乾脆不生。此外，該研究還建議中國把女性退休年齡從50歲提高到55歲，男性則為60歲以解決養老金不足，同時還鼓勵三代同堂。中國一胎化政策造成的另個問題是性別比例失衡，據估計，到2020年，中國大約男性要比女性多3000萬人。

註（2）徐娘，半老徐娘，是指已到中年尚有風韻的婦女。出自於《南史·后妃傳下》：「徐娘雖老，猶尚多情。」老蚌，老蚌生珠，原比喻年老有賢子。後指老年得子。《北齊書·陸卬傳》：「吾以卿老蚌遂出明珠。」

註（3）伯道，伯道無兒，鄧伯道。舊時對他人無子的歎息。《晉書·鄧攸傳》：「天道無知，使鄧伯道無兒。」

註（4）役畜，讓人役使的牲畜，如牛、馬、驢、騾、駱駝等，中國百姓在紅朝權貴眼中很可能還不如役畜。農民養馬、牛等役畜，如心肝寶貝，半夜還常常起來添草料，決不會讓數千萬役畜活活餓死，又平白無故殘殺上億役畜？

計劃生育施行三十餘年後，黨大發慈悲，准許百姓生第二胎了，一個國家十幾億人口生個孩子卻要由政治局幾個人決定，是這個民族的恥辱和悲哀。想想也是，紅二代富二代的子女不乏狂嫖濫賭，酗酒吸毒成性者，要是有個三長兩短，這潑天的家財卻如何是好？再者，百姓的獨生子女要奉養數個老人，恐怕今後難以榨取更多的「剩餘價值」，開放二胎便水到渠成了。

抄上兩段網民對開放二胎的看法：改革開放和放開「一胎化」都被看成黨的功績，黨很喜歡誇自己解放思想。再笨的人也能看出這有多荒唐。

你號稱解決掉的問題本來就是你一手造成的！沒有你就不會有那些問題。人家的生意做得好好的，你上來就砍頭沒收，搞不下去了，又鼓勵做生意。人生兒育女好好的，你個土匪上來就結紮，快死絕了，又催人生。這老百姓跟豬仔兒一樣一樣的，生多了就結紮，生少了就催產，反正地主家過年的肉要保證供應。

　　青壯皆外出打工，留守婦女生二胎的重擔全靠村支書了，弱弱問一句：配種要收費嗎？

外一首　七絕

　　　　領導慈悲特赦吾　　三更羅帳下功夫
　　　　連番魚水交歡罷　　不曉能生一個無

　　毛時代的計劃生育，說出來都會被不明真相的五毛說是造謠，那時候每年每個單位有若干個生育指標，經群眾討論，領導批准，恩准某對夫婦製造個共產主義接班人，中得大獎的人總是鬥志昂揚，快馬加鞭去大幹特幹。

　　我工作的車間也有人中了大獎，那時候便有幾個生了兒子的工人公開向他傳授經驗技巧姿勢，連說帶比劃，男男女女聚在一起學習。難得有機會放浪形骸，合法說些葷話，借機還可以吹噓自己的戰鬥力並向某心儀的對象傳遞某種訊息而不會被打小報告，其樂如何？因此大家學習的熱情，認真的程度比學兩報一刊社論有過之而無不及，沒有人露出一絲尷尬之色，怪哉。

　　今年要是生不出來，指標作廢，那怕是在肚子裡來不及開閘，恐怕都會有麻煩，如此關乎子孫萬代的事，能不認真對待？

七絕　百年詠史（161）村支書 (1)

　　　　止渴望梅悲老夫　　支書雨露遍村姑 (2)
　　　　何時身插雙飛翼　　能去分肥一個無

註（1）村支書是村黨支部書記的簡稱。村黨支部為共產黨最基層的黨組織。村
　　　委會是直接管理村民的組織，全稱為村民委員會。村支書由村支部黨員
　　　中選拔，特殊原因由上級黨組織委派。

　　在中共統治的社會裡，當官不是為了百姓謀幸福，不是為了百姓過日
子，而是想著怎麼樣才能貪更多錢，怎麼樣才能爬到更高的位置，所以導
致現在中共的官員大官大貪，小官小貪，無關不貪的現象盛行。日前大陸
謀體報導了，武漢一小小的村支書揚言，要子子孫孫都當村支書，引起網
友的熱評。

註（2）大陸《南風窗》雜誌的一篇報導披露，河南三門峽市的一個小村裡，村
　　　支書在駐村工作人員面前自曝「這個村，有一半都是我的娃」。此文在
　　　網絡上大肆轉載，引起強烈反響。三門峽市委新聞發言人對此事回應
　　　稱，希望原文作者提供案情線索被拒絕，引起民眾質疑。

　　一條〈實名舉報陝西榆林米脂縣村支書〉的視頻在網絡流傳，視頻中
一女子稱，當地村支書馮某威脅她與其「發生關係」，遭拒後馮某取消她
的精準扶貧資格。

　　中共的基層幹部橫行霸道、漁肉鄉民，早已怨聲載道，有口皆悲，但
是他們祇需討好上級，就可以繼續當他們的官，近年來發生了多起村民忍
無可忍，用暴力來維護自身利益的悲劇，如果不改變這個制度，這樣的悲
劇還將陸續上演。

　　現在在某村莊的牆上竟刷有大幅宣傳標語：「村支書要擔負起本村婦
女生二胎的重任！」當個村支書真性福。

七津　百年詠史（162）山寨大國 (1)

中華亦自號維埃 (2)	山寨率先風氣開 (3)
專利串花非仿制 (4)	無心插柳拒疑猜
欺天行盜誇原創	悠德弛綱遺禍胎
地煞天罡誠有種 (5)	梁山澤厚也堪哀

註（1）「山寨」一詞的字面含義是築有柵欄等防禦工事的山莊，引申為盜賊，
　　　土匪或無政府管理之意。在粵語中，常用「山寨廠」來描述小規模、技

術含量低的家庭作坊，此類作坊往往以代工和仿製為主，缺乏設計能力和自有品牌。隨著21世紀以來深圳等地電子產品製造業的興起，「山寨廠」得到了快速發展，其產品迅速銷往中國各地甚至海外，而「山寨」一詞也隨之迅速流行，成為大眾常用語言，同時也開始應用於除了電子產品以外的其他行業。

中國已經成為世界上最大的山寨國，不論服裝、電子產品、名牌化妝品都成行成市，中共在加入世貿組織之前信誓旦旦保證保護知識產權成了一句空話。

註（2）中華蘇維埃共和國成立於1931年11月7日，由中國共產黨在共產國際的支援下，在中國大陸所建立的第一個全國性軍事割據的偽政權，這是近百年來山寨的肇始。

註（3）中華蘇維埃共和國全盤山寨了蘇聯的一切，從「政府」到軍隊，從名稱到實質，從殺人到搶劫，從共產到共妻，甚至在殺戮自己同志方面也和蘇聯一般無二。

註（4）串花，是生物學上的一種通俗的叫法，指在品種繁育過程中，由於隔離失敗而發生不同亞種、變種，品種之間的天然雜交。

註（5）水滸傳的山寨有三十六天罡、七十二地煞共一百零八個魔頭。

抄襲別人的產品和設計，以較低的價格出售，是一門年值數千億美元的生意。從事合法經營的公司，在產品開發和市場推廣上投放大量的資金，卻為山寨產品做嫁衣裳。我曾在一個小縣城見到數家法國名牌專賣店，賣的東西幾可亂真，小縣城的居民收入能有多少，法國公司會在那開專賣店，開什麼國際玩笑？

中國的企業靠造假發財，是公開的祕密。這種造假從80年代後期就開始了，一開始是外企的中國員工晚上加班「打黑工」，白班的產品外銷，夜班的產品則作為盜版品偷偷私賣；90年代進一步發展為盜竊外企的技術圖紙，開設「影子工廠」生產仿冒產品，再後來變成出國盜取產品設計，許多企業每年派專人到全球各地參加展銷會，直接拍照、然後仿製，或者郵購樣品、上互聯網查看，設法剽竊產品設計；更高級的盜版者乾脆查閱外國商品的設計專利，然後由工程小組研製仿冒，批量生產。

中國的仿冒文化不僅是企業行為，也是政府行為，中國不少軍用品就

是仿冒的,最近俄國對中國出口最新戰鬥機,便特地採取了防止仿冒措施。

　　去年經濟合作發展組織(OECD)發佈了一份關於仿冒品和假貨貿易的報告,該報告根據2010年到2013年全球海關查扣商品的詳細資料,發現中國是全球第一大假冒商品流出國,全世界63.2%的假貨是從中國流出的。該報告估計,2013年全球因為假貨和盜版而造成的貿易損失高達4,610億美元,約佔全球國內生產總值的2.5%。根據此報告的數據,2013年中國的假貨給世界各國所造成的損失達到2,900億美元。

七津　百年詠史(163)輸出腐敗

黨國深謀誑四荒	恩仇笑泯共飛觴 (1)
美元漫道能通鬼	醜婦多金亦是娘
莫謂中華八路土	偏驅西域五毛洋
卻悲連戰與聯大 (2)	卸甲低眉拜孔方

註(1)廖承志曾致函蔣經國稱:「歷盡劫波兄弟在,相逢一笑泯恩仇。」這不過是他們統戰的新技倆而已,當他們大開殺戒屠戮滯留在大陸的國府軍政人員時可不是這副嘴臉。

註(2)台灣前副總統、國民黨名譽主席連戰,不顧島內廣大民意與在野黨派堅決反對,跑去北京參拜中共的「九‧三閱兵」,被人披露是為了連家在大陸巨大的商業利益而俯首稱臣。這些雖然是中共腐敗「癌細胞」在對外擴散,但還祇是在「兩岸三地」華人圈內。最近一則中國式腐敗竟然已「偷襲」聯合國成功的新聞,更叫人跌破眼鏡。

　　據英國廣播公司(BBC)等多家媒體報導:「紅頂商人」中共全國政協委員、澳門經濟發展委員會顧問、澳門地產大亨吳立勝,被美國司法當局正式起訴,指控其涉嫌向第六十八屆(二〇一三年)聯大主席、原任中美洲島國安提瓜和巴布達駐聯合國大使約翰‧阿什提供逾一百三十萬美元的賄賂,以換取對方支持在澳門興建聯合國會議中心。這是赤裸裸的以金

錢賄賂謀取不正當政治利益的犯罪活動，企圖以金錢收買之手段，把聯合國會議中心弄來澳門，以抬高中共在國際上的地位與影響，以便以東道國身分進一步對聯合國施加影響。

就是這個吳立勝，還曾捲入過美國上世紀九十年代克林頓的政治獻金案，但是最後是將錢打入賬戶的人替他頂了罪，所以吳立勝被稱為是美劇《紙牌屋》裡「中國商人」的原型。據外電披露，去年六月，吳立勝在美國紐約市皇后區將四十萬美元交予一個身分不明人士，並分批向美國轉移高達四百五十萬美元現金。今年九月吳立勝與助手在紐約機場入境時，同時被美國警方逮捕歸案。當時兩人身上攜帶五十萬美元的鉅額現金。曼哈頓聯邦法院的刑事起訴書顯示，兩人涉嫌妨礙美國海關工作人員執行職務，以及向美國海關人員作出虛假陳詞。經過審訊，終於查出了他賄賂前聯大主席約翰‧阿什的轟動世界的大醜聞。據悉，受賄的前聯大主席約翰‧阿什亦已落入法網。對此，大陸官方及黨媒體均噤若寒蟬，更不敢像以往那樣說是「反華」事件。

這是聯合國有史以來爆出的最高層官員涉貪案，以至聯合國祕書長潘基文也只好透過發言人表示，對這宗貪汙案感到「震驚與不安」。至此，這場中國腐敗「偷襲」聯合國的世紀大案，終被美國司法部門人贓俱獲。

習近平尚未榮登大位之前的二零零九年二月十一日，在墨西哥與華僑的一次談話中說：「有些外國人吃飽了沒事幹，現在中國一不輸出革命，二不輸出飢餓和貧困，三不去折騰你們，還有什麼好說的？」

看來習也承認在此之前中共輸出革命、輸出飢餓和貧困，沒事還老去折騰人家，現在不那麼做了，全世界都應感恩戴德，三呼萬歲，就這副嘴臉居然是十幾億人民之君，悲夫。

第一第二條姑且不論，中共國當真改邪歸正，不去禍害世界了？不然，以前是赤裸裸的暴力干涉，現在卻是用「軟實力」輸出腐敗，中國國企或利用港澳紅頂商人出面在國際行賄的消息時有所聞，最近美國司法部門正式起訴全國政協委員，澳門地產大亨吳立勝，指其涉嫌向第六十八屆聯大主席約翰‧阿什行賄一百三十萬美元，以換取對方支持在澳門興建聯

合國會議中心，以抬高中共在國際上的地位和影響，這種明目張膽輸出腐敗的行為不叫折騰卻叫什麼？

七律　百年詠史（164）致友止其療愚 (1)

錚錚俠骨忍沉淪　　　彈指鍵盤天拂晨
為拯膏肓東亞客　　　不辭耆耈北歐身 (2)
溫言婉轉愛成恨　　　硬語橫空嗔亦真 (3)
扁鵲逡巡難措手 (4)　問君何藥可回春

註（1）某友堅信可以感化五毛，因時差故，常徹夜在網上與眾多五毛動之以情，曉之以理，然而收效甚微。
註（2）友定居於北歐某國。
註（3）盤旋。遒勁有力的語文盤旋在天空中。形容文章的氣勢雄偉，矯健有力。唐·韓愈《薦士》詩：「橫空盤硬語，妥貼力排奡。」
註（4）扁鵲，原姓秦，名越人，一名緩，號盧醫，生於周安王元年前後，卒於周赧王五年。

　　友居北歐，年過古稀，喜在網上與粉紅五毛交鋒，日以繼夜，樂此不疲，曾問其感化幾人？嗒然不語。

　　五毛滿腸滿肚滿腦大糞，便是觀世音如來佛祖也勸不轉，他們自喜下地獄，何苦苦苦相勸？

青玉案　百年詠史（165）贈友

弱齡負笈扶桑渡 (1)，碧霄睨，空狐兔，故土殷情能弗顧？
朝攻墳典，夕謀衣食，祇待青雲路。
於今低地悲秋暮 (2)，粱稻難求壽司舖 (3)，九逝忠魂終不悟 (4)，
流年如水，關山似鐵 (5)，知否風波誤 (6)？

註（1）上世紀八十年代，友人被選拔為首批官費赴日留學。

註（2）因參加聲援八九民運，有家不得歸，輾轉定居荷蘭。

註（3）在荷蘭經營日餐維持生計。

註（4）屈原：亦余心之所善兮，雖九死其尤未悔。

註（5）友被中共當局列爲黑名單，不能回國。

註（6）中共把六·四屠殺稱爲「風波」。

七津　百年詠史（166）習馬會 [1]

沆瀣藍營累劣駟 [2]	梅花纖夢枉吹簫 [3]
選情已順江河下	善意徒增風雨飆
換柱焉能挽局敗 [4]	更弦方可拯民凋
避秦尚有桃源在	何苦強顏折沈腰 [5]

註（1）央視直播習馬會，馬不敢說出台灣是個自由民主的社會，不敢呼籲大陸
進行實質性的政改以塡平兩岸的鴻溝，更不敢道出臺灣民眾有自由選擇
的權利，祇是一味順著習大講兩岸經貿合作，即便如此，央視也強行切
斷他的講話，不讓大陸百姓聽到馬的隻言片語，就連台灣官員衣襟上的
黨徽都被打上馬賽克。希特勒尚沒有屛蔽張伯倫的話，其結果如何？兩
次國共合作其結果又是如何？獨裁者可曾有信守承諾的紀錄？說中共有
誠意推動兩岸關係，便是連三歲孩兒也不信。

　　馬甚至自欺欺人相信習所言：大陸布置在福建浙江沿海的軍事設施不
是針對台灣的——難道是針對索馬里海盜的？現在的國民黨堪比黃鼠狼下
耗子，一窩不如一窩，手上明明有許多牌可打，卻是縮手縮腳，一味退
讓，說習是包子，馬直是個空心窩頭。

註（2）劣駟指馬英九。

註（3）「纖夢行雲」，「梅花引」均爲洞簫曲，梅花爲中華民國國花。

註（4）國民黨高層眞是「更無一箇是男兒」，眼看選情不妙，卻無一人挺身而
出，試圖力挽狂瀾，洪秀柱出馬，其治國理念並無新意，男兒解甲，女
兒豎降旗，有甚分別？

註（5）南唐後主、著名詞人李煜詞中有「沈腰潘鬢消磨」的句子，「沈腰」指
的是南朝齊梁時時的一位美男「沈約」，他「一時以風流見稱，而肌腰

清癯，時語沈郎腰瘦」，從此以後「沈腰」就被作爲腰圍瘦減的代稱。

七津　百年詠史（167）乙未回顧

蕭貪大戲卷旌麾 (1)	喉舌嘵嘵枉鼓吹
二代盤根睨冷眼 (2)	一朝失手勢燃眉 (3)
朝廷無策靖三海 (4)	贓款成災漫四夷 (5)
法治猶須等五載 (6)	荒唐承諾誑阿誰

註（1）慶豐帝打虎，除了那個覬覦大位的薄熙來外，開朝重臣家屬皆能逍遙法外，更坐實了外界的猜測——那不過是借反貪之名，鏟除不同派系之敵罷了。

註（2）紅二代巨囊皆安然無恙，諒包子也不敢向他們動手。

註（3）反腐極大地損害了大批官員的利益，他們很有可能聯手發難或給包子下套，習已無路可退。

註（4）習在黃海東海南海都作出咄咄逼人的姿態，使得周邊國家站在同一戰線聯手與中國抗衡，一些國家如菲律賓甚至鬧上國際法庭，‘自古以來’並不被國際社會所認可。

註（5）貪官巨貫爭先恐後把財產轉移到國外，造成一些國家的房價飆升。

註（6）中共中史、國務院印發《法治政府實施綱要（2015-2020年）》又作出承諾，要在2020年基本建設成法治政府。原來七十年了，這個政府還是沒有依法治國，他們在承諾的同時還不忘留下「基本」的尾巴，到了2020年還是不依法，也可以振振有辭，這樣巧言令色的流氓政權，你還能說什麼？

七津　百年詠史（168）趙家 (1)

趙家氣焰久熏天	青史昭昭書錦箋
飛燕迴風舞玉殿 (2)	玄壇招寶主金錢 (3)
半篇論語安邦國 (4)	數盡奪符誰比肩 (5)
阿貴渾忘身是僕 (6)	癡心望眼列瓊筵

註（1）趙家人泛指中共的高級官僚、富豪、體制內幹部以及家屬子女等權貴階層，語出魯迅的《阿Q正傳》。其原型是魯迅先生筆下的趙莊趙太爺，象徵上層階級，現實中泛指高級官僚、富豪、體制內幹部以及家屬子女等，即既得利益者、實際掌權者。而「精趙」一詞，即「精神趙家人」，指自認爲能在執政集團的強勢下能沾光的人。

　　2015年12月，一篇題爲《萬科寶能之爭：門口的野蠻人，背後的趙家人》的文章在互聯網上傳播，該文章中用「趙家人」一詞指中共權貴階層。文章發佈不久，「趙家人」便成爲中國網絡流行語。中宣部曾下令要求媒體不得使用「趙家人」以及類似的詞語，已經使用這些詞語的媒體則遭到了處分。

註（2）趙飛燕，西漢漢成帝第二任皇后，漢哀帝時皇太后。她以絕世美貌著稱，能歌善舞，受成帝專寵十年，所謂「環肥燕瘦」講的便是她和楊玉環。

註（3）中路武財神趙公明爲五路武財神之首，也是民間所熟知的財神爺、玄壇元帥、寒單爺等。財神的信仰源遠流長，光見諸典籍者，即已將近兩千年。

註（4）趙普，宋初名相，曾說：「我過去所運用的知識的確都出自《論語》。當年僅用了一半就輔佐太祖皇帝打下了天下，現在打算利用另一半來輔佐陛下治理天下。」這就是「半部《論語》治天下」的來歷。其實，當時《論語》連經書都算不上。直到北宋中期以後，劉敞首倡「七經」之說，《論語》才首次列入其中。

註（5）趙匡胤杯酒釋兵權事。

註（6）即阿Q。

　　經網友挖掘，趙家一說果有來歷：西安事變前，張學良和中共進行多次祕密接觸。這批文件中一份1936年8月9日的電文顯示，中共方面的「趙天、趙來、趙古、趙東」向「李毅」提出了總共十八點構想，主要的思路是打通西北，背靠「趙聯」進行抗日。

　　電文中的「趙天」「李毅」均爲化名。這批文件中還有雙方用來聯絡的化名對照表，其中用張王李趙四家代指各方勢力。李家是東北軍，張家是各路軍閥，王家是國民黨，趙家代表中共。東北軍用「毅仁義智信」等

詞搭配，「李毅」代指張學良。「趙天、趙來、趙古、趙東」便指的是「張聞天、周恩來、博古、毛澤東」，「趙聯」代指蘇聯。

趙老太爺也是夠可憐的，人家老老實實一個土豪，不殺人不放火不綁票不勒索不種植鴉片不販特貨不打內戰不認斯大林做乾爹，沒有弄死一億人也沒有製造過大飢荒，沒有強迫婦女墮胎也沒有餵人民服霧，沒有開坦克輾壓學生更沒有封網，更沒有活摘人體器官去賣錢，連讓無產階級革命家阿Q都動心的大美女吳媽在趙府都能保持清白之身，這麼好的善人怎麼被你國把名聲搞臭了呢？

眼看著冰山將傾，海外卻還有一幫不知是叫阿貴還是阿桂的東西，忙不迭地為趙家出謀畫策，希望能搏得主子的青睞，分點殘羹剩飯以傲妻妾，世界上竟有如此下賤的東西。

七津　百年詠史（169）偷渡嫖娼 (1)

飄搖兩制已寒盟 (2)	偷渡嫖娼羅罪名
為掩拈花飾薄幸 (3)	敢施綁票露猙獰
無言翹首問承諾	豈念初心早變更
寶島選情多仰賴	能依各表罷分荆 (4)

註（1）銅鑼灣書店股東職員共五人被綁架往大陸，其原因據說是該書店將要出版一本新書《習近平與他的六個女人》，從書名看似是香港狗血地攤讀物，不明白何以天顏大怒，竟然不顧一國兩制、五十年不變的承諾，悍然在港擄人，而後又宣稱他們是「偷渡嫖娼」。

記得若干年前大陸曾有一書「國母宋祖英」，老江的反應倒是沒有那麼激烈，不外是禁售而已，為了一本爛書竟然弄得滿城風雨，老江名言「圖樣圖森破」倒似指著慶豐帝的鼻子說的，一國兩制、一中各表，臺灣人看仔細了！

註（2）《左傳·哀公十二年》：「公會吳於橐皋，吳子使大宰嚭請尋盟。公不欲，使子貢對曰：『盟，所以周信也，故心以制之，玉帛以奉之，言以

結之，明神以要之。寡君以爲苟有盟焉，弗可改也已。若猶可改，日盟
何益？今吾子曰「必尋盟」，若可尋也，亦可寒也。』乃不尋盟。」後
以「寒盟」指背棄或忘卻盟約。

註（3）習主政福建時，與當地電視臺一女主持人保持曖昧關係，路人皆知，欲
借綁架封住天下悠悠之口，可乎？

註（4）漢代田眞與弟分居，議定破紫荊爲三，荊竟枯死，兄弟因而悔悟，遂復
同居。見南朝梁·吳均《續齊諧記》。後比喻兄弟分家。

中共所謂「九二共識」，一中各表純屬騙人的鬼話，他們不遺餘力打
壓臺灣的生存空間，別說什麼國際組織了，即使在一些體育競技的場合，
見到一面青天白日旗也會歇斯底里發作，必除之而後快，何來各表？

七津　百年詠史（170）中華民國大選

東海明珠泛綠光 (1)　　　暴秦隔岸恨鞭長

萬民捧出空心菜 (2)　　　八載徒勞黃鼠狼

普世洪流滌淨土　　　　屠夫躑躅久迴腸

鬚眉俯首臣巾幗　　　　笑待男兒籌妙方 (3)

註（1）此次大選，民進黨大勝，臺灣山河一片綠。

註（2）藍營對蔡英文的謔稱，喻其無眞才實學。

註（3）習近平曾對蘇聯解體一事稱，蘇聯無一男兒站出來力挽狂瀾。

一剪梅　百年詠史（171）大選風波

習馬獅城席未殘，靄霧交融，繾綣千般，二人借枕夢邯鄲，
宋玉襄王，同赴巫山 (1)。
纖手持旗惹禍端 (2)，舉國垂憐，淚眼潸潸，民心頃刻起波瀾，
紅了蛾眉，綠透臺灣。

註（1）見宋玉〈高唐賦〉。

註（2）周子瑜國旗事件，是臺灣旅韓藝人、TWICE成員周子瑜因2015年底在韓國綜藝節目中手拿中華民國國旗揮舞，被台灣右翼統派藝人黃安在微博舉報是「台獨」而引發的一起事件。黃安微博的發文，演變成中國大陸網友抵制周子瑜的聲浪，周子瑜的手機廣告代言被撤銷，TWICE在中國大陸的預定演出被取消；經紀公司JYP娛樂遭到中國大陸國台辦網友抵制。1月15日，JYP娛樂安排周子瑜錄製影片公開道歉，並聲明自己是一個中國人。由於事件發生於台灣2016總統大選前夕，對選情產生了相當大的影響，民進黨大勝。

七絕　百年詠史（172）臺灣當歸

落地生根懷遠志　　　　重樓紫苑喚當歸 (1)

青皮狼毒讒紅粉 (2)　　蓮子獨活時已非 (3)

中共某媒體把臺灣島修飾成中藥當歸，稱臺灣當歸是必然云云，用中藥名湊成一絕。

註（1）重樓紫苑指中南海。

註（2）青皮，無賴漢之謂。官場現形記・第六回・「所有地方的青皮光棍，沒有行業的人統通被他招了去。」青皮為黃安，紅粉為周子瑜，

註（3）蓮子，諧音憐子，古人常借用。中共一黨獨裁走到今天，已是山窮水盡。

黨媒把臺島喻為當歸，集中藥材名成一絕反其意。落地生根，遠志，重樓，紫苑，當歸，青皮，狼毒，紅粉，蓮子，獨活均為中藥材名。

七絕二首　百年詠史（173）哀小粉紅

藍營兵敗亦堪哀　　　　豎眼朝廷尋禍胎

解索攀梯書爆臉　　　　粉紅成隊越牆來

其二

長牆防火洞門開　　　　一伙拳民奔襲臺

撕咬同胞誰指使　　　　縱然驍勇亦奴才

　　黨國八年慘淡經營卻成竹籃打水，眼看國民黨兵敗如山倒，不惜自毀防火牆，解索放出大批小粉紅登錄臉書，刷爆蔡英文等人的網頁，國民黨立委蔡正元被誤指為「蔡英文的弟弟」，臉書慘遭留言灌爆，連香港藝人何韻詩也遭無妄之災，此舉卻如頑童被打臉，半夜跑到人家家門口撒尿一般，紅朝諸公治國之術技止於此耶？

七津　百年詠史（174）香港魚蛋革命 (1)

新春旺角起硝煙	魚蛋銅牆不讓先
六法回歸驅俊彥 (2)	四民離德坐針氈 (3)
謀生寒夜憫升斗	奉命鳴槍悲警員
難馴彈丸施教化	奈何寶島久遷延 (4)

註（1）2016年農曆新年旺角騷亂，亦稱丙申起義、旺角衝突、旺角暴亂、旺角暴動、魚蛋革命、魚蛋騷亂、丙申旺角事變，是一場在2016年2月8日（農曆正月初一）晚上至2月9日早上於香港旺角發生的警民衝突事件。

　　政府方面表示，事件的起因是食物環境衛生署（食環署）於新年巡邏期間被圍堵、辱罵及衝擊，需要警方協助；而有不少報導指起因是食環署因為取締新年出現的無牌熟食小販，與在場人士發生衝突，因而向警方求助。起初只有小規模衝突，後來警隊移來高台準備實施人群管制時，人群開始堵塞馬路並與警方發生推撞。警方之後動用胡椒噴霧及警棍驅散人群，而示威者開始使用木板、磚頭、火種、玻璃瓶、垃圾桶等雜物襲擊警方，並縱火焚燒雜物阻擋警察推進，有記者被示威者襲擊，有觀點將示威者和警察分別稱呼為「暴徒」和「黑警」。有警員兩度向天開槍，並用槍指向示威者，更激發示威者更大的對抗，衝突升級。事件造成警員、記者和示威者等多人受傷，數十名示威者被警方拘捕。最高峰時有700多名示威者結集，逾2,000塊地磚被撬。事件到2月9日早上八時後人群逐漸散去才落幕。而香港特區政府將本次事件定性為暴亂。香港法院亦將本次事件

定性為暴動。

註（2）憲、刑、民、商事法及刑事訴訟、民事訴訟法的總稱。回歸後，香港的
　　　法治不免遭到大陸的影響和侵蝕。

註（3）舊稱士、農、工、商為四民。

註（4）香港回歸，中共所承諾的五十年不變是給臺灣看的，看到香港回歸後發
　　　生那麼大的變化，大陸公安甚至一而再、再而三地到香港抓人，誰還相
　　　信他們的鬼話？

　　香港政府對小販的管理有一套行之有效的章程，在傳統的節假日期
間，港府默許無牌小販賺些外快，這樣既方便了外出市民，也為底層民眾
能掙些錢補貼家用，不知特區政府今年為何要打破慣例，激發矛盾？

　　3名港大生及2名中大生因涉嫌參與日前的沖突被捕，港大學生會發表
題為《永遠站在反抗者一方》的聲明，表示警方當日刻意挑起民憤，警員
鳴槍「引燃熊熊抗爭烈火」，「群起反抗還擊，實為大義之舉」，「人民
被壓迫，理所當然會反抗」，「是役不少戰友均自發參與，甘冒性命之虞
和刑責風險，赤身對抗警察血腥暴行」。

　　中大學生會則在聲明中表示，事後「警方已變喪家之犬，瘋狂濫捕亂
控，粗暴強行入屋，程序公義亦告崩壞，濫捕行為必須立即停止……港人
必須謹記極權暴行，團結抗爭之力，劍指火舌之源……」

　　浸大學生會就發表《民不畏死奈何以死懼之》聲明，稱「強烈譴責港
府使用不合理武力對待示威者，政府一寸一分的打壓，示威者定必十倍奉
還……自古正邪不兩立，怒火將愈熾愈烈，勇武抗爭必定會接踵而來。全
民起義，為以武制暴除汙名，直至求得港人共同之大願。」

　　隨後，香港科技大學、理工大學、嶺南大學、樹仁大學和演藝學院也
發出支持這次暴亂的聲明。

七津　百年詠史（175）共和國脊梁 (1)

脊梁離棄共和國　　　北美高枝重築窩 (2)
雖未吮癰師鄧佞 (3)　　卻曾屈膝諂馮哥 (4)

　　　從無投票忤廷議 (5)　　　　敢向屠夫獻贊歌
　　　愛黨畢生真事業　　　　　　隔洋不礙送秋波 (6)

註（1）2011年7月10日，倪萍獲評「共和國脊樑獎」之十大傑出藝術成就獎後，被質疑花錢買獎。事後，其回應「不配拿這個獎」。

註（2）2016年2月12日，倪萍在加拿大溫哥華中國文化中心舉行的「倪萍書畫展」上，在接受記者採訪時稱「將來把家搬到這兒來」，網友紛紛表示倪萍要移民。2月16日，倪萍更新微博，否認移民，並向網友公開道歉。

註（3）指鄧通。

註（4）網上廣為流傳的一幅相片，倪萍跪地為導演馮小剛拍照。

註（5）2010年初，作為全國政協委員出席全國政協會議的倪萍向媒體說出「大的會議我從不投反對票或棄權票」，因為「我深深地愛著這個國家」，在中國大陸輿論引起大嘩；其後她解釋「99%的委員年年都投贊成票，你覺得99%的都不合格嗎？這個數字是對外公布的。一定要是反對才是正確的嗎？不見得啊。每個人的角度不同，我覺得我還是站在大局的利益上」更是語出驚人。

註（6）在美加，倪萍多次在公開場合向中共獻媚。

七津　百年詠史（176）權貴之夢

　　　手持權柄主中樞　　　　　　叱咤風雲偉丈夫
　　　珠寶金銀如糞土　　　　　　山珍海味厭郇廚 (1)
　　　鶯聲燕語鬧椒閣 (2)　　　　仙液瓊漿傾玉壺
　　　萬歲千秋人不老　　　　　　生民億兆喜為奴

註（1）郇公廚》。後以郇廚稱盛宴。明‧王世貞〈王學士元馭留飲花下作〉詩：「毋驚百遍相過語，若到郇廚體自輕。」也稱為「郇公廚」。

註（2）以花椒塗壁的閣樓。比喻后妃、貴夫人的居處。南朝宋‧鮑照〈擬行路難〉一八首之三：「璿閨玉墀上椒閣，文窗繡戶垂羅幕。」唐‧王琚〈美女篇〉：「桂樓椒閣木蘭堂，繡戶雕軒文杏梁。」

七律　百年詠史（177）屁民之夢（步前韻）

舜堯為我秉鈞樞　　赤縣從今無獨夫
雜稅苛捐飛杳鶴　　粗糧便菜列中廚
老婆孩子依繩尺　　健體強身遠藥壺
更喜終於獲選票　　當家作主不為奴

　　中國屁民的夢很卑微，祇要有食物填飽肚，一家大小好歹能活下去就行，但是就連這都成為痴心妄想，近日有網民發帖稱：政府對那些窮鬼太好了，這些人拖了國家的後腿，使得中國不能進入發達國家之列，妨礙中國與美國爭霸，建議政府在一個月內殺光六億低端人口，即使是他自己的父母被殺也在所不惜！

　　這就是中國的愛國者！

賀新郎　百年詠史（178）洞房抄黨章（一）(1)

強國賢夫婦，現奇葩，新房對坐，置閒床鋪，可是洞中桃花水，漫斷漁人去路(2)？枉蓄勢，何時擊鼓？盤馬彎弓遲不發，憫子孫望眼難飛渡，莫怨我，不光顧。

寸陰當惜能虛度(3)？且濡毫，素箋平展，獻芹君父(4)，筆走龍蛇披肝膽，祇盼傳媒關注，書寫罷，幡然頓悟，尋遍黨章無持久(5)，借雄文四卷張良著(6)，應易轍，學毛著。

註（1）新婚之夜應是甜蜜時刻，但據中國媒體報導，江西省省會南昌市一對新人卻在洞房花燭夜時，抄寫中共黨章，還拍照留念，以響應中共「手抄黨章一百天」的推廣活動。此事在網絡上引發熱議，網友譏諷這是文革再現，將日常生活政治化。還有網友痛批，這對新人是刻意作秀。新郎是供電段南昌西供電車間助理工程師李雲鵬，新娘則是檢修車間助工陳宣池。
註（2）參看《桃花源記》。

註（3）尺璧非寶，寸陰是競。《淮南子》「聖人不貴尺之璧，而重寸之陰。」

註（4）野人獻芹，古代有人自覺芹菜美味，拿去獻給別人，別人既覺難吃又腹痛不已。典出《列子·楊朱》。後比喻自己欣賞的事物推薦給別人。

註（5）毛選有「論持久戰」一文。

註（6）酈食其勸劉邦立六國後代以共伐楚國，後張良至，劉邦正用飯，張良拿起筷子為劉邦解說形勢。見史記·留侯世家。後遂以張良借箸指籌劃，計劃。

賀新郎　百年詠史　洞房抄黨章（二）

水泛桃源處，盼檀郎，礪兵秣馬，鵲橋初渡，底事良人長躑躅，忍使佳期虛度？懷意緒，卿卿弗悟，神女襄王雲雨夢，待黃龍直搗潮如注，休抹拭，濕床鋪。

落紅點點蓴秋樹，念明朝，夾皮溝畔 (1)，化山陰路 (2)，似此深恩知誰贈？刻骨啣環記起，結草報，書狂蛇舞，手錄黨章心竊喜，豈入襠入黨能相誤？舉寵物，擊金鼓。

七絕　（外一首）

> 辜負良人三寸槍　　　桃源深處水汪汪
> 中華兒女多奇志 (3)　　不赴巫山抄黨章

註（1）小說《林海雪原》有奶頭山、夾皮溝。

註（2）山陰道：在會稽城西南郊外，那裡風景優美。原指一路上山明水秀，看不勝看。後用下句比喻來往的人多，應接不過來。
南朝宋·劉義慶《世說新語·言語》：「從山陰道上行，山川自相應發，使人應接不暇。」

註（3）竊用毛詩一句。

七絕　百年詠史（179）回鄉

> 縈夢故鄉今又還　　　蕭疏無復舊家山

　　　　少年早悟梁園好　　　　　不悔淒愴醉漢關

　　年前回鄉，家鄉已經面目全非，青山綠水已成過去，村中有港商建的兩個工廠，空氣中瀰漫著一股怪味，汙水四溢，少年時曾經嬉水的小溪臭不可聞，魚蝦絕跡。

　　串聯時曾回鄉住過大半年，那時與我一起牽牛放養鴨子，摸魚熏田鼠的玩伴已有三人罹惡疾離世，他們的音容記憶猶新，不意竟路隔陰陽，思之愴然。

江城子　百年詠史（180）回鄉驚魂 (1)

北風胡馬兩難忘 (2)，整行裝，赴家鄉，遊子飄零，懷念黨中央，
久仰慶豐強國夢，親涉險，入危邦 (3)。
夜來偶過按摩房，不思量，自心慌，彳亍街頭，疑是釣魚郎 (4)，
惟恐運衰逢惡警，遭舉報，被雷洋。

註（1）年前回鄉前，聞北京有雷洋經洗腳房被誣嫖娼，慘遭不測，心懷忐忑。
　　　　此次回鄉，行經按摩房、洗腳房不下百次。見到衣著暴露的美女，老夫
　　　　賊心不死，一雙色眼常情不自禁，逡巡不忍離開須臾，卻未遭到朝陽區
　　　　群眾舉報，全身而退，可見祖宗澤厚。「飲食男女，人之大欲存焉」，
　　　　可見聖人亦視性為人性的一部分。
註（2）古詩·胡馬依北風，越鳥巢南枝。比喻眷戀故鄉。
註（3）子曰：「篤信好學，守死善道。危邦不入，亂邦不居。」
註（4）釣魚執法，又稱釣魚式執法、倒鉤（執法）或執法圈套，指的是行政執
　　　　法部門有意隱蔽身分，採取手段，等候甚至引誘被執法人做出違法行
　　　　為，而後將其抓捕的執法形式。大陸多有用便衣釣魚執法者。

七津　百年詠史（181）炎黃春秋 (1)

　　　　俄奴戮力剿炎黃　　　　　捲土妖風智失張

　　　　護主痴心師普帝　　　　防民拑口效毛皇

　　　　洶洶天下皆劉項　　　　滾滾洪流蕩謝王 (2)

　　　　竹帛從來焚不盡　　　　祖龍迷夢枉淒惶 (3)

註（1）大陸較爲敢言媒體《炎黃春秋》遭封殺事件更多內幕浮出水面。該刊社長杜導正對中國藝術研究院人馬強占雜誌社表示憤怒。最新一期《亞洲週刊》報導，7月15日下午，該刊記者與在北京協和醫院住院的杜導正通了電話。炎黃春秋雜誌社社長的杜導正說，中國藝術研究院接管炎黃春秋，甚麼交接程序也沒有，事前不讓知曉，到時突然單方面發出通知，決定把炎黃春秋雜誌社的主要人事全都給免職或降職了。「這兩天的情況更是出乎我意料，這是創刊25年來從未遭遇過的。」

註（2）門閥，指世代爲官的名門望族，又稱門第、衣冠、世族、士族、勢族、世家、巨室等。中國可追溯的門閥最早起源到春秋時期，如晉國六卿中的韓氏、趙氏、魏氏、智氏、范氏、中行氏等。門閥制度是兩漢到隋唐最爲顯著的選拔官員的系統，也是魏晉時期世家大族控制朝政所依附的制度。直到唐代，門閥制度才逐漸被以個人文化水平考試爲依據的科舉制度所取代，形成了中國特點的官僚制度。

　　　　晉王謝是世族代表，今天習近平妄圖開歷史的倒車，讓紅後代壟斷權力機器。

註（3）祖龍爲秦始皇，這裡指毛澤東。習上臺以來師法毛澤東那套做法，拑制言論的尺度比江胡時期又收緊了許多。

外二首　　炎黃春秋

　　　　二帝蒙塵失影蹤 (1)　　　春秋一例化嚴冬

　　　　僧繇且擱點睛筆 (2)　　　莫謂葉公真好龍 (3)

其二

　　　　二帝蒙塵亦被封　　　　千年笑煞宋徽宗

　　　　百代王朝可曾有　　　　黃土一抔悲祖龍

註（1）本指靖康事，宋徽宗、宋欽宗被金人擄走。這裡指炎黃春秋雜誌，炎黃亦二帝。拙詩七律「炎黃春秋」在大陸某網站的博客遭刪除，故言。

註（2）張僧繇擅長寫眞、釋道人物及佛教畫。他亦善畫龍、鷹、花卉、山水等，他畫的龍非常神妙。相傳他在金陵安樂寺畫了四條龍，給其中的二

條龍點上了眼睛，這兩條龍便騰雲而飛上天，而未點睛者仍在牆上。

註（3）葉公好龍，葉公：春秋時楚國貴族，名子高，封于葉（古邑名，今河南葉縣）。比喻口頭上說愛好某事物，實際上並不真愛好。出處：漢·劉向《新序·雜事》。

中共所言民主、自由、還原歷史真相等等均可做如此觀，他們是容不得揭開他們那華麗的外衣之下那些骯髒的醜惡行徑的。

七津　百年詠史（182）杭州G20

金秋八月下杭州	廿國王公登翠樓
昔日韜光附驥尾	今朝吐氣佔鰲頭
空城避井悲黎庶	盈席珍饈供敵酋
四海通商先賣俏	寬衣奉客不須羞

為確保G20峰會期間的交通需要，杭州九城區自9月1日至7日，全體放假，杭州九城區內的中小學和幼兒園推遲開學，浙江省內所有大專院校一律推遲開學。自2016年6月起，在杭州市內乘坐地鐵被要求攜帶身分證、接受安檢、所有行李均需開包檢查，大大降低了地鐵的通行效率。

當局的安保措施也嚴重影響了當地經濟的正常運行和發展。當局要求杭州市內各快遞公司自6月至9月，暫停上門收件服務，個人客戶寄件均需到快遞公司營業網店，在視頻監控下進行寄件操作，並需出示身分證件和接受開包檢查。自7月15日起到G20峰會結束，全國範圍內禁止液體類、粉末類物品寄往杭州；在嚴格的寄件規定之下，為避免違規受罰，部分快遞公司甚至停止了對一切寄往杭州的郵件的收遞。另外，杭州市內曾經購買過遙控飛機玩具的消費者被逐一談話，被要求書寫承責書，並將玩具貼封條封存，已備隨時抽檢。

杭州的各項安保舉措，使得前往杭州旅行的遊客大量減少，不僅影響了杭州旅遊業的發展，杭州出租車司機的生意也變得冷淡。

此外，杭州市民的正常生活受到了嚴重影響。G20峰會期間，杭州市

287

內所有非本地戶籍居民將被要求離開杭州，當地政治敏感人士也將被要求離開杭州。非杭州戶籍公民上網除必須提供身分證外，還需要提供暫住證，一旦網吧違反規定，則被強令停業至G20峰會結束，目前，杭州室內大量網吧因違背這一過於嚴格的規定而被迫停業。峰會召開期間，會場附近的居民被要求離開他們的家中，另擇居住地點。

　　為保障出席峰會各國領導人呼吸到新鮮空氣。杭州市區所有大型施工工程被要求從6月起停止；杭州市方圓300公里地區內包括上海的數百家工廠被勒令停產。

　　據悉，今年年初以來，杭州當局的擾民措施已經引發了杭州市民的強烈不滿，這些不滿的情緒和言談不僅成為市民們日常話題，也大量出現在社交媒體平台上，為此當局對此類言論進行了嚴格清理。

　　一位北京知名專欄作家稱：「天堂杭州已成人間牢獄。屋頂上面全部都是直升機，五分鐘一班，坦克、裝甲車在會議中心那一帶，附近全部停滿了。巡邏的武警帶槍的，在小區門口、火車站附近、馬路上便衣，50米一個崗，過路的全部要查身分證。敏感人士都被限制自由，抓走很多人。賓館住警察、特警，對外不開放，餐飲 全部關門，再過幾天小的菜場也都關掉，公司放假，所有上訪戶全部要監視居住，現在馬路上人很少，整個杭州變成了城市囚籠。」

七絕　百年詠史（183）別字詩

招招千里赴封疆　　荼毒生靈禍八荒
鐵路當然思鎮越　　寬衣彗眼舉賢良

　　雲南代省長把滇越鐵路唸作鎮越鐵路，網民大嘩，滇非僻字，又是代省長分封之地，此誤實在於理不通。

　　無獨有偶，另有官員稱自己千里招招來為人民服務，中共官員的學歷都是本科甚至博士，怎麼讀的書？戲成一絕。

鷓鴣天　百年詠史（184）寬衣

看客如雲嫖客稀，色衰老鴇自寬衣，通商先發三春夢，盤剝須鳴半夜雞 (1)。
傾赤縣，媚紅夷 (2)，忍聽百姓發悲啼，上蒼別有仙家法，懲治拋書習澤西 (3)。

七絕（外一首）

通商開放謊難圓　　　四海思謀嫖客錢
恰似衰年失足女　　　寬衣解帶冀人憐

註（1）見高玉寶所著《半夜雞叫》的反派主角周扒皮，當然故事編的極爲荒
　　　誕，但是在紅朝，對工農的盤剝卻是有過之而無不及。
註（2）清代百姓把洋人稱爲「紅毛夷」。開個G20峰會，可把杭州百姓折騰得夠
　　　嗆，在那期間，杭州許多街道空無一人，恍如鬼城，黨媒卻洋洋自得地
　　　炫耀把洋人服侍的如何周到，甚至規定了從廚房上菜到桌上的時間，精
　　　確到秒！
註（3）習近平在峰會上拋書出了大醜，讓令上把「寬農」誤讀爲「寬衣」，不
　　　知那位撰稿的祕書有何下場。

浪淘沙　百年詠史（185）愛國乞丐

晚景直堪哀，流落天涯，通衢托砵貌痴呆，一面紅旗難割捨，當作招牌。
毛左莫萌乖，且看同儕，畢生交給黨安排，餘瀝榨乾成敝屣，何苦來哉？

　　　幾次看到一些打著五腥旗行乞的強國乞丐照片，大多是表情癡呆，前
面放個似碗非碗似盆非盆的器皿，等著有人大發慈悲，施舍三五毛。
　　　他們也不想想，就是這面旗子所代表的政權才使得他們淪落街頭的。
　　　粵人云：人蠢冇藥醫！

感皇恩　百年詠史（186）家庭黨支部 (1)

闔府感皇恩，皆叼君祿，圖報朝廷萬鍾粟 (2)，甘爲鷹犬，卻道舊邦風

俗,黨員需學習,忠人牧 (3) 。

從惡似崩 (4) ,終遭五毒 (5) ,滴血紅旗展華屋,啾啾厲鬼,對爾晨昏啼哭,想閻王已勾,幽明錄。

註(1)2011年6月,中國新聞網報導了宜昌王秀英家成立「家庭黨支部」的新聞。報導指,七旬老太太王秀英在家成立了家庭黨支部,家庭黨員每周末都得參加支部會議。

註(2)據有心人查證並在網上披露,這家人大大小小都是官。

註(3)人牧,君主也。《孟子·梁惠王上》:「今夫天下之人牧,未有不嗜殺人者也。」 焦循正義:《曲禮》云:「九州之長入天子之國曰牧。」是天下之人牧,即天下之人君也。」

註(4)「從善如登,從惡如崩」一語出自左丘明的《國語·周語下》,表面的意思是說與人為善、心向善良就像登山一樣,要不辭勞苦,勤奮向上;而與人為惡、隨從邪惡,有如山崩石裂一樣,一落千丈,瞬息間即墮落入罪惡的深淵。如果從更高的境界來思索這句話的含義,從善之人行善積德,其思想境界就會自然提高昇華,雖然修善像登山一樣步幅艱難,但確實是在提升著自己,逐步走向高尚,走向美好;而從惡之人則恰恰相反,為非作歹、助紂為虐的結果必定是自毀前程,糟蹋自己的生命,其未來的命運就如高山崩坍一樣,急速的走向墮落,走向毀滅。

註(5)佛教中所說的五毒心是指貪、嗔、癡、慢、疑五種心,這五種心會使我們造作惡業,就像毒藥會妨礙我們修行,故稱為五毒。

七津 百年詠史(187)紅朝選舉 (1)

順民九億齊投票	卻是開天第一遭
無奈慶豐施粉墨 (2)	以防川普指旌旄
伴登選舉新邪路 (3)	緊握淋漓舊砍刀
如若坍臺二代手	有何面目見阿毛

註(1)人民日報海外版在16年12月七日發佈消息稱:「九億中國人參加人大選舉,規模世界第一。」云云,並附有圖片,連百歲不能行走的老人都坐在輪椅上趕來投票。並稱:在全國,有9億多選民將投下自己「神聖的一

票」。根據憲法關於地方各級人民代表大會每屆任期5年的規定，自2016年開始，全國縣鄉兩級人大將陸續換屆。全國將有9億多選民參加這次縣鄉人大換屆選舉，直接選舉產生250多萬名縣鄉兩級人大代表，並在此基礎上依法產生新一屆縣鄉兩級國家機關領導人員。選舉工作涉及全國2850多個縣（市、區）、32000多個鄉鎮，是中國人民政治生活中的一件大事。

我在中國多年，對屁民能去投票選舉聞所未聞，人大也不是今天才有，不知過去幾十年是如何成為「代表」的。中共的宣傳機器一直聲稱中國人口太多，中國人素質太低，不宜採取投票選舉的方式，對西方國家的選舉制度也是一貫嗤之以鼻，不知為何一夜之間九億中國選民竟然無師自通地去投了票？

註（2）當然，這是在做戲欺騙世界，我還真不相信在全國範圍能有九億人去投票。

註（3）中共一直堅稱民主是邪路，祇有共產黨的一黨專制才符合中國國情。

外一首　七絕

　　　　民主今朝臨散鄉　　委員換屆欲連莊

　　　　問誰還敢亂投票　　丘八盷盷立兩旁

村委會換屆選舉的相片，畫面是兩名手持槍支的警察站在一個投票箱兩旁。有關相片近日在網上引起熱議。

七津　百年詠史（188）丙申回顧

　　　　新皇當眾炫新衣 (1)　　賣俏通商遭冷譏 (2)

　　　　貧婦全家蹈死路 (3)　　雷洋戴套打飛機 (4)

　　　　中原匝地皆濃霧　　南海興波思突圍 (5)

　　　　屋漏偏逢連夜雨　　東瀛歐美拒床幃 (6)

註（1）習在G20峰會上掉書袋卻露了醜，不用天真的孩子去揭他的底細，就算五毛也知道他肚子裡沒料。

註（2）網上一片嘩然。

註（3）甘肅農村婦女楊改蘭8月底用斧子將自己的4個年幼子女砍死後，服毒自
　　　殺。事發後8天後，楊改蘭在外打工的丈夫李某英也在本村樹林服毒身
　　　亡。

　　這起特大故意殺人案引起社會的震驚，媒體和社交網絡上充斥著各種
議論和感慨，其中「盛世螻蟻」之說廣泛流行也最引人關注。

　　中國今天的社會所造成的兩極分化，一邊是酒池肉林，一邊是飢寒交
迫。

　　首先從經濟層面看，據報，楊改蘭一家六口依靠丈夫外出務工的三、
四千元收入生存。而當地官員根據硬性規定於三年前取消了他們的低保資
格，因為低保資格標準是年收入兩千三百元。

　　中國經過多年的超速經濟增長，造就了許多億萬富翁和富裕家庭，但
處於天平另一端的貧困人口也在激增。

註（4）雷洋事件是2016年5月7日晚在北京市昌平區發生的一起非正常死亡事
　　　件。昌平區公安分局東小口派出所便衣警察懷疑市民雷洋有嫖娼行為，
　　　在拘捕過程中雷洋逃脫後被再次拘捕，押解途中雷洋死亡。次日，該事
　　　件發布到網絡，引起了輿論的廣泛關注，並引發了對警方執法的大規模
　　　質疑，媒體和警方在事件中前後矛盾的表述也引發了爭議。

　　2016年12月23日，北京市豐臺區人民檢察院以「犯罪情節輕微，能夠
認罪悔罪」為由，對邢某某、孔某、周某、孫某某、張某某等五名涉案警
務人員玩忽職守案依法作出不起訴決定。

　　警方在雷洋死後兩度通報以及電視台報導中給出的結論是雷洋嫖娼
了。目前對大眾公布的證據有警方在央視採訪中申明的「對案件現場搜到
的避孕套進行的DNA檢驗」，以及足療女在北京電視台報導中所說的「我
幫他打飛機了」。

　　戴上避孕套打飛機，天下奇聞！編個合邏輯的謊言很難嗎？

註（5）在南海礁島歸屬上，菲律賓與越南甚至馬來西亞都與中共發生爭執，中
　　　共拒絕接受國際法庭的裁決。

註（6）美國、歐盟與日本都拒絕承認中國的市場經濟地位。

七律　百年詠史（189）馬雲使美 (1)

亂邦昏主直堪哀	末世拳民今又來 (2)
難阻資金流異域 (3)	侈言廢鐵可攻臺 (4)
五毛振奮思吞象	八路昵聲求破財 (5)
川普怡然馭劣馬 (6)	大爺手勢費疑猜

註（1）川普上任，在就職典禮上接待了臺灣代表團，又邀請了被北大開除的夏業良教授和異議人士楊建利，就是沒有邀請紅朝官員，紅朝已覺大勢不妙，急遣馬雲使美釋放善意。

註（2）在黨媒的挑唆鼓勵下，近年來五毛愛國賊直如義和團一般，動輒上街排外，砸車砸店無所不為。

註（3）一年來中共外匯儲備大幅縮水，貪官轉移財產功不可沒。

註（4）買了條幾十年前的前蘇聯鏽跡斑斑的船殼子，粉刷一新，在愛國賊眼中已是天下無敵的利器了。

註（5）馬雲向川普承諾要在美國投資若干億，為美國創造百萬個工作機會。

註（6）指馬雲，在網上看到的照片，卻見川普右手屈數指成手槍狀指向馬雲，似乎在說：你這小子要是騙我，老子斃了你！

七絕　外一首

慶豐俯首願稱臣	再拜川爺莫較真
清脆耳光頻打臉 (1)	卻朝仇敵賀新春 (2)

註（1）川普提升美臺軍事交流級別、邀請臺灣代表和異議人士出席就職禮，宣稱要提高中國貨物進口關稅，對此中共無任何反應。

註（2）中共不惜花巨資在時代廣場樹立大幅廣告：「祝川普總統新春快樂！祝美國人民新春快樂！」美國人什麼時候過春節了？病急亂投醫！

七律　百年詠史（190）慶豐遞降表 (1)

瀛臺漸覺五更寒	搖尾乞憐心力憚 (2)
川普笑談盤絞索 (3)	慶豐喪膽懼封棺 (4)
早知今日遞降表	應悔當時強作難

　　　　愧與宿仇求續命　　　　　淒風苦雨滿長安

註（1）習近平朝拜川普後高調宣稱：「我們有一千條理由要搞好中美關係，沒
　　　　有一條理由搞壞中美關係。」這卻教反美愛國賊情何以堪？
註（2）2017年1月9日，國務院新聞辦公室首度發佈亞太安全白皮書稱：不與美
　　　　國衝突對抗。
註（3）川普掐中了中共的七寸，在貿易上對中共使出撒手鐧。
註（4）封釘，一種喪禮儀式，又稱「封棺釘」、「封棺」、「安釘」。

七津　百年詠史（191）新春茶會 (1)

　　　修羅魔殿幻天堂　　　　　玉液盛來碧血漿
　　　官吏腆顏登鬼籙 (2)　　　　子孫挾款別仙鄉
　　　高張愛國遮羞布　　　　　巫灌愚民于氏湯 (3)
　　　不必幽冥尋地府　　　　　啾啾茶話道家常

註（1）新華社在2017年1月9日報導：「全國政協邀請已故知名人士和黨外全國
　　　　政協委員夫人茶話迎春，俞正聲出席。」
註（2）中共官員中有許多早就入籍外國，當上洋鬼子。
註（3）于丹雞湯風靡全國，在微信上幾乎全是這種不食人間煙火的心靈雞湯。

　　　全國政協竟然能邀請到已故知名人士參加新春茶會，人鬼共聚一堂，
恐怕他們自己都分不清誰是人？誰是鬼了。

漁家傲　百年詠史（192）慶豐獲赦 (1)

緣槐大國擂金鼓 (2)，夜郎擼袖氣吞虎 (3)，四海行兵狂耀武，
神震怒，揮日魯戈交川普。
寂寞深宮如怨婦，更長漏亂愁難寤，夢裡求他千百度，
天不負，盼來青鳥穿濃霧 (4)。

註（1）川普上任旬月，習包子盼星星，盼月亮，終於盼到川普來電，其喜可知。

註（2）見《南柯太守傳》。

註（3）慶豐語錄：「擼起袖子，加油幹！」

註（4）傳說中西王母的使者，南唐李璟・「青鳥不傳雲外信，丁香空結雨中愁。」

南鄉子　百年詠史（193）五毛遭騙 (1)

短幸憫滇毛 (2)，黨國恩情底處逃？衣錦還鄉逢惡吏，
糟糕，胯下無端挨一刀。
不許發牢騷，不準煽風亂造謠，上網呼冤成甚事 (3)，
沒招，指鹿依然是趙高 (4)。

註（1）雲南五毛臻善大乘，在四川當個網管小頭目，在網上維穩不遺餘力，年前回鄉遭當地計生委強行結紮，至此「臻善大乘」欲爲和尚而不能，祗能當太監矣。網民翻出其言論，曾稱：「沒有了國家我們什麼都沒有了！」現在有了國家，他倒是連子孫都耽誤了。

註（2）短幸，虧心之謂。明・無名氏・鬧銅臺・第二折：「非是咱下狠心無情短幸。」

註（3）該五毛上網呼冤，圖文並茂，並稱其帖子多次被刪除。剃人頭者，人亦剃其頭，維穩幹將倒成了維穩對象，一笑。

註（4）趙高是宦官，慣指鹿爲馬。該五毛慣指鹿爲馬，現在也遭騙，看來做了虧心事都得吃上一刀。

七津　百年詠史（194）王林大師 (1)

幻法彌新動廟堂 (2)	盛名妖孽出萍鄉
略施小術傍權貴	每吐狂言送吉祥
巨賈輪番求合影 (3)	明星排隊待開光
一朝身滅公卿喜 (4)	誰箇撫屍來弔喪

註（1）王林江西萍鄉蘆溪縣人，氣功師，1995年取得香港居留權。王林於20世紀90年代通過氣功成名，後逐漸與眾多官員、明星、企業家交往，擴大自己的影響力。2013年7月《新京報》報導王林與眾多高官、富商、名人合影，引發關注。後被江西蘆溪縣公安局以涉嫌非法持有槍枝立案調查。2013年王林逃至香港，將自己比作史諾登，2014年12月16日王林再次逃到香港躲避巨額債務。2015年7月15日，王林在深圳因涉嫌綁架殺人被萍鄉警方帶走，而其案情仍處於調查之中。後因病轉入醫院監管治療，2017年2月10日多器官功能衰竭死亡。

註（2）王林自稱用氣功能做到空盆來蛇、輕功懸空提水行、空杯來酒、紙灰復原、凌空題辭等絕活，及為外國首腦高官治病的特異功能，魔術界揭穿王林的氣功表演實際上是魔術，網絡上大量質疑王林是騙子，。

註（3）媒體曾展示他出版相冊中和許多明星、官員、企業家的合照，其中包括李雙江、馬雲、趙薇、成龍、王祖賢、利智、曾蔭權、何鴻燊、吳官正、錢其琛、李瑞環、賈慶林、劉志軍、朱明國、李冰冰、李湘、王菲、李亞鵬、周迅、費翔、劉大印、蔣大為、劉曉慶、朱軍、李連杰、童非、陳坤、葛軍、劉芳菲、江澤玲等，這些合照讓他在網絡大出風頭。他亦被稱為萍鄉首富，其府邸「王府」極其豪華。

註（4）結交太多權貴，知道太多祕密，怎能不死？薄熙來的錢袋子徐明不也是在出獄前死得不明不白嗎？我懷疑亞洲代表芮成鋼能否活著走出監獄，二十幾個戴了綠帽子的高官可都在盼著他死呢。

浪淘沙　百年詠史（195）魔誕日致五毛

毛左直堪哀，詠絮無才，豐功偉績亂編排，痛史昭昭全不顧，假作痴呆。
臘肉下神臺，枉暴屍骸，開棺剉骨化塵埃，好令奚奴盈淚眼，空泣天涯。

　　毛死後不得入土為安，暴屍數十年，想是上蒼對他最嚴厲的懲罰，毛左卻不以為忤，怪哉！

　　隨著信息的開放，毛為禍中華民族的累累罪行已大白於天下，海外有個毛左已經不好意思再為毛塗脂抹粉了，但奴性不改，還是要把毛的詩詞

翻出來「我見」一番，吹捧一下，可憐毛左連詩與詞都拎不清，盛氣凌人地胡說一通，什麼：「李後主的浪淘沙可以用兩個韻，毛詩為什麼就不可以？」什麼：「詩不宜用重字？請數數蘇軾的〈蝶戀花〉，辛棄疾的〈醜奴兒〉有多少重字？」什麼孤平孤仄等等等等，並大言炎炎道：「和我談詩詞格律，你們不夠格！」經我指出後卻忙不迭刪掉了，眾目睽睽之下吞下自己屙出之物，毛左的獨門絕技好生了得！狗走千里改不了吃屎，信然。

毛的一生，評價兩極。我覺得用習仲勳在廣東省委的一次講話來概括比較恰當：「有朋友問起我對毛澤東的整體評價，我說：毛澤東的一生是罪惡的一生，殺戮的一生，破壞的一生；不僅僅是對中國，他的罪惡觸角幾乎伸及整個亞洲，給人類和平乃至進步帶來相當大的阻礙。我說這話不帶半點偏見，是認真了解後的準確定位，不管你承不承認，我不會和你辯論，我希望你認真了解真實的黨史以後我們再討論。」習仲勳的總結準確而全面。我就納悶，三十年前人們就能對毛有如此清醒的認識，三十年後人們難道又開始糊塗了嗎？身為總書記的習近平難道還沒有他老父親的認識水平高嗎？如果習近平真的崇拜毛澤東，效法毛澤東，縱容全國各地大建毛偶像，就應該再次把他的父親打倒，以此證明毛把他父親打倒並關押起來是完全正確的。

七絕　百年詠史（196）九月九日致毛左「詩人」(1)

血沃神州憐爾曹　　　　　誅心斷脊苦煎熬
騷人偏似祥林嫂 (2)　　　猶自嚷嚷唸阿毛

註（1）每年毛魔忌日，總是有些毛左寫些悼念文章或「詩詞」，表達他們的哀思，其中很大一部分還是叛國投敵者，若在毛時代，這些垃圾恐怕都得進勞改場。

註（2）魯迅小說《祝福》中的人物，她的兒子阿毛死於狼吻之下，所以逢人便訴苦。

七絕 百年詠史 (197) 眞佛子

入世堪為真佛子　　皮囊忍使伴青燈
慈航濟苦踐宏願　　信是神州第一僧

僧人釋大成，在FB上不懈要求中共開放黨禁報禁，實現宗教信仰自由的承諾，並要求中共立即無條件釋放良心犯，真佛子也！

前些日子他的友人發帖稱當局已經以顛覆國家政權罪將他投入黑獄，祈禱他能平安活著出來。

七津 百年詠史 (198) 神州佛門

慈悲佛法揭新篇　　濟世高僧結善緣
把臂凝脂教美女　　投身弱水練花拳
空空色色應如是　　燕燕鶯鶯枉勃然
蓄髮何當還俗去　　探幽駕帳續香煙

七絕外二首

禿驢電掣載紅妝　　羨煞自摸田舍郎
聞道佛門多善舉　　此行可是去開光

其二

此行必定去開光　　密室參禪肉蒲團
解帶寬衣陳玉體　　有勞和尚注高香

現在的中國佛門真教人目瞪口呆，嘆為觀止，在網上看到許多視頻或圖片，有成群喜笑顏開數功德箱內的鈔票者，有對不肯給香油錢的遊客大打出手者，有當街拖著女人摟摟抱抱者，有在肯德基大啃雞腿者，有舉著黨旗唱紅歌者，也有敲著木魚唱著妹妹我愛你者，有一本正經抄習近平「重要講話」者，也有開著奧迪奔馳留影者，總之說他們是貪官也可，是

混混也可，是流氓也可，就是不像出家人。

這幾首詩都是有感而發，曾看到一年輕和尚摟著個體態風騷的半裸女郎站在及膝的水中，說是在教她少林功夫。另有一張照片是一和尚騎著摩托車，後坐著個妖嬈的女郎緊緊抱著他，不知道他們要去哪裡練功或是從哪裡練完功。

這些和尚的道行真了不得，要是換成老夫，早就蓄髮還俗去了。

七絕二首　百年詠史（199）戲答愛國賊

六行七律笑陳翁　　詔鄧諛江阿慶豐
怪道尊詩如貴體　　淨身恰似故公公

我一向主張與人為善，上網舞文弄墨的博友無非是借此平臺自娛娛人，人各有性情，樹各有枝葉，國家大事，風花雪月皆無不可，各人天賦學養不同，寫的作品自有陽春白雪，下里巴人之別，就賦詩而言，許多博友確是未曾入門，祇是五字七字，排的整整齊齊而已，但是我們沒有任何理由去貶低嘲笑人家，一個人的能力有大小，祇要孜孜不倦碼些字出來供臭味相投者欣賞，便值得尊重。

我最鄙視的是那些千方百計逃到自由世界的愛國賊，萬維有位「愛國詩人」便是佼佼者，此人一付奴相，在巴黎弄個「詩社」，糾集幾個七長八短的「詩人」，做些不三不四舐痔呵卵的詩，薄部長來了，諛上幾首，江總胡總來了，又諛上幾首，朝三暮四，極盡諂媚之態，隔著萬水千山，卻還要伸長舌頭去舐共產黨的屁勾子，真是難為他了，就是　朝一些芝麻綠豆大的官，在他的屁詩中也都是「父母官」，恨不得把那些貪官汙吏捧上天去，卻不知他從中能得到什麼好處。

相比之下，毛左倒比這些「愛國賊」值得尊重，毛左祇認毛，對鄧江胡習卻都嗤之以鼻，你可以鄙夷他們的智商，但是不能說他們是「X姓家奴」，「X姓家奴」這個招牌早就名花有主，非「愛國賊」莫屬。

昨日他貼上六行詩，自稱是七律，詩如其人：下面沒有了！

十六字令五首　百年詠史（200）致網管 (1)

刪，入夢靈臺可否安，為奴苦，只是覓三餐。

刪，直欲生民腦半殘，追先進，漫道太艱難。

刪，拑口幽靈鎖漢關，潮難擋，螳臂苦遮攔。

刪，竹帛煙銷玉殿寒，秦何在，二世淚潸潸。

刪，三尺神明頂上觀，留餘地，莫叫子孫還。

註（1）自慶豐登基，在博客中寫的文字稍越雷池一步就被刪除，試填十六字令稍吐怨氣，不意竟蒙網管手下留情。

七律　百年詠史（201）蔡英文當選 (1)

寶島輪番移政權 (2)	神州東隅揭新篇
芸芸推舉空心菜	大大能投永固鞭 (3)
天拯元元路坎坷	瀛寰歷歷泛漪漣
長河曲折通滄海	萬壑千山難阻延 (4)

註（1）我並不完全認同民進黨的一些綱領主張，但既然是臺灣人民用選票選出來的，我們也得尊重臺灣人民的選擇。

註（2）寶島已經是第三次政權輪替了，沒有發生暴力衝突，中國人的民主素養不比歐美差！

註（3）符堅，字永固。符堅伐東晉，石越以東晉有長江天險阻隔，不宜興兵。堅曰：「以吾之眾旅，投鞭於江足斷其流。」不知習近平驅舉國的炮灰，能填平臺灣海峽否？

註（4）民主潮流，浩浩蕩蕩，順之者昌，逆之者亡，一小撮獨裁者只能延緩民主進程，但終遭滅頂之災！

自勉聯　百年詠史（202）

俠骨忍沉淪？振聾發聵，明辨正邪傾肺腑。

病夫輕痼疾，診脈易筋，須勞心力理膏肓。

七津　百年詠史（203）郭文貴爆料

中南海裡糞坑多	蠅子蛆蟲聚一窩
文貴充當攪屎棍 (1)	慶豐空舞魯陽戈 (2)
坐堂個個清如水 (3)	落馬人人黑似鍋
天眼高懸蒼昊外	笑看蠻觸鬥妖魔 (4)

註（1）攪屎棍，原本是農民攪動茅糞的棍子，目的是把沉澱的人糞尿攪拌均
　　　勻，用來澆灌農作物，尤其是蔬菜類作物，俗話說，莊稼一枝花全靠糞
　　　當家。
　　　後來「攪屎棍」引申爲搬弄是非，喜歡興風作浪，到處臭攪和，無事攪
　　　成壞事的人，比喻一個人搬弄是非，把事情搞糟搞臭，原來並無褒貶之
　　　分，後來成了十足的貶義詞。

註（2）《淮南子・覽冥訓》：「魯陽公與韓搆難，戰酣日暮，援戈而撝之，日
　　　爲之反三舍。」後以「魯陽戈」謂力挽危局的手段或力量。

註（3）坐堂，指官員出庭處理事務，因坐於廳堂而得名。喻尚在其位的官員。

註（4）蠻觸，典出《莊子集釋》卷八下〈雜篇・則陽〉說是蝸牛角上有兩個國
　　　家，右角的叫蠻氏，左角的叫觸氏，雙方常爲爭地而戰，伏屍百萬。後
　　　以「蠻觸」相爭比喻微不足道的爭鬥。白居易詩：「蝸螟殺敵蚊巢上，
　　　蠻觸交爭蝸角中，應似諸天觀下界，一微塵裡鬥英雄。」

地球在浩瀚的宇宙中真如一微塵，在神的眼中，地球上一切紛爭都應
作如此觀。白居易能有此視角，有此頓悟，應是天授。

郭文貴爆料，很多人視之爲大俠，寄望於他的爆料能瓦解中共的統治
基礎，進而推翻中共的統治，這也未免太圖樣圖森破了。

郭文貴從農村出來闖蕩，能在短短的二三十年間擁有數千億的財富，
必然定是聰明過人，但是在其積累財富的過程中，能無官商勾結？背後難

道沒有某個身居高位的人做保護傘並與其分贓？他果真能在大糞坑里撈出乾淨的錢？我表示懷疑。

在我看來，他不過是中共派系博弈中處於劣勢一方的一枚棋子，他的爆料警告作用多於戰鬥，是在恫嚇對手不要把事做得太絕，他的爆料處處留有餘地，並非想拼個魚死網破。

希望我的看法是錯的。

醜奴兒　百年詠史（204）自嘲

神州百姓遭荼毒，莫謂無辜，休謂無辜，世代全身甘作奴。
老夫跳出豬欄外，朝灌醍醐，暮灌醍醐，笑看風雲起故都。

中國老人常道：「可憐之人，必有可恨之處！」西哲也說：「雪崩之時，沒有一片雪花是無辜的！」

中國人苦難深重，但也是罪孽深重，試問共產黨所發動的歷次運動，歷次殺戮，沒有相當大的一部分中國人助紂為虐，能進行得那麼順利嗎？

以前總是以為那是中國人沒有渠道得到別的訊息，受到蒙蔽才會如此，但是到了今天，外出到自由世界旅遊的人數已經過億，留學和移民的人數數以千萬計，他們改變了嗎？沒有！說得客觀些，也祇說微乎其微。

很多人翻牆出來祇是為了為虎作倀，很多人在西方國家生活了十幾二十年仍然視共匪如爹如娘，視西方國家政府如仇如寇，他們聽到一些批判中國政府的話就會把你打為漢奸洋奴，卻從來沒覺得自己已經是個叛國投敵分子。

祇有當共產黨的刀子切到他們的肉，這些人才會呼冤，別人的死活他們是不屑一顧的。

中國人的苦難遠未結束，等著瞧好了

破陣子　百年詠史（205）洞朗

老二牛皮吹破，阿三邊境猖狂，雪嶺增兵頻啓釁，
嘴炮天朝成偽娘，敢開第一槍？
莫迪金磚缺席，慶豐忐忑心慌，朝核危機方爛額，
俄美眈眈效卞莊，中宵愁斷腸。

其二

鎮日吹噓亮劍，者回繞室徬徨，南海風波剛脫困，
三胖前來幫倒忙，何堪又一椿。
將校頻頻落馬，閱兵只是裝佯，作死商人仍爆料，
亟待加高防火牆，由他去逞強。

其三　解決方案

宿敵紛爭領土，蹙眉愁煞朝廷，中印雙方皆核國，
一旦交鋒舉世驚，有無輸與贏？
感化仇如吳越，深宮有女娉婷，效倣昭君來出塞，
當似高僧解虎鈴，亞洲享太平。

　　印度有能人，居然懂得用二百五來嘲諷墻國，包子為了證明自己尚未二百五，竟在神聖的領土上又後退了一百米，唾面自乾的事還真有。
　　快兩個月了，眾五毛粉紅憤老憤青竟然集體裝聾作啞，黨國的控制能力真是不一般的強！我倒是有條錦囊妙計——乾脆把公主送去和親算了，如此一來，在若干年後，我們又可以振振有辭，用無可辯駁的事實來證明，印度自古以來就屬於中國的！順便捎上尼泊爾、不丹和錫金，賺大發了！

七絕三首　百年詠史（206）胡姬送經

吐蕃新到客娉婷　　　　豐乳肥臀甚有型

　　　　三藏師徒欣鼓舞　　　　無需天竺取真經

其二

　　　　不辭千里吐蕃行　　　　冒死胡姬謁帝庭
　　　　卻道今年添潤月 (1)　　　特來恭奉十三經 (2)

註（1）2017年陰曆有閏六月。

註（2）十三經是十三部儒家經書的合稱，是儒學的核心文獻，包括《周易》、
　　　《尚書》、《詩經》、《周禮》、《儀禮》、《禮記》、《左傳》、
　　　《公羊傳》、《穀梁傳》、《孝經》、《論語》、《爾雅》、《孟
　　　子》。 今年潤月，印度女兵也到中華上國進貢十三經。

　　大唐枉稱強盛，為了幾部經書，居然要太宗親遣御弟玄奘歷盡千辛萬
苦，跋涉萬水千山，並驚動滿天神佛鼎力相助，歷時十六年才大功告成。

　　今有印度女兵，久仰慶豐大名，自攜經冒險進入強國，惜乎無人領
情，羅援戴旭何在？笑談渴飲胡姬血，此其時也！

其三

　　　　番邦又見送經來　　　　網友奇思真有才
　　　　山寨能無王矮虎　　　　胡姬玉照枉招徠

　　數日內在網上看到兩個進藏送經的印度女兵，皆明艷照人，體態妖
嬈，風騷不讓軍中妖姬湯燦。堂堂中華上國七億男兒，寧無一個王英大起
色心，為習老大上陣擄個胡姬回來壓寨？

　　強國最驍勇善戰的莫過於亞洲代表小鋼炮，能降服數十位虎狼之年的
一品夫人，其戰力可知，惜乎已琅璫入獄。戴九日軍爺也似可一戰，但兩
個月來不見其請戰，九日不出，奈胡姬何？

巫山一段雲　百年詠史（207）孝女李寧

精衛東填海，丹誠動九天，娘親龍口赴黃泉，堪比竇娥冤。
法院排庭警，荒唐不忍言，良心飯碗兩難全，安敢現容顏？

年度最佳攝影，不是之一！斯偉江律師：李寧母親被非法拘禁，死了，女兒要參加該案庭審，被拒，看各人眼神，讀懂中國。李寧：「與我們中院的人牆合影留念！他們忠誠護主！把我死死的擋在門外！我真不是你們的敵人！」為母申冤的李寧，以弱小的身軀倒坐在龐大國家機器的腳下，仰望著她們，但目光堅定、堅強，散發著光芒。而身後龐大的公權力，卻顯示出集體不安、與內心的懦弱、羞愧……

李寧十年告一狀，精誠所至，金石為開！

蓬萊法庭開審時，安排了六位庭警阻止李寧進入聽審，李寧幾次強闖未果。面對李寧的質問和申斥，庭警們滿臉愧色，無言以對，不敢置一詞。他們知道自己是在助紂為虐！他們知道自己是在為虎作倀！他們知道自己是法西斯的幫兇！他們知道自己是黑暗的一部分！他們甚至不敢面對鏡頭！但是為了保住飯碗，他們不得已做了違背自己良心的事。

我無意指責他們，他們這種態度比起其他鷹犬已經是難能可貴了。如果中共基層的暴力機器都像他們這樣，說明這個團夥的統治基礎已經開始動搖了。

外一首　七絕

　　嗚冤十載撼強權　　　孝女精誠動九天
　　慈母黃泉應瞑目　　　賤民昭雪尚無前

在訪民李淑蓮死亡九年多後，法院終於對這幾個街道辦事處官員作出了刑事判決。2009年李淑蓮在祕密關押期間被自殺，當時VOA曾報導。其後，當時在北京讀大學的李寧為母鳴冤繼續上訪告狀，曾在天安門裸跪揭露地方官員黑幕，祈求社會關注。涉案的三名保安和4名官員共7人，於12月28號下午宣判，4名官員分別被判刑8年到4年不等，家屬認為判決量刑過輕。當天龍口很多訪民被控制在家中，禁止前往蓬萊法院旁聽。——如果不是她女兒一直在追討說法，這幾個官員很可能就逃脫了法律制裁！網友的評論：十年了，李寧終於把她的殺母仇人送上了審判庭。這個當年衹能在帝都靠裸跪為母鳴冤的女大學生，用她人生最美好的十年祭奠這個國家的法治。有幾個女人能做到她這樣？又有幾個男人可以跟她一樣為追求

公平正義堅守這麼久？李寧用十年的時間留髮明志熬出點結果了，但這卻是這個國家最大的悲哀！尚德松，原龍口市宣傳部副部長，文明辦主任。楊新軍，原龍口東萊街道主任，謝守泉，原龍口東萊街道副書記！王煥磊，原東萊街道工作人員！趙焜、王立男、魯旭是原龍口公安下屬保安。今天在蓬萊法院對這7個官方兇手進行宣判！庭審結束，兇手今年監獄過年了，李寧10年來完成了不能完成的任務！遺憾的是一個兇手當庭釋放！雖然兇手判得還是太輕，但畢竟判刑了。

李寧十年告一狀，精誠所至，金石為開！

七津　百年詠史（208）紅黃藍

傳言電掣起蒼黃 (1)　　　　幼女何堪饗色狼

盛世園丁摧蓓蕾　　　　干城校尉噬羔羊 (2)

吃瓜白領終幡悟 (3)　　　　洗地紅人兀自忙

今日藍田難出玉 (4)　　　　莫將刺股作尋常 (5)

註（1）蒼黃，匆促忙亂狀。

註（2）詩經·周南：「糾糾武夫，公侯干城」，指能禦敵之人，喻共軍。

註（3）中產階級長期以來對底層民眾的悲劇漠不關心，現在輪到他們了，每個月能付得起5500元人民幣的人，可曾會想到花錢把心肝寶貝送入虎狼窩？

註（4）藍田出玉·喻名門出俊秀子弟。宋書·卷八十五·謝莊傳：「及長韶令美容儀，太祖見而異之，曰：「藍田出玉，豈虛也哉」。這些望子成龍的家長何不把名牌幼稚園當作培育美玉的良田，豈料⋯⋯

註（5）刺股懸梁，比喻發憤讀書，紅黃藍也對孩子刺股打針，卻是別有所圖，孩子們懵懂無知，受到侵害也不知道。

詩嵌紅黃藍三字。

2017年11月22日，有網友爆料，十幾名北京紅黃藍幼兒園新天地分園孩子家長到朝陽區管莊派出所報案，稱幼兒園園長和老師涉嫌猥褻。爆料中稱，幼兒園4名女孩下體紅腫，1名女孩被猥褻昏迷。園內老師平時存在

給孩子們餵白色藥片、喝褐色糖漿、打針注射棕色液體等行為。

有家長在微信群裡發布消息指，該涉事幼兒園園長老公是老虎團的，勾結部隊群體猥褻，時間長達1年多。先讓孩子觀看別的小朋友被打針，注入致幻劑，然後脫光檢查身體，觀看猥褻全程。讓小朋友以為這是正常的課程，小朋友稱之為「活塞運動」。家長悲憤的說，若不是親耳聽孩子們講述，真讓人不敢相信！

爆料指，該園長部隊老公帶一群部隊嫖客到幼兒園裡選小男孩、小女孩猥褻，有個男孩肛門出血了，還有個女孩回家暈倒了，才被家長發現並曝光。

老虎團的軍官果然勇猛！

金縷曲　百年詠史（209）聞佔中學子入獄（步顧貞觀韻）

學子平安否？入牢籠，佔中壯舉，可曾回首，數月悠悠羈黑獄，猶是鬢宮年幼。要普選，欣吞罰酒，險惡江湖初博弈，那堪他，換日偷天手，黃雨傘，抗爭久。

淚痕莫滴囚衣透，問環球，弱齡英傑，幾人能夠，料想天安成絕響，卻不知今還有。憐港府，低眉順受，兩制蜃樓誰作俑？喜全民奮起相營救，呼口號，擄衫袖。

附：金縷曲　顧貞觀（報吳兆騫書）

季子平安否？便歸來、平生萬事，那堪回首。行路悠悠誰慰藉，母老家貧子幼。記不起，從前杯酒，魑魅搏人應見慣，總輸他、覆雨翻雲手。冰與雪，周旋久。

淚痕莫滴牛衣透。數天涯、依然骨肉，幾家能夠？比似紅顏多命薄，更不如今還有。祇絕塞、苦寒難受。廿載包胥承一諾，盼烏頭馬角終相救。置此箚，君懷袖。

　　步韻詞拘於韻腳次序不變，欲出新意，實不易為，精於此道如吾師，能輕易步上十首八首，吾不敏，祇能勉為其難效顰一二。

　　判決三位香港占中青年，是中共與港府的邪惡與愚蠢，是在培養自己的掘墓人，他們必將在獄中淬煉成為領導香港取得民主的領袖。共產黨已處在黃昏的歲月，垂垂老矣！而他們是如此地年輕，英姿勃發，這是一場勝負早已決定的鬥爭，他們是英雄，中共與港府是罪人。香港人要為有這樣的青年驕傲，為英雄高唱讚歌。

賀新郎　百年詠史（210）向毛主席匯報

主席安詳否？乍還魂，晶宮侷促，苦寒消受 (1) 玉鳳琵琶懷別抱，早作章台垂柳 (2) 你辦事，肝腸禽獸 (3) 牛鬼蛇神全解放，眾愛卿，悉化亡家狗，悲黑獄，吊皇后。

萬年霸業何曾有？枉痴心，冰山既倒，列仙難救，當下金鑾寬衣帝，正是仇人之後，拭淚眼，三聲狂吼：「瑜亮不應生鄧矮，食前言，負朕深恩厚。」尋地府，再爭鬥。 (4)

註（1）消受，忍受，馬致遠·漢宮秋·第三折：「這一去胡地風霜，怎生消受也？」

註（2）唐·韓翃：「章台柳，章台柳，昔日青青今在否？縱使長條似舊垂，也應攀折他人手。」主席最最關心的當然是親親小鳳，此事須首先向他老人家匯報。

註（3）毛遺旨：「你辦事，我放心。」卻不料還是走眼了，老華登基第一件事就是把皇后與毛的佞臣悉數投入天牢。

註（4）矮子信誓旦旦向毛保證：「永不翻案！」毛當然不信，他自己許下多少美麗動聽的諾言，全是放屁，怎麼可能信鄧矮？但天意難違，他還是輸了。

外一首　七絕

　　　　長眠地府寢難安　　　胥吏催租近歲闌

　　　　先帝也應為表率　　　返魂續約水晶棺

報稱：多處墓地現二十年繳費到期潮，工作人員蹲守收錢。

毛確實該以身作則，紀念堂已經超過四十年，該繳費了。

浪淘沙　百年詠史（211）馬恩列斯

幾個雜毛夷，自命神醫，圖謀共產共人妻，四海五洲傳疫癘，賜爾瘡痍。
赤縣枉痴迷，供奉宗祠，六爻缺祖願皈依，一枕黃粱成國策，夢寄河西。

　　直到今天，中共許多重要的場合仍然掛上這四個雜毛的大幅畫像，這點遠遠比不上三胖，人家祇認親爺爺和親爹，哪像中共這些雜種非得認幾個外國祖宗，當了共產黨，連地下那些祖宗也不得安寧，這幾個雜毛很可能在地府打官司，爭配偶呢。

鷓鴣天　百年詠史（212）戰狼2

假證公然欺爾曹，奴才自慰漸高潮，天朝黎庶如螻蟻，地府冤魂多難僑：
宜養晦，莫招搖，華人從未化天驕，巴基斯坦駕鴛喪，不見吳京當保鑣。

　　每逢黨國推出為屁民度身定造的腦殘意淫神劇，總能使舉國又自豪一陣子，這些高潮疊起的東西恐怕都沒出國生活過。就算同是華人罷，拿本外國護照和拿本中國護照到領事館去，所受到的待遇也大不相同，在國外生活過的人應該知道我所言不虛。

　　假護照那幾句屁話當然能令愚民興奮自豪，黨國真敢把那幾句豪言壯語印在護照上？我敢拿出一幅毛少將的墨寶跟任何人打賭，他們不敢！（墨寶當然也是偽造的，我的字與少將的字有九分神似，可以亂真）。

沁園春　百年詠史（213）十九大

山寨分肥，鶴唳風聲，戰慄恐慌，恨富商爆料，畫皮遭剝，朝廷貪腐，慾

墾如常，包子岐山，同床異夢，座上陰陰笑老江，爭權柄，怎擺平豺狗？頗費周章。

京城一片蒼黃，調百萬貔貅築鐵牆，餒千家寒食，不容生火，六街住戶，嚴禁開窗，逐臭俄酋，師從洪憲，上帝終教爾滅亡，高超甚，借全球媒體，盡顯瘋狂。

聖經有言：上帝要他滅亡，必先使他瘋狂！

開個黨代會，竟然調集數十萬軍警進京，聯同西城大媽，朝陽群眾，三步一崗，五步一哨，連地鐵車廂中間都得站上一排警察。臨街窗戶，公共汽車車窗，全得關閉，菜刀剪子竟然不準出售，甚至於飯店不準生火，祇賣涼菜，如此奇觀，也祇有在包子的治下才有，四人幫遠沒有這般瘋狂。三個自信何在？

漁家傲　百年詠史（214）郭文貴（步范仲淹韻）

中美雙方盤算異，文貴爆料無新意，常委三更驚坐起，深宮裡，慶豐降旨都門閉。

鴻雁難通家萬里，未除國賊歸何計，長夜憂心牽兩地，人不寐，岐山神隱狂夫淚。

在臉書山見到有人步范仲淹填漁家傲，一時技癢，急成一闋。

七津　百年詠史（215）聞劉曉波病危

今上殘民追老毛	仁人狴犴苦煎熬人 (1)
當空依舊桀時日 (2)	戕害何需菜市刀 (3)
言語惟能誆土偶 (4)	行文焉敢領風騷
請看垂死劉無敵	已報寬衣露赤尻 (4)

註（1）狴犴，像虎的猛獸，古時畫在監獄門上。

註（2）夏桀殘暴無道，百姓將之比作烈日稱：時日曷喪，予及汝偕亡！（這個太陽什麼時候消失呢？我們願意同你一起滅亡。原句出自於周代佚名的《書‧湯誓》。

註（3）清代在菜市口行刑處決犯人。

註（4）陸遊詩：不須誅土偶，正可倚天公。廟堂諸公皆似木人土偶，全無人性！

註（5）有些人在包子接班之初對其抱有幻想，現在應該明白，習近平從頭到屁股都是紅的！

中共自行宣告用非暴力的方式與政府互動的死刑！

劉曉波多次聲明自己沒有敵人，但還是死在不是敵人，勝似敵人的中共手裡了。

外一首　七絕

飼虎叢林甘捨身　　道兼儒釋惜成仁
何堪磊落殁冤獄　　萬古長悲無敵人

七津　百年詠史（216）外交部稱聯合聲明成歷史文物

聯合聲明棄糞筐　　遊辭奪理語堂皇 (1)
三公手段雲翻雨　　兩制圖窮虎牧羊
入彀香江徒忐忑 (2)　存疑寶島免徬徨
敗盟吾黨渾閒事 (3)　振聵聾人謝陸慷

註（1）遊辭，無根據的言辭。舊唐書‧姜蓍傳：「遊辭枉陷，旋罹貶斥，嚴憲將及，殆見誅夷。」

註（2）參加科舉為入彀，喻就範，中圈套。明‧葉憲祖：「聖主招賢日，英才入彀時。」

註（3）敗盟，毀約，違約。宋‧陸遊詩：「今秋雨少煙波窄，堪笑沙鷗也敗盟。」

311

以下轉貼台灣姚耕（戰史研究者）：「共產黨從來不讓我們失望！」轉自網友的博文。

近者，中華人民共和國外交部發言人陸慷，強硬宣稱《中英聯合聲明》（1984）已不再具備任何現實意義，成為「歷史」了。筆者深感欣慰，我們偉大的黨，果然「再次」沒有讓這世界失望。

回顧中國共產黨一路崛起，就是妥妥的耍流氓，永遠在前言不對後語。每隔10年左右，整套理論和思想、作派就會大風吹，自我背叛、自我踐踏，自己都認不出自己。據此，我們基於歷史教訓，必須感謝它，堅定了好台灣人「決不相信共產黨」的固有意志。

鷓鴣天　百年詠史（217）包子流年犯狗年

不孝金三不象賢 (1) 降旗豎起贖前愆，礪兵司馬宣威勢，束手劉禪忙乞憐；

空忐忑，受熬煎，時辰已報近黃泉，為何去抱俄人腿，包子流年犯狗年 (2)

註（1）象賢，子孫效法有德行的先人。唐‧劉禹錫‧蜀先主廟詩：「得相能開國，生兒不象賢。」三胖看來沒有乃祖乃父之骨氣和福氣，大好頭顱，不知餵狗乎，被百姓生啖乎？

註（2）狗年將至，若是去求包子，無異肉包子打狗，三胖還是存有介心的。

英國衛報稱，俄羅斯外交部長拉夫羅夫7日在維也納出席會議之便向美國國務卿蒂勒森轉達了朝鮮希望與美國直接對話的意願。

看來三胖撐不住了，他意識到了迫在眉睫的殺身之禍，顧不上全宇宙最牛B大元帥的面子，公開向美國乞憐了。流氓找靠山，當然要找個黑社會老大，不會去找個細胳膊細腿，祇會打嘴炮的混混，包子雖說能扛二百斤走十里山路不換肩，但其大腿還是比不上普金的胳膊，三胖還是不傻的。

七津　百年詠史（218）戊戌回顧

洪憲妖風卷復來　　　前朝臣子命堪哀 (1)
不謀家國齊民術　　　先送私營赴夜臺 (2)
中美同床如水火 (3)　　教宗卸甲跪塵埃 (4)
尋常一個習包子　　　披上黃袍成聖胎

註（1）包子打虎，江胡臣子紛紛落馬，一朝天子一朝臣，千古不易！
註（2）周新城教授引用馬克思的話說：「共產黨人可以把自己的理論概括為一句話：消滅私有制！」這是黨在放風，要開始新一輪劫富濟己了，看來我黨現在囊中羞澀，又要變花樣搞公私合營了。中央吃大戶，地方吃小戶，城管吃散戶，再不行就印鈔票，共產黨是不會窮的。這無疑判了私營企業主的死刑。
註（3）汪洋曾把中美喻為夫妻，現在川普鐵了心要休妻了。
註（4）指教廷承認三自教會一事，梵蒂岡這也是拼了，居然發布消息說：當代中國是天主教義最好的實踐者！教廷此舉背叛和極大傷害了大陸的天主教徒，把他們推入深淵，中共一貫食言而肥，教宗竟然去與虎謀皮，肉食者鄙，信然。

七津　百年詠史（219）聞清華設立廁所學院

慶豐聖諭正三觀　　　科目新增到杏壇 (1)
廁所高升成學院　　　人師自虐任中官 (2)
黌宮掐秒計餘瀝 (3)　　弟子凝神飼轉丸 (4)
教授鑽研屎尿屁　　　清華何乃恁低端

註（1）杏壇，孔子授徒講學之處。語出莊子·漁父：「孔子遊乎緇帷之林，休坐乎杏壇之上。」泛指教育界。
註（2）人師指為人師表者。中官，宦官，太監。後漢書·朱暉傳：「當今中官近習，竊持國柄，手握王爵，口含天憲。」
註（3）黌宮，學校。幼學瓊林·宮室類：「黌宮膠序，乃鄉學之稱。」餘瀝，

　　教授們既然計出女生小解較男生多出近兩倍時間，膀胱的容量差別應該
　　沒有那麼大，接下來該研究的應該是排尿器官外型的差別導至余瀝受到
　　萬有引力的影響了。

註（4）轉丸即屎克蜋的別名。

　　沒有最賤，祇有更賤！清華大學真不愧是世界一流下賤學府，已經沒
有任何底線。清華大學的奴性與下賤，冠絕全球！這不是一間學府，簡直
就是一間現代版的敬事房。自慶豐帝發表了有關廁所的「最高指示」後，
我就想到會有馬屁精去建造六星級七星級的廁所，那已經是我能想到的最
高級別的無恥，卻萬萬想不到清華會打造出「廁所學院」來，慚愧！

外一首　七絕

　　　解帶寬衣露屁勾　　　糞香四溢滿神州
　　　低端人口無棲處　　　卻迓肛門蹯翠樓

　　據新華社電　中共中央總書記、國家主席、中央軍委主席習近平近日
就旅遊系統推進「廁所革命」工作取得的成效作出重要指示。他強調，兩
年多來，旅遊系統堅持不懈推進「廁所革命」，體現了真抓實幹、努力解
決實際問題的工作態度和作風。旅遊業是新興產業，方興未艾，要像抓
「廁所革命」一樣，不斷加強各類軟硬件建設，推動旅遊業大發展。

　　習近平指出，廁所問題不是小事情，是城鄉文明建設的重要方面，不
但景區、城市要抓，農村也要抓，要把這項工作作為鄉村振興戰略的一項
具體工作來推進，努力補齊這塊影響群眾生活品質的短板。

　　2015年4月，習近平總書記曾經就「廁所革命」作出重要指示，強調
抓「廁所革命」是提升旅遊業品質的務實之舉。冰凍三尺，非一日之寒。
要像反對「四風」一樣，下決心整治旅遊不文明的各種頑疾陋習。要發揚
釘釘子精神，採取有針對性的舉措，一件接著一件抓，抓一件成一件，積
小勝為大勝，推動我國旅遊業發展邁上新臺階。

　　慶豐帝對廁所如此重視，在可見的將來，六星級七星級的廁所必定在
神州如雨後春筍般破土而出，處長級科長級的廁官必將應運而生，到那
時，上百萬元也未必能買得到個糞官，時傳祥枉有「糞霸」之名，惜生不

逢時，要不然，廁所部部長非他莫屬矣。

低端的嘴不如高端的肛門！

七絕二首　百年詠史（220）清華閣招客

嫖客如雲笑靨開　　清華妓院費疑猜
招生恰似招蜂蝶　　笑待佳人懷鬼胎
其二
得令熊羆喜礪兵　　黑人兄弟啓征程
未曾開學先開炮　　上國紅顏饗客卿

最近清華大學的各個學院開始了自己的開學典禮，其中蘇世民書院的開學典禮讓很多中國人不滿，開啟了怒懟模式。

三個黑人，抱著一個華人美女，旁邊還站著一個白人，清华大學是想告訴大家，黑人祖宗可以在清華風流快活嗎？就在開學典禮的背景板前面拍照，並且是作為一個留學生的宣傳照給發出去了，國際上的友人肯定也都能看得到了，雞國沒有一家妓院敢如此印製這樣的廣告。

還是黑人祖宗親，白人無福一親香澤，祇能站在一旁吞口水，清華毫無疑問是雞國第一妓院，還是倒貼錢的！

七津　百年詠史（221）北京驅逐低端人口

數十生靈未善終 (1)　　低端連夜宿寒風
立威年富新京兆 (2)　　消滅貧窮阿慶豐 (3)
客戶棲身成敗宇 (4)　　婦孺含淚泣哀鴻
為營廣廈強征地　　誰個天都縱祝融 (5)

註（1）當地某「低端人口」稱罹難達數十人。
註（2）京兆爲京師長官，蔡奇新官上任三把火，尚有兩把未放，燒出那片地區

315

很快將建成高樓大廈，不信走著瞧。

註（3）包子聲稱五年消滅貧窮，原來是這般消滅法。郭德綱的相聲說有個富有的老善人，說自己心善，見不得窮人的悲慘窘境，但能力有限，太遠的顧不了，方圓十里內決計不忍見到窮人——於是把他們全轟走了，蔡奇可是從中得到靈感？

註（4）客户，由外地遷入的户口。宋‧方岳‧燕來巢詩：「吾貧自無家，客户寄村瞳。」

註（5）祝融爲火神。呂氏春秋‧孟夏紀‧孟夏：「其神祝融」。這把火實在蹊蹺又及時，恐怕沒有真相大白的一天了，畢竟他們也知道那是罪惡。

北京大興縣公寓發生大火，據官方報導死亡十九人。

看了幾個有關視頻，藝術家華湧帶著攝像機走入拆遷區，採訪了多個被迫露宿街頭的租户和一些被拆除房子的房東，有人說罹難人數高達數十人，而非官方所報的十九人。

一些房東顯得很無助，他們的土地被徵收了，祇得在有限的宅基地蓋上公寓出租以維持生活，現在租客都被強行趕走，連他們都不允生火取暖，附近的學校、幼兒園和超市等一切商店都被貼上封條甚至強拆，他們現在連買根大蔥都得到十幾里地之外，即使他們仍然居住在那裡，日常生活也變得極不方便。

官方在火災發生後，火速派拆遷隊和大批機械設備進入該區強拆建築物，一切顯得有條不紊，倒似是蓄謀已久的行動，現場滿目瘡痍，一片狼藉，納粹德國清除猶太人的水晶之夜與之相比，祇能算小巫見大巫。

藝術家所採訪的人有些怒不可遏又顯得無奈，中國的百姓太懦弱了，明明知道這是包子的德政卻還違心地說什麼：「上面的政策雖好，下面的人執行起來全走樣了」云云，那些拆遷隊員倒是個個理直氣壯，狐假虎威，氣焰囂張，這些東西也是「低端人口」，又為何偏偏與底層同胞過不去？從他們的臉上絲毫看不出有惻隱之心。

藝術家採訪了兩個90後的學生，他們與華湧一樣，都是為了見證和紀錄這個罪惡的時刻特地到那裡去的，當被問及有何感想時，那個90後的小夥子說出一句無比悲愴又擲地有聲的話：當雪崩的時候，沒有一片雪花是

無辜的！

　　中國人的自私、怯懦、冷漠和為了小利而心甘情願去助紂為虐成就了那個邪惡集團的鐵打江山，從這點而言，真的沒有一片雪花是無辜的！

外一首　七絕

　　　　屁民蜂擁入長安　　　牛馬生涯化老殘
　　　　府尹欽承天子詔　　　九州胥吏拒低端

　　世界上從未有一個政府敢於明文規定驅趕本國公民，使之流離失所。納粹德國曾對猶太人幹過這勾當，但那畢竟是「非我族類」，北京地方政府有何權力踐踏公民的居住權？

　　這些「低端人口」大多是農村的「貧下中農」，為了糊口跑到京城當最先進的「工人階級」，這本是中共口中的「領導階級」，是他們打天下的炮灰，榨取財富的牛馬，盛宴上的豬羊，很多人在北京已經工作多年，幹的是牛馬活，掙的是草料錢，如今卻淪為「低端人口」，比印度的賤民還不如。

七津　百年詠史（222）黃大仙靈籤

　　　　尋思涓滴助金三　　　打水臨淵提竹籃
　　　　鄭衛淫音彌海內　　　絲綢舊路陷泥潭
　　　　聯俄抗美徒添笑　　　止沸揚湯難肅貪
　　　　涸轍如何脫困局　　　且看包子好兒男

　　中國近年積極推動「一帶一路」，著力建立完善的跨國經濟帶，又牽頭籌建亞洲基礎設施投資銀行（亞投行），加強與亞洲及西方國家或地區的合作，獲得各窮國響應，中國對全球的影響力日益增強。不過，黃大仙靈籤卻預測狗年中國運勢未如理想，仙師在中國整體運勢及中外關係兩方面，連續賜予兩支下下簽，堪輿學家預示中國在新一年將遇上「多矛盾、多糾紛」，其中與美國的關係更如「打敗仗」，經濟有機會因而走下坡。

今年黃大仙師為中國整體運勢批示靈籤「孔子聞衛樂」，屬下下簽，籤文謂：「鄭衛之音不忍聽，淫風敗俗國將傾」，意指鄭國及衛國的音樂誨淫敗俗，聽得多國家早晚滅亡。黃大仙解籤樓堪輿學家佛隱居士指，籤文含意若套在中國內部運勢，可解作今年推動的國策，縱然領導層滿意，但民間卻有怨言，也預示今年內地或有零星內亂，提醒藏獨疆獨分子可能會發動襲擊搞破壞。治安方面，涉及大城市的色情和毒品罪案增加，無論內亂或罪案，中國政府都要如孔子教導般，防範於未然。

中外關係方面，黃大仙師批賜靈籤「蹇叔哭師」，同樣是一支下下籤。籤文「秦師大敗在殽山，三帥皆擒盡放還，蹇叔諫言因不聽，倒戈捨甲返秦間」，佛隱居士解說指，秦穆公不聽取忠臣意見，出兵攻打鄭國及晉國，最終大敗收場，預示中國「今年國際關係好多事發生，多矛盾、多糾紛」，中國自以為國力上升，加上一帶一路，會借盟友對鄰近地區指指點點，像秦穆公不理他國想法，除引起非盟友國家對抗，原來友好的國家也可能與中國唱反調。（轉自香港東方日報）

七津　百年詠史（223）狗年詠狗

萬代基因逐異香 (1)	結仇脫口詈人娘 (2)
癡心望眼盼包子 (3)	販肉懸頭欺客羊 (4)
落水懼逢刀筆魯 (5)	喪家歡慶國師張 (6)
休將若輩驅窮巷 (7)	情急奴才亦跳墻 (8)

註（1）俗話說，狗行千里改不了吃屎，若行萬里到歐洲，牠們的口味會變的，在這裡我從未見過吃屎的狗。

註（2）國人除了國罵外，還常常誣他人是「狗娘養的」，你與他結仇，為何要辱其母？不解。

註（3）俗話說，肉包子打狗，有去無回，可見狗最愛吃肉包子，肉包子長有，狗也長有，肉包子打狗我未曾見過。今年是狗年，慶豐包流年不利，莫要應在這俗話上。

註（4）掛羊頭、賣狗肉是中華民族的優良傳統，可見造假非自今日始，不過於今猶烈罷了。

註（5）魯迅有筆如刀，時人稱爲紹興師爺式的刀筆吏，魯師爺曾放言要痛打落水狗。

註（6）孔夫子嘗自稱自己是喪家之犬，可見犬喪家之淒涼。毛幫主一死，四人便如喪家之犬，郭沫若曾填詞稱春橋先生爲「狗頭軍師張」，江若登基，張必爲國師無疑，幫四人一死，四人幫倒台之日，舉國歡慶。

註（7）俗話説，趕狗入窮巷。若羣意爲「這些東西」。

註（8）國人常罵人「狗奴才」，可見狗與奴才有相通之處，狗急跳墙，奴才又何嘗不會跳墙？若共黨土崩瓦解之日，除罪行昭著，怙惡不悛者外，那些些普通奴才大可不必計較，那麼做也可減少民主化進程的阻力。

這些才是貨真價實狗娘養的東西！祝大家狗年行狗屎運！

蘇幕遮　百年詠史（224）自擼三更成習慣

憶丁年，(1) 聞卵蛋，窯洞幽深，長作孤棲嘆，自擼三更成習慣，(2)
五對佳人，(3) 隨侍潛龍畔。(4)
坐金鑾，男子漢，(5) 駭世綸音，(6) 撲下身來幹，(7) 嬤嬤宮中應久旱，
歡樂今宵，誰箇雲鬢亂？(8)

註（1）男子二十歲爲丁年。李陵・答蘇武書：「丁年奉使，皓首而歸」。慶豐帝二十歲時在陝北，正是年少心雄破褲襠之時，其卵蛋料無用武之地。

註（2）擼字爲今上常用的動詞，想是當年常實踐，習慣倒是切其姓，習已慣此技，易他人不得。

註（3）自擼只需五個佳人（俗稱五姑娘），卻爲何寫成五對？老夫於數年前見慶豐閱兵行左手禮，想來今上天賦異稟，能左右開弓，故言。

註（4）帝王未登基稱爲潛龍。

註（5）帝嘗概言俄羅斯無一男兒，其必爲男兒無疑。

註（6）古稱帝王的諭旨爲綸音。

註（7）慶豐語錄：撲下身子抓……不知想抓誰去加油幹？

註（8）是不是夢雪不得而知，反正不會是那隻乳牛。一個有著唐詩宋詞的國度，「選」出了一位雄才大略，據稱是學富五車的帝王，一開口便是

「擼起袖子加油幹！」「撲下身子抓改革！」可惜我認識的女人中沒有名叫改革的，不然倒可請她面聖顛鸞倒鳳時美言幾句，混個一官半職。現在連豎立在大街的宣傳口號也變得粗俗不堪。

外一首　七絕

太虛幻境路迢遙　　　包子通關造大橋
皆與中央一起擼　　　玉人何處教吹簫

常言道：「手淫強身，意淫強國。」慶豐帝一個「擼」字可算是手淫意淫兼備，令人產生無限遐想。俗話說：「爹蠢蠢一個，娘蠢蠢一窩。」老百姓再俗也衹俗一個，包子這一擼不打緊，全國人民都跟風以擼為時尚，他們倒是可以自顧自地擼得高潮迭起，衹是可憐那些衹有望梅止渴的小娘子。

網上有牆上有斗大標語的相片：與黨中央一起擼！

七津　百年詠史（225）袁二修憲

登基封禪拜新皇　　　何必匆匆修憲章
袁二有兵施恫嚇 (1)　　癟三無力再攻防 (2)
生前竊據金鑾殿　　　死後榮遷紀念堂
千古罪人成一對　　　秦城循例待娘娘 (3)

註（1）袁二為袁世凱第二。晚清重臣張之洞曾以「輿情不合」勸阻攝政王載灃任用徐世昌督辦鐵路，載灃淡淡地答：「怕什麼？有兵在！」一切獨裁者如齊奧塞斯庫、薩達姆、卡紮菲都迷信用武力可擺平一切。包子上台後第一件事便是在軍中大清洗，把槍牢牢掌控在手中。

註（2）上海癟三指老江，看來他已無力阻止袁二向深淵開倒車了。

註（3）大宋奪自孤兒寡母，亡於孤兒寡母，大清興於攝政王，亡於攝政王，紅朝莫非也是如此？太祖娶了山東戲子得天下，今袁帝又娶山東戲子為國母，危乎哉！

外一首　七絕

登基大典即將開　　　袁大冰消袁二來

> 憲政新湯煲舊藥　　　　百年不變是奴才

那個美國佬沒說錯，很大一部分中國人都是百年不變的惡棍和奴才——視乎地位比他高或是比他低。

洋人記者在街上採訪了一些北京市民，詢問他們對修憲的看法，得到的答案竟然出奇的一致，奴才們都大表贊成，看他們的神情似乎都是發自內心的肺腑之言。

這個民族，再遭受到什麼苦難都是活該！

江城子　百年詠史（226）一生愛你沒商量

一生愛你沒商量，口含糖，腹藏槍，滿肚辛酸，噙淚喚親娘，縱使經年遭酷虐，甘俯首，似羔羊。

如今封禪理堂皇，聚東窗，費周章，借枕邯鄲，遙入黑甜鄉，雖萬千人吾往矣，袁二世，露肝腸。

一句向女生的深情告白，竟然也被中共當局認定，是在影射修憲。周四（8日）是婦女節，北京清華大學的男生按照慣例，在校園內掛出向女生表白的布條，其中一條因為寫上「愛你沒有期限，如果有，那就把它刪掉」，被校方認為是在暗諷「中共修憲刪除國家主席連任限期」，才掛出10分鐘，就被拆掉。目擊者表示，布條上寫有「祝法五女生們女生節（婦女節）快樂」，研判是清華大學法學院的男學生制作及掛出。有清華學生透露，這條布條才掛上10分鐘，就被懷疑「譏諷全國人大修憲」，而被撤掉。還有人宣稱，校方打算追究法學院負責人的責任。

鷓鴣天　百年詠史（227）滿朝文武盡公公

金殿黃袍加慶豐，滿朝文武盡公公，張勳楊度階前立，王莽容庵踞正中。
飄夢雪，慰宸衷，欽天太監奪天功，簫韶九奏來儀曲，敗甲殘鱗鬥玉龍。

註（1）袁世凱號容庵。

註（2）從弗洛伊德的潛意識的角度解釋包子為什麼熱衷做夢，恐怕夢雪脫不了干係。

註（3）宸衷，天子的心意。

註（4）書經‧益稷：「簫韶九成，鳳皇來儀」，祥瑞之兆也。

環保部長李幹傑，17日下午在記者會上稱，「今天是個好日子，久旱逢甘露、瑞雪兆豐年。」這是幾乎所有官媒統一的調子。不過，北京市氣象局官方微博「氣象北京」當天發布的一段影片引起了網民的注意。微博上的這條資訊稱，17日早晨有關機構在北京昌平區，「根據天氣條件在延壽大黑山進行了人工增雪作業」。網絡上有人懷疑：在北京連續長達145天無有效降水後，恰恰在新一屆高層領導人名單出爐的當口上，傳出爐「人工增雪」的消息，難道有人蓄意配合會場內的「票選」，籌備了一場「瑞雪」？

七律　百年詠史（228）貿易戰

　　　　大洋彼岸響驚雷　　　噩耗如潮卷復回
　　　　川普存心除陋習　　　趙家無計保浮財
　　　　八方山雨飆歐美　　　兩地驪歌縈港台
　　　　算盡機關終有報　　　善門不再向君開

七絕　外一首

　　　　好姻緣胜惡姻緣　　　川普高揚如杵鞭
　　　　師太今宵從老衲　　　聽牆阿Q枉吞涎

美國時間3月22號中午，美國總統川普在白宮宣布，美國政府將在每年向600億美元中國商品徵收關稅，並且要求中國縮減對美貿易順差1000億美元。中國商務部隨即宣布了對美國約30億美元對華出口擬中止減稅。600億美元對30億美元，美國的制裁範圍力度顯然遠超中國的力度。這貿

易戰的第一回合給我的感覺是：美國給了中國當胸一猛拳，中國則用小拇指撬了美國的胳肢窩。在剛閉幕的中國發展高層論壇上，中共高層紛紛為中美貿易戰降溫，中共新任副總理韓正25日在論壇上承諾擴大開放，對外資企業一視同仁，更好保護知識產權，並最大限度減少政府直接干預市場經濟。李克強26日在北京中國高層發展論壇年會上發表講話時說，北京努力避免與美國展開貿易戰。他表示，中方願與美國談判化解分歧，並承諾北京將進一步對美國企業開放市場。中共一方面提高調門，做出強硬的姿態保存顏面，安撫義和團。另一方面卻對美國做出許多承諾，如開放金融領域，降低美國汽車關稅，大幅度提高向美國購買芯片等等，又派出幾位高官訪美疏通。對川普如此兇殘地踐踏中國人民的感情，肯德基，麥當勞和美國汽車竟然沒有受到義和團傷及一根汗毛，可見黨還是很明白的，對義和團的掌控也不是一般的強。既然抵抗無濟於事，不如順了川爺之意，寬衣解帶上床，總比自嗨要享受一些。師太已經從了老衲，小尼姑自然也不例外，阿Q們想摸大腿是沒有機會了。再淫蕩的娼婦，如果在大庭廣眾之處受到猛男的性騷擾，即使心中十二萬分樂意受用，也得裝模作樣嬌嗔幾聲，千萬別當真，以為她真是三貞九烈。

七津　百年詠史（229）毒疫苗

趙賈謀財競折腰	心腸歹毒恨難描
有錢怎買老來健	何藥偏能少即夭
三鹿誰人投狴犴 (1)	九州無處覓皋陶 (2)
官家子弟西洋去	若個長生種疫苗

註（1）狴犴，監獄。
註（2）皋陶，舜之臣子，掌司法刑獄之職。

　　毒疫苗又一次引爆了國人的憤怒，從電影明星到奧運冠軍都發聲聲討。這次被媒體曝光的藥企有好幾家，長春長生、武漢生物、深圳康泰、

江蘇延申等。

　　毒疫苗比毒奶粉更可怕，因為它直接危及人的生命健康。不合格疫苗的可怕之處在於：有的直接能導致接受疫苗者殘疾甚至喪生；有的打了不起作用。以狂犬疫苗為例，狂犬病的致死率幾乎100%，被貓狗咬傷後，必須在二十四小時之內接種狂犬疫苗。如果有人得知他接種的狂犬疫苗是不合格的，再接種又過了期限，那會引起他很大的心理恐慌——他現在沒什麼事，但不能保證將來沒事，因為狂犬病有潛伏期，將來沒事好說；如果有事，就釀成悲劇了。

　　國人痛恨之餘都在思考該怎麼辦的問題。有人提議到香港買疫苗打，這其實很不實際。因為疫苗的運輸儲存對溫度的控制非常嚴格，不象奶粉那樣方便攜帶儲存；接種疫苗又不是一針兩針、一年兩年的事，帶嬰幼兒去香港也很不方便。

　　有人寄希望於中共加強管理，這不過是癡人說夢。因為這種事情本來就是中共造成的！

　　厲害國的法律形同虛設，三鹿槍斃了幾個奶農，毒疫苗呢？罰款了事。

浪淘沙　百年詠史（230）五毛神帖

睹帖笑開懷，真箇奇才，遣詞用字巧安排，包子居然屙狗屎，費我疑猜。
文采傲同儕，甚是詼諧，天皇何故慘當災？對此珍饈難下嚥，摑耳撓腮。

　　在網上看到一個帖子，上面用大字寫著：「日本天皇吃習主席的狗屎！」黨國花錢養這些五毛，真是醉了，相比之下，周帶魚還是有兩把刷子的。

青玉案　百年詠史（231）聞谷歌欲重返大陸

昔年不忍風塵誤，忿割席，翩然去，掩袖工讒遭忌妒，鸂雛高潔，恥餐腐鼠，看爾群魔舞。

驚聞烈女拋佳譽，急欲謀皮伏螭虎，入轂當應如百度，弄姿搔首，閱人無數，下海猶裝處。

　　聞谷歌欲入大陸，驚訝莫名，都什麼時候了，還要去與狼共舞？和中共合作的沒一個有好結果，八年前不肯賣淫，現在卻肯自宮？

　　有網友用「雪白」用谷歌和百度搜索，得到截然不同的結果，谷歌莫非想和百度一般下作？

七津　百年詠史（232）亡共大戲開幕

奇男當讚老彭斯	口若懸河傾奉辭 (1)
狗膽昭然猶草寇	狼心直欲覆花旗
廿年豹變欺環宇	四海鯨吞斂外資
驚世檄文吹號角	紅朝來日不多時

註（1）奉辭，奉持譴責的語言。文選・鐘會・檄蜀文：「奉辭銜命，攝統戎軍。」

　　副總統彭斯發表對中政策演講，罕見地給中國人上歷史課兼算總賬。

　　彭斯由清末說起，力陳美國人對中國的幫助，講到庚子賠款、第二次世界大戰、韓戰，美國一代代予以扶助，不計前嫌，還給錢供養中國的鄧小平改革，把中共養得今天肥肥白白，沒想到共匪恩將仇報，往美國背上插刀。

　　彭斯這篇演講，將會是人類歷史文獻，不但是對今日的中國一篇絕交書，而且堪比邱吉爾一九四六年的鐵幕宣言，比奧巴馬之流所有的泡沫演講加起來，都有分量。

破陣子　百年詠史（233）包子回天掀逆流

杏鶴如同宏偉，曉松被墜高樓，鷹犬連番遭噩運，不死終成階下囚，秦城
共白頭；

二代潛移資產，三公未雨綢繆，放眼舟中皆敵國，包子回天掀逆流，瀛台
獨自愁。

　　繼國際刑警主席孟宏偉被失蹤後，澳門中聯辦主任鄭曉松又被跳樓，
中聯辦是在港澳的情報機構，不知道他是否被孟宏偉所牽連？

　　知道得太多終歸不妙，容易被滅口，為中共做情報工作的人也沒有幾
個有好下場，從潘漢年到金無怠再到孟宏偉、鄭曉松都是如此。

外一首　七絕

　　　　動物莊園敲警鐘　　　　紅通首領失行蹤
　　　　剃人頭者遭人剃　　　　一脈師承老祖宗

　　年度最燒腦新聞，全世界搞刑事偵查的總頭子在厲害國失蹤了。發紅
通的人先給自己發了個尋人啟事，這不是恐怖電影，這是黑色幽默。

　　今天，中共通過馬雲的《南華早報》向各界宣告：9月29日孟宏偉一
下飛機就被紀委的人帶走了。失蹤一星期的孟宏偉終於有信兒了。後王岐
山時代，馬雲的《南華早報》取代胡舒立的《財新》，成為中共權鬥的獨
家特供消息喉舌。上次《南華早報》的獨家報導的是誰都打聽不到的肖建
華案進展，這次又是在全世界都找不到國際刑警組織主席孟宏偉去哪兒了
之際，有人發話了，都別找了，人在中共紀委手裡。中共算是把國際刑警
組織徹底玩廢了。中共派個「罪犯」當了兩年國際刑警組織主席。看看國
際刑警組織的聲明，應該是該組織歷史恥辱的記錄：（1）我們也是從媒
體得知我們的主席失蹤了。（2）法國與中共當局都應該調查。（3）我們
日常工作是祕書長負責。中共承認自己抓了孟宏偉，法國警方還敢調查
嗎？國際刑警組織還打算再找個中共官員當主席嗎？

　　自中共成立那天起，他們自己殺的各級官員遠遠超過被敵方所殺。

江城子　百年詠史（234）香港中聯辦重開府

曉松鄰埠已仙遊，憫良儔，志難酬，兔死狐悲，傷感幾時休？或許明朝輪到我，應趁早，急綢繆。

如今安敢覓封侯？命堪憂，若蜉蝣，萬念攢心，寧願化沙鷗，新置府衙高八尺，防暗算，墜危樓。

王健被墜崖，孟宏偉被失蹤，鄭曉松被跳樓，一連串的噩耗弄得香港中聯辦主任王志民魂不守舍，包聖君前腳剛走，他就急吼吼地把辦公室從十八樓搬到二樓，這樣一來，想讓他跳樓也頂多摔斷狗腿罷了，真是個聰明人！

粵諺云：一樣生，百樣死（現在可以剖腹產，生多了一樣）。黨要叫你捐軀，你難道能躲得過？躲得過一跳，躲不過上吊，躲得過上吊，也躲不過服藥，總有一樣讓你死翹翹。話雖是這麼說，但即使如張陽上將一般的被上吊，死相也沒那麼難看不是？

建議王主任將辦公室和家中的天花板清理乾淨，這樣一來，想被上吊也要多費點手腳，說不定在最後關頭還能逃出生天。

七律　百年詠史（235）港珠澳大橋

司馬之心意自明	天朝廟策動心兵 (1)
豈容鼠輩起騷亂	倏瞬王師易敉平
鐵打江山成一統	冰消瓦解鬧分荊 (2)
難題解決有方案	港澳交通靠右行

註（1）心兵，心中動了殺機。
註（2）分荊，兄弟分家。

世界第一大笑話，全球最長的大橋：港珠澳大橋在世界工程史上是個奇蹟，在使用價值上卻成了世界史上最大的建築垃圾。

　　珠港澳大橋即將建成通車了，決策者們才突然發現一個天大的問題，這座大橋究竟給誰用？

　　祖國大陸的車輛不能用，因為大陸車牌不能出入香港和澳門，同樣，香港的車輛不能用，因為香港車牌又不能去大陸和澳門，澳門的車輛也不能用，因為澳門車牌也不可以去大陸和香港……祇有同時掛有大陸、香港、澳門的車輛才能用，而這樣的車輛本身就寥寥無幾，需要上橋的更是鳳毛麟角。

　　大陸的車輛靠右行，香港的車輛靠左行，這不明擺著在交匯處出車禍的節奏嗎？不過，這座大橋作為世界第一大面子工程，確實漂亮。

　　這麼大的投資，還沒有投入使用，就急著想申請報廢了，血本無歸不說，天價的維護保養費就要割肉了。

　　投資人已哭暈在廁所。

鷓鴣天　百年詠史（236）天上人間建翠樓

受挫紅朝趨下流，更弦廟策不知羞，為同美帝爭高下，先與東瀛化夙仇。
封嘴炮，禁吹牛，三軍奉旨棄金甌，太君若是常光顧，天上人間建翠樓。

　　中共已經精神錯亂，說啥都不用奇怪，說好了南海屬於中國的，說好了要抵制日本，說好的南海是中國的核心利益，為何現在還要向在南海軍事訓練的日本軍艦問好？為何允許日本軍艦在南海訓練？中國海軍的態度變化太快，一時間讓上人感到很不適應……

　　據《蘋果日報》11月4日報導，中國海軍「蘭州艦」近日向日本海上自衛隊直升機航母「加賀號」用英語打招呼：「Japan Maritime Self-Defense Force184, this is Chinese warship170. Good Morning. Glad to meet you. Over.」（日本海上自衛隊184，這是中國艦170，早安，很高興遇見你）。

　　這罕見的一幕出現在日本廣播公司（NHK）綜合頻道，11月2日《9時看新聞》（News Watch9）節目中，NHK公開了隨艦記者早前在南海拍攝

到的畫面。當時，中國海軍052C型驅逐艦「蘭州號」（170）正對日本海自直升機航母「加賀號」（DDH-184）進行跟蹤監視。兩艦通過無線電使用英語通話。

在錄音片段中，日方女聲先是在艦橋通報「收到呼叫，現在應答」，然後通過無線電回應：「中國海軍170艦、中國海軍170艦，這裡是日本軍艦184，結束。」（Chinese warship170, Chinese warship170, this is Japanese warship184. Over.）

中方男聲回覆：「日本海上自衛隊184，這是中國艦170，早安，很高興遇見你。」（Japan Maritime Self-Defense Force184, this is Chinese warship170. Good Morning. Glad to meet you. Over.）

反日的時候，釣魚島是中國的；親日的時候，連南海都可以是日本的！誰才是漢奸？

填了那麼多礁島，修築了機場工事，世界各國都當屬害國是透明的，愛來就來，愛走就走。既然如此，不如廢物利用，在礁島上設幾家天上人間招待各國水丘八，把剛解散的文工團派到礁島上做外交工作，化干戈為玉帛，一條航母有數千個慾火中燒，數個月嗅不到女人味的顧客，這樣一來，美元歐元日元如豬籠入水，川普的貿易戰不攻自破，不亦妙哉？

七津　百年詠史（237）編輯基因嬰兒

神州盛世出神醫	舉國拳民當可期
反骨刪除消叛逆	喪心嵌入養愚癡
降生即可啼豪語	至死從無吐異詞
億萬豬羊任宰割	基因編輯奠丕基

中國南方科技大學副教授賀建奎近期內宣布一對基因編輯雙胞胎女嬰誕生，並有第二起基因編輯懷孕案例，且存在30個經基因編輯的胚胎；現有中國學者爆料，這一切都是官方下令執行。

化名「草祭」的原上海某大學理學教授在推特上指出，中共祕密下令進行「基因編輯嬰兒」實驗，將這項任務交給中國南方科技大學，再由副教授賀建奎付諸實踐，從四個跡象不難看出中國政府就是幕後操盤手，而且賀建奎名下有八間生技、科技公司，均有南科大的投資案在其中。

「草祭」深入解釋，該實驗動輒破億元的研究經費，並非區區一個副教授能獨力爭取，一定有中國科技部撐腰；賀建奎是中共透過「千人計劃」從海外引進的人才，在南方科技大學留職停薪做研究，也絕對有經過官方許可；中國科技部也有「專項經費」提供給這種見不得光的研究；該實驗涉及許多平民參與，「沒有國家力量辦不到」。

這種逆天之舉可能產生的可怕後果有許多專家都說過了，連中共這個邪惡團夥都趕緊撇清關係，可見他們自己都覺得這事如同共產黨員去嫖娼，可為而不可為人所知，不知賀副教授嗑了什麼藥，竟然公諸於世？

要是通過基因編輯，生出來的嬰兒一啼哭便是「習大大最愛彭嬤嬤」，便會說什麼「寧可華夏不長草，也要收復釣魚島」一學步便會跳忠字舞，成長後都是忠心耿耿的奴才，黨叫他去死他就去跳樓上吊，黨帶她進房她就寬衣解帶，那該多好？那不但是包子，也是希特勒夢寐以求的好事。

萬維有個蠢毛左竟然跳出來支持這等反人類行徑，真的希望他能以身作則，把老婆送出去為黨做出貢獻。

沁園春　百年詠史（238）戊戌回顧

中共如同，日本郵輪，吃棗藥丸 (1)。恨刁民放肆，煽情網絡，外資驚走，國步艱難。突變風雲，已成氣候，普世洪流潰漢關。
連番誤 (2)，笑清華博士，枉背書單。
金圓酋長奸頑。借貿易爭端掀巨瀾。竟耀兵南海，朝廷束手，授權新法，軍售台灣 (3)。圍剿千人，孤舟泣晚，跪地吞聲求乂安。
男兒淚，悔冒然登殿，鑄錯煤山 (4)。

　　用句號處為押韻處，下闋「圓」字為暗韻。

註（1）日本輪船名都是什麼什麼丸，中共這兩年確像是遲早要完。

註（2）在改開40周年的講話中，包子拿著稿子唸還竟然數次失誤，不知道他的小學老師怎麼會讓他畢業的？

註（3）2018年3月16號，美國白宮的網站上公布，唐納德・川普（Donald Trump，以下皆音譯）簽署了代號為H.R.535之《台灣旅行法》（Taiwan Travel Act），以鼓勵美國與台灣之間各層級官員互訪。

　　在蔡英文到訪美國的前幾天，也就是2018年8月13日，川普還簽署了代號為H.R.5515之《國防授權法》（National Defense Authorization Act）。當中提到，美國應該支持臺灣獲得防禦性武器，而且建議國防部推動美臺聯合軍事演習。

　　2018年的最後一天，即12月31日，川普簽署了代號為S.2736之《亞洲再保證倡議法》（Asia Reassurance Initiative Act of 2018，ARIA），當中重申對臺承諾，以及定期對臺軍售，並且鼓勵美國高級官員訪臺同時也使臺灣納入印太戰略成為法案。

　　2019年1月2日，中共在北京人民大會堂舉行了「告臺灣同胞書」四十周年紀念會，習近平發表講話，首次提出要對臺灣實行「一國兩制」，並重新定義「九二共識」為在一個中國原則基礎上達成「海峽兩岸同屬一個中國，共同努力謀求國家統一」。在此之後中華民國總統蔡英文對此做出強烈回應：臺灣絕不接受「九二共識」，反對一國兩制，這是「臺灣共識」。

註（4）景山又名煤山。

七津　百年詠史（239）豬年詠豬

今年死了張屠夫	辣手難為眾大廚 (1)
梟首下鍋添水火 (2)	瑤池借酒戲仙姑 (3)
迎弓地煞作人立 (4)	入境天瘟傳賈胡 (5)

恰與慶豐同德性　　　褪毛不怕燙肌膚 (6)

註（1）諺曰：死了張屠夫，就吃混毛豬。首句三平尾改不得。

註（2）俗話說：火候到，豬頭爛。

註（3）二師兄的前身謫落凡間的前因。

註（4）語出《左傳·莊公八年》：「齊侯；……見大豕，……射之。豕人立而啼。」

註（5）寧要俄國瘟豬，也不買美國豬肉。

註（6）俗話說：死豬不怕開水燙，不過包子裡裡外外都是毛，想脫乾淨談何容易？

七津　百年詠史（240）川普宣戰

大洋彼岸劈雷霆　　　宣告屠夫判死刑
順應天心掃宇宙　　　廓清地獄滅幽靈
邪魔枉自行妖法　　　驅鬼終須遵聖經
川普休開三面網　　　揮戈回日奮犁庭

　　川普公開向社會主義宣戰：「社會主義承諾繁榮，但卻帶來貧困。社會主義承諾團結，但卻帶來仇恨，並帶來分裂。社會主義承諾一個更美好的未來，但它總是回歸到過去的最黑暗的篇章。（這個規律）從來沒有錯過。它總是這樣發生。

　　社會主義是一種悲慘而不可信的意識形態，其根源在於對歷史和人性的完全無知，這就是為什麼社會主義最終一定會產生暴政，它確實如此。社會主義者宣稱熱愛多樣性，但他們始終堅持的是絕對的一致。

　　我們知道社會主義不是關於正義，不是關於平等，不是關於提升窮人。社會主義只是關於一件事：統治階級的權力！他們獲得的權力越多，他們渴望的就越多。他們想要管醫療保健，管運輸和金融，管能源、教育，管一切。

他們想要決定誰贏誰輸的權力，決定誰上誰下的權力，決定什麼是真什麼是假的權力，甚至是決定誰生誰死的權力。

簡而言之，今天我們所有人都知道，沒有什麼比社會主義更不民主了。無論在任何地方出現，社會主義都是用進步的旗幟推動，但最終帶來的只有腐敗、剝削和腐朽。」

川普這番話直是指著禿驢罵和尚，但中共至今對此未敢置一辭……

外一首　七絕

七出淫行羞再提　　　孽緣與爾做夫妻
死皮賴臉不分手　　　帶雨梨花伴哭啼

繼汪洋稱中美是夫妻關係後，高官樓繼偉又撅起屁股向大官人求歡，明知自己不過是一個收房丫頭，卻又死皮賴臉地當自己是月娘，是西門大官人的原配，哀求大官人別撕破臉，甘願接受大官人「閉門教妻」。

你要是貪戀大官人的金山銀山，驢大行貨，就該守婦道，一心一意把大官人侍候快活，這淫婦卻要「東食西宿」，到處勾搭，勾搭上應伯爵，謝希大倒也罷了，那些都是大官人的把兄弟，可以睜隻眼，閉隻眼，如今卻是連鄭屠牛二都勾搭成姦，把大官人給的家用拿去養奸夫，是可忍，孰不可忍？

這淫婦大官人休定了！

江城子　百年詠史（241）天然偉哥

睪丸傳說振陽剛，得仙方，喜如狂，上國男兒，尋覓到回疆，此處風聞多補藥，持利刃，探兜襠。

穆民護卵苦徬徨，破陰囊，愧難當，羞對阿拉，無臉上天堂，縱使樂園皆處女，應笑我，配空槍。

法國佬說：如果能令中國人相信，恐怖分子的睪丸可以壯陽，那麼十年之內世界上的恐怖分子就會滅絕！法國人總愛開些色情玩笑，但是這種

不經之談要是讓那些擁有幾十上百個二奶小三的共匪官員信以為真，那麼新疆的穆斯林可就慘了，這幾年頻頻傳出維吾爾人被摘器官之事，但願與此謠言無關。

吃啥補啥是中國人千百年來深信不疑的真理，厲害國人只聽一個補字，就什麼都可吃絕。

網上有傳言稱中共在新疆大肆摘取人體器官，法國佬造此流言，對那裡的穆斯林無疑是雪上加霜，從今以後，當太監的機率大大提高，那兩粒蛋蛋卻不知裝在那個饕餮的肚子裡？

浪淘沙　百年詠史（242）兩會

赤縣眾貪官。不懼春寒。一年一度聚長安。綠女紅男皆翹楚，議政金鑾。包子意闌珊。滿腹辛酸。花旗重稅叩邊關。韭菜幾番收割盡，如此江山。

句號處押韻。

今年兩會定下許多新的禁令，代表議國是卻不准記者問國事，也是舉世皆無的景觀，雖然黨媒還發布了兩張記者舉手提問的相片忽悠世界。

對於正在舉行的中共「兩會」，媒體大呼採訪困難。港媒指出，記者有如面對「銅墻鐵壁」且被差別對待。

英國《金融時報》駐華記者Tom Hancock日前在推特發文表示，在「兩會」浙江小組會議上，外媒記者未被允許提任何問題，但是他高高舉手提問的照片卻被做為體面的宣傳形象出現在央視上。

李克強說得滿頭大汗，包子卻三緘其御口，他開口就錯，今年倒是懂得藏拙了，書單也不背了，害得吃瓜群眾都閉上笑口，不過這並不會妨礙又開了個團結的大會和勝利的大會。

外一首　七絕

　　　　禮儀小姐侍王侯　　　　思令精鋼繞指柔
　　　　薄紙尚能盤玉腿　　　　銷魂何況夾皮溝

　　兩會即將召開，禮儀小姐又在鴇母的指導下苦練夾功了，誰能告訴我，斟茶倒水擺桌子為啥要在兩條腿中間夾張紙？難道白天忙了一天晚上還得去夾「特殊材料」？

　　小常寶與這些小姐相比弱爆了，虧她還住在夾皮溝呢，小鐵梅與她們倒是還可以較量一番，她曾自豪唱道：「我夾的表叔數不清！」想來應該有兩下子。

江城子　　百年詠史（243）華為末日

天教川普掌朝綱，善安邦，懾群氓，貿易通關，應守舊規章，雖萬千人吾往矣，先立法，再營商。
趙家廟策亦瘋狂，腹藏槍，舌如簧，欲借華為，植病入膏肓，安卓谷歌成陌路，心火熱，體冰涼。

七絕　　外一首

　　　　谷歌封殺領頭羊　　　　自力更生笑習郎
　　　　一報終將還一報　　　　華為家底已輸光

　　為了應對美中貿易戰，中共當局實行了嚴密的輿論和言論管制，不但正式的媒體必須聽從中共的細致入微的指令，不得發表有關美中貿易戰的獨立報導和評論，而且中國網民的言論也受到嚴格的控制，那些對中共的宣傳提出異議的網民意見會被迅速刪除。

　　於是，網民邊採取諷刺／反諷的口吻來表達他們的意見，這種反諷諷刺貼的最新標本是5月19日在中國互聯網上出現的以不容易被封殺的圖片形式出現的評論：「美國封了（中國政府扶持的電訊設備制造業巨頭公司）華為，我們依然是絕對贏家。因為我們早就把人家的google, facebook, twitter, youtub, tumblr, quora, reddit, akamai, vimeo……等數千家公司給封了，這些公司的市值加起來可以頂幾百個華為，相當於我們拿一塊錢換了人家幾百塊，穩賺不賠。此外，我們想封誰就封誰，不用開新聞發布會，也不給任何理由，要是有人追問就拖出去打，這就是絕對的民族自信。反

觀川普（即特朗普）這種娘炮，封個華為還唧唧歪歪拖這麼久，又開發布會又簽署法律，就差敲鑼打鼓了，一副沒見過世面的弱雞樣「

在中國國內外許多觀察家看來，眼下中國的互聯網上盛傳這種表面上是支持但實際上則是抨擊中共當局的諷刺反諷貼，中共當局對這種諷刺反諷貼提出的問題不承認，不回應，不理會，似乎顯示了這種貼令中共當局窮於應對，中共的宣傳戰難以抵擋網民的反宣傳。

任正非不管如何一顆紅心向黨，華為已經四肢冰涼——死定了。

破陣子　百年詠史（244）包子莫高拜佛

美帝連番加稅，香江疊起風波，內帑掏空難度日，元老喧囂北戴河，
同舟響楚歌。
任氣西巡甘肅，心中煩悶良多，帷幄無謀辜負朕，旦夕擔憂防倒戈，
莫高拜佛陀。

北戴河會議剛剛結束，習近平連續多日在甘肅省「考察」，一些細節似乎對應近段時間中共內憂外患之下的中南海權鬥政情。

就在被夾攻的危急中，習近平從北戴河返回北京，第一件事就是發急令要一個特別小組赴香港傳達最高指令，現階段不出兵香港，對香港暫時「按兵不動」，致818維園大集會，幾乎連警察都看不到，和平落幕；不過事情未完，特首林鄭月娥回應訴求軟弱，港民幾乎不領情，抗爭活動將持續，綑綁一起的美中貿易戰及中國經濟下行壓力，甚至元老派急攻，都讓習近平傷透腦筋。

中國國家主席習近平本月19日現身甘肅莫高窟「千佛洞」，雖說是強調保護文物，但是，正值香港問題及中美貿易戰膠著，習近平疑在北戴河會議期間遭到元老們圍攻，下令對香港武警鎮壓急踩煞車，致818維園170萬集會和平落幕，隨後轉到莫高窟，有媒體稱他是「拜佛」求智慧。

媒體沒有提及包子有沒有去習仲勳的墓地祭拜，我想應該有，歷史上

每個君王在改朝換代之時都會去辭廟，包子也不會例外。

南鄉子　百年詠史（245）聞京城生奪門之變

好箇慶豐包，頭版長年第一條，學歷初中稱博士，今宵，九闕風聞撲此獠。
五載慣招搖，弱智豬頭號舜堯，袁二如何扶社稷？糟糕，無主金鑾怎上朝？

　　習帝治下，出現反對聲音？還是中共想要煞停造神運動？就在內地推崇習近平知青時期下鄉歲月的陝西「梁家河熱潮」之際，官方媒體新華網昨日突然轉刊《學習時報》一篇文章，內容談及已故中共中央主席（總書記的前稱）華國鋒當年因犯錯被中紀委去信查問後認錯，並指當年中共中央曾下令肅清個人崇拜，政府部門一律不掛現領導人的畫像。內地網民瘋傳該文的同時，還形容文章有內涵，似是冒死進諫習近平應向華國鋒學習，要有認錯的雅量。

　　該文章題為〈華國鋒認錯：中紀委曾嚴查了華國鋒哪三項違紀〉，作者張帆，一開始便記述，1980年的某一天，有群眾向當年成立僅兩年的中紀委，反映黨中央主席華國鋒的三件事：一是華國鋒去江蘇視察，外出沿途搞戒嚴，影響交通，造成上班族遲到，引起群眾不滿；二是中央黨校的教授寫信告發，有人把華國鋒在中央黨校作報告坐的椅子送到博物館；三是山西群眾寫信反映，山西地方政府給華國鋒交城的老家修故居，建紀念館。

江城子　百年詠史（246）慶豐帝檢閱隱形水師

水師潛帝兩茫茫，費周章，亦難望，萬里煙波，無處覓桅檣，
航母驚聞傷玉體，羞見客，似新娘。
夙仇談笑臥同床，化龍陽，又何妨，蒙爾施恩，戴德謝天皇，
再拜太君光顧我，誇後巷，菊花香。

　　從央視傳回來的畫面顯示，青島海域被大霧籠罩，受檢閱軍艦在朦朧中若隱若現，戰機更是完全「隱形」，祇能聽到引擎聲，檢閱儀式在濃霧中結束。

　　香港《蘋果日報》報導，如此艦尬的海上閱兵，中共建政70年以來從未試過，讓人聯想到中國正處於風雨飄搖，如同凶兆。

　　而等著看海上閱兵直播的大陸網民直呼被放鴿子了。

　　有大陸網民表示：「等了一下午的直播，結果就只看到一艘潛艇，這就完了……」「我竟然被祖國放鴿子了。」

　　「說好的直播，變成這樣，白等了，讓人失望。」「畫面真的不清晰，霧好大。」「霧里挑燈看艦。」「怪不得不直播！」

　　「厲害了我的國！終於搞了一支隱身海軍部隊。」「這次丟人丟大了。」

　　「本來一場展示國力與愛國主義的活動，到頭來變成一地雞毛，肯定要有人背鍋，天氣是不可抗力，但我不相信這麼大國際活動會沒有預案。」

　　「這麼大的活動讓大霧給弄成這樣，著實讓人笑話。這活動辦得挺失敗的。說好世界矚目的，現在啥也看不見。」

　　「嘉賓和水兵都艦尬了，敬禮都看不見對面軍艦上的人。」

　　「受閱艦艇列隊完畢等待檢閱，遼寧艦率數十艘艦艇亮相，這是一支全隱身艦隊。」

　　還有網民調侃道：「隱身效果不錯。」「這是故意的，055得保密，不能暴露太多。」「一級隱身，恐怕連100米範圍都無法發現。」「啥也看不見了，全隱身！」

　　央視新聞確認，中國首艘國產航母不會參加建國70周年海上閱兵！這麼重要閱兵儀式不參加，祇有一個解釋：以前那個說國產航母漏水的新聞是真的！經過這麼長時間搶修，還不能下水，說明很有可能根本就修不好，現在五毛愛國賊們想擼都找不到管了。

今天青島舉行海上聯合閱兵，日本「涼月」號驅逐艦懸掛海軍「旭日旗」駛入青島港。此旗是二戰日本軍方旗幟，被中共認為是軍國主義象徵。這次中共邀請美艦遭拒絕，祇有美駐華武官（上校）出席。日本軍艦來捧場，中共喜出望外，掛膏藥旗也沒問題！再次證明中共所謂底線和原則都是可以用來交易的……

日軍又來了，掛著旭日旗來日了，花姑娘們，你們準備好了嗎？愛國賊們，把屁股洗乾淨了嗎？

禧感謝皇軍再度進入！

七津　百年詠史（247）林鄭撤回送中法

百日艱難抗惡法	港人不惜擲頭顱
廟堂放狗激民怨	林鄭偷雞驥仕途
赴死何須聽號令	貪生定致墮屠沽
農莊首義震中外	共匪終遭滑鐵盧

港人抗爭已近百日，其視死如歸、前赴後繼之捨生取義的壯烈精神可謂是驚天地泣鬼神，港府及在其背後為其撐腰的共匪收買黑社會毆打示威群眾，從大陸招募福建流氓充當打手，大批軍車開進香港進行赤裸裸的威脅，數以萬計的武警換上香港警察的制服行兇，為此甚至下令讓全體警察摘下警號，什麼催淚彈布袋彈高壓水車甚至拔槍瞄準手無寸鐵的群眾，大批警察化裝成抗爭者打砸擲磚塊燃燒瓶……什麼下流招式幾乎都用盡了，卻絲毫沒有動搖港人要求港府答應五大訴求的決心。

狹路相逢勇者勝，共匪和林鄭這條走狗終於撐不下去了，於是在今天耍了個花招，宣布撤回逃犯條例，但是卻拒絕了港人其他四個訴求。

英國天才作家奧威爾的小說中的《動物農莊》就是今天的大陸，習近平就是那隻名叫拿破侖的豬，七十年來共匪幾乎是隨心所慾地凌辱虐待動物莊園裡的同胞，今天的香港，就是他們的滑鐵盧！從此以後，他們將會

節節敗退,直至滅亡!

在這百日之中,港人付出了八條年輕的生命,數百人被打傷打殘,上千人遭到非法逮捕,成千上萬的學生荒廢了學業,香港的經濟和聲譽蒙受了不可挽回的損失,林鄭輕描淡寫一句撤回逃犯條例就想就這樣不了了之?

我欣慰地看到,港人沒有那麼好騙,黃之鋒及一些民主派人士都表示會繼續抗爭下去,不達目的,決不罷休!

向香港參與抗爭的父老兄弟姐妹致以最崇高的敬意!崖山之後還有香港!

我也曾經是香港人,我將永遠以此為傲!

江城子　百年詠史（248）港警記者招待會

一尊聲望漸沉西,笑維尼,費心機,晝夜籌謀,殺盡五更雞,百萬市民齊奮起,迎彈雨,鬥熊羆。

衙門粉飾會傳媒,表嘲詼,戴膠盔,港府高官,悉化縮頭龜,良狗月娥投鼎鑊,蕉鹿夢,兔狐悲。

嘲詼:戲謔之意。蘇東坡:「願君發豪句,嘲詼破天慳。」

世界再也沒有一個國家或地區的新聞記者能如香港同行這般詼諧幽默,當香港警方就反送中示威遊行一事舉行記者招待會,記者們齊刷刷地戴上頭盔前往警局,有的甚至戴上防毒面具,對警察在事件中過分使用暴力表示心有餘悸和加以嘲諷,圖中所見,三個警官一臉尷尬無奈,令人噴飯。

香港畢竟被英國人統治了百多年,長時間潛移默化之下,才能把英式幽默表現得如此淋漓盡致。

中共被勇敢的港人弄得手足無措,已經和特首林鄭月娥進行了切割,稱中央沒有頭要求特區政府就逃犯條例立法。林鄭月娥雖然暫時安然無

恙，但她被中共投入鍋中烹煮也祇是時間問題而已，這樣兔死狗烹的事中共做的還少嗎？

建制派議員也忙著撇清與林鄭的關係，有的蹤影不見，有的甚至裝模作樣舉個牌子出來表示自己和特首沒有穿一條褲子。

不知道建制派高官有沒有從特首食死貓一事得到教訓？會不會有些許兔死狐悲之感？我倒是希望他們日後能為自己留條後路。

月娥這次比竇娥還冤，卻是連呼冤都不敢，她難道敢說這是奉小學生之命而為？這口黑鍋她背定了，此時正值六月，看看香港會不會下場大雪或冰雹？

念奴嬌　百年詠史（249）二百萬人反送中遊行

風雷激蕩，震親王大廈，撼中軍帳。兩制如今成一統，搔首不由迷惘。往昔繁華，應隨承諾，化作癡情想。回歸歲月，煮青蛙水初暖。
逃犯儆醒香江，么蛾百出，平地掀波浪。緹騎越關來執法，誰信能無冤枉？怨氣沖霄，人心忿怒，怒吼轟鳴響，慶豐何日，詔輪台順民望。

民間人權陣線公布，周日的遊行共有接近200萬人出席，警方仍沒有公布數字。以香港人口780萬計算，約四人就有一人參加遊行。

民間人權陣線發出聲明批評林鄭月娥以為提出「暫緩」修例就可愚弄市民，平息民憤，而面對龐大民憤，林鄭月娥也選擇祇透過新聞稿「致歉了事」，沒有為強推修例和警方「暴力鎮壓」道歉。

聲明重申，香港政府必須追究警方開槍責任、取消把周三的示威定性為「暴動」，也要不檢控示威者和釋放被捕人士。

香港人已經力所能及地抗爭了，如果照這個人口比例，大陸應該有三億多人上街，那樣的話共產黨還有力量鎮壓嗎？

鷓鴣天　百年詠史（250）帝都公廁

末世金秋念敵情，六街三市築長城，出恭枉費盤尊姓，內急何須報貴庚。
忙解帶，急蹲坑，搶先如廁不安生，洩洪開閘爭分秒，唯恐超時愧帝京。

　　中共建國70週年國慶日（10月1日）將到，全國進入「臨戰」狀態，北京也在近日舉行大閱兵第三次彩排演練，街頭再次出現最嚴苛的維穩控制，除天空禁飛鳥，連人都不能生病。而北京除了封、禁、查、驗等常規管制外，現在連民眾上公廁也都要登記，並填寫細節。

　　臉書粉專「祇是堵藍」也在臉書分享一張疑似中國網友間流傳的公告，內容指出，在中共國慶期間，民眾上廁所需領取「如廁所登記表」也，需填寫「身分證號、手機號碼、姓名、性別、排便種類、預計使用時間等等」。

　　據《自由亞洲電台》報導，一名北京市民指出，北京政府在21日至23日至少出動30多萬人，在天安門和長安街沿線進行中共國慶70週年慶祝活動全流程演練。報導指出，而常設、總數約20萬的民間維穩力量「朝陽群眾」，則已在街頭部署完成，尤其是天安門等重要地區周圍，甚至連民眾上公廁也要查驗和登記身分，但是否會在北京全市全面實施仍不得而知。

　　當地媒體人透露，因為北京擔憂有隱私空間的廁所會被有心人士當作討破壞的地方，因此做出公廁維穩，這也是繼2015年大閱兵期間，北京再度實施公廁管控。

　　「祇是堵藍」對此諷刺說：「中國因應10/1國慶，現在連上廁所都要登記，還要寫細節，厲害了他的國。」網友見狀也冷嘲熱諷道：「共產國家連大便都有控管」，「果然是巨嬰國」，「莫非……糞便內藏有起義字條？」「他們不都屙在大路邊的嗎？」

　　如果有人腹瀉，如此折騰，祇能是廣東人說的：「一褲都係」。

漢宮春　百年詠史（251）末日慶典

故國金秋，聚城狐社鼠，賀古稀年。八公草木，植遍赤縣庭園。

長安道側，鎖門窗，嚴禁炊煙。荒謬甚，京師百姓，藉端裹足幽燕。

川普礪兵如雪，向秦關漢闕，躍馬投鞭。香江吼聲鼎沸，直薄雲天。

淒清盛典，竟無人，願赴瓊筵。悲壽誕，焉知來歲，紅朝可在人間？

今晚詩興大發，思忖道：明天就是中共七十大壽，很有可能就是他最後一個壽辰，應該寫下幾個字，祝賀他即將壽終正寢，花了一個小時填了一闋「漢宮春」，做個小小的預測，希望天從人願。

個人估計，今年應邀出席中共慶典的外國政要應該不多，普金與三胖去捧場的機會較大，西方大國的領導人麼，估計是呵呵呵了。今早得知連普金都沒去，祇有北韓、伊朗和委內瑞拉幾隻即將喪家之犬出席。

有傳言稱：香港幾個大亨如李嘉誠、吳光正均拒絕出席慶典。

中國當局預計將舉行數十年來規模最龐大的慶祝活動。與此同時，北京也進入全面警戒狀態，嚴格的安保措施為近年罕見。

為了確保活動順利進行，當局已在過去數周加強安保和維穩，包括要求市中心部分居民搬離。彩排也導致市區大規模封路，閱兵式沿線部分超市餐館歇業。

在彩排和即將到來的慶典期間，北京市中心的多個區域被封鎖，區域內的飯店和超市都閉門歇業。彩排期間，貫穿北京東西的地鐵1號線多個站點被關閉。

在舉行閱兵的長安街沿線，高層建築的窗戶被要求貼上反光條或拉上窗簾。核心區域的住宅區被隔離封鎖，有專門的守衛負責站崗，當地居民需要使用身分證才能出入該地區。

為了保證空域安全，在兩周多的時間內，北京還禁止在市中心上空放風箏、無人機和市民養的鴿子。

中國當局還在北京市中心實行了無線電設備管制，諸如無線局域網室

外基站、對講機和無線麥克風都被禁止使用。

或許是為了保證慶典時的陽光足夠耀眼，中國當局還責令北京及周邊的河北、天津一帶的部分煤電廠和建築工地停產。

從9月24日到10月3日，北京市中心將停止快遞派送，從其它省市寄往北京的快遞將受到嚴格檢查，「遙控地雷」、「炸彈鬧鐘」等玩具被嚴格禁止。

乘坐火車和高鐵從其他城市到北京的旅客將面臨額外的多次安全檢查，進京車輛也在高速上受到嚴格盤查。

一剪梅　百年詠史（252）靈車軋軋過長安

哀帝愁顏憂禍端，外懼花旗，內恨貪官。朝廷禽獸半衣冠，如此江山，
悔坐金鑾。
黨國春秋暮景殘，壽數將終，凶兆千般。靈車軋軋過長安，後注生辰，
前定封棺。

往棺材上釘上釘子稱為封棺。

中共官媒視頻顯示，10月1日中共閱兵當天，中共國家主席習近平和閱兵總指揮、中部戰區司令乙曉光檢閱部隊時，後備閱兵車的車牌是VA01949，閱兵總指揮車的車牌是VA02019。

因為中共建政是1949年，今年是2019年，所以閱兵車的車牌號引發外界關注。

《香港經濟日報》報導稱，後備閱兵車的車牌是1949，閱兵總指揮的車牌則是2019，這一組合，象徵1949年中共建政，至2019年屆滿70周年。

時政評論員石實表示，中共兩輛閱兵車的車牌分別是1949和2019，且一前一後，這給人一種不祥預兆。他說，車輛的排序是從1949～2019，預示著中共建政從1949年～2019年，給人的感覺是中共就在今年「壽終正寢」，終年70周歲。

　　石實說，中共官媒還專門把VA01949，VA02019並排對齊，上下排列，並把1949和2019用紅字標識，而車牌號的最上面是中共國徽，給人的第一感覺就是中共的「生平」。

　　種種跡象表明，中共大限將至，他們自己甚至都把生辰死期都展現出來給人看，以前讀歷史，看到一個朝代滅亡之前必有徵兆，我覺得那都是胡扯，現在看來還真是這樣。

鷓鴣天　百年詠史（253）書寫紅朝終結篇

被捕兇徒皆妙年，街頭冒死突烽煙，為資惡吏清仇怨，轉令良民罹罪愆。
心恐懼，志精堅，不容峻法亂人間，一群香港髫齡女，譜寫紅朝終結篇。

　　共匪威武！連10歲小女孩都這樣用武力威脅恫嚇。周日是香港實行《禁蒙面法》第二天，大量示威者在大雨中走上街頭，反對政府推行《禁蒙面法》。一名十歲的小姑娘被逮捕，在牆角瑟瑟發抖。勇敢的孩子，這麼小這麼怕，還走上街頭。武裝到牙齒的黑警專挑最弱小的下手，這當然是黨性而不是人性了！之前，西方人對中國大陸民眾的認知多是他們被中共欺壓，敢怒不敢言；反送中運動爆發後，世界各地親共中國大陸人的表現，讓西方人更多地了解中國人。有些中國人的惡超出想像。其實之前很多西方人對中國大陸很多人支持中共新疆暴行的現象不願意相信。中共、習近平走到今天這個地步是有中國社會原因的。林鄭月娥的《禁蒙面法》的玄機不在這個法本身，而是香港政府第一次假名《緊急法》擅自出台附屬法，繞過立法會。如果這次得逞，中共可令港府出台更多附屬法而不需要經過立法會。這樣，中共就可以在香港實施不是戒嚴的戒嚴。

　　孩子們，你們心懷恐懼，但是仍然站了出來，你們才是真正的勇者！厲害國那些懦夫和你們沒法相比，他們祇是一群豬羊！

　　他們如此瘋狂，因為他們知道：末日到了！

鷓鴣天　百年詠史（254）烽火漫天染碧空

烽火漫天染碧空，徇名烈士護蠻宮，差人施暴驚神鬼，學子沉冤會祖宗。
拘老婦，捕孩童，古今中外有誰同，香江鷹犬疑東廠，頗具毛皇肅殺風。

　　今日有青年被槍擊，現時情況仍然危殆。而多區持續發生警暴，手無寸鐵的小童和老人竟被當重犯對待，舟中皆為敵國，此其謂也。

　　港警竟然試圖強行進入中文大學校園抓人，希特勒和毛澤東都沒有如此倒行逆施，膽大妄為，恭喜你，林鄭月娥，妳已經遺臭萬年！

七津　百年詠史（255）蒙難羔羊陳彥霖

噩耗傳來悲不禁	抗爭稚齒步叢林 (1)
久疑衙役半東廠 (2)	已卜生民赴北陰 (3)
連月多方拋俠骨 (4)	半年無助倍沾襟 (5)
浮沈碧海誰家女	蒙難羔羊陳彥霖

注（1）叢林，佛教用語，比喻生死輪迴。《長阿含經・卷五》：何等生二足尊，何等出叢林苦。

注（2）我相信香港警隊中不但滲雜著大量的大陸公安武警，而且還有大量的國安人員。

注（3）北陰，道教神話中的酆都北陰大帝，地府冥界的最高神靈，主管冥司。

注（4）自反送中以來，港九「跳樓自殺」高達數十宗，很多屍體並無大量出血，懷疑是被殺害後拋屍，估計都是反送中的行動激烈者，但是在港府的包庇下都是不了了之。

注（5）數月來港人抗爭的意志和行動可謂是驚天地，泣鬼神，除了美國兩黨議員和國會採取了一些行動外，竟然絲毫感動不了歐洲的聖母婊，也感動不了一些在香港人幫助下逃離中國，現在住在西方國家的「民運人士」，在瑞典就有這麼一位民運「聖母」，她是經港人的幫助才脫離苦海的，香港反送中運動以來，她從未發出隻言片語給予聲援，反倒是對中東「難民」關懷備至，對不肯收留難民的匈牙利口誅筆伐，長篇累牘

撰文稱匈牙利是「忘恩負義」，敘利亞對匈牙利有何恩義？比得上港人對你所付出的嗎？請聖母捫心自問，誰才是忘恩負義？

聖母吃飽了人血饅頭，現在要向羅馬總督獻媚了。

香港15歲女童陳彥霖9月19日下午失蹤，之後，被尋回時已變成一具「全裸女浮屍」。疑點重重之際，陳彥霖的屍體已在10日早上被倉促火化和出殯，警方否認陳彥霖曾被打傷和被性侵，但外界的質疑聲不斷。

警方日前證實，9月22日在油塘魔鬼山一帶海面發現一具全裸女浮屍，調查後相信為15歲陳姓失蹤女童，但拒絕進一步確認此具浮屍是否為陳彥霖本人。但陳彥霖就讀的VTC職訓局學校確認陳彥霖是該校學生，並證實其死訊。

15歲的陳彥霖曾多次參與反送中集會，於9月19日下午與同學話別後失蹤。隨後網上出現陳彥霖的尋人啟事。啟事表示，彥霖15歲，身高1.53米，最後9月19日下午2時15分在美孚新村與友人分開，10分鐘後曾傳短訊給友人稱正在回家，「可惜回家回了五日都未返到（家），就此失蹤」。其後有人在她所屬將軍澳區學校拾獲其手機、身分證及學生證。

我深信這是大陸軍警下的毒手，香港警方多方掩飾和匆忙火化屍體更證明這一點，港人在今後還會承受更多類似的苦難和殺戮，如果國際社會對此不施以援手，中共將會繼續屠殺下去，這種喪盡天良的事情他們幹慣了，即使把香港人殺光了，也不過是在其所殺的人數上加個零頭。

這樣一個純真可愛的女孩子，這些畜生竟然下得了手！

期待美國國會對香港有關法案的出台，對歐洲各國政府，我只能說一句：這些聖母婊們！

七津　百年詠史（256）己亥回顧

飄搖風雨古稀年	壽誕淒清亦可憐 [1]
林鄭送中掀駭浪	習劉抗美屢更弦
已無洋狗來爭食	幸有瘟豬能賣錢 [2]

二代含悲謁奉厝 (3)　　　欲分吉地赴黃泉 (4)

注（1）「中華人民共和國」七十大壽據稱是不邀請外國首腦參加，但是更有可能是西方各大國的首腦都不願意捧場，弄幾個乞丐國家元首來充場面不但沒什麼面子，還得花錢，不如免了。

注（2）豬年發豬瘟，大批死豬被人挖出運到市場出售。鼠年未至，北方數省又爆發鼠疫，上天如此垂兆示警，包子能明白嗎？

注（3）奉厝·停放棺木之處。9月30日中共建政70週年前夕，習近平帶領全體政治局常委到毛澤東紀念堂朝拜。這是習近平上任後第二次到此拜毛。

據中共官媒報導，今天（30日）上午，習近平率眾官員到毛澤東紀念堂向毛坐像三鞠躬，並祭拜被以特殊方法保存至今毛的屍體。之後，習近平、李克強等全體中央政治局常委還在紀念堂外出席烈士紀念儀式。

注（4）太祖靈柩停放之處當然是極佳的牛眠吉地，不排除慶豐自知死到臨頭，想到那裡分一塊吉地安放自己，好讓臘肉成雙。

七津　百年詠史（257）賀蔡英文連任中華民國總統

新年霹靂響驚雷　　　春意盎然綠滿臺
別駕獻圖東海去 (1)　　將軍乘鶴北邙來 (2)
風雲莫測失神算　　　國共聯姻懷鬼胎
信是民謠應命數　　　寒流過後菜花開 (3)

註（1）指韓國瑜們，國民黨的大佬就是一群臺灣張松，他們恨不得立刻就讓中共占領臺灣，好讓他們可以享受大陸高官的待遇。在選前這些人頻繁往返大陸接受中共的指示。

註（2）臺灣空軍一架UH-60M黑鷹直升機，搭載多名將領，從臺北松山基地起飛，要前往直蘭東澳慰勉部隊，因不明原因於八點零七分墜毀在新北市烏來山區桶後溪溪谷。空軍證實，全機十三人中，包括參謀總長沈一鳴上將、空軍情報次長室助理次長洪鴻鈞少將、空軍政戰局副局長於親文少將等共八人死亡，另五人生還，臺灣總統蔡英文下令全力搶救。

註（3）選前臺灣有寒流肆虐，韓國瑜在中共和海外一些「民運人士」的吹捧下

也聲勢看漲，但臺灣民間「寒流過後菜花開」之言流傳甚廣。

這次臺灣大選，中共為蔡英文助選出了很大的力氣，他們至今還不明白，祇要是他們力挺的政客，台灣人民一定會棄之如敝屣！祇要他們攻擊的候選人，就會獲得臺灣人民的信任！現在如此，將來也必將如此。

外一首　七絕

　　　北大門牆收鄙夫　　　　　裝瘋賣傻扮胡塗

　　　可憐垂死國民黨　　　　　假手張松去獻圖

林肯說：「一個人到了四十歲之後，要為自己的長相負責。」

看看這個中華民國總統候選人韓國瑜的長相，各位覺得他是個什麼人？他曾在北京接受中共的「教育」，卻多次矢口否認，自稱是在山中修練。他曾信誓旦旦說要振興高雄經濟，卻在當選市長不久後就不管不問去競選總統。他被問及那個國家是中華民國最大的威脅時，他支支吾吾不肯回答。

就是這樣一個來歷不明、居心叵測的候選人，居然還有大陸「民運人士」極力吹捧他，不遺餘力為他造勢，把他視為民族救星，把韓粉吹捧成高素質的選民，各位覺得這位「民運人士」是個什麼人？

國民黨，早點去死吧！不要再禍害台灣人民了！不要再給兩位蔣總統丟人了！

七律　百年詠史（258）鼠年詠鼠

　　　過街膽戰步匆忙 (1)　　　兩眼矇矓唯寸光 (2)

　　　幸喜將身藏社廟 (3)　　　長哀絕戶憶睢陽 (4)

　　　慈悲堪恨聞貓哭 (5)　　　慘烈無端遭狗傷 (6)

　　　恥位城狐隨轂後 (7)　　　逍遙自古宅官倉 (8)

註（1）老鼠過街，人人喊打。

註（2）鼠目寸光。

註（3）投鼠忌器。

註（4）張巡守睢陽，守軍羅掘俱盡。
註（5）貓哭老鼠假慈悲。
註（6）狗拿耗子，多管閒事。
註（7）城狐社鼠。
註（8）官倉老鼠大如斗。

鷓鴣天　　百年詠史（259）香港區議會選舉

一隊夷齊下首陽，收錢投票亂香江，紅包伸手排梟獍，白髮盈頭領狗糧。
林特首，習君王，二人底褲已輸光，萬民翹首中南海，笑待何時急跳牆。

　　香港區議會選舉於昨天（24日）登場，被視為是香港反送中運動爆發以來的民意試金石，根據目前開票結果顯示，泛民主派於多區大獲全勝，反觀建制派選情並不理想，不但多區未過半，並有多位候選人爭取連任失敗。

　　綜合媒體報導，第6屆區議會選舉總計有294萬人投票，投票率達71.2%，為香港選舉史上新高，由1090名候選人爭奪452個民選席次，每區皆有逾1位候選人參選，往年「自動當選」的狀況不再。連夜開票的結果顯示，截至25日清晨5點半左右，泛民主派、泛民友好等非建制派已取得289席，建制派則只取得32席。比起上屆（2015年）431席囊括過半席次的狀況，本次建制派得票大幅下滑。

　　2021年特首選舉117個選委以及下屆立法會功能界別的區議會議席，都將由泛民主派拿下。

　　有多名港人投訴有不明身分的人多次投票，並有大巴拉來一車一車的老人到投票站投票，一下車即獲得一個紅包，投票後還有禮品包。

　　雖然如此作弊，親共建制派還是大敗！一小撮「港獨分子」用選票把廣大愛國群眾打得潰不成軍，香港人，加油！

七津　百年詠史（260）劉鶴使美受辱

持旌劉鶴赴天涯　　　忍辱包羞報帝家

矽谷難容鼓上蚤 (1)　　澶淵枉炫筆生花 (2)

馬關屈節今重現　　　山寨蒙汙猶自誇

聞道中堂又姓李 (3)　　縮頭不敢去還牙

註（1）中共多年肆無忌憚盜竊西方科技，什麼千人計劃就是明目張膽訓練千個時遷去明偷，川普對此已經忍無可忍。

註（2）劉鶴此行就是典型的喪權辱國，就如宋遼的澶淵之盟，明明丟了面子又丟了裡子，在中共的口中卻又是取得偉大的勝利。

註（3）同樣是合肥人，同樣姓李，同樣是中堂大人，李克強的命可比李鴻章好多了，有劉鶴去背鍋。

　　在中國和美國的官員努力達成貿易協議的同時，習近平面臨著一個痛苦的、也許具有破壞性的抉擇：是堅守不屈不撓的光環，還是在特朗普總統指責中國在協議草案的條款上出爾反爾並威脅增加關稅後退縮？

　　劉鶴在離開美國貿易代表辦公時對媒體說，他是本著誠意來到這裡，希望雙方能夠以坦率和理性的方式解決分歧。他說，不應讓雙方的普通民眾受到殃及。雙方計劃星期五繼續會談。

　　習近平對劉鶴真是愛之深，害之切，把這遺臭萬年的活兒交給他去做，包子真的以為劉鶴有經天緯地之才，能騙過川普？除非川普每天吃三斤豬油糕，連吃三年，把腦血管給堵了才行。

　　去年貿易戰開打，習在見歐美跨國公司代表團時說：「面對欺凌，西方有個說法，如果別人打你左臉，你要把右臉也伸過去，而在中國文化中，你要以牙還牙。」現在面對川普突然發難羞辱，中共外交部表示要繼續派代表團來談，顯示了習兼容並蓄、學習西方文化的大智慧，那就是打完左臉，遞上右臉，而不是以牙還牙。

　　面對川普把2000億關稅加到25%，中共再不敢提什麼以牙還牙了，李克強的命真好，有人代他受過，同是老李家，同是宰相，李鴻章怎麼那麼

倒霉呢？

七津　百年詠史（261）中美簽署第一階段協議

兩載交鋒糧秣殫	民窮財匱苦低端
傷嗟愛黨吳花燕 (1)	矜憫覆巢楊改蘭
經濟沈痾成泡沫	朝廷乏策挽狂瀾
可憐強國遞降表	又見中堂簽馬關 (2)

註（1）網上消息稱，有一位善良的媒體人曾把她的背景和病情報告發送給國外的兩家醫療機構，海外醫療機構了解她的身世後很受震動，馬上向吳花燕發出邀請，想給她辦理出國手續，為她免費治療。

但吳花燕知曉後大動肝火，不但拒絕了海外醫療機構的幫助，還對幫助她的人大發脾氣。吳花燕義正言辭地跟他說：你讓我們中國人在國際上丟臉了，我們貴州有最好的醫院和醫生，中國可以治好我的病，不需要外國。我不想讓我的國家丟臉，我的國家對我很好。隨後就把這個幫助他的人拉黑了。

註（2）包子帝和李中堂愛惜羽毛，讓劉副中堂去頂缸。

有人說協這協議是喪權辱國，公允說兩句：這真不算是不平等條約，祇能算辱國而不喪權，美國只是要求中共履行進入世貿的承諾而已，要求中國做這做那其實是在要求中共以後不准偷、不准搶、不准說話不算數、要守規矩……中國簽了字就等於承認了他們之前又偷又搶又不守規矩，丟臉而已。

現在連發帖子反美郡犯法了，不知道那些五毛戰狼是怎麼想的？我相信他們會乖乖聽話的，就算是黨叫他們歌頌美帝和大日本皇軍，世世代代友好下去，他們也會歌頌美帝和大日本皇軍的，以牙還牙麼？呵呵呵……

七津　百年詠史（262）武漢封城

治國無方究可哀	肺炎捲土又重來 (1)

三彭肆虐江城客 (2) 　　二豎馳傳烽火臺 (3)
患者求醫盈病院 　　廟堂乏策靖妖災
通衢疫鬼誰施救 　　任爾行屍炊骨骸 (4)

註（1）又重來指非典，時隔十幾年，很多人仍談虎色變。

註（2）道家稱人體內的三種害蟲為「三彭」。上尸稱為「彭倨」，居於腦；中尸稱為「彭質」，居於明堂；下尸稱為「彭矯」，居於腹胃。每於庚申日向天帝稟報人之過惡。宋・陸游〈病中數辱〉詩：「凡藥豈能驅二豎，清心幸足制三彭。」也稱為「三尸」、「三尸神」、「三神」。武漢古稱江城。

註（3）據《左傳・成公十年》記載：晉景公夢見自己所患的疾病變成「二豎子」（兩個小孩），他們為了躲避良醫，藏匿在「肓之上，膏之下」，致使景公的病成為不治之症。後用「二豎」借指病魔。

註（4）武漢火葬場日夜加班也忙不過來，中共軍隊調去大批「高科技焚屍車」。

　　武漢肺炎死人無數，已經失控，大半個湖北已經被封鎖隔離，無醫生無藥甚至無食物，他們的命運可想而知，黨是不會為了數千萬棵韭菜去傷腦筋的，他們仍然在載歌載舞，歡慶春節。

　　中國大陸發生天災人禍，香港人每次都為天下先，捐款最多，還組織志工前往災區工作，這次卻是毫無動靜，香港人終於明白了，那些蝗蟲不值得幫助。

　　菲律賓和新加坡等負責任的國家都已經拒絕中國人入境，以前是蝗蟲，現在成了過街老鼠，中國人民在黨的領導下能化身為過街老鼠，黨太偉大了！

　　連河南人民都拒絕九頭鳥過境了！

七律　百年詠史（263）庚子回顧

江城疫癘鬧新春 　　萬戶千村路絕人
半壁河山成澤國 　　五洲閭巷遍瘟神

353

> 殷邦雕敝失殷富　　赤縣繁榮脫赤貧
>
> 歲暮花旗燈塔黯　　正邪岐路苦逡巡

即將過去的庚子年和以往的庚子年一樣，發生了很多大事，給人類帶來巨大的災難，年初在武漢爆發的中共肺炎在中共有意的隱瞞和有意的擴散之下，席捲了全世界，造成了近兩百萬人死亡，當然，疫情還遠未落幕，接下來不知道還要奪走多少性命。

夏季暴雨給厲害國大部分產糧區造成洪澇，加上貿易戰，中國人回到毛時代吃糠嚥菜的好時光指日可待，奇怪的是，全世界的經濟都因為疫情受到重創，祇有厲害國一枝獨秀，李克強所說的六億窮人在包子的關懷下一夜之間神奇脫貧，步入小康。

全世界都看到美國左派如何在大選肆無忌憚作弊，美國和世界都站在三岔路口，一條通向光明的正常社會，一條步向黑暗，貧窮和死亡，那些希望可以男女同廁，希望可以直呼父母姓名，希望可以合法嫖幼女，希望可以合法吸毒的美國華人們，祈禱吧。

外一首　七絕

> 江城瘟疫虐神州　　珠玉扶危隨海舟
>
> 堪嘆炎黃皆鄙俗　　聲聲祇曉喚加油

武漢新型冠狀病毒肺炎疫情爆發以來，國內各省緊急啟動救援，國際社會也沒有袖手旁觀。

我們的鄰國日本，從政府到民間，從社團到個人，也紛紛向中國提供救援。

由於中日文字頗有淵源，日本文字源於中國古漢語，日本援華物資上寫滿了漢語詩詞，不但成了物資救援，而且還演變成了文化交流。

為此，日本的援助在國內頻上熱搜，賺足眼球。

他們用了唐代鑒真東渡偈語，「山川異域，風月同天」。

《詩經秦風》的「豈曰無衣，與子同裳」。

王昌齡《送柴侍御》「青山一道同雲雨，明月何曾是兩鄉。」

南朝梁・周興嗣的《千字文》，「遼河雪融，富山花開；同氣連枝，共盼春來。」

相比較中國人的口號：「武漢加油！中國加油！」真令人汗顏。

再說幾句也祇會「臥槽泥馬、補藥碧蓮、藍瘦香菇和洪荒之力」。

日本人都來欺負我們沒文化了。

七津　百年詠史（264）中國病毒

天災疑似久籌謀	疫癘何需渡海舟
突入高盧如陷陣	蕩平羅馬未甘休
各邦政要無秦鏡	萬國生民化楚囚
直使瀛寰成鬼域	追魂病毒出神州

中共自始至終隱瞞武漢肺的各種數據，而且還指責美國與厲害國斷航，他們向世界各國各地輸出了無數帶菌者，導致全世界瘟疫一發不可收拾。

西方各國的領袖和人民都太天真了，他們一直相信共匪的謊言，相信中共病毒可防可控，相信厲害國染病而死的人微不足道，相信那些從厲害國的來人人畜無害，那些意大利人、法國人還向那些舉著「我不是病毒」的大病毒送上擁抱，導致今天瘟疫在歐洲大爆發。

現在歐洲許多國家都在史無前例的讓人民自我囚禁，對熱愛自由的歐洲人而言可算是開天闢地第一遭，意大利付出了四千多條生命（相信還遠遠不止）的代價，法國人付出了數百條生命（相信還會增加）的代價，都是因為相信了共匪的謊言而交的學費！

希望在疫情過後，全球一致與中共堅決切割，盡快把共匪掃進歷史的垃圾堆！

七津　百年詠史（265）慶豐駕到火神山

恤病扶傷旨意頒	慶豐駕到火神山
數排人影需匡正	一列林蔭護蘚斑
天子綸音傳幻境	屏夫荷德赴冥關
大邦戰疫獲全勝	已令全球刮目看

3月10日，中共央視播放了習近平去火神山醫院慰問的照片，顯示習近平在火神山醫院，通過面前一個大屏幕與患者和醫護人員見面通話。

但有不少網友質疑：火神山醫院是幾天建起來的，但畫面背後的掛有「火神山醫院」牌子的建築是一座古舊建築，絕對不是幾天能造起來的。相片上顯示地上有一塊塊大小不等的苔蘚，這也是幾天就能長出來的嗎？

有人質疑：「十天建成的火神山醫院還有這麼豪華的指揮中心？從裝修和地毯使用年限看，這就是二桿子住的五星級賓館的會議室。還有，既然是醫院的指揮中心，怎麼都是軍人，沒有醫院醫生？」

P圖太不認真了，從影子的不同角度看，這些人起碼從三幅相片上PS過來。

七津　百年詠史（266）李文亮

蒙昧無知小粉紅	捋鬚虎口受推崇
失言觸怒江城吏	入罪當垂竹帛功
豈敢存心揭黑幕	料非立志做英雄
焚身引火李文亮	換得荊蠻祀祝融

率先在微信朋友圈披露新型冠狀病毒引發肺炎（俗稱）疫情而被警方當作「造謠者」訓誡的武漢醫生李文亮，因為在抗疫過程遭感染，7日凌晨病逝，得年34歲；中國微信、微博瘋傳一篇由官方《人民日報》上海分

社社長李弘冰撰寫的悼文，但這篇悼文及留言已被當局的網管刪除。

據傳為李弘冰所撰的這篇催人淚下的悼文說：「我們憤怒於你的預警被當成謠言，我們傷慟於你的死亡竟不是謠言……你從來和謠言無緣，卻被迫因『造謠』而具結『悔過』。現在，因為不信你的『哨聲』，你的國家停擺，你的心臟停跳……還要怎樣慘重的代價，才能讓你和你們的哨聲嘹亮，洞徹東方。」

中國缺少英雄，無論是官方還是抗爭者都需要塑造出英雄，古人云：「時勢造英雄。」晉人阮籍曾感嘆道：「時無英雄，遂使豎子成名。」幾乎就是指著李醫生的鼻子說的，當英雄不是李醫生的本意，從他在悔過書上按下的手印和留下的字也可以證實他不是李玉和或是許雲峰——黨還沒有動刑呢，從當下來說，他不幸被當了英雄，丟了性命，從長遠看卻成就了他的英雄地位。

李文亮醫生無意揭開了黑幕的一角，觸怒了當權者，但是他不是很多人所說的，是勇敢的吹哨者，他並沒有將此事廣而告之去告訴公眾，也沒有設法把消息透露給媒體，祇是在微信群的朋友圈中聊天談及疫情而已，而且還吩咐圈中的朋友「不要外傳」。他屬於無意識的禍從口出，他屬於被徹底洗腦中的一員，根本就不知道那個邪惡的組織有多麼黑暗，雖然他是共產黨員，是黑暗的一部分，但是組織不會原諒其成員洩露了其罪惡的陰謀——盡管他是無意這麼做的。

我很懷疑，如果他知道這是黨的不欲為人所知的機密，如果他知道會付出自己的生命作為代價，李醫生是否願意當這樣的英雄？我堅信他會遵守黨的紀律，守口如瓶，他祇是不知道在中國不小心說話要付出代價罷了。

有的港人翻出李文亮醫生在反送中期間在微博上撐香港警察，痛斥港人是甲由，擁護中共陳兵深圳鎮壓港人的言論。這些港人對他之死幸災樂禍，其實大可不必，人無完人，他在大陸所受到的教育和資訊誤導了他，他屬於那類喜歡發表看法來吸引別人注意的人，說了一些招人痛恨的反普世價值言論和披露疫情都是如此，現在他已經用生命交了學費，逝者已

357

矣，原諒他的過失吧。

李醫生和數以萬計百姓的生命換來了當局在十天之內倉促建成了火神山「醫院」，在新聞報導中，一群手捧鮮花的「醫務人員」笑逐顏開慶祝醫院落成，這又是盛世的盛筵，又該感謝黨和政府了。

李醫生如果沒有丟掉性命，在這次瘟疫過後的慶典上，他也會捧著一束鮮花歌頌祖國歌頌黨的。

七津　百年詠史（267）脫貧捷逕

堯年仵作享高薪	今歲果然能脫貧
何懼深宵抬死鬼	但憂白晝遇生人
至親好友絕寒舍	閉戶關門拒近鄰
疫虐泱泱厲害國	冤魂誰敢覓前因

在大陸媒體報導，多地多個殯儀館派人支援武漢之後，近日推特上一張信息截圖被廣傳，內容是武漢殯儀館急招晚班的屍體搬運工，給出「4小時4000元人民幣」的高薪，而且是「現結」。

該截圖顯示，「武昌殯儀館急招抬屍體人員20名」，工作時間是零點至淩晨4點，男女不限，年齡在16至50歲之間。

工作要求中特別提到「不怕鬼、大膽、有力氣」。

有民眾說：「不怕鬼？到底有多少屍體」，「搞不好袋子裡的還活著」。

網友留言說：「20人搬四小時的屍體，這屍體數量可怕」，「屍體多到燒不完也搬不完死亡人數根本造假」。

祇要工作一個月，不死的話就能掙到十二萬，不知道這算不算國難財？可以肯定的是，幹上半年能活下來，脫貧是妥妥的！

大陸人有那一個敢追問病毒從何而來的嗎？沒有！

重字七絕二首　百年詠史（268）期盼楚人燃一炬

　　　　楚腰纖細淚雙流　　　　楚地如今拘楚囚
　　　　期盼楚人燃一炬　　　　楚歌匝地唱神州
其二
　　　　憐楚於斯空有材　　　　楚河難渡泣天涯
　　　　楚弓今日為秦得　　　　楚楚衣冠成過街

　　貼在中國人額頭上的「東亞病夫」和「一盤散沙」，據說在黨的領導下已經成為過去，現在動不動就要「萬眾一心」抵制聖誕，「眾口一詞」討伐香港甲由，「同仇敵愾」要令台灣不長草……

　　一場肺炎全現了原形，病夫還是病夫，散沙還是散沙，而且更加變本加厲。中國歷朝歷代都有過瘟疫，古人也知道這病能傳染，但是從來沒有像今天一樣封城挖路堵路，各村各鎮拿起武器拒絕「同胞」路過，不令九頭鳥進村。什麼叫做「舟中皆為敵國」？這就是！內戰內行到了今天被發揚光大了！

　　美英法等國紛紛撤僑，他們在疫區都被特許離開，拿著強國護照的白領戰狼們卻被鄰省土八路困在湖北，成了過街老鼠，身後強大的祖國顧不上他們了。

　　正是：四海商賈望風遠遁
　　　　　九頭鳥人插翅難飛
　　橫披：楚囚苦楚
　　這回幾千萬楚人真的得當幾個月名符其實的楚囚了！

卜算子　百年詠史（269）香港壽終正寢

代表聚華堂，策劃要盟技，兩制今朝判死刑，國事如兒戲。
舉手蓋圖章，討好寬衣帝，電閃雷鳴滌大都，垂兆新天地。

中國第十三屆全國人大第三次會議22日開幕，眾所矚目的「港版國安法」全文曝光，全國人大常委會副委員長王晨解說法案內容，提到中央「維護國家安全的有關機關」可以根據需要，在香港設立機構，依法履行維護棉國國家安全相關職責。

法案所謂「維護國家安全」主要針對四類行為，包括顛覆國家政權、分裂國家、恐怖活動，以及境外勢力干預。人大常委會將制定相關法律，並要求特區行政機關、立法機關、司法機關規定有效防範、制止和懲治危害國家安全的行為人大常委會已決定將上述相關法律列入《香港基本法》附件三，由香港特區在當地公布實施。

中共兩會（政協、人大會議）21日下午於北京人民大會堂開幕，但北京天氣卻出現異相，下午3點多突然下起暴雨、冰雹，明明是白晝，天空卻黑壓壓一片，宛如黑夜，也是歷屆兩會中罕見的異象。異常景象引發中國民眾熱議，直呼「今天下午3點的北京，漆黑一片！」、「一抬頭還以為是凌晨4點」。網友直呼是老天發怒了，「要在北京正在舉辦兩會的地方投下霹靂火嗎？」「關燈開黑會」、「以為世界末日了」、「今天是兩會第一天？事出反常必有妖」。

天怒人怨導致天象垂兆，該改朝換代了。

七津　百年詠史（270）喜聞美國取消香港自由港地位

紅朝運蹇怨流年	教習翻開終結篇
草寇要盟凌弱肉	花旗如約抑強權
九天失算借刀計	四海爭追買命錢
寶島東瀛兼五眼	笑看山寨化飛煙

美國總統川普在美國時間29日下午兩點在白宮玫瑰園舉行記者會，在這場記者會中，川普針對中共單方面為香港訂立國安法，與中共肺炎疫情

在全世界爆發後，美國接下來與WHO的關係都做了重要聲明與制裁方向，這場9分27秒的記者會，猶如美中關係的分水嶺，將具有劃時代的意義。

就在川普記者會結束後，美國道瓊斯指數一度從大跌322點急拉致盤上，指數由黑翻紅，收盤小跌17點，納斯達克指數則下跌9點急速拉升至大漲120點，顯示資本市場並沒有被川普對中強硬說法而受到驚嚇。

共匪數十年如一日堅持不懈把美國當成敵人，今天終於如願以償，可喜可賀！可喜可賀！祝賀香港人成功攬炒！

七津　百年詠史（271）喜聞韓國瑜遭罷免

覺醒高雄黜鄙夫　　擔簦盜藪列門徒 (1)
推銷共識發豪語　　信口開河入宦途
未見財源通陋室　　已萌故態笑狂奴
傾城老少齊投票　　別駕他生再獻圖

註（1）指韓國瑜祕密前往北京受訓數年。

國民黨高雄市長韓國瑜罷免投票今（6日）進行，晚上6點32分全部投票所開完，同意罷免有93萬9090票。上任530天的韓國瑜，確定遭到罷免，韓流告終。高雄人用選票表達了對韓國瑜用來欺騙臺灣人的「台灣安全，人民有錢」的不信任！

我一直懷疑韓國瑜是中共的代理人，從他祕密在北大受訓數年，從他一直鼓吹一國兩制，從他力主經濟要靠大陸，從他到香港便迫不及待去拜訪中聯辦官員，從大陸媒體一直在為他搖旗吶喊，都可以印證這一點。

韓在台灣的仕途已經終結，要把台灣賣給共匪，等下輩子吧。

七津　百年詠史（272）哀香港

苦雨淒風誰送終　　飛蛾投焰急匆匆

　　廟堂作死步神速　　升斗求生悲計窮
　　辣手朝臣立峻法　　脫身遷客入樊籠 (1)
　　普天之下皆王土　　薏苡明珠歸大同 (2)

註（1）有相當大一部分香港人都是爲了逃避中共的統治千方百計跑到香港的，
　　　　這回還是跳不出如來佛的掌心！
註（2）《後漢書·馬援傳》：「南方薏苡實大，援欲以爲種，軍還，載之一
　　　　車……及卒後，有上書譖之者，以爲前所載還，皆明珠文犀。」從今以
　　　　後，香港人的身分再不是香餑餑了，甚至連大陸人都不如！

　　中國全國人大常委會會議今早以162票全票通過「港版國安法」，震驚全世界，美國政壇非常關注事件，美國國務卿蓬佩奧（Mike Pompeo）在Twitter及新聞公告，批評「北京拒絕為違反對香港人的承諾而負上相應責任」，有共和黨籍參議員指「習近平及其共產黨惡棍必須為破壞香港自由承擔嚴重後果」，促加強制裁，外國傳媒亦高度關注，英國廣播公司（BBC）、英國《衛報》、美國《紐約時報》、彭博通訊社、日本放送協會（NHK）皆有推播新聞，美國有線新聞網絡（CNN）網站首頁一度設有「突發新聞」欄目，作焦點報導。

　　有相當大一部分港人是避秦逃到香港，這下子又重新被圈進豬圈，哀哉！

　　港人終於享受到和大陸人同樣的「福利」，被稱為東方明珠的香港終於死了！昨日之明珠化為今天的薏苡。

七津　百年詠史（273）包子外交思想

　　外交思想定乾坤　　三百年來數一尊
　　撒幣良朋皆惡丐　　脫貧習棍盡蓬門
　　四鄰邦國成吳越　　二代公卿類犬豚
　　獨步伶仃悲末路　　回天無力黯銷魂

　　王毅在習近平外交思想研究中心成立儀式中講話表示，偉大的時代必然產生偉大的思想。黨的十八大以來，習近平總書記以偉大戰略家的遠見卓識，準確把握人類社會發展規律，全面判斷國際形勢走向和我國所處歷史方位，提出了一系列富有中國特色、體現時代精神、引領人類進步潮流的新理念新主張新倡議，形成和確立了習近平新時代中國特色社會主義外交思想、即習近平外交思想，為進入新時代的中國外交指明了前進方向，提供了根本遵循。偉大的思想一旦產生，必將反過來推動時代的進步。近年來中國外交以習近平外交思想為指引，攻堅克難，開拓進取，取得了歷史成就，開創了嶄新局面。

　　領館被封，間諜被抓，習近平外交思想研究中心剛成立，就爆出了這麼一個中美外交大事件。是該好好研究一下習外交思想，取得如此外交成果實屬不易。

七律　百年詠史（274）聞美帝封微信抖音

微信抖音充虎倀	外宣春藥作仙方
愚民萬里尋豬圈	黨國千般送狗糧
木馬潛形侵肺腑	糖衣裹毒入膏肓
無端惹惱老川普	劍走偏鋒誅跳梁

　　有網友排列出各國封禁TikTok和抖音的名次，美國尚未擠入三甲。第一個公開封禁TikTok和微信的國家是俄羅斯，未見大國有抗議和反對，印度封禁巴基斯坦封禁也沒有反對，到了美帝就強烈反對，到了日本就開始威脅了。

　　抖音和微信就是中共的多功能木馬，借助自由世界的寬容，到處散播共匪的邪說，弄得世界烏煙瘴氣，世界各國政府早就該封殺它們了。

　　《法蘭克福匯報》的一篇文章認為，美國禁微信及騰訊比禁TikTok影

響更大。騰訊資產價值近1萬億元人民幣,折合1210億歐元。在股市上,騰訊市值約7000億美元。

　　文章稱,美國政府指責中共當局通過微信監控、審查內容、控制海外華人這些都是事實。在中國大陸這也是公開的祕密,幾乎每天都有人因在微信上發消息而被警察騷擾,甚至逮捕,「有時只是因為在微信上講了個有關國家主席的笑話。」

鷓鴣天　百年詠史(275) 萬千精衛填東海

堪嘆香江反送中,未能抗暴竟全功,萬千精衛填東海,一眾刑臣跪北風 (1)
奔道路,送英雄,悲愴呼喊震蒼穹,空朝狴犴伸援手 (2) 兩制炎涼趨大同。

註(1)刑臣,宦官,太監因太監須割除生殖器,如同受刑一般,現在港府官員
　　　個個都是太監,無一絲男子氣。
註(2)狴犴,古人想像出來的猛獸,畫在監獄門上。

　　「學生運動,無畏無懼!」12月2日,前眾志三子黃之鋒、周庭、林朗彥因為去年621包圍警總案分別被判刑13.5個月、10個月和7個月。判刑結果宣布當下,周庭泣不成聲,在法庭外聲援的支持者也難掩難過之情,守候在三人被判刑的西九龍裁判法院外等待送囚車。然而,基本上沒人可以預料囚車什麼時候會出來,也無法從黑漆漆的車窗外看到車裡坐的是誰,所以如果要送車,支持者只能持續在現場等候。圖為12月2日囚車從法院開出來時,支持者義無反顧地貼上囚車,高呼口號,手比「五大訴求,缺一不可。」

　　根據眾新聞報導,囚車一直到昨天傍晚才出來。儘管根本不知道囚車載的是誰,等候已久的支持者依然蜂擁而上,一邊開著手機的手電筒,一邊高喊「一日手足,一世手足!」、「撐住啊!」這群送囚車的「送車師」不祇有年輕人,還包括上了年紀的老人,以及帶著小孩的父母親。其中一位30幾歲的媽媽在接受訪問時就說到自己最心疼周庭,所以帶著女兒

前來送囚車，希望給周庭小小的支持。

七津　百年詠史（276）牛年詠牛

忝列虎前隨鼠後 (1)	開春丙吉問耕犁 (2)
喝橋翼德氣沖斗 (3)	設宴庖丁刀割雞 (4)
織女隔河難養漢 (5)	田單布陣拯羸齊 (6)
彈琴應奏廣陵散 (7)	執耳花旗日落西 (8)

註（1）十二生肖牛排第二，列虎前鼠後。
註（2）漢丞相丙吉春日出遊見路人互毆不聞不問，卻關心經過的牛為何喘氣。
註（3）張飛一人一騎立長坂坡橋上向曹軍搦戰，氣沖斗牛，曹軍為之辟易。
註（4）庖丁解牛當然用牛刀，如今卻用來殺雞。
註（5）與織女隔河相望的漢子當然就是牛郎。
註（6）田單用火牛陣大破燕軍。
註（7）對牛彈琴。
註（8）執世界牛耳的美國在左派當政後難免會衰敗下去。

　　還有兩天就到牛年了，寫首牛年詠牛應景。

　　在鼠年，美國出現了一大群前所未有的碩鼠，在全世界眼下公然竊取了美國總統大位。牛年到了，大家準備好吃草吧！

好事近　百年詠史（277）台灣賀年揮春

寶島賀春歸，燃爆竹迎新歲。大筆一揮書願，效武王商誓。
龍蛇顛倒語堂皇，厭對岸專制，民主自由尋夢，揭追求真諦。

　　一面是招財進寶，反過來是追求自由民主。小字「愛台灣」&「台灣夢」也是互相倒置180度的。

　　台灣外交部太牛逼了！居然能利用揮春把傳統的「招財進寶」寫成「追求自由民主」。為什麼我挑「好事近」這個詞牌填詞？因為我感覺今

年真的會有好事近,且看看我的預感如何。

七津　百年詠史（278）嘲當代李杜蘇東坡

一夥拳民撒酒瘋	騷人齊逞好喉嚨
高才博主高班馬 (1)	欺世華章欺狄戎 (2)
狗屁打油誇李杜	雞湯加醋讚南風 (3)
瓊林幼學應先讀	天地玄黃宇宙洪 (4)

註（1）指班固和司馬遷,才高班馬是前人對才子的褒語。
註（2）北狄西戎,華人大部分都移民於這兩處。
註（3）南風即詩經中的國風,指淳樸的詩風。唐‧殷璠‧河岳英靈集‧序:
　　　　「海內詞場翕然尊古,南風,周雅,稱闡今日。」
註（4）千字文首二句:「天地玄黃,宇宙洪荒」。千字文也是有韻的。

　　在某網站看到一些不知所謂的「詩詞」,平仄押韻等格律一概沒有,祇是字數相同,堆砌一些華麗的詞藻,最要命的是酸溜溜地也不知他在說些什麼,卻竟能獲得眾多留言讚賞,當今華人的中文水平竟然低下如斯?

　　我上了那個網站幾個月,發現能欣賞詩詞者百中無一,能寫出合格詩詞者還得去掉百中二字,博主之間都在互相吹捧,有的博主明明算是已經入了門,卻能對一些狗屁不通的東西大加褒獎,男的不是李白就是東坡,女的當然就是李清照,好像沒人把杜工部放在眼裡,這些行為大概是希望對方能投桃報李吧,華人的劣根性可見一斑。那個網站吸引我的是,博主的文章能分門別類保存得很好,檢索極方便,便天天在那裡貼上一首,作為存檔,反正我寫的東西也沒什麼人看,更無點讚或留言。

　　這些到海外的華人,又混跡於詩詞專欄者,最起碼也上過中學吧,其中不乏自稱是碩士博士甚至大學教授,碩士博士的文化程度當如是乎?

　　去過幾個網站的詩詞專欄,幾年前的XX城水平最高,可說是高手如雲,留言點讚也能恰如其份,同一作者,較好的詩詞會獲得較多的點讚,如詩友有失誤處,也有人善意指出,對方也都得接受並表謝意,但版主是

個毛左，常刪除一些負能量的作品，那些高手為此陸續都離開了，現在剩下幾個毛左在那裡胡言亂語，點擊率也剩下可憐的不滿百。

浪淘沙　百年詠史（279）包子掛了嗎

博士若文盲，治國無方，登基裸體換新裝，尊像今朝充活佛，故作端莊。家業敗精光，加速匆忙，喇嘛寺廟費周章，被迫豬頭當臘肉，掛上西牆。

　　這是很出名的藏區特產～「領導掛了沒？」有多款不同型號大小，寺院被逼必須掛，不能不掛。和尚敢怒不敢言，不同寺院、互相認識的僧人，在路上遇到，就會用普通話問候對方寺院：「領導掛了沒？」

　　藏居大門朝東，佛堂在西側裡間。厲害國幾乎家家戶戶都在大廳掛上臘肉，藏區也不例外，現在換了口味，改掛豬頭了。

外一首　七絕

　　　　配饗慶豐陪上皇　　　二神宗廟享高香
　　　　百年禍害靈堂掛　　　已是雙雙鑲黑框

　　甘南藏區佐蓋多瑪鄉，貧困的牧民們依照共產黨的政策，放棄了牲畜和傳統的遊牧生活，住進了政府補貼修建的新房裡。屋裡顯眼的位置懸掛著毛澤東和習近平的照片，上面披掛著白色的哈達。

　　同樣的情況也發生在藏區其它地方。一位走訪過中國境內多處藏人定居點的匿名消息人士對人權組織「國際聲援西藏運動」說，一些藏人遷往新的定居點時發現，房間內帶有小型佛龕，但供奉的不是佛像，而是中共領袖像。

　　這些藏人也太壞了，毛死了多年，用黑鏡框可以理解，包子帝還在活蹦亂跳呢，怎麼也鑲了黑框？

鷓鴣天　百年詠史（280）聞馬雲梁振英請一尊當國父

勸進群臣上奏章，披肝瀝膽訴衷腸，置空主子金鑾殿，辜負奴才敬事房。

當國父？做君王？一尊忐忑意徬徨，爺爺竟比孫兒小，惱煞幽冥毛始皇。

中華民族復興會暨習近平主義研究會成立宣言

　　請願人暨中華民族復興會創始會員：

　　1.梁振英，中國政協副主席

　　2.王仲偉，國務院參事室主任

　　3.馬雲，聯合國數字合作小組聯合主席

　　4.牟其中，中國民營企業教父

　　5.鄭永年，香港中文大學（深圳）講席教授

　　6.沈根林，南洋理工大學中國校友會會長

　　7.嚴健明，中共上海嘉定區南翔鎮黨委書記

請願和宣言正文：

　　國父在英文中稱為Father of The Nation， 因其豐功偉績的不同又有具體之分。

　　中國近代民主革命先行者孫中山先生被尊稱為中華民國國父，這裡的國父就是國民之父；領導印度實現獨立的聖雄甘地，國父之美稱則是獨立之父；而在美國建國過程中發揮關鍵作用的華盛頓總統，則是美國的建國之父。

　　已經領導中華民族在偉大復興道路上取得豐功偉績的習近平主席，則應當被尊稱為中華人民共和國國父，帶領中華民族實現復興的民族之父。

　　中華民族是個偉大的民族，自黨的十八大以來，中國共產黨在習近平主席的領導下，帶領全國人民取得了一系列治國平天下的實踐碩果。特別2020年後，中國人民和中國政府又在習近平主席的親自領導和親自指揮下，贏取了人類千年一遇的「疫」戰。中華民族偉大復興當前展現出了前所未有的光明前景，通過修改國家憲法，將習近平主席立法確定為中華人民共和國國父，這是歷史的選擇和中國人民的呼聲。

　　實現中華民族偉大復興是中華民族近代以來最偉大的夢想。在中國五千多年的文明發展歷程中，中華民族為人類文明進步作出了不可磨滅的貢

獻。近代以後，中華民族歷經磨難，自那時以來，為了實現中華民族偉大復興，無數仁人志士持續為之努力奮鬥，但一次又一次地失敗了， 直到習近平主席接過歷史的接力棒。

……屁太長，未能盡錄。

這些奴才太可惡了，朕坐上龍椅，屁股還沒捂熱呢，你們卻想讓朕去當國父？四九年朕還沒成精蟲呢，怎麼能當國父？

滿江紅　百年詠史（281）港人襲警

一自回歸，悲法治，灰飛煙滅。哀普選，昔時承諾，若莊周蝶。
滿目瘡痍看港九，太平山頂聽嗚咽，反送中，有幾許冤魂，誰昭雪？
荊軻劍，肝膽裂，楊子匕，刀刀血。了公私恩怨，可稱剛烈，
抽刃飛身朝厰衛，捐軀赴死光南粵，待變天，將走狗蒼鷹，清除絕。

香港主權移交紀念日當晚，香港男子梁健輝從後面持刀襲擊一名正在銅鑼灣街上執勤的28歲警員，之後用刀刺向自己胸口，隨後被警方制服，梁在送往醫院後證實不治。香港警方把案件列作「意圖謀殺」初步定義為「孤狼式本土恐怖襲擊」。香港特首林鄭月娥對事件表示強烈譴責，並稱警方會全面調查案件是否有組織。

此事一出即引發社會嘩然，在對事件深感悲痛的同時不禁思考，這是否正影射出了近兩年香港社會民眾日益加深的怨氣。

浪淘沙　百年詠史（282）韭菜誰人能似我

家景直堪哀，怎遣愁懷？娘親傷病痛難捱，稚嫩脊梁擔重任，誓奪金牌。
今日笑顏開，譽滿天涯，龍門魚躍傲同儕，韭菜誰人能似我？苦盡甘來。

全紅嬋奪金後出席新聞發布會，面對記者提問跳水能拿滿分的祕訣是

什麼，小女孩僅尷尬笑說「練的」、「自己慢慢去練唄」。

她隨後說：「我媽媽生病了，可是我不知道那個字怎麼讀，不知道她得的什麼病，然後就很想賺錢，回去給她治病，得賺很多錢，然後治好她……」

這個小女孩說著說著就哽咽了。

全紅嬋接受採訪曾說，最想去遊樂園、玩一玩夾娃娃機，但她沒有錢，從來沒去過遊樂園，也沒去過動物園；放假了想要玩，但祇能待在家裡。

小女孩童言無忌，撕開了盛世的底褲，幸福的中國人民有病得不到治療，祇能在家中苟延殘喘，十幾億韭菜又有幾個能奪得金牌，可以像她一樣憑天賦加努力脫貧？祝福她。

鷓鴣天　百年詠史（283）祖傳財產送鐮刀

韭菜叢中現獍梟，祖傳財產獻鐮刀，千鍾白物輸官庫，一面紅旗褒草寮：賠老本，發高燒，腦殘出自女英豪，餘生夜半應驚怕，地府爺爺恨未消。

青海女孩陶金蘭一人在挖掘水管時，無意中挖掘出一個銀庫，思想覺悟極高的她立即向黨組織上報。

經過組織清點，銀庫中共有銀元67981枚，十兩、五十兩銀錠1569個。最後她得到了村支書的讚賞並得了面小紅旗。

後來才知道那是她爺爺埋的……

韭菜被灌了滿腦大糞，這輩子真的只能當韭菜了，黨是不會把吃到嘴裡的肉吐出來還給她的。

七津　百年詠史（284）虎年詠虎

相鬥相爭相互傷　　　一生最怕落平陽

畫君類犬空惆悵　　放爾歸山惹禍殃
飼肉捨身真佛祖　　謀皮借枕夢黃粱
鐵牛拼盡洪荒力　　苛政依然主敝鄉

綜合網友對今年兩張虎票的解讀：

1、老虎比以往要瘦，沒有了往昔猛虎下山的神勇。老虎腳下寸草不生，意味著無論是草還是韭菜都不好割了。老虎的眼神，迷惘中帶著明顯的幽怨，或許是躺平的時間太長，或許是獵物太少，四肢勉強站立，沒有了奔跑在野外時的警覺和威猛。預示今年要過苦日子，無論是勉強站立還是無奈躺平，物質和精神上都要過苦日子。

2、單親二孩家庭寫照。雖然自己吃不飽，但是為了積極響應國家號召，孩子也要生二個，自己餓的舔口水，孩子也要拉扯大。小虎崽子們望著遠方，不知道會迎接怎樣的未來。

浪淘沙　百年詠史（285）超車彎道硬開弓

一舉竟全功，何太匆匆？超車彎道硬開弓，夢覺黃粱成水月，無影無蹤。包子氣衝衝，嚇煞夷戎，西風不敵惡東風，夾著尾巴逃跑了，人去樓空。

慶豐帝一心想超越毛鄧成為千古一帝，想在任內打倒美帝，武統台灣，成為世界唯一的超級強國，不料在短短幾年中折騰得雞飛狗跳，外資紛紛逃離，這個爛攤子看他怎麼收拾？

在這種形勢下，唱「社會主義好，反動派被打倒，帝國主義夾著尾巴逃跑了」這樣的革命歌曲，這是在向世界傳遞什麼信號？哪個帝國主義的資本家還敢來中國投資？

目前中國大陸面臨東芝、馬自達、三星等各大外企正紛紛撤離神州大地，成千上萬的中國人正面臨失業的窘境。

黨應該嗅到不祥的味道了，竟然拿紅歌來開刀了，五毛們，看好了，

371

有一天把你們抓去祭旗一點也不奇怪！

100%紅歌《社會主義好》的歌詞「帝國主義夾著尾巴逃跑了」，疑諷刺外資撤離潮，閻妮張嘉譯合唱歌曲遭全網封殺。

七津　百年詠史（286）失策紅朝奔夜薹

季世君王究可哀	存亡岐路久徘徊
親爹陷冒苦鏖戰	孝子擔心遭制裁
末路梟雄募死士	寡廉盜跖發洋財
欣聞喪禮鐘聲響	失策紅朝奔夜臺

3月29日，《人民日報》開始發表「從烏克蘭危機看美式霸權」系列文章，當日發表的第一篇文章題為《美國對危機負有不可推卸的責任》，署名為「鐘聲」。

文章說，百年變局和世紀疫情交織下，烏克蘭危機的爆發牽動世界。早日停火是一切愛好和平的國家和人民的共同願望。大國更是應發揮建設性作用。然而，對危機的發生負有不可推卸責任的美國，一方面極力把自己包裝成「和平衛士」和「以規則為基礎的國際秩序」的「守護者」，一方面處心積慮編織所謂「民主對抗威權」「正義對抗邪惡」的政治敍事，企圖通過渲染陣營對抗、挑動意識形態衝突，達到轉嫁危機、製造矛盾、遏制他國發展的目的。

好好好，中共自己表明態度，自己敲響了喪鐘，那就連他一起埋葬吧。

醜奴兒　百年詠史（287）逆我嫖娼

弱齡折桂波蘭國，朝也簫邦，暮也簫邦，老調年年彈殿堂。
白宮欣奏英雄頌，順我當昌，逆我嫖娼，郎朗希熙誰短長？

有「鋼琴王子」之稱的李雲迪在北京涉嫖娼被行政拘留，除了震驚華人社會外，就連美國《紐約時報》都有報導（Chinese Pianist Is Held on Prostitution Suspicion, State Media Says）。李雲迪的演藝事業毀於一旦外，很多網友都關心嫖妓究竟會面對什麼處罰。

李雲迪曾名李希熙，他出道多年，似乎沒有聽過他為黨國站臺，黨覺得他不如那個到白宮演奏「英雄頌·一條大河波浪寬」的那位可親，如果李能補過去歐美奏上一曲「習大大最愛彭嬤嬤」估計以後怎麼嫖都沒問題了。

七津　百年詠史（288）難阻妖婆來竄訪

辛勞十載盼登基	剝下謙恭舊畫皮
濟世安邦防草野	垂裳拱手仰花旗
言行相悖藐三表	財物殷勤輸四夷
難阻妖婆來竄訪	一尊斂首自低眉

佩洛西終於在一片吠聲中順利訪臺，她在臺北公開稱中共是個流氓國家，美帝甚至威脅說，中美未來關係將視未來幾天中共對臺的行動而定……這不啻是煽了習一個耳光。

咬人的狗不叫，我不相信中共膽敢動武，他們也就讓胡叼盤和發炎人打嘴炮，試圖阻嚇美國和忽悠那些粉紅蠢貨罷了，習近平本人還是不敢得罪美國大爺的，要不然也不會大獻殷勤致電拜登問候關心拜登的健康了。

一尊現在最最最重要的事情就是在二十大連任，其他都不值一提！

調寄長相思　百年詠史（289）清零宗

說慶豐，道慶豐，蠱惑蒼生效澤東，國民半發瘋。

清零宗，清零宗，廟號先行何肅恭，下場不善終。

歷代帝王都是在龍馭賓天之後，才由禮官老臣貴戚擬定廟號由新皇追諡，像習近平這樣為世界指引各種道路的君王，還在活蹦亂跳就由屁民奉上廟號的帝王可說是千古一帝！

這個廟號可不祥，預兆著紅朝被清零，要改朝換代了。天視自我民視，天聽自我民聽，屁民們的滿腔怨毒應該已經上達天庭，看看老天爺怎麼處置他了。我用「長相思」這個詞牌也算是鬼使神差，若幹年後重獲自由的中國人回憶起加速帝加班加點開倒車，使得紅朝提早坍塌，一定會想起慶豐帝的豐功偉績，追思起他的種種好處的。

瀟湘神　百年詠史（290）分贓天子坐金鑾

新月彎，殘月彎，九州遍地盡貪官，信是壞人才入黨，分贓天子坐金鑾。
我堅信壞人才會入黨，而不是入了黨才開始變壞，當然壞人入了黨會更壞！

好人不會加入黑社會組織，好人也不會參加納粹黨，你憑什麼說好人會參加比黑社會和納粹黨還壞上百倍的共產黨呢？古人說：同氣相求，市井有言，魚找魚，蝦找蝦，烏龜找王八。鐵為磁所吸引，蒼蠅為屎瘋狂，你總不能以為蜜蜂會趴在大糞上吃得津津有味吧？

七津　百年詠史（291）爛尾樓

改換門庭何處求	投胎還債到神州
為謀立足居城市	不惜典身充馬牛
歲月如梭敢懈怠	錙銖必較度春秋
可憐六個錢包罄	購得傾家爛尾樓

中國「爛尾樓」事件愈演愈烈，數十個省分、一百多棟爛尾樓的買方聯合拒絕繳納房貸，造成脆弱的中國房地產雪上加霜，恐將釀成金融系統性風暴的說法甚囂塵上。多位基金經理人如今已棄守中國房地產債，投資人如持有含中國房地產債的亞洲非投資等級債券基金，更應緊盯中國房市後續發展。

厲害國現在有數不清的爛尾樓房主，他們掏空了六個錢包（夫妻及雙方的長輩儲蓄），當作首期買下屬於自己的海市蜃樓，每個月要付房貸，自己還要租房，加上日益高漲的日常開支，很多人已經負債累累，繼續供房貸吧？供不起了，斷供吧？銀行收樓拿去拍賣已經資不抵債，血汗錢填了無底洞還得欠銀行一大筆錢，反倒是那些房地產開發商像是可以置身事外。

厲害了我的國喊了多年，今天終於嘗到國的厲害了！

七律　百年詠史（292）新軸心國

東瀛修憲抗強權	南海風雲已變天
確立台灣政策法	清空羅剎結盟圈
烏茲別克妖魔聚	哈爾科夫賓主遷
破裂軸心奔死路	中俄各自赴黃泉

這首流水賬七律記下了2022年世界所發生的重大變化，日本在中共咄咄逼人的威脅下，開啟了修改和平憲法，大幅提高國防開支，自衛隊已經成為大日本皇軍，如果中共敢對釣魚島和臺灣動手，日本一定早於美國展開軍事反擊。東盟十國無力對抗中共這個惡霸，紛紛向美帝靠攏尋求保護傘。美歐先後通過臺灣關係法，變相承認臺灣為一個獨立的主權國家。普京的馬仔看到局勢不妙已經開始撇清與俄國的關係，白俄羅斯已經向烏克蘭拋去橄欖枝，伊朗和敘利亞也對俄國戰事失利無動於衷，那些中亞小兄弟如阿塞拜疆、格魯吉亞，吉爾吉斯坦和塔吉克斯坦看到俄國陷入困境，

也趁機大打出手。普習雖然在烏茲別克各懷鬼胎地建立了對抗西方的軸心，但是烏克蘭在哈爾科夫的凌厲攻勢使戰場主客易位，讓一些首鼠兩端的小弟認清了局勢，原本預計會入夥的伊朗打了退堂鼓，這兩條腿的凳子怎麼看也站不穩。

上合組織這群烏合之眾成了無頭蒼蠅，習連晚宴都沒出席，普京也是一臉落寞，看來兩個軸心出現了裂痕，倒是埃爾多安當了主角。

黃泉路上，有個伴也不寂寞，祝他們二位早日到地獄聚首。

鷓鴣天　百年詠史（293）仁人永世出荊軻

百載殘民可奈何？神州遍地奏悲歌，如磐長夜埋秦鏡，奮臂今朝揮魯戈。
焦霹靂，劈妖魔，仁人永世出荊軻，拼傾熾熱盈腔血，灑向京城儆玉珂！

中共二十大將至，北京維安層級拉到最高，天安門廣場三步一崗、五步一哨，安檢過程滴水不漏，此外北京對空中能飛的都嚴格管控，不祇是禁止無人機飛行，就連施放氣球都不行。不料就在此敏感時刻，北京市北三環四通橋上13日上午，驚見反習抗議布條，一條寫道：「不要核酸要吃飯，不要文革要改革；不要封城要自由，不要領袖要選票；不要謊言要尊嚴，不做奴才做公民。」另一條則是：「罷課罷工罷免國賊習近平」。橋的後方更冒出陣陣黑煙，疑似有人出事，嚇壞路過民眾。當地員警獲報隨即趕到現場處理，相關照片隨即在網上瘋傳，而「四通橋」也在中國各大網絡平台則成為敏感詞，無法搜尋關鍵字。

彭載舟還號召10月16日組織全國罷課罷工，並稱「要讓獨裁者習近平知道，在追求自由的道路上，中華大地有男兒」。

我想，彭此舉可能會影響到廟堂袞袞諸公對習的立場，但是我堅信一點，就算是換個人坐在那張椅子上，中共的獨裁本性也不會改變，能在那個殺人團伙中爬到高位的人，會為人民著想嗎？

沁園春　百年詠史（294）二十大

聚義廳中，慘霧愁雲，窟穴虎狼，恨癟三釁鑠，不歸地府，清零防疫，喪盡天良，放眼神州，怨聲載道，無業遊民罄阮囊，蕭條甚，嘆承平盛世，百孔千瘡。

經年策劃東窗，趕稱帝登基籌妙方，效老毛故技，個人崇拜，小胡倒運，當眾遭殃，震懾群臣，率先示範，悖朕終須此下場，施秦律，似商君強主，高枕黃粱。

二十大硬生生變成包子帝登基的彩排，在兩千多名文武官員眾目睽睽之下，老皇胡錦濤被今上的御前侍衛強行拉走，天無二日，國無二君，習帝豈容得胡大剌剌坐在龍椅之側？用這種方式來宣布習帝至高無上的皇權，很是別開生面，祇有習這個二楞子才會做得出來。

接下來便是大清洗！關起門來殺豬殺狗殺反賊，那些愛國愛黨的戰狼粉紅都難免被波及，不管你們如何熱愛，如何擁護新皇，文革時期那些造反派就是他們前車之鑒！

采桑子　百年詠史（295）捨棄江山

十年一覺黃粱夢，借枕邯鄲，打造長安，風雨飄搖暮景殘。
公然併火朝堂上，竊據金鑾，捨棄江山，頭領先分排序班。

20屆新常委露面的背景，的確與之前三屆的背景不一致，一片血紅取代了原有的江山背景圖。

新常委露面這一細節，引發推特網友熱議，認為這是中共垮台的預兆。網友嘲諷：「好兆頭啊！可喜可賀！」「江山沒了就快了」「打完了坐，坐完了還打，那還有剩的？」「怎麼說呢。很應景，最後的班子。」

蘭陵王　百年詠史（296）紅朝（一）

賤無匹，才子嫖娼失職 (1) 癲狂甚，思效列寧，欲奪江山引瘟疫，經羅剎策畫，沉溺刀光博弈 (2)

洪都府，巢獻聚齊，欣執長纓萬千尺，尋秦鹿蹤跡，趁賊寇侵華，磨劍傳檄，燃萁煎豆爭朝夕，喜仄日西墜，斬蛇芒碭，中原移鼎事北狄，視華夏為敵。

悲泣，慘淒戚，置桎梏神州，三教岑寂，殘民運動無間息，導大國尋夢，再籌奴役，當朝天子，撒幣習，謬罔極。

註（1）陳獨秀因嫖娼與娼妓打鬥，被北大開除教職，勾結蘇俄派來的維金斯基成立了共產黨。

註（2）中共自成立之日起就打定主意要走俄國人的道路——武力奪取政權。

六州歌頭　百年詠史（297）紅朝（二）

俄人南下，盧布賄群雄，輸糧餉，羅巢獻，趁民窮，卷妖風。
斬木洪都府，禍鄉里，分田地，初割據，驅貧痞，赴刀叢。
半壁膏腴，號角連營響，赤焰如虹，
助侵華日寇，賣國意從容，裹脅愚蒙，竊堯封。
坐金鑾殿，動岐念，將降卒，作沙蟲，揮螳臂，參韓戰，棄前功，
歿東宮，毛賊遭天遣，傳萬代，夢成空。
行鳴放，坑右派，已癲瘋，更有十年文革，悲良善，盡化幫兇，
嘆神州之石，無處礪霜鋒，斬首紅龍。

附錄‧淺談毛詩

　　毛的詩詞在毛左的心目中直是一座高不可及的巍峨神殿，每每聽到毛左稱毛詩詞是「前無古人，後無來者」。他們只說對了一半，毛的詩詞確是前無古人，自近體詩在唐代，詞在宋代定型以來，從無一詩人如毛一般肆無忌憚地失律出韻，當然，後來者如毛左及王兆山、余秋雨、周嘯天等紅朝御用文人不在此列，他們倒是以為七個字五個字一句便是詩，若干字一句便是詞，什麼平仄，什麼虛實，什麼押韻立意意境一律視蔑如也，毫不羞愧地把拼湊而成的垃圾拿出來丟人現眼，所以說，毛詩詞確是前無古人，至於後來者卻是大大的有。

　　茲舉毛的七律「長征」為例：

　　　　紅軍不怕遠征難　　萬水千山祇等閒
　　　　五嶺逶迤騰細浪　　烏蒙磅礴走泥丸
　　　　金沙水拍雲崖暖　　大渡橋橫鐵鎖寒
　　　　更喜岷山千里雪　　三軍過後盡開顏

1：重字多得嚇人，軍、千、水、山皆為重字，短短五十六個字，竟然有四字重用，可算大手筆，前人做詩，同一句中可做排比式用同一字，如「烟籠寒水月籠沙」。為營造某種意境可將同一事物反復詠誦，以強調並加深其意，如崔護人面桃花一詩。或用疊聲詞，如工部：「信宿漁人還泛泛，清秋燕子故飛飛。」但如毛一般，四個重字均表達不同意思，卻是前所未有，這只能說毛駕馭文字的功力實在差勁得很。

2：押韻五字，其中難、丸、寒三字為寒韻、閒、顏二字為刪韻，一首律詩，有一字出韻已是大病，何況有二字之多？毛詩詞中出韻之處俯拾皆是，讀者如有興趣可去自行查看。

3：「長征」路上滿是死亡陷阱，殘酷的戰鬥，殺戮，飢餓一路如影隨形，毛與中共另外幾個頭頭之間的爾虞我詐、勾心鬥角，你死我活的權力之爭貫穿始終，其凶險處並不亞於戰場，但在「長征」一詩中絲

毫未見展現，卻似騷人墨客閒適之作，祇需把首句的「紅軍」易為老夫，末句之「三軍」易為諸生，便是徐霞客率弟子遊山玩水之詩。如另易四字為：

取經不怕遠征難　　萬水千山只等閒
五嶺逶迤騰細浪　　烏蒙磅礡走泥丸
金沙水拍雲崖暖　　大渡橋橫鐵鎖寒
更喜岷山千里雪　　師徒過後盡開顏

卻又可成為西遊記歷盡九九八十一難之詩，毛詩卻能化百變金剛，切題乎？

　　中央紅軍自突圍開始「長征」時尚有近十萬之眾，一年後抵達陝北時祇剩下不到區區萬人，加上沿途裹脅強徵之兵，死亡人數當在十萬以上，十萬條人命在毛眼中不值一提，卻是「盡開顏」，毛的豺狼本性可見一斑。

　　平心而論，毛前期的詩詞如不計較其不合格律處，尚有可觀，如「憶秦娥」婁山關、〈沁園春〉長沙，均見功力，我估計他定有找詩詞大家潤色修改，要不然便是豪奪他人之作。一個詩人如早期的作品粗劣，後來的詩作日趨成熟，那屬於正常。如毛一般早期有相當水準，後來所作卻是狗屁不通，誰能給出個合理的解釋？前些年有傳聞說胡喬木聲言「沁園春‧雪」是其所作，未必無因，不然便無以解釋他後來所作如「土豆燒熟了，再加牛肉」，「不須放屁」和什麼「十批不是好文章」那般連張打油都不如的東西也是他所作。到了近文革之時，他已經成了至高無上的上帝，還有誰敢去改他的詩？就連他自己，大概也真以為自己是青蓮轉世，連杜甫也沒放在眼裡，那個四大不要臉之首的郭大才子不也秉承上意，趕緊寫了篇〈李白與杜甫〉，極盡揚李抑杜去逢迎他？毛的詩大致依文革前後劃界，便大不相同，就如一婦人前後生了兩胎，一個金髮碧眼，一個卻如崑崙奴一般，你卻要叫我相信那是同一男人所為？依我看，後期所作那幾首狗屁不通的東西倒真是他弄出來的，他的水平便是那個高度。

有人或許要問，既然找人潤色，何不將不合格律處一併改正？吾師曾笑言一事：某作家持一首七律上門求他修改，結果改了五十五個字，祇餘一字未動，可見要對一首狗屁不通的東西動手術是何等之難！毛找人潤色的東西，那些老夫子必不敢改五十五個字，腦袋還要留著吃飯呢，能改成那樣，已經令吾輩五體投地了。

又或有人問，別人能寫出那般帶帝王氣象的壯語嗎？文人多大話，說些氣壯山河的話其實不難，對那些飽讀詩書的大家更不在話下，如自己做詩，沒有那些帝王將相的地位和經歷，話說過了頭反倒惹人訕笑，那是「不為長者折枝，非不能也，實不為也。」但如果代毛做詩改詩，從毛的角度角色落筆，那是毫無難度的。如大躍進時據說是農民做的詩：「天上沒有玉皇，地上沒有龍王，我便是玉皇，我便是龍王，喝令三山五岳開道，我來了！」不也是氣勢磅礡，沛然莫之能御嗎？沒什麼文化的農民尚能吟出這樣的詩，對那些飽學之士，從上私塾便是做對，平平仄仄過了大半生，又有何難？

再來欣賞毛的另外一首七律，那是未經人潤色的〈將革命進行到底〉：

古今多少蒼茫事　　前車歷歷未能忘
鴻門宴上寬縱敵　　烏江邊頭何倉惶
秀全空坐失良機　　天京終於煙灰場
急世英雄行大劫　　莫顧塵界百創傷

此詩用了最寬的陽韻，立意倒是道出了他的肝腸：「急世英雄行大劫，莫顧塵界百創傷。」在他看來，要當亂世英雄，百姓的死活實在不值得一顧！詩中「烏江邊頭何倉惶」與「天京終於煙灰場」十四個字竟全為平聲！「秀全空坐失良機」句應該用仄聲字結，卻莫明其妙地用了平聲字，整首詩平仄對仗一塌糊塗，慘不忍睹，這詩應該就是毛的真正水平。余秋雨，王兆山輩的「詩」可真是繼承了毛的衣砵。

我試依毛的原意把詩改成合符格律之詩：

古今多少蒼茫事　　歷歷前車安可忘

381

縱敵鴻門遺慨恨　　悲歌垓下枉淒愴
秀全枯坐失良策　　建鄴終成屠戮場
急世英雄行大劫　　塵寰莫顧百創傷

毛前期的詩應該都是如此這般請人動過手腳才拿出來見人的。

毛詩如此，毛詞的水平如何？試舉最簡單的小令為例：

十六字令三首

其一　山　快馬加鞭未下鞍，驚回首，離天三尺三。
其二　山　倒海翻江卷巨瀾，奔騰急，萬馬戰猶酣。
其三　山　刺破青天鍔未殘，天欲墮，賴以拄其間。

○表示平聲，●表示仄聲，⊙表示可平可仄，△表示押平韻

△，⊙●○○●△，○○●，⊙●●○△。

變格：△，⊙○●●○△，○○●，⊙●●○△。

不論正格變格，祇有其二合格，一，三皆為出律之作，十幾個字的小令尚未能處理妥當，中調長調可知。

有人會以不害詩意為毛作辯，以李白東坡之大才，當然不屑如賈島般苦苦推敲以求合格律，但那也祇佔其作百之二三，如毛詩詞卻為十之七八，而且後期所作皆為俚俗不堪的垃圾文字，如「怎麼得了，哎呀我要飛躍」「不須放屁」「土豆燒熟了，再加牛肉」，何來詩意？

另外，毛詩還有犯重，合掌，好作壯語和不知所云等等毛病，這裡就不一一例舉了。

其實，大陸那些能詩的人對毛詩的水平都心知肚明，他們祇是不敢說出口而已。看看大陸那些教授詩詞的教材便知，不論那個詞牌，必用宋人之詞做範例，從不用毛的詞，他們知道毛的東西上不得檯面。那些毛左心目中的巔峰、頂峰、前無古人云云，不過是意淫罷了。他們就如一個未諳人事的小村姑嫁與武大，在深山中厮守一生，以為夫君之物便是世間絕大絕妙的寶貝，不知西門，遑論嫪毐，一笑。

歡迎毛左據理拍磚。

國家圖書館出版品預行編目資料

百年詠史：我與毛澤東有同門之誼／江浩 著.
－初版.－臺中市：白象文化事業有限公司，2023.3

ISBN 978-626-7253-60-1（平裝）

851.487 　　　　　　　　112000821

百年詠史：我與毛澤東有同門之誼

作　　　者　江浩
校　　　對　江浩
發 行 人　張輝潭
出版發行　白象文化事業有限公司
　　　　　　412台中市大里區科技路1號8樓之2（台中軟體園區）
　　　　　　出版專線：（04）2496-5995　　傳真：（04）2496-9901
　　　　　　401台中市東區和平街228巷44號（經銷部）
　　　　　　購書專線：（04）2220-8589　　傳真：（04）2220-8505
專案主編　陳逸儒
出版編印　林榮威、陳逸儒、黃麗穎、水邊、陳婷婷、李婕
設計創意　張禮南、何佳諠
經紀企劃　張輝潭、徐錦淳、廖書湘
經銷推廣　李莉吟、莊博亞、劉育姍、林政泓
行銷宣傳　黃姿虹、沈若瑜
營運管理　林金郎、曾千熏
印　　　刷　百通科技股份有限公司
初版一刷　2023 年 3 月
定　　　價　400 元